日本漢詩話集成

二

趙季
葉言材　輯校
劉暢

中華書局

初學詩法

貝原益軒

《初學詩法》一卷，貝原益軒（一六三〇—一七一四）撰。據文會堂《日本詩話叢書》本校。

按：貝原益軒（かいばら えきけん KAIBARA EKIKEN），江户時代，筑前（今屬福岡縣福岡市）儒者。名篤信，字子誠，世稱「久兵衛」，初號損軒，後改號益軒。其父貝原利貞，號寬齋，以醫術仕於黑田侯（福岡藩主）。其雖自幼習醫，然因其兄貝原元瑞教其「四書句讀」而轉習儒學。明曆三年（一六五七）赴京都，從學於山崎闇齋、木下順庵、松永尺五。初習陸王之學，因三十六歲讀明（中國）陳建《學蔀通辨》而轉向「程朱之學」，並於京都講學。然晚年因懷疑程朱之説而作《大疑録》。其博覽强記，學及經史、詩文、語學，此外涉獵養生、本草等實用之學，《益軒十訓》等甚爲有名。所歷福岡藩三代藩侯。寬永七年十一月十四日生，正德四年八月二十七日殁，享年八十五歲。

其著作有：《慎思録》六卷、《近思録備考》十四卷、《大疑録》二卷、《格物餘話》一卷、《初學訓》五卷、《大和俗訓》八卷、《和俗童子訓》五卷、《五常訓》五卷、《文訓》四卷、《武訓》二卷、《君子訓》三卷、《家道訓》六卷、《養生訓》八卷、《養生訓附録》一卷、《樂訓》三卷、《神祇訓》一卷、《家訓》一卷、《女大學訓》一卷、《和爾雅》八卷、《和字解》一卷、《日本釋名》五卷、《點例》二卷、《大和本草》十六卷、同附録二卷，均收録於《貝原益軒全集》。而且，其訓點本又被稱爲「貝原本」。

初學詩法序

風雅之道載在于《三百篇》，至哉！學者得朝夕吟詠之餘者，豈曰小補哉！與蘇李而往，古詩之去風騷已遠矣。洎近體格律之聲興，去古詩又加遠。何也？詩以言志，拘于對儷聲律，則專從事乎句字組織之間，而不得發乎情性也。國俗之言詩者，往往以拘忌爲定式，與中華近體之格律不同，又無知其規格之所由出者，蓋所謂不知而妄作者也。其去古昔風雅之道，何啻千里哉！夫作詩真一小技，於道所未爲貴也。然則學者之於詩，不學則已，苟欲學之，不知其法度而妄作，可乎？古人論詩者凡若干家，倭漢印行之書亦多矣。學者之於詩法也，豈匱其書乎？然而倭俗詩法之謬舊矣，學者終身由之，而不知其道者衆也，不可亦嘆乎？予固不知詩，且不揣僭妄，輯古來詩法之切要者約以爲一書，庶覺俗間初學之習而不察者而已，博雅之士改而正之惟幸也。

延寶己未十月望日，紫陽後學貝原篤信書。

詩學綱領第一

《舜典》：帝曰：「詩言志，歌永言，聲依永，律和聲。」

朱子曰：詩之作，本言志而已。方其詩也，未有歌也。及其歌也，未有樂也。以聲依永，以律和聲，則樂乃爲詩而作，非詩爲樂作也。

又曰：詩者，樂之章也。

又曰：詩本於人之情性，有美刺風喻之旨。其言近而易曉，而從容詠嘆之間，所以漸漬感動於人者，又爲易入。

又曰：志者詩之本，而樂者末也。

蔡沈曰：心之所之者，乃謂之志，心有所之，必形於言，故曰詩言志。

荀勖曰：詩者，古之歌章。

《文體明辨》曰：《詩大序》云：「詩者，志之所之也。在心爲志，發言爲詩。」即《書》所謂「詩言志」者也。

《周禮》：大師教六詩：曰風，曰賦，曰比，曰興，曰雅，曰頌。以六德中和祗庸孝友爲之本，以六律爲之音，云云。

程子曰：學詩而不分六義，豈能知詩也。詩有六義。曰風者，謂風動之也。曰賦者，謂鋪陳其事也。曰比者，直比之，「温其如玉」之類是也。曰興者，因物而興起，「關關雎鳩」「瞻彼淇澳」之類是也。曰雅者，雅言正道，「天生烝民，有物有則」之類是也。曰頌者，稱頌德美，「有斐君子，終不可諼兮」之類是也。

朱子曰：風雅頌者，聲樂部分之名也。賦比興，則所以製作風雅頌之體也。賦者，直陳其事，如《葛覃》《卷耳》之類是也。比者，以彼狀此，如《螽斯》《緑衣》之類是也。興者，託物興詞，如《關雎》《兔罝》之類是也。

又曰：《周禮》，大師掌六詩。《大序》謂之六義。蓋古今聲詩，條理無出此者。風則閭巷風土，男女情思之詞。雅則朝會燕享，公卿大夫之作。頌則鬼神宗廟，祭祀歌舞之樂。

又曰：當時朝廷作者，雅頌是也。若國風乃採詩者採之民間，以見四方民情之美惡，《二南》亦是採民言而被樂章爾。《詩傳》又曰：賦者，敷陳其事而直言之者也。比者，以彼物比此物也。興者，先言他物以引起所詠之詞也。興，起也，引物以起吾意。

又曰：凡直指其名，直叙其事者，賦也。引物爲况者，比也。本要言其事，而虚用兩句鈎起，因而接續者，興也。

又曰：比是以一物比一物，所指之事常在言外。興是借彼一物以引起此事，而其事常在下句。

又曰：説出那箇物事來是興，不説出那個物事是比。如「南有喬木」只是説「漢有游女」，「奕奕寢廟，君子作之」只説個「他人有心，予忖度之」，皆是興體。比體只是從頭比下來，不説破。興、比相近，卻不同。

又曰：如「藁砧今何在」「何日大刀頭」，此是比體。興之爲言起也，言興物而起意。後來古詩猶有此體，如「青青原上柏，磊磊澗中石。人生天地間，忽如遠行客」，又如「高山有厓，林木有枝。憂來無端，人莫之知」皆是也。

又曰：三經是《風》《雅》《頌》，是做詩底骨子。賦比興卻是裏面橫串底，都有賦比興，故謂三緯。

盧陵彭氏曰：李賢良云：「詩者古之歌曲，其聲之曲折，氣之高下，作詩之始或爲風，爲小雅，爲大雅，爲頌。風之聲不可以入雅，雅之聲不可以入頌，不待大師與孔子而後分。」風雅頌乃其音，而賦比興乃其體也。

明梁橋曰：詩有六義，實則三體。《風》《雅》《頌》者，詩之體。賦比興者，詩之法。故賦比興又所以製作乎《風》《雅》《頌》。凡詩中有賦起，有比起，有興起。風之中有賦比興，雅頌之中亦有賦比興。此詩學之正源，作者之準則。

《詩大序》曰：《關雎》，後妃之德也，風之始也，所以風化天下而正夫婦也。故用之鄉人焉，用之邦國焉。風，風也，教也。風以動之，教以化之。詩者，志之所之也。在心爲志，發言爲詩，情動於中而形於言，言之不足故嗟嘆之，嗟嘆之不足故永歌之，永歌之不足，不知手之舞足之蹈之也。

情發于聲，聲成文，謂之音。治世之音安而以樂，其政和。亂世之音怨以怒，其政乖。亡國之音哀以思，其民困。故正得失，動天地，感鬼神，莫近于詩。先王以是經夫婦，成孝敬，厚人倫，美教化，移風俗。故詩有六義焉，一曰風，二曰賦，三曰比，四曰興，五曰雅，六曰頌。上以風化下，下以風刺上，主文而譎諫，言之者無罪，聞之者足以自戒。故曰風。至於王道衰，禮義廢，政教失，國異政，家殊俗，而變風變雅作矣。國史明乎得失之跡，傷人倫之廢，哀刑政之苛，吟詠情性，以風其上，達於事變，而懷其舊俗者也。故變風發乎情止乎禮義。發情，民之性也。止禮義，先王之澤也。是以一國之事，繫一人之本，謂之《風》。言天下之事，形四方之風，謂之《雅》。雅者，正也，言王政之所由廢興也。政有小大，故有小雅焉，有大雅焉。頌者，美盛德之形容，以其成功告於神明者也。是謂四始，詩之至也。然則《關雎》《麟趾》之化，王者之風，繫之周公。《南》，言化自北而南也。《鵲巢》《騶虞》之德，諸侯之風也。生王之所以教，故繫之召公。《周南》《召南》，正始之道，王化之基，是以《關雎》樂得淑女以配君子，憂在進賢，不淫其色，哀窈窕，思賢才，而無傷善之心焉。是《關雎》之義也。

程子曰：興於詩者，吟詠情性，涵暢道德之中而歆動之，有「吾與點」之氣象。

朱子曰：詩者志之所之，在心爲志，發言爲詩。然則詩豈復有工拙哉？亦視其志之所向者高下如何耳。是以古之君子，德足以求其志，必出於高明純一之地，其於詩固不學而能之。至於格律之精粗，用韻屬對比事遺辭之善否，今以魏晉以前諸賢之作考之，蓋未有用意於其間者，而況於古詩之流乎？近世作者乃始留情於此，故詩有工拙之論，而葩藻之詞勝，言志之功隱矣。

朱子《與鞏仲至書》：古今之詩凡有三變。蓋自書傳所説虞夏以來，下及魏晋自爲一等。自晋宋間顔謝以後，下及唐初，自爲一等。自沈宋以後定著律詩，下及今日，自爲一等。然自唐初以前，其爲詩者固有高下而法猶未變。至律詩出而後詩之與法始大變。及至今日益巧益密，而無復古人之風矣。故嘗妄欲抄取經史諸書所載韻語，下及《文選》漢魏古詞，以盡乎郭景純、陶淵明之所作，自爲一編，而附於《三百篇》《楚辭》之後，以爲詩之根本準則。又於其下二等之中，擇其近于古者，各爲一編，以爲之羽翼輿衛。且以李杜言之，則如李《古風》五十首，杜之秦蜀紀行、《遺興》《出塞》《潼關》《石濠》《夏日》《夏夜》諸篇，律詩則如王維、韋應物輩亦有蕭散趣，未至如今日之細碎卑冗無餘味也。其不合者則悉去之，不使之接於吾之耳目而入吾之胸次，要使方寸之中無一字世俗言語意思，則其爲詩不期於高遠而自高遠矣。

聖人感人心而天下和平。感人心者莫先乎情，莫始乎言，莫切乎聲，莫深乎文。故詩貴和平，令人易曉，温柔敦厚，詩之本教也。劉禹錫

作詩不知風雅之意，不可以作詩。詩尚譎諫，唯言之者無罪，聞之者足以戒，乃爲有補。若諫而涉于譭謗，聞者怒之，何補之有？楊龜山下同

君子之所養，要令暴慢邪僻之氣不設于身體。陶淵明所不可及者，沖澹深粹出於自然。若曾用力學詩，然後知淵明詩非著力之所能成。私意去盡，然後可以應世。

詩之學尚矣。原於賡歌，委于風雅。風雅之變，而溢焉者也。湘纍之騷，又其流也。《子虛》《長楊》之賦作，而騷幾亡矣。黄初而降，日以澌薄。惟彭澤一源來自天稷，與衆殊趣。而淡薄平易，玩嗜者少。隋唐之間，否亦極矣。杜陵之出，愛君悼時，追躡騷雅，而才力宏厚，偉然足以鎮浮靡。詩家爲之中興。陸象山

詩以道性情之真，十五國風有田夫閨婦之辭，而後世文士不能及者，何也？發乎自然，而非造作也。漢魏迨今，詩凡幾變。其間宏才實學之士縱横放肆，千彙萬狀，字以鍊而精，句以琢而巧，用事取其切，摸擬取其似，功力極矣。而識者乃舍旃而尚陶、韋，則亦以其不鍊字不琢句不用事，而情性之真近乎古也。今之詩人隨其能而有所尚，各是其是，孰有能知真是之歸者哉！吴臨川

《事物紀原》曰：樂書曰，伏羲之樂曰立基，神農之樂曰下謀。夫樂必有章，樂章之謂詩，始於太昊之世。

林少穎曰：舜與臯陶之賡歌，《三百篇》之權輿也，學詩者當自此始。《三百篇》，詩之祖也。楚人之騷，漢魏之樂府五言古詩，去古不遠，六義未乖，所當誦法。唐人之近體興而詩一大變，然可兼爲，不可專攻者也。天爵堂筆餘

詩學亦難言矣。然大要不越《三百篇》之旨。或興或賦或比，而分途則美刺兩端耳。美不貴

腴，腴近諂〔一〕；刺不貴激，激近暴。諂者喪氣節，暴者干罪戾。安在其爲性情之正哉？故善宗《三百篇》者，於詩義則思過半矣。劉伯温

古者雅頌陳于閒燕，二南用之房中，所以閑邪僻而養中正也。衛武公作《抑》戒以自警，卒爲時賢相。以楚靈王之無道，一聞「祁招愔愔」之語，凜然爲之不寧。詩之感人也如此。於後斯義寢亡，凡日接其君之耳者，樂府之新聲、梨園法曲而已，其不蕩心而溺志者幾希。真西山

題號不同。《詩》訖于周，《離騷》訖于楚，是後詩人流爲二十四名。賦、頌、銘、贊、文、誄、箴、詩、行、詠、吟、題、怨、嘆、章、篇、操、引、謠、謳、歌、曲、詞、調。自操而下八名，皆是起於郊祭軍賓吉凶苦樂。由詩而下九名，皆屬事而作，雖題號不同，悉謂之詩。元稹集

姜堯章曰：操。操者，操也。君子操守有常，雖阨窮不失其操也〔二〕。曲。聲音雜比高下長短謂之曲，委曲以盡其意也。吟。吁嗟感慨，如蛩螿之吟謂之吟。引。序先後載始末謂之引。謠。非鼓非鐘，徒歌謂之謠。宜隱蓄諧音而通俚俗。律詩。有對偶音律謂之律詩。

又曰：守法度曰詩。放情曰歌。體如行書曰行。兼之曰歌行。序先後載始末曰引。吁嗟感慨悲如蛩螿曰吟。隱蓄諧音而通俚俗曰謠。聲音高下委曲盡情曰曲。操守有常，雖阨窮猶不失

〔一〕諂：底本訛作「謟」，據吴默《詩法集要》改。
〔二〕雖：底本訛作「難」，據《白雲稿》卷一改。

其操曰操。

文之精者無如詩。詩者，志之所之也。然則觀其詩，其人之心可見矣。司馬温公

解縉曰：漢魏質厚於文，六朝華浮於實。具文質之中，得華實之宜，惟唐人爲然。故後之論詩，以唐爲尚。宋人以議論爲詩。元人粗豪，不脱氈裘童酪之氣。

風雅頌既亡，一變而爲離騷，再變而爲西漢五言，三變而爲歌行雜體，四變爲沈佺期宋之問律詩。滄浪詩話

吴寬曰：詩可以觀人之性情。情性褊隘者其詞躁，寬裕者其詞平，端靖者其詞雅，疏曠者其詞逸，雄偉者其詞壯，醞藉者其詞婉。涵養性情，發于氣，形於言，此詩之本源也。

《唐書》曰：建安後詩律屢變，至沈約以音韻相婉付，及宋之問、沈佺期又加靡麗，句忌聲病，如錦繡成文，學者宗之。

姜堯章曰：問前輩謂人工於字工於畫者，皆謂玩物喪志。與稽康鍊鍛〔一〕，阮孚蠟屐，虚費精神，世無補。今之工詩，得非類乎此耶？

范氏曰：夫子删《詩》，列於六經，謂其可以興可以觀可以群可以怨，邇之事父，遠之事君，多識於鳥獸艸木之名，推之從政專對，無不可者。其所關係亦大矣。若作者能以思無邪存心，而不墮

〔一〕與：似當在下文「世無補」前。

於奇怪浮靡之失，則聖人之所不棄也。其或於聖學之正教漫不知講，而惟詩是務，則志荒之罪亦固不得辭，而其人其詩亦可知矣。

律詩難於古詩，絶句難於律詩，七言律詩難於五言律詩，五言絶句難於七言絶句，唯深於詩者知之。滄浪詩話

白樂天《與元九書》曰：夫文尚矣。三才各有文，天之文三光首之，地之文五材首之，人之文六經首之。就六經言，《詩》又首之。何者？聖人感人心，天下和平。感人心者莫先乎情，莫始乎言，莫切乎聲，莫深乎義。詩者，根情，苗言，華聲，實義。上自賢聖，下至愚騃，微及豚魚，幽及鬼神。群分而氣同，形異而情一。未有聲入而不應，情交而不感者。聖人知其然，因其言經之以六義，緣其聲緯之以五音。音有韻，義有類。韻協則言順，言順則聲易入；類舉則情見，情見則感易交。於是乎孕大含深，貫微洞密，上下通而一氣泰，憂樂合而百志熙。五帝三王所以直道而行，垂拱而理者，揭此以爲大柄，决此以爲大竇也。故聞「元首明，股肱良」之歌，則知虞道昌矣。聞五子洛汭之歌，則知夏政荒矣。言者無罪，聞者作戒，言者聞者莫不兩盡其心焉。洎周衰秦興，採詩官廢。上不以詩補察時政，下不以歌洩導人情。乃至於諂成之風動，救失之道缺，於時六義始刓矣。《國風》變爲《騷》辭，五言始於蘇李。蘇李騷人皆不遇者，各繫其志，發而爲文，故「河梁」之句止於傷別，澤畔之吟歸於怨思。彷徨抑欝，不暇及他耳。然去詩未遠，梗概尚存。故興離別則引雙鳧一雁爲喻，諷君子小人則引香草惡鳥爲比。雖義類不具，猶得風人之什二三焉。於時六義始缺

矣。晉宋已還，得者蓋寡。以康樂之奧博，多溺於山水；以淵明之高古，偏放於田園。江鮑之流，又狹於此。如梁鴻《五噫》之例者，百無一二焉。於時六義寖微，陵夷至於梁陳間，率不過嘲風雲弄花艸而已。噫！風雪花艸之物，《三百篇》中豈捨之乎？顧所用何如耳。設如「北風其涼」，假風以刺威虐也。「雨雪霏霏」，因雪以愍征役也。「棠棣之華」，感華以諷兄弟也。「采采芣苢」，美艸以樂有子也。皆興發於此而義歸於彼，反是者可乎哉？然則「餘霞散成綺，澄江浄如練」「離花先委露，別葉乍辭風」之什，麗則麗矣，吾不知其所諷焉。故僕所謂嘲風雲弄花艸而已。於時六義盡去矣。唐興二百年，其間詩人不可勝數。所可舉者陳子昂有《感遇》詩二十首，鮑魴有《感興》詩十五首，又詩之豪者世稱李杜，李杜之作才已奇矣，人不逮矣。索其風雅比興，十無一焉。

《顏氏家訓》曰：學問有利鈍，文章有巧拙。鈍學累功，不妨精熟。拙文研思，終歸蚩鄙。但成學士，自足爲人。必乏天才，勿强操筆。吾見世人至於無才思自謂清華，流布醜拙，亦以衆矣。江南號爲詅力正反，自衒賣也癡符。

杜子美詩：文章一小技[一]，於道未爲尊。

湯東澗《談詩》詩云：文章於道未爲尊，詩在文章又一塵。偶有好音來過耳，不須抵死要驚人。

或問：「詩可學否？」伊川程子曰：既學時，須是用功，方合詩人格。既用功，甚妨事。古人詩

[一] 技：底本訛作「枝」，據《杜詩詳註》卷十五改。

云「吟成五個字，用破一生心」，又謂「可惜一生心，用在五字上」，此言甚當。某素不作詩，亦非是禁止不作，但不欲爲此閑言語。且如今言能詩，無如杜甫。如云「穿花蛺蝶深深見，點水蜻蜓款款飛」，如是閑言語，道出做甚？某所以不嘗作詩。

古詩第二

四言古詩

古詩《三百五篇》，大率以四言成篇。其他三言、五言、六言、七言、八言、九言，則皆間見雜出，不以成章，况成篇乎？是詩以四言爲主也。其三言詩自漢始。文體明辨

五言古詩體式

五言古詩不拘平仄，不定對偶，或隨賦比興起，須要寓意源遠，託辭温厚，反覆優遊，雍容不迫。或感古懷今，或懷人傷己，或瀟灑閒適。寫景要雅淡，推人心之至情，懷感慨之微意，悲慨含蓄而不傷，美刺婉曲而不露，要有《三百篇》之微意也。詩法入門

《冰川詩式》曰：學五言古詩，須將《古詩十九首》熟讀玩味，方得旨趣。

又曰：五言古詩雖無定句，《十九首》尚矣。然自六句短古篇，放之至百句。

篤信案：五言古詩自蘇武、李陵而始。凡五言古詩，不拘於聲律與對偶，只押韻而已。又有偶然而對偶者。其押韻或用仄韻，或有通用於數韻者。又有單句下不拘平仄者。如《古詩十九首》

第九，一首中用歌韻支韻微韻爲押，又有魚虞通用。古詩多六句詩。七言古詩之法亦同於五言。

七言古詩

從張衡《四愁詩》來，變柏梁體耳，至盛唐作者始盛。

海虞吳訥曰：世傳七言古詩起於漢武柏梁臺體。按《古文苑》云，元封三年，詔群臣能七言者上臺侍坐。武帝賦首句曰「日月星辰和四時〔一〕」，梁王襄繼之曰「驂駕駟馬從梁來」。自襄而下作者二十四人，至東方朔而止。每人一句，句皆有韻，通二十五句共出一韻。蓋如後人聯句，而無隻句與不對偶也。

古風書式

古風者。稍異古詩，亦可用長短句也。不同排律拘平仄、律詩定對偶。用韻或長篇到底一韻，或數句一換，但要句法蒼老，意極高古，不落時經。此律詩熟後，學問廣博，情思超邁，方可爲之。詩法入門

古詩有一韻兩用者，《文選》曹子建《美女篇》有兩「難」字；古詩有一韻三用者，《文選》任彥昇

〔一〕時：底本訛作「海」，據《文章辯體序說·古詩》改。

《哭范僕射》三用「情」字是也。有古詩三韻六七用者，有古詩重用二十許韻者，有古詩旁取六七韻者，韓退之《此日足可惜》篇是也，凡雜用東冬江陽庚青六韻。嚴滄浪

古詩有全不押韻，如《採蓮曲》是也。

五言長韻古詩

古詩尤長者，漢末建安時人《爲焦仲卿妻作》。評曰：「是古今第一首長詩。」文體文辨

如白樂天《遊悟真寺詩》一百韻，真絶唱也〔一〕。楊誠齋

夫詩之有律，猶文之有駢儷，終是俳體，古人決不屑此。未論《三百篇》，只如枚乘、阮籍、陶淵明，皆涵蓄有餘味，亦可陶天真也。魏莊渠

歌行之體

律詩拘於聲律，古詩拘於語句，以是詞不能達。夫謂之行者，達其詞而已，如古文而有韻。自陳子昂一變江左之體，而歌行暴於世。行者，詞之遺無所留礙，如雲行水行曲折容洩，不爲聲律語句之所拘。但於古詩句法中得增詞語耳。師民

〔一〕唱：底本脱，據《誠齋詩話》補。

五言長篇古詩

分段，過脈，回照，贊嘆。

凡作一篇，先分爲幾段幾節，每節句數多少要略均齊。前段是叙子，叙子通篇之意皆含其中。結段要照前段。如選詩分段甚均，竝不參差。杜卻不甚如此太拘，然亦不太長不太短也。次要過句爲血脈，引過此段。過處用二句，一結上，一生下，爲最緊。非老手未易能之。回照。十步一回首，要照題目；五步一消息，要閒語。贊嘆。方不甚結蹙。長篇怕雜亂，一意爲一段。

已上四法，備見《北征》詩，舉一隅之道也。學範。下同

五言短古篇法

詞簡意味長，言語不可分明說盡，含糊則有餘味。

楊仲弘曰：五言短古，衆賢皆不知來處。乃只是《選》詩結尾四句，所以含蓄無限意，自然悠長。昔人詩樣，「步出城西門，悵望江南路。前日風雪中，故人從此去」。

七言長篇古風

分段，過段，突兀，字貫，讚嘆，再起，歸題，送尾。分段如五言，過段亦如之。稍有異者，突兀不用過句，陡頓便説他事。岑參專高此法。字貫，前後重三疊四，用兩三字貫，極精好，岑參所長。讚嘆，同五言，有從容意思。再起，且如一篇三段，説了前事，再提起從頭説，反覆有情。如《魏將軍歌》《松子障歌》。歸題，乃本末一二句徹上起句，又謂之顧首。如《蜀道難》《古離别》《洗兵馬》。送尾，則生一段餘意結末，或反用，或比諭。用如《墜馬歌》「君不見嵇康養生被殺戮」，又曰「如何不飲令心哀」。學範

七言短古篇法

詞明意盡，與五言相反。

昔人詩樣：「休洗紅，洗紅紅色變。不惜故縫衣，記得初按茜。人命百年能幾何，後來新婦今爲婆。石人前，石橋邊。六角黄牛二頃田，帶經躬耕三十年。」學範

樂府

漢成帝定郊祀，立樂府，採齊楚趙魏之聲以入樂府，以其音詞〔一〕可被於絃歌也。宋嚴羽儀卿滄浪詩話

樂府體式

古樂府音調有法，聲詞有律，以質古簡奧，氣格蒼峻，而聲韻鏘然。然即事命題，名寔多種。曰歌，曰行，曰吟，曰辭，曰曲，曰篇，曰詠，曰謠，曰嘆，曰哀，曰怨，曰別，皆樂府之流派也，乃詩之變體也，而總謂之樂府。詩法入門

《學範》曰：樂府每要麤，多用俚語，而文采之妙矣。如《焦仲卿妻》《木蘭詞》《羽林郎》「霍家姝」、《三婦詞》《大垂手》《小垂手》等篇皆絶唱〔二〕。

篤信曰：古人之作詩，特是言其志而已，未有以藻麗紛華爲工。然而和順積中，英華發外者，

〔一〕詞：底本訛作「羽」，據《滄浪詩話》改。

〔二〕姝：底本訛作「妹」，據《玉臺新詠》卷一改。

自然爲華藻文雅而已。如後世律詩拘對偶泥聲律，皆是安排强作，非言志者之所爲。其去古人風雅之正也甚遠矣。唯古詩不拘對偶聲律，多言其情實者，所以爲近古也。故作詩者當以古詩爲本。我邦古今作律詩者甚多，而古詩之作歷世稀聞，可謂失風雅之正。豈不可嘆乎！

律詩第二 排律附

近體律詩

按律詩者，梁陳以下聲律對偶之詩也。蓋自《邶風》有「覯閔既多，受侮不少」之句，其屬對已工。《堯典》有「聲依永，律和聲」之語，其爲律已甚。梁陳諸家，漸多儷句。雖名古詩，實墮律體。唐興，沈宋之流研練精切，穩順聲勢，號爲律詩。其後寖盛，雖不及古詩之高遠，然對偶音律亦文章之不可缺者。文體明辨

對偶亦文勢之所必然，亦何惡於聲律哉？詩法源流

五言七言八句，有對偶音律，謂之律詩。詩法源流

律詩有起承轉合之四字。一二句爲起，名起聯，又名破題，又名發句。三四爲承，名頷聯，又名胸句。五六爲轉，名頸聯，又名腰句。七八爲合，名尾聯，又名結句，或名落句。出於文體明辨及冰川詩式

凡律詩，二句爲一聯。起結不對，惟中間二聯用對。

律詩有歸結不對，頷頸二聯對。有起聯不對，後三聯對。有結聯不對，前三聯對。有八句全

對，有八句竝不對。又有前二聯隔句對者，謂之扇對格。

律詩須情中有景，景中有情。以事爲意，以意融事。情意迭出，事意貫通。方爲近體之妙。冰川詩式

七言律詩難於五言律詩。七言下字較麤實，五言下字較細嫩。若七言可截作五言，便不成詩。冰川詩式

楊載曰：律詩破題，或對景興起，或比起，或引事起，或就題起。要突兀高遠，如狂風捲浪，勢欲滔天。頷聯，或寫意，或寫景，或書事，或用事引證，此聯要接破題，如驪龍之抱珠而不脱。頸聯，或寫意寫景書事用事引證，與前聯之意相應相避，要變化，如疾雷破山，觀者驚愕。結句，或就題結，或開一步，或繳前聯之意，或用事，必放一步作散場。如剡溪之棹自去自回，言有盡而意無窮。

律詩體格

若語其難易，則對句易工，結句難工，發句尤難工。七言視五言爲難。五言不可加、七言不可減爲猶難。句要藏字，字要藏意，如連珠不斷方妙。詩法入門

《讕言長語》曰：《三體唐詩》有實接、虛接、用事、前後對等目。謝疊山點《文章軌範》，有放膽、小心、幾字句等法。竊恐當時作詩文時，遇景得情，任意落筆，而自不離於規矩爾。若夫拘束，要

作其體字樣，非發乎性情，風行水上之旨。

律詩有四實四虚，前實後虚，前虚後實之别。實爲景，虚爲情。四實者，中四句皆景物而實；四虚者，中四句皆情思而虚。前實後虚者，前聯景而實，後聯情而虚。前虚後實者，前聯情而虚，後聯景而實。冰川詩式，下同

前開後合格

前四句言昔時，開也；後四句言今日之事，合也。

一意格

自首聯以至末聯，一句生一句，而全篇旨趣如行雲流水。

兩句一意法

又謂之流水句，五言即十字句法，宜於頷聯用之。太白詩「如何青艸裏，也有白頭翁」。又七言即十四字法，亦宜於頷聯用之。杜牧詩「塵世難逢開口笑，菊花須插滿頭歸」。是皆有對偶。又「自携瓶去沽村酒，卻著衫來作主人」。

一句造意格

《冰川詩式》曰：首聯第一句興起第二句，而第二句乃主意。中間二聯與結聯皆言第二句意思。如杜甫《江亭》詩是也。

律詩有偷春格

首二句先對，頷聯卻不對，如梅花偷春色而先開。如《黄鶴樓》詩是也。

五言律仄韻

唐人作最少。冰川詩式

蜂腰詩體式

凡律詩頷聯不對，卻以二句叙一事，而意與首二句相貫，至頸聯方對者。謂之蜂腰體。言已斷而復續也。詩法入門

排律

按排律原於顔延之、謝瞻諸人。梁陳以還，儷句尤切。唐興，始專此體而有排律之名。大抵排律之體，不以鍛鍊爲工，而以佈置有序首尾通貫爲尚。學者詳之。文體明辨

排律體式

排律者，唐興始有此體。用此律試士，其對偶平仄與律詩同，其起止照應與長篇古風同。於八句律詩之外，任意鋪排，聯句多寡不拘。不以鍛鍊爲工，而以佈置有序首尾通貫爲尚。詩法入門

篤信案：排律是長篇之律詩也。多是五言，十句以上至於百句，又有百句以上者。其間有十二句、十四句、十六句、二十句、二十四句、二十八句、四十句者。除發句、落句之外，竝有對。其聲律對偶與律詩同。

《冰川詩式》曰：七言排律，唐人不多見。七言排律貴音律和協，體制整齊，忌似古詩口氣。有律詩至百五十韻者，有律詩止三韻，唐人有六句五言律。嚴滄浪

絶句第四

絶句詩原於樂府，下及六代，述作漸繁。唐初穩順聲勢，定爲絶句。絶之爲言截也，即律詩而截之也。故凡後兩句對者，是截前四句。前兩句對者，是截後四句。全篇皆對者，是截中四句。皆不對者，是截首尾四句。故唐人絶句皆稱律詩。觀李漢編《昌黎集》，絶句皆入律詩，蓋可見矣。大抵絶句詩以第三句爲主，須以實事寓意，則轉換有力，旨趣深長。雖以杜少陵之聖於詩，而於此尚有遺憾，則此體豈可易而爲之哉？文體明辨

楊慎曰：予嘗品唐人之詩，樂府本效古體而意反近；絶句本自近體而意實遠。欲求風雅之仿佛者，莫如絶句。唐人之所偏長獨至，而後人力追莫嗣者也。

楊載曰：絶句之法，要婉曲回環，删蕪就簡。句絶而意不絶，多以第三句爲主，而第四句發之。有實接，有虚接。承接之間，開與合相關，反與正相依，順與逆相應。一呼一吸，宮商自諧。

五七言絶句，有前對，有後對，有四句全對，有四句不對，有扇對，有四句四意。

五七言絶句：

實接格

第三句以實事接前二句。如杜牧《江南春》作是也。

虛接格

此法第三句以虛語接前二句。如張籍《秋思》詩「洛陽城裏見秋風」云云是也。

扇對

又謂之隔句對。絶句之第一句與第三句對，第二句與第四句對。

四異格

是四句四意也。如杜甫《漫興》詩是也。

字應格

白居易《絶句》曰：「卧枕一卷書，起嘗一杯酒。書將引昏睡，酒用扶衰朽。」

雙尾格

篤信案：三四句各一意，竝承一二句。王維《别輞川》詩云：「依遲動車馬，惆悵出松蘿。忍别青山去，其如緑水何。」

下句釋上句格

以三四句釋一二句。如李白《山中問答》詩是也。

拗體

周弼曰：此體必得奇句時出而用之。

《冰川詩式》：拗句换字法，或二四皆平或仄，或六四皆平或仄，或三字一連皆平或仄，或當平處以仄聲易之。

《詩法入門》云：律詩平仄不差，則不失粘。一失粘則爲拗體。或句拗、字拗，亦爲拗體。

篤信謂：用律之中與常體相拗戾，所以稱拗體也。

袁石公曰：五言絶句貴拗體，七言絶句貴諧和。

律詩絶句用韻法第五

陳西文《詩法指南》曰：一三五不論，謂詩句中第一字第三、五字或用仄，或用平，不必拘。又曰：二四六分明，謂第二字第四、六字當用平字者，一定用平；當用仄者，一定用仄。不可移易。

篤信案：七言詩一三五不拘平仄，五言詩一三不拘平仄。國俗之詩式，有二四不同，二六對，下三連，三五同，四仄一平，一三聲，一首同字，蹈落，挾聲等之法。其中有與唐詩法合者，有不合者。不合者不要用之。二四不同，謂每句第二字與第四字不用同聲。二六對，謂第二字與第六字須用同聲。此二者與中華詩法同。下三連，謂每句忌下三字用連聲。考之唐詩，如絶句下三連者極少，律詩不必拘。中國古人之律詩下三連者甚多，如杜子美《題省中院壁》詩，一首中亦有數句。三五同，謂忌第三字第五字同聲，而唐詩不必拘。四仄一平，五言詩忌之，而唐詩四仄一平、四平一仄者太多，不可拘。一三聲，謂忌仄平仄仄平者，考之唐詩不多見。一首同，謂忌一首之中用同字。考之唐詩，用同字者甚多，宜不嫌。蹈落，謂首句末字不押平而用仄。挾聲，考之中國論詩法書中未見之。然而中華古人絶句律詩竝用之者甚多。蓋謂當仄聲轉爲平，挾之兩仄之間，而每用句末。如絶句每在第三句，如律詩每在第七句，如排律每在落句之前句。律詩之中一三五句用挾聲者極少。如七言之句第二字仄，則第五字用仄，而第六字轉爲平，是與二六對者不同。如五言，第二字平者，轉第三字之平而爲仄，變第四字之仄而爲平是也。如七言之句第二字平者不用挾聲，唯第二字仄者用之。五言則第二字仄者不用挾聲，唯第二字平者用之。

如七言絶句正格，第三句之第五字，唐詩必用平字，用仄者極少。

上句末用「静」字，下句末用「閑」字。或上句末用「意」字，下句末用「心」字。或上句中用「摇」字，下句同位用「撼」字之類，竝不禁。

律詩及絶句，首句之末用仄字亦可。倭俗謂之蹈落。前對詩多用之，又非前對而用之者亦甚多。須知首句末字不拘聲律。

五言絶句有如押平聲，首句押他平韻。「朝日照紅妝，擬上銅雀臺。畫眉猶未了，魏帝使人催。」又有如用仄韻，首句押他仄聲。「獨坐幽篁裏，彈琴復長嘯。深林人不知，明月來相照。」又有如用仄韻，首句押平聲。「妾有羅衣裳，秦王在時作。爲舞春風多，秋來不堪著。」凡首句末字，須知不拘聲律。

律詩用平仄式，與絶句無異。第一句下押韻或不押亦可也。

側體

五七言律、五七言絶，竝押仄韻之外，總不拘平仄。而如律詩第一句第三句五句七句之末字，間用平聲。如絶句第三句之末必用平字。杜子美《望嶽》作，《遊龍門奉先寺》作，僧靈一《夜坐》詩，高適《九月九日酬人》詩等，蓋可見。周弼曰：其説與拗體相類。

有律詩用重韻

陳子昂詩第二句末押「生」字，第八句末亦用「生」字。

借韻

如押七支韻，可借八微或十二齊一韻是也。嚴滄浪

借韻對

同音不同字曰借韻。「自朱耶之狼狽，致赤子之流離。」狼狽，獸名；流離，鳥名也。又「捲簾黄葉落，開户子規啼」，以「子」對「黄」，「子」與「紫」聲相近也。

字有通作佗聲押韻者，泛引《詩》及《文選》古詩爲證。殊不知《蔡寬夫詩話》嘗云，秦漢以前字書未備，既多假借，而音無反切，平側皆通用。自齊梁後，既拘以四聲，又限以音韻，故士率以偶儷聲病爲工。然則字通作他聲押韻，於古詩則可。若於律詩，誠不當如此。余謂裴虔餘之詩落韻，又本此耳。學林新編

沈存中《筆談》曰：第二字側入謂之正格，第二字平入謂之偏格。唐名賢詩多正格。

篤信案：正格者，仄起之謂也。偏格者，平起之謂也。

凡上去入通謂之仄聲。學詩先要知平仄，不然句雖工，不入規式。今爲初學者作連圈子著規式圖以明之。圈中有豎畫者不拘於平仄，黑者仄，空白者平也。

五言絶句正格

起⦶●●○⦶

承⦶○⦶●○

轉⦶○○●●

合⦶●●○○

五言絶句偏格

起⦶○⦶●⦶

承⦶●●○○

轉⦶●⦶○●

合⦶○⦶●○

七言絶句正格

起⦶●⦶○⦶●⦶

承⦶○○●●○○

轉⦶○○●⦶○●

合⦶●○○⦶●○

七言絶句偏格

起⦶○⦶●●○⦶

承⦶●⦶○⦶●○

轉⦶●⦶○○●●

合⦶○⦶●●○○

五言律詩正格

發句，起，起聯

⦶●⦶○⦶　⦶○⦶●○

胸句，承，頷聯

⦶◯⦶●●　⦶●⦶◯◯

腰句，轉，頸聯

⦶●⦶◯●　⦶◯⦶●◯

結句，合，尾聯

⦶◯⦶●●　⦶●⦶◯◯

五言律詩偏格

破題　起句單⦶◯⦶●⦶

反初句⦶●⦶◯◯

對　粘二句⦶●⦶◯●

反三句⦶◯⦶●◯

對　粘四句⦶◯⦶●●

反五句⦶●⦶◯◯

落句　粘六句⦶●⦶◯●

應起句⦶◯⦶●◯

七言律詩正格

⦶●⦶◯⦶●⦶

⦶◯⦶●⦶◯◯

⦶◯⦶●⦶◯●

⦶●⦶◯⦶●◯

⦶●⦶◯⦶●●

⦶◯⦶●⦶◯◯

⦶◯⦶●⦶◯●

⦶●⦶◯⦶●◯

七言律詩偏格

⦶◯⦶●⦶◯⦶

⦶●⦶◯⦶●◯

⦶●⦶◯⦶●●

⦶◯⦶●⦶◯◯

⦶◯⦶●⦶◯●

⦶●⦶◯⦶●◯

⦶●⦶◯⦶●●

⦶◯⦶●⦶◯◯

六言絶句正格

⦶●⦶○●⦶
⦶○⦶●○○
⦶○⦶●○●
⦶●⦶○●○

六言絶句偏格

⦶○⦶●○⦶
⦶●⦶○●○
⦶●⦶○●●
⦶○⦶●○○

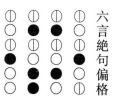

雜體第六

和韻

《宋朝類苑》曰：唱和聯句之起，其源遠矣。自舜作歌，皋陶賡言賡載。

《事物紀原》曰：顔延年、謝元暉作詩相倡和，皆不次韻。至唐元稹作《春深》二十首，白居易、劉禹錫和之，亦用其韻。及令狐楚和詩，多次其韻。次韻始於此也。

《文體明辨》云：和韻詩有三體。一曰依韻，謂同在一韻中，而不必用其字也。二曰次韻，謂和其原韻，而先後次第皆因之也。三曰用韻，謂用其韻而先後不必次也。又有因韻而增爲之者。篤信案：古人多用次韻。

胡苕溪云：東坡云：「古之詩人有擬古之作矣，未有追和古人者也。追和古人詩，則自東坡始。」

古人賡和，答其來意而已，初不爲韻所縛。中唐以還，元稹、白居易、皮日休、陸龜蒙更相唱和，由是此體始盛，然皆不及他作。嚴羽所謂「和韻最害人詩」者，此也。文體明辨

聯句詩

聯句詩起自《柏梁》，人各一句，集以成篇。有人各四句者，有人各一聯者。文體明辯

篤信曰：有五言聯句，有七言聯句。退之以前既有聯句，非昉於退之。爲聯句昉於退之者，非也。

聯句，或二人，或三四人，各賦二句或四句，共成長篇。潛確類書

王世貞曰：和韻、聯句，皆易爲詩害而無大益。偶一爲之可也。然和韻在於押字渾成，聯句在於才力均敵。

首尾吟

第一句與尾句同。邵子《擊壤詩》中載百三十五首，竝七言律，皆押支韻。

集句詩

（集句詩）者，雜集古句以成詩也。自晋以來有之。至宋王安石尤長於此，蓋必博學强識，融會貫通，如出一手，然後爲工。若牽合傅會，意不相貫，則不足以語此矣。文體明辨

楊升菴曰：晋傅咸作《七經詩》，此乃集句之始。

篤信案：古人集句詩多者至百韻，又有文天祥集杜詩最精巧。

有三言之詩

起於晉夏侯湛，又押韻。

《冰川詩式》曰：明蘇祐《將進酒》詩曰「將進酒，樂間陳。錯華燈，襲錦茵。靚良時，擁光塵。獻萬年，酬千金。嗟何辭，不常醺。流水逝，曜靈枕。」

四言詩

起於漢楚王傅韋孟。四言最古，在諸詩中獨難，以《三百篇》在前故也。

有五言六句律，其詩有對者，有不對。數有變體。有六言絶句，有六言八句律，有六言排律，有七言六句，有七言五句，有九言詩，有一字至七字詩，有一字至十字詩，有五七言詩，有三五七言，有四六八言，有長短句。

回文詩

順讀與倒讀皆成詩句。其中有四言回文，有五言回文，有七言絶句回文，七言律回文。

有反覆體，離合體，借字體

○篤信謂：此體皆戲謔，非風雅之正，今不詳乎此。

口號

或四句，或八句，艸成而速就，建意宣情而已。貴在明白條暢。潛確類書

有全篇皆平字格

篤信案：唐陸龜蒙、明丘濬七言律詩各四十字，無一字仄聲。

有全篇皆仄字格

梅聖俞五言仄體詩四十字，亦無一字平聲。

句法第七

句眼

冰川子曰：五言詩以第三字爲眼。古人練字只於句眼上練。詩眼用實字方得句健。「星河秋一雁，砧杵夜千家」，又「夜潮人到郭，春霧鳥啼山」。七言詩以第五字爲句眼。句眼字練則句自精神。詩眼用實字方得句健。「朝登劍閣雲隨馬，夜度巴江雨洗兵」。

潘邠老云〔一〕：七言詩第五字要響，如「返照入江翻石壁，歸雲擁樹失山村」，「翻」字「失」字是響字也。五言詩第三字要響，如「圓荷浮小葉，細麥落輕花」，「浮」字「落」字是響字也。所謂響者，致力處也。予竊以爲字字當活，活則字字自響。呂氏童蒙訓

交股法

王介甫詩「春殘葉密花枝少，睡起茶多酒盞疎」，此一聯以「密」對「疎」，以「多」對「少」，正交股

〔一〕潘：底本訛作「藩」，按宋潘大臨字邠老，據改。

用之，所謂「蹉對」也。

句中對

「四年三月半，新筍晚花時」元稹，「遠山芳艸外，流水落花中」司空曙，「孤雲獨鳥川光暮，萬井千山海氣深」李嘉祐。

三截體

李白詩曰：「日落沙明天倒開，波摇石動水縈迴」。

句作兩節

老杜詩云：「不知西閣意，肯別定留人。」肯別耶？定留人耶？山谷猶愛其深遠閒雅也。

折句格

《玉屑》曰：六一居士詩云「静愛竹時來野寺，獨尋春偶過溪橋」。

折腰句法

七言上三字下四字，「鳳皇樂奏鈞天曲，烏鵲橋過織女河」。或上五字下二字，「杖黎嘆世者誰子」「中天月色好誰看」。上二下五，杜詩「不貪夜識金銀氣，遠害朝看麋鹿遊」。

錯綜句法

即倒句。「野禽啼杜宇，山蝶夢莊周」，又「香稻啄餘鸚鵡粒，碧梧棲老鳳皇枝」。

翻案句法

是依古人句而翻案之也。「不用茱萸子細看，管取明年各强健」。丘瓊山詩「白髮年來也不公，春風亦與世情同」。

連珠句

「穿花蛺蝶深深見，點水蜻蜓款款飛」，又「疊嶂挂流平地起，危樓曲閣半天開」，又「積水長天迷遠客，荒城極浦足寒雲」。

疊三實字句

「野艸花葉細，不辨贇菉葹」。

疊五實字法

「風雨晦明淫，跛鱉瘖聾盲」。又有疊七字法。

用子母字妝句

「竹［疎］煙補［密］，梅［瘦］雪添［肥］」，「社日雨［多］晴較［少］」。出於詩法指南

總論詩法第八

夫學詩者，以識爲主。入門須正，立志須高。以漢魏盛唐爲師，不作開元天寶以下人物。若自生退屈，即有下劣詩魔入其肺腑之間。由立志之不高也。行有未至，可加工力。路頭一差，愈騖愈遠。由入門之不正也。故曰：「學其上僅得其中，學其中斯爲下矣。」又曰：「見過於師，僅堪傳授。見與師齊，減師半德也。」工夫須從上做下，不可從下做上。先須熟讀《楚詞》，朝夕諷詠，以爲之本。及讀《古詩十九首》、樂府四篇，李陵、蘇武、漢魏五言，皆須熟讀。即以李杜二集枕藉觀之，如今人之治經。然後博取盛唐諸名家詩醞釀胸中，久之自然悟入。雖學之不至，不失正路。滄浪

東坡教人作詩曰：「熟讀《毛詩·國風》《離騷》，曲折盡在是矣。」僕嘗以此語太高。後年齒益長，乃知東坡之善誘人也。許彥周詩話

晦菴曰：作詩須從陶柳門庭中來乃佳。不如是，無以發蕭散沖澹之趣，不免於局促塵埃，無由到古人佳處也。如《選》詩及韋蘇州詩亦不可不熟讀。

又曰：作詩先用看李杜，如士人治本經然。本既立，次第方可看蘇黄以次諸家詩。

大率作文須學古人，學古人尚恐不至古人，况學今人哉？其不至古人必矣。室中語

大凡作詩，須用《三百篇》與《離騷》。言不關於世教，義不存於比興，亦徒勞耳。姜堯章

梁橋曰：學詩須取材於《選》，效法於唐。

又曰：學詩須枕藉《騷》《選》，死生李杜。

徐禎卿曰：古詩《三百》，可以博其源；遺範《十九》，可以約其趣；樂府雄高，可以厲其氣；《離騷》深永，可以裨其思。

魏莊渠曰：日諷詠《三百篇》，旁採漢魏以及盛唐，其調每下。漢初語意尚渾涵，魏晉漸覺發露，其後費雕琢矣，沖澹閒遠之趣爲之頓衰。學老杜詩，所謂「刻鵠不成尚類鶩」也。學晚唐諸人詩，所謂「作法於涼，其弊猶貪。作法於貪，弊將若何」。黄魯直與趙伯充書

學詩當以子美爲師，有規矩，故可學。退之於詩本無解處，以才高而好耳。淵明不爲詩，寫其胸中之妙耳。學杜無成，不失爲功。無韓之才與陶之妙而學其詩，終樂天耳。陳後山

有問荆公：「老杜詩何故妙絶古今？」公曰：「老杜固嘗言之。『讀書破萬卷，下筆如有神』。」東皋雜録

夫詩有別才，非關書也；詩有別趣，非關理也。然非多讀書多窮理，則不能極其至。宋嚴羽

宋唐庚曰：凡作詩，平居須收拾詩材以備用。

又曰：詩在與人商論，深求其疵而去之。等閒一字放過則不可，殆近法家，故謂之詩律。

初學作詩，寧失之野，不可失之靡麗。失之野不害氣質，失之靡麗不可復整頓。吕氏童蒙訓

寧拙無巧，寧朴無華，寧粗無弱，寧僻無俗。詩文皆然。後山詩話

詩之不工，只是不精思耳。不思而作，雖多亦奚以爲？白石詩話

語貴含蓄。東坡云：「言有盡而意無窮者，天下之至言也。」玉屑

魏文帝曰：「文以意爲主，以氣爲輔，以詞爲衛。」詩不可鑿空强作，待境而生，便自工耳。黄山谷

詩有三偷。一曰偷語，二曰偷意，三曰偷勢。偷語最拙。

詩有三偷。偷語最是鈍賊。如傅長虞「日月光大清」〔一〕，陳後主「日月光天德」是也。偷意，事雖可罔，情不可原。如柳渾「大液微波起，長楊高樹秋」，沈佺期「小池殘暑退，高樹晚涼歸」是也。偷勢，才巧意精無痕跡，蓋詩偷狐白手也。如嵇康「目送歸鴻，手揮五絃」，王昌齡「手携雙鯉魚，目送千里雁」是也。李淑詩苑

作詩不可直説破，須如詩人婉而成章。《楚辭》最得詩人之意，如「沅有芷兮澧有蘭，思公子兮未敢言」，則思之之意深，而不可以言語形容也。若説破如何思，則意味淺矣。張南軒

詩爲韻所縛，作者須以題意爲主，韻爲客。使題意與韻若出天成，不作牽合補塞態，方是作手。若爲韻扞格，反致意義與矛盾，則舛錯鄙俚之弊不終無矣。宋景濂

詩之氣勢最忌斷續。如頷聯與起句不接，腹聯與頷聯不接，結句又與前聯不相管攝，非詩也。

〔一〕虞：底本脱，據《能改齋漫録》卷十補。

作者須一氣呵成，貫珠而下，不露痕跡方妙。楊士奇

詩貴乎實。實則隨事命意，遇景得情。如傳神寫真，各盡其態，自不至有重複蹈襲之患。范德機

詩要鋪叙正，波瀾闊，用意深，琢句雅，使字當，下字響。楊仲弘，下同〔一〕

人所多言，我寡言之。人所難言，我易言之。則自不俗。

作詩須先得意，意得則詞自達，韻自協，篇自易成。若漫不立意，而徒致飾於字句之間，則不入於割裂，即入於補綴，未善也。丘濬，下同

詩中用字一毫不可苟。倘一字不雅，則一句不工；一句不工，則全篇皆廢矣。作詩有起承轉合四字。以絶句言之，第一句是起，第二句是承，第三句是轉，第四句是合。律詩第一聯是起，第二聯是承，第三聯是轉，第四聯是合。古詩長律亦以此法求之。詩法源流，下同

大抵起處要平直，承處要從容，轉處要變化，結處要淵永。

絶句則當先得後二句，律詩則當先得中四句。律詩固以對偶爲工，然得意處則意對語不對亦可〔二〕。

〔一〕仲：底本脱，據楊仲弘《詩法家數》補。

〔二〕亦：底本訛作「品」，據《歷代詩話》卷六十七改。

凡用通用字無法即軟弱。軟弱猶易療，鄙俗最難醫。《卻掃篇》曰：凡作詩，工拙所未論，大要忌俗而已。

明暗二例者，作詩之法無出於此。蓋凡作字非明則暗。冰川詩式

篤信案：詩中明言所題之物，是明也。詩中不顯言所題，只説其事，而其所題自見，如詠雨詩中不言「雨」字，又如賓常《聞子規作》詩中不言「子規」字，是暗也。又有無題格，隱諱其意，不欲明言。或隱意隱字，使人自得。

《藝苑雌黄》云：古人詩押字，或有語顛倒而無害於理者。如韓退之以「參差」爲「差參」，以「玲瓏」爲「瓏玲」是。

篤信案：古人詩曰「俯仰迷下上」，又「詩書置後先」，又「後日懸知漸莽鹵」之類是也。或以「慷慨」爲「慨慷」，以「新鮮」爲「鮮新」，以「經緯」爲「緯經」〔一〕，以「稊稗」爲「稗稊」，以「圭角」爲「角圭」，以「參差」爲「差參」，以「唐虞」爲「虞唐」，以「紅白」爲「白紅」，以「俯仰」爲「仰俯」，以「玲瓏」爲「瓏玲」。又《漢皐詩話》曰〔二〕：「字有顛倒可用者，如羅綺綺羅，圖畫畫圖，毛羽羽毛，白黑黑白之類。」見有理如晦翁之作者，則指之曰：「此儒者詩也。」見有淺如誠齋之作者，則指之曰：「此俗學者

〔一〕以：底本訛作「圭」，據前後文改。

〔二〕皐：底本訛作「溪」，據《野客叢書》卷二十八改。

詩也。」嗟！是徒豈足知詩哉〔一〕？尤不足以知誠齋、晦翁矣。蓋晦翁之詩如《烝民》《懿戒》諸作，不害其爲《二雅》之正。誠齋之詩如《竹枝》《欸乃》之作，不害其爲《國風》之餘也。詩法源流

詩家借用古人語而不用其意，爲最妙法。楊誠齋

詩家病使事太多。天下事雖不可不讀，然謹不可有意於用事。梁橋，下同

對句好可得，結句好難得，發句好尤難得。

詩者用意貴精深，下語貴平易。

譏人不可露，使人不覺。

詩不要有閑字。七言若減兩字成五言而意思足，便是閑字。滄浪詩話

作詩對偶不切，則失之粗；太切，則失之俗。梁橋

《白石詩説》曰：「花」必用「柳」對，是兒曹語，其不切亦病也。

杜少陵好用經中全句爲詩，如《病橘》云「雖多亦奚爲」，又《遣悶》云「致遠思恐泥」，又如「丹青不知老將至，富貴於我如浮雲」之類。冰川詩式

古人分題，或各賦一物。如云《送某人分題得某物》也。亦曰探題。滄浪詩話

昔梅聖俞日課一詩。余爲方學若作行狀，其家以《陸放翁手録詩稾》一卷爲潤筆，題其前云

〔一〕徒豈：底本錯作「豈徒」，據《詩法正論》改。

「七月十一日至九月二十九日，計七十八日，得詩一百首」。陸之日課尤勤於梅。二公豈貪多哉？藝之熟者必精，理勢然也。劉後村文〔一〕

凡作詩須命終篇之意，切勿以先得一句一聯因而成章，如此則意多不屬。然古人亦不免如此。如述懷、即事之類，皆先成詩而後命題者也。室中語

詠物詩不待分明説盡，只髣髴形容，便見妙處。呂氏童蒙訓

作詩不可使一字無用，須是字字少不得。又不可使一字不佳，須是字字穩當。又不可使一字無來歷，字字要有出處。要無鄙俚。唐詩訓解

白樂天《與元九書》曰：凡人爲文，私於自是，不忍於割截，或失於繁多。其間研蚩，益又自惑〔二〕。必待交友有公鑒無姑息者，討論而削奪之，然後繁簡當得其中矣。

詩之用事不可牽彊，必至於不得不用而後用之，則事辭爲一，莫見其安排鬪湊之跡。石林詩話

荆公云：凡人作詩，不可泥於對屬。如歐陽公作《泥滑滑》云「畫簾陰陰隔宮燭，禁漏杳杳深千門」，「千」字不可以對「宮」字，若當時作「朱門」，雖可以對，而句力便弱耳。王直方

老杜云「新詩改罷自長吟」，文字頻改，工夫自出。近世歐公作文先貼於壁，時加竄定，有終篇

〔一〕村：底本訛作「持」，據《詩人玉屑》卷五改。
〔二〕惑：底本訛作「感」，據《白氏長慶集》卷四十五改。

不留一字者。魯直長年多改定前作。玉屑

東坡《送人守嘉州》古詩，其中云「峩眉山月半輪秋，影入平羌江水流。謫仙此語誰解道，請君見月時登樓」。上兩句全是李謫仙詩，故繼之以「謫仙此語誰解道，請君見月時登樓」之句。此格本出於李謫仙，其詩云「解道澄江浄如練，令人還憶謝元暉」，蓋「澄江浄如練」即元暉全句也。後人襲用此格，愈變愈工。漁隱

解縉曰：詩在相題，不可一律而論。有宜含蓄者則意當渾厚〔一〕，有宜豪放者則意當發露，有宜莊重者則語當痛快，有宜輕逸者則語當流麗。

欲造平淡當自組麗中來，落其紛華，然後可造平淡之境。如此，陶謝不足進矣。今之人多作拙易詩，而自以爲平淡者，未嘗不絶倒也。韻語陽秋

張仲達《詠鷺鷥》詩云「滄海最深處，鱸魚銜得歸」，張文寶曰：「佳則佳矣，争奈鷺鷥腳太長。」荆湖近事

「池塘生春艸，園林變夏禽」，世多不解此語爲工，蓋欲以奇求之爾。此詩之工，正在無所意，猝然與景相遇，備以成章，不假繩削，故非常情之所能到。詩家妙處，當須以此爲根本。而思苦言艱者往往不悟。石林詩話

〔一〕渾：底本脱，據《詩學概要》補。

明皇甫汸曰：作詩須量力度才，就其近似者而摸倣之，久則成家矣。若性質恬曠而務求華艷，才情綺麗而强擬沈欝，始雖效顰，終失故步，所謂「行岐路者不至，懷二心者無成」也。

葛立方《韻語陽秋》云：《選》詩駢句甚多，如「宣尼悲獲麟，西狩泣孔丘」「千憂集日夜，萬感盈朝昏」「萬古陳往還，百代勞起伏」「多士成大業，群賢齊洪績」之類，恐不爲後人之法。

陸士衡《文賦》云：「立片言以居要，乃一篇之警策。」此要論也。杜詩云「語不驚人死不休」，所謂驚人語即警策也。童蒙訓

山谷曰：詩意無窮而人才有限，以有限之才，追無窮之意，雖淵明、少陵不得工也。不易其意而造其語，謂之換骨法；規模其意而形容之，謂之奪胎法。

陳永康曰：高不可言高，閑不可言閑，静不可言静，苦不可言苦，樂不可言樂。《漫叟詩話》曰：陳本明論詩云：「當言用勿言體，則意深矣。若言冷則云『可嚥不可漱』，言静則言『不聞人聲聞履聲』之類〔一〕。」

王世貞曰：詩有起有結，有喚有應，有過有接，有虚實，有輕重，偶對欲稱，壓韻欲穩，使事欲切，使字欲當。此數端者，一之未至，未以言詩也。

李夢陽曰：古人之作，其法雖多端。大抵前疎者後必密，半闊者半必細，一實者一必虚，叠景

〔一〕聲：底本皆訛作「静」，據《漁隱叢話》前集卷三十七改。

者意必二。

何景明曰：詩雖盛稱於唐，其好古者，自陳子昂後莫若李杜二家。然二家歌行近體誠有可法〔一〕，而古作尚有離去者，猶未盡可法之也。故景明學歌行近體，有取於二家，旁及唐初盛詩人，而古作必從漢魏求之。

王世貞曰：賈島「三月正當三十日」，與顧況「野人自愛山中宿」同一法，以拙起唤出巧意結語，俱堪諷詠。

陸放翁《集句杜詩序》曰：要在得古作者之意。意既深遠，非用力精到則不能造也。前輩於《左氏傳》《太史公書》、韓文、杜詩皆熟讀暗誦，雖支枕據鞍間，與對卷無異，久之乃能超然自得。今後生用力有限，掩卷而起，已十亡三四，而望有得於古人亦難矣。

篇法有起有束，有放有斂，有唤有應。大抵一開則一闔，一揚則一抑，一象則一意，無偏用者。

第一相詩訣

盧仝詩喜用「之」字。「青樓朱箔天之涯」「林花撩亂心之愁」「相逢之處艸茸茸」，皆不俗。徐氏筆精

司馬温公曰：詩貴意在言外，使人思而得之。近世惟杜子美最得詩人之體。

〔一〕誠：底本訛作「識」，據《大復集》卷三十四改。

陸儼山曰：登山涉水之間，專事賦詩則反礙真樂。葉石林記〔一〕，陳後山每登覽得句，即急歸臥一榻，以被蒙首。家人知之，即猫犬皆逐去，嬰兒稚子皆抱持寄鄰家。徐待其起就筆硯，即詩已成，乃敢復常。大是爲詩所苦。大抵江山既勝，風日又佳，從以良朋韻士〔二〕，便當極躋攀眺望之興。罷，從燈下或月夕，追憶所遇，歷歷在目〔三〕，然後發之詩文，庶幾各極其愜而無累矣。

方孝孺曰：作詩最重丰致。意欲圓，語欲活，氣欲流暢，藏深思于寓言之中，發天趣於模題之外可也。

陶淵明詩平淡出於自然，後人學他平淡便相去遠矣。某後生見人做得詩好，鋭意要學，遂將淵明詩平側用字一一依他做，到一月後便解自做，不要他本子，方得作詩之法。朱子，下同

詩須是平易不費力，句法混成。如唐人玉川子輩句語雖險怪，意思亦自有混成氣象。因舉陸務觀詩「春寒催喚客嘗酒，夜静臥聽兒讀書」，不費力好。

《學範》曰：詩五法。曰體制，曰勢力，曰氣象，曰興趣，曰音節。嚴氏九品。曰高，曰古，曰深，曰遠，曰長，曰雄渾，曰飄逸，曰悲壯，曰淒然。嚴氏七德。一識理，二高古，三典麗，四風流，五精

〔一〕林：底本脱，據《儼山集》卷二十五補。

〔二〕從：底本訛作「徒」，據《儼山集》卷二十五改。

〔三〕歷：底本脱，據《儼山集》卷二十五補。

神，六質幹，七體裁。皎然 詩貴三多。讀多，記多，講明多。詩去五俗。一俗體，二俗意，三俗句，四俗字，五俗韻。詩辨 六開。篇法，句法，字法，氣象，家數，音節。范氏 用工有三〔一〕。曰起結，曰句法，曰字眼。大概有二。曰優遊不迫，曰沈著痛快。極致有一，曰入神。嚴氏

又曰：命意。作詩以命意爲主。古人云「操詞易，命意難」，信不誣矣。命意欲其高遠超逸，出人意表〔二〕，與尋常迥絶，方可爲主。詩則 作詩先命意，如構宮室，必法度形似備於胸中，始施斤鉞。

《作詩準繩》：〔立意〕要高古渾厚有氣概，要沉著忌卑弱淺陋。〔鍊句〕雄偉清健有金石聲。琢對寧粗毋弱，寧拙毋巧，寧朴毋華。忌野俗。〔寫意〕意中寓景，議論發明。〔寫景〕景中含意，事中瞰景。要細密清淡，忌庸腐雕巧。〔書事〕大而國事，小而家事、身事、心事〔三〕。〔用事〕陳古諷今，因彼證此，不可著跡，只使影子。雖死事當活用。〔下字〕或在腰，或在膝，或在足，最要精思，宜的當。〔押韻〕押韻穩健，則一句有精神，如柱礎之欲其堅固也。詩法入門

曾氏曰：古人造語，每意精語潔，字愈少，意愈多，意在言外，悠然而長，黯然而光，此非後人之所能及。學範，下同

〔一〕有：底本訛作「用」，據《滄浪詩話》改。

〔二〕人：底本訛作「入」，據《騷壇秘語》卷下改。

〔三〕而：底本訛作「面」，據《歷代詩話》卷六十七改。

《事文類聚》：事不可用〔一〕，多宋事也，又不用偏方俚語之言〔二〕。篤信案：《類聚》字事亦可揀用。

詩有八病。沈約之説一曰平頭〔三〕。第一第二字不得與第六第七字同聲，如「今日良宴會，讙樂難具陳」，「具陳今讙」皆平聲。二曰上尾。第五字不得與第十字同聲，如「青青河畔草，鬱鬱園中柳」，「艸柳」皆上聲。三曰蜂腰。第二字不得與第五字同聲，如「聞君愛我甘，竊欲自修飾」，「君甘」皆平聲，「欲飾」皆入聲。四曰鶴膝。第五字不得與第十字同聲，如「客從遠方來〔四〕，遺我一書札。上言長相思，下言久離別」，「來思」皆平聲。五曰大韻。如「聲鳴」爲韻，上九字不得用「驚傾平榮」字〔五〕。六曰小韻。除本韻一字，外九字中不得有兩字同韻。如「遥條」不同句〔六〕。七曰旁紐。八曰正紐。十字内兩字雙聲爲正紐，若不共一紐而有雙聲爲旁紐。如「流久」爲正紐，「流柳」爲旁紐。八種惟上尾、鶴膝最忌，餘病亦皆通。玉屑

張美和曰：八病之説，無足取者。

〔一〕「事」上衍「字」，據《歷代詩話》卷六十七删。
〔二〕俚：底本訛作「理」，據《歷代詩話》卷六十七改。
〔三〕曰：底本訛作「目」，據下文改。
〔四〕從：底本訛作「欲」，據《古詩十九首》改。
〔五〕傾：底本訛作「神」，據《詩人玉屑》卷十一改。
〔六〕句：底本訛作「切」，據《詩人玉屑》卷十一改。

論詩人第九

晉人舍陶淵明、阮嗣宗外，惟左太沖高出一時。陸士衡獨在諸公之下。滄浪，下同

李杜二公，正不當優劣。太白有一二妙處，子美不能道；子美有一二妙處，太白不能作。子美不能爲太白之飄逸，太白不能爲子美之沈鬱。

少陵詩法如孫吴〔一〕，太白詩法如李廣。少陵如節制之師。

釋皎然之詩，在唐諸僧之上。唐人七言律詩，當以崔顥《黄鶴樓》爲第一。

杜紫微覽趙渭南《早秋》詩云「殘星幾點雁横寒，長笛一聲人倚樓」，因目之爲「趙倚樓」。古今詩話

昌黎韓愈於文章少許可〔二〕，至歌詩，獨推曰「李杜文章在，光焰萬丈長」，誠可信云。宋子京〔三〕

柳子厚文不如退之，退之詩不如子厚。源流至論

文章大概亦如女色，好惡只繫於人。蔡寬夫詩話

〔一〕法：底本脱，據《滄浪詩話》補。

〔二〕文：底本訛作「丈」，據《漁隱叢話後集》卷八改。

〔三〕京：底本訛作「景」，據《漁隱叢話後集》卷八改。

東坡《祭柳子玉文》：「郊寒島瘦，元輕白俗。」此語具眼。許彦周詩話

淵明之作宜自爲一編，以附於《三百篇》《楚辭》之後，爲詩之根本準則。真西山

李杜長歌所以妙者，有奇語爲之骨，有麗語爲之姿。若十萬衆長驅，而中無奇正，器甲不精麗，何言師也。王世貞

李太白終始學《選》詩，所以好。杜子美詩好者，亦多是傚《選》詩。漸放手，夔州諸詩則不然也。朱子，下同

明道先生有詩曰「時人不識予心樂，將謂偷閒學少年」，此是後生時氣象，眩露無含蓄。

謝所以不及陶者，康樂之詩精工，淵明之詩質直而自然爾。又曰：唐人與宋人詩未論工拙，直是氣象不同。學範

篤信案：明宋景濂《答章秀才論詩書》總論古來詩人，可謂奇絶。

詩話問答

高泉性潡

《詩話問答》一卷，吉田臥龍軒（一六四九—一七二五）問，高泉性潡（一六三三—一六九五年）答。據日本國文學研究資料館藏本校。

按：高泉性潡（こうせん しょうとん KOSEN SHOTON），江户時代前期黄檗宗禪僧。諱性潡，字良偉，一字高泉，號雲外、曇華道人，俗姓林。中國福建省福清縣出身。福州黄檗山慧門（承隱元法）之弟子，寛文元年（一六六一）二十九歲時應隱元招東渡（隱元已於承應三年六十三歲時，應長崎興福寺逸然招渡日），入京都宇治黄檗山，元禄五年（一六九二）任萬福寺第五世住持。獻《十牛頌》於後水尾上皇，爲大將軍德川綱吉説教禪要，得加賀藩（今屬金澤縣）第五代藩主松雲公前田綱紀皈依，與宫廷、將軍以及諸藩大名交流積極，於黄檗宗之興隆盡力非凡，堪稱「中興之祖」。寛永十年生，元禄八年殁，享年六十二歲。

著作有《扶桑禪林僧寶傳》十卷、《東國高僧傳》十卷、《洗雲集》十卷、《佛國高泉禪師語録》八卷、《山堂清話》三卷、《東渡諸祖傳》《法華略集》《翰墨禪》《高泉禪師語録》《有馬温泉記》《釋門孝傳》等各一卷。

吉田臥龍軒（よしだ がりょうけん YOSHIDA GARYOKEN），一六四九—一七二五年，江户時代前期，豐後（今屬大分縣）臼杵人，居士。名正敦（まさあつ MASAATSU）。其餘不詳。有《臥龍軒先生行狀並遺稿》（吉田祥三郎編）。

著作有《詩話問答》《容光録》等。

佛國高泉和尚筆談

校者按：高泉和尚答語以楷體字出之。

奉問佛國和尚筆談

伏乞校正。　吉田正敦

我國俗愛櫻花，惟謂「花」，不名，如華人愛牡丹。此花奇艷妖態，葉間著花，緑白相交，真可愛焉。而未聞華人見于詩賦者，何也？蓋中華無此花乎？彼所謂櫻桃花，雖名字少相似，而彼有朱實可食之；我櫻花者，雖或有小實，都不可食。然則櫻花非櫻桃花也明矣。不知中華何名此花耶？

日本無櫻桃。櫻桃結子大如碗，凡櫻桃熟時，天子必賜百官，以嘗新也。今此方所謂櫻桃者，乃海棠也。今後宜志之。

和尚《止巖》詩曰：「凜凜寒巖拔地起，下臨江水白千里。莫嫌無事强安名，欲使勞勞人且止。」又贈印園頭詩：「一柄隨身生鐵钁，劚殘春雨工不輟。剪來薹芥薦雲厨，换卻和僧十丈舌。」予見此二首如音律齊整而所謂律詩者然。《法苑略集》編之於古詩部者何？予倭音難通，别有體格意思也否？

此二絶句有古言，故編於古詩中，不必拘也。

夏日作家書

古人絶句有後二句平仄不變格，予效之而賦，未知是也否。

家山路遠書音稀，偶遇鄉人懇告歸。滿面淚痕難發筆，録兩三行乞暑衣。

登叡山

又有失粘格，予效之，未知是也否。

山壓須彌頂，人登非想天。漸到羊腸處，徐徐似蟻旋。

右伏乞筆削。右四條，予久所疑，故書以問之。甚勞和尚道情，多罪多罪。仲夏日，吉田正敦百拜書

奉問佛國和尚筆談

吉田正敦百拜，伏乞筆削。

日本土俗不解華音，故學詩時，作白黑圈子，而别五七言平仄字可居之地，且檢考韻書而作。吟之則以和訓，不以音律。故雖知理之通不通，未知音律諧不諧，纔賴白黑圈子而證之而已，所謂

依樣畫胡蘆類也。而舊俗所傳有儘可疑者，聊記之於左，請和尚判決。

七言絶句仄字押韻，則雖未必古體，皆如古詩不拘音律，平仄雜用。予謂縱雖仄字押韻，詩有絶體，則是絶句，音律可諧；詩有古意，則是古詩，不拘音律。

凡律詩與絶句，俱當叶平仄。其有不叶者，以意句之妙，則不必叶。若强叶之，則詩不佳矣。如仄韻絶句亦然。不必盡拘以音律也。

七言詩第二句及第四句忌下第五字、第六字、第七字同音或平或仄，予謂第三字、第四字皆仄聲，則雖第五字、第六字、第七字皆用平聲亦可乎？第三字、第四字平聲亦例看。

七言詩，大抵一三五不論、二四六分明，則一一合音律矣。

七字句除去上下二字，中間五字忌或用一平而四字皆仄、或用一仄而四字皆平，未知如是也否。

此當觀詩何如，不當盡拘此法。

以「華」字押韻，則一詩中必用「花」字押韻，未知如是也否。

此古來未有定論。偶爾所制則得，以「華」字與「花」字作二説故也。

右四件，我日本俗傳如是，不知中華亦有此法也否。書以訂疑，伏乞炤察。

貞享五夏六月廿七日

伏乞筆削吉田正敦百拜

奉佛

油盞半乾秋夜長，黄雲消盡瓦爐香。繙經試欲誦胡語，慣讀詩書舌本强。

弔某校者按：高泉和尚硃批改「弔某」作「慰」**人哭子**

醫法知無起死方，道家思（校者按：高泉和尚硃批改「思」作「誰」）有返魂香。滿顔（校者按：高泉和尚硃批改「滿顔」作「空餘」）滴滴數行淚，化作星星兩鬢霜。

民村

修竹陰中八九家，矮橋淺井路横斜。剩移桑柘疎疎影，黄雀争飛啄稻花。

風鈴小鐘也，片（校者按：高泉和尚硃批改「片」作「以」）紙爲舌，風吹則鳴。

細絲懸作簴，片紙截爲槌。聲小不驚睡，數（校者按：高泉和尚硃批劃去「數」字）鳴難（校者按：高泉和尚硃批改「難」作「長似」）報時。

栂尾律院

持律甚嚴密，日中只一餐。遇人似殊俗，直視不曾言。

書壁

蕭散一間廬，門無長者車。庭栽木芍藥，窗養石菖蒲。解悶半杯酒，引眠滿架書。此中有丘壑，何必伴樵漁。

哭月澗師 師示寂於江户，予在臼杵，師亦臼人也。

嘗投名紙時，（校者按：高泉和尚硃批在此添「欲」）使我吟詩。不計材無用，只稱志有爲。一朝自相（校者按：高泉和尚硃批改「自相」作「辭遠」）别，再會更無期。尋入故居處，徒誦復魂（校者按：高泉和尚硃批改「誦復魂」作「吟吊慰」）詞。

大機長老别業

多景皆真趣，萬般出世間。撫松還繞竹，觀海剩臨山。有村翁接席，無俗客妨閑。風味語何及，書詩或欲删。

布袋愛兒圖

由來不意懷兒，是故教兒逐隨。坦腹雖脝且大，未曾容黠與癡（校者按：「癡」字缺兩點，高泉和尚硃批補）。

寄宗仙儒醫卧病 宗仙，人名

百病有根柢，在未忘幻身。欲忘亦爲祟，大空何避塵？近來從學佛，頗似知此真。雖（校者按：高泉和尚硃批改「雖」作「縱」）子傳奇術，我法聊書紳。

朱印書卷 并引

吾愛（校者按：高泉和尚硃批改「吾愛」作「予好」）藏書矣（校者按：高泉和尚硃批劃去「矣」），然家貧不能致書，樓（校者按：高泉和尚硃批在此補「中」字）纔有數櫃（校者按：「櫃」字缺「匚」，高泉和尚硃批補）耳。一一印（校者按：高泉和尚硃批在此補「以」字）小篆朱字於初紙（校者按：高泉和尚硃批劃去「於初紙」），此欲使人知吾家物也。古人有「借一嗤還二嗤」之言，又謹收藏之至也。而器物之於人也，人死則人傳，此失則彼得，焉能有永不失之寶耶？雖或有之，又無終不死之身。豈翅器物哉？

雖天下國家亦然也。因題（校者按：高泉和尚硃批在此補「以」字）自誡。

癖（校者按：高泉和尚硃批改「癖」作「素」）性喜書藏數櫃（校者按：「櫃」字缺「匚」，高泉和尚硃批補），卷中手印篆文朱。生前雖辨自家物，死後須嘲吾意愚。孔聖韋編何處有，歐公石刻只今無。此情忽起揮毫寫，情盡字殘又不俱。

古酒甌

後園掃少塊堆疊（校者按：「掃少塊堆疊」高泉和尚硃批改作「偶發荒墟地」），掘（校者按：「掘」高泉和尚硃批改作「忽」）得輕輕此一甌。喉窄腹脝宜貯酒，水侵土蝕幾經秋。玉憑和氏光初見，劍值張公靈豈瘦（校者按：高泉和尚硃批去「瘦」兩點，即改作「廋」）。不潤佳人歌口渴，先澆病客滿腸愁。

伏乞筆削

吉田正敦百拜

同志三四人遊稻丈人别墅

同行三四輩，勃窣到林丘。樹密鳥來（校者按：高泉和尚硃批改「來」作「棲」）宿，水清魚戲遊。簷低足掩鼎，墻短不遮眸。腰下一簞食，食終嗽小流。

偶作

讀倦書堆几，支頤盻半庭。著黄梅落落，帶粉竹亭亭。古篆香生穗，新芳花照瓶。兒童供茗汁，勞眼忽惺惺。

雨後對月

天將十日雨，洗此一輪明。無鑿池餘木，不磨露作瓊。螢光乍滅影，蛙吹尚殘聲。謝客對妻子，詩篇奈細評。

會友論文

孔融坐上客常滿，李賀囊中詩自奇。論罷文場猶未散，畫簾半捲月生時。

田宗仙久憂足疾，時有攝行（校者按：高泉和尚硃批改「行」作「州」）**之命**（校者按：高泉和尚硃批改「命」作「行」）**，簡**予**告其行，因**（校者按：高泉和尚硃批劃去「簡予告其行因」六字）**贈**（校者按：高泉和尚硃批補「以」字）**三首**（校者按：高泉和尚硃批改「首」作「絶」）

一札數行讀始驚，仙生更有攝州行。今朝不遇後期遠，三首新詩灞水情。

驚呼病客午窗眠，官事無時不繞纏。足疾難行關外道，爲歡君坐峽中船。江頭昔有跛男兒，骨相得知袁客師。明日棹歌嘈雜去，（校者按：高泉和尚硃批補「難」字）憑風浪卜安危。袁天綱子客師〔一〕，欲渡江，見船中人鼻下氣黑，以爲船將覆。時有跛男兒負擔而來乘其舟，客師曰〔二〕：「貴人也。舟不可覆。」終遂渡中流，浪湧風起，船幾覆，終得渡。

賀若林爲奐人名生（校者按：高泉和尚硃批改「生」作「舉」）子

偕同里巷不同天，君既有（校者按：高泉和尚硃批改「有」作「生」）男吾（校者按：高泉和尚硃批改「吾」作「我」）未然。欲賀充閭操筆硯，先思我後數殘年。

蚊

一分利刺咬膚觜，半夜晴雷繞耳聲。兩手拍中多殞命，可怪（校者按：高泉和尚硃批改「怪」作「憐」）貪食不貪生。

〔一〕子：底本訛作「字」，據《太平广記》卷第二百二十一《相一》改。
〔二〕客師：底本訛作「天綱」，據改。

寄謝鵜飼真泰序予吟卷

曾自煩君書卷頭，東天奎畫耀西州。明窗浄几坐來讀，不耐歡情操筆酬。

伏乞筆削

吉田正敦百拜

和篁溪村言顧〔一〕題予吟卷

問詩不匿瑕，郤聽師稱是。聞世有蘇黄，嘆鄉無杜李。參商兩箇（校者按：高泉和尚硃批改「箇」作「地」）情，水陸三千里。尺牘恥通名，楊王非我氏。贈詩曰嘆不知我名字，故結句及此。楊王，唐楊炯、王勃也。

畫鷹

碧眼班毛岱北天，誰臨奇貌他（校者按：高泉和尚硃批改「他」作「異」）邦傳。年來搏盡中山兔，鐵爪

〔一〕村言顧：似當作「村顧言」。按，中村篁溪（一六四七—一七一二），名顧言，字伯行，通稱春帆、新八，别號淡閑子。

猶應有腥（校者按：高泉和尚硃批改「腥」作「血」）羶。

素風

素風庭際到，稍入紙窗鳴。幾死殘蟬急，欲歸語燕驚。吹醒（校者按：高泉和尚硃批改「醒」作「回」）三伏暑，唤起九秋情。午睡自兹省，圖書好友生。

大機長老見招

見（校者按：高泉和尚硃批改「見」作「蒙」）招入小舍，卜築接民村。艸密行（校者按：高泉和尚硃批改「行」作「頻」）尋路，竹關便入門。一間雖狹隘，萬象悉并吞。不怪盤羹美，墻邊有菜園。

遣童戲寄半雲山人

未識稱呼吾教汝，稍隨指顧汝辭吾。世間風浪浙江惡，近侍山翁可守愚。

還《春秋》一帙寄謝莊田宗仙

借君一帙書，伴我九旬居。莫忌觸長爪，得能免蠹魚。文嚴知意密，讀久覺才疎。理義無窮盡，臨還再（校者按：高泉和尚硃批改「再」作「復」）卷舒。

喜雨

雨師驅旱魃，天意此知仁。豈翅百千玉，足蘇億兆民。稻花初結實，竹葉再生津。萬事不全好，中庭長棘榛。

次韻玄省還《史記》二首

曾借馬遷史，及還就我廬。謝將五言好，足敵百篇餘。絲竹忽高下，雲煙斜卷舒。長吟恐不（校者按：高泉和尚硃批改「恐不」作「愁莫」）記，窗櫺（校者按：高泉和尚硃批改「櫺」作「上」）盡（校者按：高泉和尚硃批劃去「盡」）欲（校者按：此處高泉和尚硃批補「全」字）書。

又

君喜涉今古，何思有屋廬。未閑過一日，特愛惜三餘。鑄硯桑維翰，下帷董仲舒。又因（校者按：高泉和尚硃批改「因」作「憶」）孟軻氏，要無盡信書。韓愈詩：「始我來京師，止携一束書。辛勤三十年，始有此屋廬。」

中秋，約正純之亭賞月。及期，雨下公畏泥濘，以書及詩見辭，因和（校者按：高泉和尚硃批此處補「之」）。

聞君詩句吐新奇，病客將俱佳月期。驟雨淒淒雲密密，一封況説路中危。

中秋雨二首

往時無獨過中秋，興不詩篇又酒籌。今夜閑情總（校者按：高泉和尚硃批改「總」作「渾」）和雨，早年樂作晚年憂。

月昏何惜此霄秋，詩就無人爭一籌。深夜燈前獨唱和，滿箱花紙半書憂。坡《九日》詩：「詩律輸君一百籌」。

十六夜會正純亭，雲滿（校者按：高泉和尚硃批改「滿」作「生」）**月暗**

欲酬主意苦題詩，才盡情深不吐奇。二八月娥偏吝色，爲誰更耻一分虧。

詠盆菓柿子

有皮紅欲醉，食肉冷如泉。一寸劈堅實，兩儀葉樣圓。

同詠，用正純韻

結懸樹上枝枝重，摘滿盆中顆顆黄。酒後最貪風味好，唇牙含得一林霜。

貞享五年七月廿二日

奉問高泉和尚筆話

伏乞判決。吉田正敦百拜

倭俗賦六言詩不拘音律，愚謂六言詩亦與律絶同，當平仄相叶。又至其意句之妙，即不可拘歟？

誠如所言。

律絶一篇之中，同字可再用否？

若可改則不必重用。若意句大佳，决不改則不妨。

雖字同而訓異者，一篇之中，如宜再用，未知是否？

同字異義，用之何妨？

和尚面諭曰：「律絶可平仄相叶，古詩可不相拘。」予謹聞命。然古詩被之於絃歌，則可有音律？其音律有大抵教人之徑路，請告之。

古詩入絃歌者，如唐白樂天、元維之所作之詩〔一〕，即爲人入於弦謌。蓋以發言之妙，卻不拘於平仄也。

古詩忌一句全仄又全平也否？

此皆不拘。

古詩對偶者如律詩，音律相叶，前句二六用平字，則後句二六用仄字耶？非言全篇對偶者，古詩中間有對偶一兩聯者也。

古詩有對偶，乃不期然而然，非强對也。若强之則不妙矣。

和尚對予前問云：「七言詩大抵一三五不論，二四六分明，則一一合音律矣。」知是説字也，抑又説句乎？請明辨之。

字句俱在其中。

一三五不論，故予《畫鷹》詩第二句試賦曰「誰臨奇貎他邦傳」，此音律可作法否？

可也。

予賀若林某舉子詩云「君既有男吾未然」，和尚削「有」作「生」，削「吾」作「我」。削「有」作「生」者理當如是，削「吾」作「我」者未知其理。蓋削「有」作「生」，轉仄爲平，故下以「我」換「吾」，轉平爲

〔一〕維：似當作「微」。白居易友元稹，字微之。

仄耶？不然「吾」與「我」字義相同，何削之有？

「吾」「我」理同而音則二，故易之。

贊者，一句四字、五字或六七八字而押韻也。按蘇長公《題三國名臣贊》曰：「西漢之士多智謀，薄于名義。東京之士尚風節，短于權略。兼之者，三國名臣也。而孔明巍然三代王者之佐，未易以世論〔一〕。」此全篇似不押韻，且自「西漢」至「權略」字句整齊，自「兼之」到其末句似字句紊亂。不知此體何名耶？雖字數不齊，押韻不諧，華音誦之，則有如音律相諧耶？又此體雖押韻不諧，諷誦不便，别作一格耶？閲蘇長公全集，祭文銘辭等，此類儘多矣。

贊有多體，或如文，或如詩。如文則不必用韻，若如詩體則當叶韻也。

絶句平字押韻者格不前對，而起句第七字可用仄字否？

此甚不妨。

〔一〕未易：底本作「余勿」，據《東坡全集》卷九十四改。

左所記者，予所得也。而未知邪正，故呈和尚，伏乞辨正。言有所當理，則以朱點之，必勿勞筆答。但雌黄古人，極知僭偷，不罪不罪

蘇黄二家，蘇稍平易。

樂天詩流於平易者儘多。學者不具一隻眼，則恐是認賊爲子。

蘇氏古詩比于絶句則稍平易。七言律詩對句最妙。蘇黄二家才力豐贍，理致深遠，美惡最難知，但覺欠瀟灑意味。

古人地位極是難到。今之學者雖有聰慧，竭三車，窮二酉，要到古人之地，終不能得。況白氏蘇黄之淵才雅思，能有數人哉？慎勿輕易評點，若昭明之悮評淵明，反爲後人所哂耳。

史館茗話

林梅洞　林鵝峰

《史館茗話》一卷，林梅洞（一六四三—一六六六）撰，林鵝峰（一六一八—一六八〇）補。詩話共計百則，梅洞輯四十二則，鵝峰補五十八則，詳書前端亭辻達《史館茗話序》及四十二則後鵝峰《遺帖跋》。據文會堂《日本詩話叢書》本校。

按：林梅洞（はやしばいどう HAYASHI BAIDO），江户時代江户（今屬東京都）人，名懿、春信，字孟著，世稱「又三郎」，號梅洞、勉亭。林鵝峰之長子。通群書，善詩歌。任幕府儒官。寛永二十年生，寛文六年九月一日歿，享年二十四歲。

其著作有：《史館茗話》一卷、《六義堂雜記》、《興來一哦》一卷、《本朝一人一首評注》十卷、《勉亭詩集》十卷、《梅洞全集》四十一卷。

林鵝峰（はやしがほう HAYASHI GAHO），江户時代前期儒者。京都（今屬京都府）人，名又三郎、恕、春勝，字子和、道之，世稱「春齋」，號鵝峰、向陽軒、葵軒、竹牖、爬背子、晞顔齋、也魯齋、格物庵、温故知新齋、頭雪眼月庵、傍花隨柳堂、辛夷塢、仲林、南窻、恒宇、南墩、櫻峰、碩果。林羅山之第三子。師事那波活所，且學於松永貞德，繼承家學，廣泛研究經史子集，尤其精通日本歷史。仕江户幕府任儒官，任治部卿法印，因爲第四代大將軍德川家綱講授「五經」，被賜予「弘文院學士」號。開設學塾講授。元和四年五月二十九日生，延寶八年五月五日歿，享年六十三歲，傳謚號爲「文穆先生」。有二子，長子林梅洞，次子林鳳岡。

其著作有：《論語諺解》三十一卷、《論語私考》二卷、《論語序説考解》二卷、《大學諺解》一卷、《大學或問私考》一卷、《中庸諺解》三卷、《中庸或問私考》二卷、《孟子諺解》三十三卷、《周易程傳私考》十八册、《周易新見》二十三册、《周易訓點異同》一卷、《詩經私考》三十二卷、《書經私考》四卷、《古文孝經諺解》三卷、《孝經諺解》三卷、《忠經諺解》二卷、《王代一覽》七卷、《本朝通鑒》、《本朝言行録》四卷、《本朝稽古編》五卷、《國史實録》七十卷、《國史考》三十八卷、《國史外考》二十三卷、《日本事迹考》一卷、《歷代荃宰録》十卷、《唐百人一詩》一卷、《本朝百人一首》十卷、《本朝近代一人一首續集》、《晚林夕陽集》五卷、《東明集》十五卷、《鵝峰文集》一百二十卷、《藝餘千題》二卷、《玉露叢》四十八卷、《日本百將傳》六卷等。

史館茗話序

父逝而子繼其志者順而易，子先而父成其志者逆而難。今有一難事：梅洞林郎君從家嚴弘文院學士預國史編纂之事，史館退休之暇，摭本朝中古以來王公卿士跂步詩壇、遊藝文苑之遺事若干條，加以料案，名曰《史館茗話》，至四十二件，未終其編，蓋有以漸積成之志乎？丙午之秋，不幸罹疾不起而卒，雖無半面識者無不惜其才，況於父子之情乎？爾後學士得此一小册於筐底，見而悲，悲而復讀，手澤尚新，音容宛在耳目，豈翅殘藥故衣之謂而已？於是抑淚，拾其遺、採其餘，併爲百件。嗚呼！非父成子志之難乎？原夫本邦之古，朝家文章不乏其人，逮于王綱解紐、世道幺麽，文章與時隆汙，遂至於禪林風月之徒竊執其柄以爲己業，不亦異乎？吁！搢紳處士有志之輩讀此等編，執文章爲吾家舊物，以勵復古功業，則不爲無補於不朽之盛事乎！是林家名父子期後學之微意也。僕偶借寫之，因加訓點，以便童觀，遂爲之序。

寬文第七歲丁未秋日，端亭辻達謹書。

嵯峨天皇巧詞藻，常與野篁成文字戲。一日幸河陽館，題一聯曰「閉閣唯聞朝暮鼓，登樓遥望往來船」示篁，篁曰：「聖作恰好，但改『遥』爲『空』乎？」天皇駭然曰：「此句汝知之乎？」曰：「不知。」天皇曰：「是白居易之吟也。本作『空』，今以『遥』字换之耳。抑足下與白居易異域同情乎？可嘆可嘆！」篁莞爾而退。時白氏文集一部初傳于本朝，藏在御府，世人未見之。

高雄山鐘，橘廣相作序，菅是善作銘，藤敏行書，世以爲三絶。

橘廣相九歲昇殿，奉詔作《暮春吟》曰：「荒村桃李猶應愛，何况九重城裏春？」

都良香乘月過羅城門，得一聯吟曰：「氣霽風梳新柳髮，冰消波洗舊苔鬚。」門邊有鬼嘆曰：「殊妙也。」其文章之動鬼如此。

都良香遊竹生島，偶吟一句曰「三千世界眼中盡」，未得其對。島神颺聲曰：「十二因緣心裏空。」

菅相幼而穎敏，十一歲時，椿府是善試問曰：「兒若作詩，可賦《寒夜即事》。」乃應聲曰：「月耀如晴雪，梅花似照星。可憐金鏡轉，庭上玉房馨。」是善喜之。

菅相《春娃無氣力》詩序：「羅綺之爲重衣，妒無情於機婦；管絃之在長曲，怒不闋於伶人。」世人傳稱之。他日，菅相語人曰：「是我得意之文也。」

菅相曰：温庭筠詩體優長，予常愛之。

菅相在貶所三年，行住坐卧不過一室，鬱鬱送日。都府樓在眼，不能往登焉。觀音寺在近，不能往遊焉。偶得一聯曰：「都府樓纔看瓦色，觀音寺只聽鐘聲。」自謂似樂天詩也。

紀長谷雄十八頗知屬文，時無援助，未遇提獎。都良香爲當時高才，長谷雄雖列其門徒，未及知名。一日，北堂諸生群飲，同賦《幽人釣春水》詩。良香獨擢長谷雄詩曰：「綴韻之間，甚得風骨。」依此一言，漸增聲價。

人或嘗嘆紀長谷雄博學英才，善清行哂曰：「長谷雄固有英才，其博學則吾不知也。」長谷雄在當時太被推重，然其輕侮如此。

紀長谷雄侍内宴，賦《草樹迎春》詩曰：「庭增氣色晴沙碧，林變容輝宿雪紅。」菅相乘醉執其手曰：「元白再生，恐難及乎。」

宗岡秋津奉試登第，天皇賜書曰：「秋津久在學館，齡算已積。頻逢數年之課試，常嘆一身之淪落。方今適擅摛藻之美，以入桂攀之列。云云。」秋津感詔旨之辱，拜戴捧出，舞蹈大庭。乘興之餘，且歌且行。白髮戴霜，青衫乘月，不覺到建禮門。忽得兩句曰：「今霄奉詔歡無極，建禮門前舞蹈人。」高吟三四，傍若無人。衛士異之，問曰：「何人？」答曰：「新進士老學生宗岡秋津也。」衛士責曰：「此處是建禮門也。匪汝之所到也，况高吟驚耳乎？」秋津愕然謝之。

菅淳茂八月十五夜陪亭子院，賦《月影滿秋池》詩曰：「碧浪金波三五初，秋風計會似空虚。自疑荷葉凝霜早，人道蘆花過雨餘。岸白還迷松上鶴，潭融可算藻中魚。瑶池便是尋常號，此夜清明玉不如。」上皇吟誦數回，嘆曰：「神也妙也，恨不使先公見之。」先公，指菅相也。

藤忠文爲征東大將軍，向東海道，途過駿之清見關，眺滄波之淼茫。時軍監清原滋藤吟杜荀鶴所謂「漁舟火影寒燒浪，驛路鈴聲夜過山」兩句，忠文嘆其在軍中而不忘文事。

天曆帝召江朝綱、菅文時，論白樂天詩。玉音曰：「汝等歸家繙彼集，擇其尤者一首，書以奏進之。」翌日朝參，各捧一紙於御床下。帝閲之，則共是《送蕭處士遊黔南》之詩也。帝嘆曰：「二人胸中，如合符節。」

朝綱愛白樂天文章，慕其爲人。一夕夢與樂天遇接語，從此文章日進。

江朝綱《餞渤海客裴璆詩序》：「前途程遠，馳思於雁山之暮雲；後會期遥，霑纓於鴻臚之曉淚。」璆太感嘆之。經年，彼國人遇我邦之人問曰：「朝綱爲相公乎否？」答曰：「未也。」彼曰：「貴邦何不重文才哉？」

江朝綱《暮春》詩曰：「落花狼籍風狂後，啼鳥龍鍾雨打時。」世人以爲確對。

江納言夢菅相來告曰：「公之才學勝朝綱。」覺後大喜，自書於日録之中。然時論僉謂其文筆與朝綱相去遠矣。

江朝綱、菅文時同時，才名相敵。其所作之詩往往相類。朝綱語人曰：「後來以予及文時爲一雙乎？」「菅江一雙」之語權輿於此。

藤在衡設尚齒會，菅雅規亦應招作詩曰：「醉對落花心自静，眠思餘算淚先紅。」以「静」對「紅」，人皆奇之。

統理平巧詩，没後，菅文時自書其集，常讀之曰：「先輩之作，不易及也。」

村上帝設内宴，召群臣賦《宫鶯囀曉光》詩，帝亦乘興賦詩曰：「露濃緩語園花底，月落高歌御柳陰。」自謂諸才子不及之。既而文時獻詩曰：「西樓月落花間曲，中殿燈殘竹裏音。」帝嘆曰：「是亦絶作也。」乃召文時，問其勝劣。文時曰：「聖作神妙，非臣所及也。」帝曰：「卿宜吐露情實，勿憚御製。」文時恐惶無言，帝固請再三，文時曰：「實聖作下於拙吟一等。」帝笑。

源英明《夏日作》：「池冷水無三伏夏，松高風有一聲秋。」菅文時在側曰：「宜以『池』改『水』，『水』改『池』，以『松』改『風』，『風』改『松』。」滿座嘆曰：「菅博士可謂老詩人也。」

菅三品没後歷年，少年豪客追慕昔遊，乘月過其舊跡，吟「月升百尺樓」一句。有一老嫗出自蓬蒿之間，曰：「今夕之遊其樂哉！唯恨所吟之句與三品所曾唱，其訓點不同。此句意非月之升樓，而人之乘月升樓也。」遊客異之，問曰：「汝者爲誰？」答曰：「妾是三品家之曝衣老婢也。」聞者赧然而去。

菅庶幾《餞别詩》得一句曰「一葉舟飛不待秋」，吟誦數回，未得其對。江朝綱曰：「盍詠燈乎？」庶幾乃悟，足成之曰：「九枝燈盡唯期曉。」

小野國風奉試賦《無爲而治》詩曰：「刑鞭蒲朽螢空去，諫鼓苔深鳥不驚。」奏覽之日，帝擊節而嘆之。或曰：「此句江朝綱所作也。」

橘直幹《鄰家》詩：「春煙遞讓簾前色，曉浪潛分枕上聲。」自以爲得意之句也。

橘直幹《遊石山寺》詩曰：「蒼波路遠雲千里，白霧山深鳥一聲。」世人稱之。後來僧奝然入宋，以此一聯爲己所作，「雲」改「霞」，「鳥」改「蟲」以呈之。宋人曰：「佳句也。但以『霞』改『雲』，以『蟲』改『鳥』乎？」奝然笑退。

源順曾得一聯曰：「楊貴妃歸唐帝思，李夫人去漢皇情。」乃欲足成之，未得其題。數年之後八月十五夜，陪具平親王于六條宮，賦《對雨戀月》詩，作律詩，以彼句爲頸聯。翌日都下傳誦曰：「順得引題之妙。」順聞而笑曰：「是腹藁也。」

具平親王問當時文人優劣于慶保胤，對曰：「江匡衡如敢死之士數百騎，被介冑，策騂騮，其鋒森然，少敢當者。紀齊名如瑞雪之朝，瑶臺之上彈箏。江以言如白沙庭前，翠松陰下奏陵王。」又問曰：「足下如何？」對曰：「似舊上達部駕毛車，時時有隱聲。」

江匡衡對策文：「太公望之遇周文，渭濱之浪叠面；綺里季之助漢惠，商山之月低眉。」菅文時曰：「可喜可喜。但改作『面叠渭濱之浪』『眉低商山之月』乎？」

江以言賦《山水唯紅葉》詩曰「外物獨醒松澗色」，江匡衡書之於冠筥，示人曰：「以言之詩，可謂日新。」

江以言《晴後山川清》詩：「歸嵩鶴舞日高見，飲渭龍昇雲不殘。」或人難曰：「『龍昇』二字禁忌云云。」以言微笑。

紀齊名有詩名，一條帝詔加倭訓於《元稹集》。齊名曰：「凡庸之才，不可妄加倭訓。」固辭不從。

紀齊名與江以言齊名，曾同奉省試，賦《秋未出詩境》詩。齊名詩：「霜花後發詞林曉，風葉前驅筆驛程。」以言詩：「文峰按轡駒過影，詞海艤舟葉落聲。」具平親王密見其草，改「駒過影」爲「白駒影」，改「葉落聲」爲「紅葉聲」。及兩詩並出，人皆以以言詩爲優。齊名不悦，聞具平改其草，而彌不悦。其後齊名將死，具平往問之。齊名目具平曰：「年來文壇之交，不可忘也。今日賁臨，多謝多謝。但改以言詩草之一件，遺憾未散。」言畢而瞑。人皆愍之。

源爲憲每有文會，携一囊以赴焉。偶有可喜之句，則入其頭於囊中，而吟哦良久。於他人之詩亦然。

藤齊信與藤公任齊名，藤伊周曰：「齊信、公任，可謂敵手也。若譬諸相撲，則公任可擲，齊信不可打。」時論以伊周之言爲當。

藤公任辭納言，使紀齊名、江以言作表，然皆不協其心。召江匡衡曰：「卿能成我志者也。」匡衡歸家，未得其趣。家人赤染教之曰：「彼人驕慢也。良人宜述彼父祖權貴，而其身不登臺位，則的當乎？」匡衡領之。作表呈之，公任曰：「善。」

江匡房論紀齊名、江以言文才曰：「齊名、以言，文體各異。齊名文文句句採摭古詞，有風騷之體。然至其不得之日，忽不驚目，以無新意故也。以言反之，所作之詩，任意姿詞，卻無轡策。其體固新，其興彌多。至不得之日，亦非後進之所及也。」

或問江匡房曰：「本朝才子之中，父子共美者誰哉？」答曰：「都良香子在中，菅相子淳茂，菅文時子輔昭而已。」

右四十二件，亡嗣子懇史館憩息之間所抄纂也。及其没後，初見之而淚之從也。踰月見之，而覿面之話也。隔年讀之，而袖中之珍也。本朝中葉以來，縉紳之徒唯遊倭歌之林，不窺唐詩之苑，故世人不知中葉以前不乏才子。其蔽至以詩文爲禪林之業，可以痛恨也。此一帖若傳世間，則窺豹之一管乎？唯惜彼早世，猶有所遺也。時想補足之，以成彼志。然修史事繁，未能起筆。偶當館休，追懷往事，獨坐無伴，永日難消。手把小帖，口誦嘉話，則眼不在花，耳不在鶯，猶彼之侍坐于此，如身自追還於古，乃記二三件於其末。自今而後，每有暇日，逐次積累，以及百件。則豈啻史館之茗話而已哉，詩林之玉屑其庶幾乎。丁未春之仲月之閏，館之休老爺學士濺淚跋遺帖之後，併爲續帖之序。

元慶年中，渤海文籍監裴頲來朝，菅丞相假爲禮部侍郎，接遇鴻臚館，贈酬數篇。事見國史及菅集。其後延喜年中，渤海裴璆來朝，菅淳茂相見賦詩，其一聯曰：「裴文籍後聞君久，菅禮部孤見我新。」璆吟之垂淚。淳茂者，丞相子也。璆者，頲子也。異域二代，兩家邂逅，可謂奇遇也。

都良香《神仙策》曰：「三壺雲浮，七萬里之程分浪；五城霞峙，十二樓之構插天。云云。」讀之則覺度量之廣大。後世好事者曰「良香登仙」者，乃是依此策文而誇説乎？都香果不爲仙，其卒年見國史。

小野美材奉敕寫白氏詩於御屏，書其後曰：「太原居易古詩聖，小野美材今草神。」美材翰墨之妙，爲時被許，故自言亦云爾。

田達音《秋日感懷》詩曰：「由來感思在秋天，多被當時節物牽。第一傷心何處最，竹風鳴葉月明前。」達音與菅相同時，菅集所謂「田詩伯」是也。菅公推之稱詩伯，則其以詩鳴世者可知。然此絶句外，所作不多聞。按《陽成實録》，元慶年中，菅原道真、島田忠臣赴鴻臚館，與渤海裴文籍贈答，考諸菅集，則田達音也。達音之「音」與「忠臣」之訓相通，則果是一人也。紀長谷雄或作發昭，是亦音訓通用，可類推焉。

菅丞相撰進其三代家集二十八卷以獻延喜帝，帝賜御製律詩褒之。其詩曰：「門風自古是儒林，今日文華皆悉金。唯詠一聯知氣味，况連三代飽清吟。琢磨寒玉聲聲麗，裁製餘霞句句侵。更有菅家勝白様，從兹抛卻匣塵深。」時人榮之。先是，渤海大使裴頲與菅相贈答，謂其詩體似樂天，故御製云爾。末句意旨難解，蓋「讀此集則白集可抛擲」之義乎？三代者，謂清公是善及右相也。右相文藻，今猶存焉。二代集不傳，可以惜焉。

昌泰之初，菅丞相侍重陽宴賦菊，其一聯曰：「謙德晚開秋月杪，勁心寒立曉霜前。」時人嘆服其守持之貞固也。

昌泰二年重陽宴，以《菊散一叢金》爲題，菅相詩曰：「不是秋江鍊白沙，黄金化出滿叢花。微臣采得籯中滿，豈若一經遺在家。」其身既貴，然造次不忘家業者可以見焉。且夫諷諭之意自在其中，不可不著意也。紀長谷雄詩曰：「廉士路中疑不拾，道家煙裏誤應燒。」菅相太褒之。三善清行詩曰：「酈縣村閭皆富貨，陶家兒子不垂堂。」自負此句，然菅相不賞之，清行不悦。宴罷共出，到建春門，清行問菅相曰：「公何不取我詩哉？」公曰：「『富貨』字不穩，改之爲『潤屋』恰好。」清行乃改書之。

菅相《客舍對雪》一聯曰：「立於庭上頭爲鶴，坐在爐邊手不龜。」句云意云，其用字可謂佳對也。

菅家自題其畫像曰：「真圖對我無詩興，恨寫衣冠不寫情。」蓋其「畫花者繪色不繪香」之意暗合乎？

渤海裴璆歸國，都在中在越前接遇之。臨别贈詩，其末句曰：「與君後會應無定，從此懸望北海風。」璆太感賞之。朝議謂不奉詔，私與外國贈答，欲責問之。然以其句爲外客被稱，故宥之。

江朝綱及第詩，以兩音字爲平聲用之，博士等難之。朝綱引菅相詩所謂「鶴飛千里未離地」曰：「離字兩音，然爲平聲用之。」博士等猶未服之，欲處落第。延喜帝聞之，詔曰：「當時博士，何及菅相哉？」朝綱遂及第。此外兩音字爲平聲，則時議紛紜，蓋其本朝之習俗乎？

江朝綱賦王昭君曰：「胡角一聲霜後夢，漢宫萬里月前腸。」可謂秀句也。時人或難「霜」字與

「腸」同韻也。想夫妒其才强欲求疵乎？

江朝綱、菅文時同會某皇孫宅，見花賦詩。朝綱吟曰：「此花非是人間種，瓊樹枝頭第二花。」文時句曰：「此花非是人間種，再養平臺一片霞。」上七字不違一字，下句共言梁園之事。此皇孫不詳爲何親王子，然爲第二郎，故曰「第二花」也。曰「再養」，寓爲皇孫之意。其取事用字，彼此無優劣。謂之二妙乎？謂之聯璧乎？

村上帝遊冷泉院，召文人，賜《花光水上浮》題，敕菅文時作序。序遲成，屢促之，猶未成。乘興既將還時，序成獻之。帝敕藤雅材讀之，停駕聞之。序中有「誰謂水無心，濃艷臨兮波變色；誰謂花不語，輕漾激兮影動脣」之詞，帝大感賞之，再開雅筵，以到天明。

菅三品代源雅信《辭大臣表》曰：「傅氏巖之嵐，雖風雲於殷夢之後；嚴陵瀨之水，猶涇渭於漢聘之初。」風雲、涇渭之字，自非著工夫，則不易言焉。二箇故事，尋常之話。曰風雲，曰涇渭，而太有意味。

菅文時《懷舊》一聯曰：「桃李不言春幾暮，煙霞無跡昔誰棲？」時人嘆美之。

菅文時代清慎公《辭左大將表》曰：「隴山雲暗，李將軍之在家；潁水浪閑，祭征虜之未仕。」用李廣、祭遵之事，遍傳都下。到處無不説之，見者無不感之。一夕，盜數輩過文時門窺之，問閽人曰：「主人爲誰？」答曰：「作『隴山雲暗』之詞之人也。」盜聞之曰：「此是當時之奇才也。可畏可畏。」乃走而去。

安和帝讓位之後，在冷泉院召文人，賦《隔花遥勸酒》詩，以菅輔昭爲序者。自題出至會期，留輔昭於院中，不與其父文時通問，疑其有助筆也。其序末曰：「泝於李門之浪二年，朝恩未及；蹈於蓬壺之雲十日，夜飲既酣。」後日，文時見之曰：「言『十日』，似屈指計日。不若改作『一日』也。」

源英明没後，橘直幹題其遺集曰：「陳孔璋詞空愈病，馬相如賦只淩雲。」英明者，菅相外孫也。直幹者，一時秀才也。其所稱讚如此，英明可謂追外祖風者也。

天曆御宇，文章博士橘直幹上書，請兼民部大輔，倩小野道風浄書以獻之。先例，爲文章博士者必兼他官，直幹漏恩不然。故其書中有言曰：「拜除之恩惟一，榮枯之分不同。依人而異事，雖似偏頗；代天而授官，誠懸運命。」天覽至此，龍顔艴然。其末段曰：「瓢簞屢空，草滋顔淵之巷；藜藿深鎖，雨濕原憲之樞。」至此，玉音誦之數回，嘆曰：「彼亦一世之文士也，何沈窮之至此乎哉？是朕之過也。」即日昭任民部大輔。天皇覽其墨痕鮮麗，曰：「是可爲道風之筆也。文云筆云，固可愛翫。」而後常置此書於御牀傍。天德四年，禁闕罹火之日，天皇顧侍臣曰：「直幹之書免火乎否？」不敢問其餘之珍貨。時人聞之，感天皇之重文也。

菅三品没後，慶保胤遊其舊亭，見一葉落庭，吟曰：「鴻漸散間秋色少，鯉常趨處晚聲微。」保胤者，三品門人也。上句感時，下句懷舊。鴻漸、鯉趨，假對之巧者也。但「漸」字與《易》文異義，是亦假用也。

源順《河原院賦》曰：「强吴滅兮有荆棘，姑蘇臺之露瀼瀼；暴秦衰兮無虎狼，咸陽宫之煙片片。」河原院者，左大臣源融之舊跡也。懷古鑑戒之意共切。

源順聽右中將藤某讀《論語》，作序曰：「職列虎牙，雖拉武勇於漢四七將；學抽麟角，遂味文章於魯二十篇。」其取事用字無遺恨。

源順《詠白》律詩曰：「銀河澄朗素秋天，又見林園白露圓。毛寶龜歸寒浪底，王弘使立晚花前。蘆洲月色隨潮滿，葱嶺雲膚與雪連。霜鶴沙鷗皆可愛，唯嫌年鬢漸皤然。」可謂佳作也。頷聯、頸聯用事賦景恰好，然起句、末句「素、白、皤」三字似繁冗乎？强難之，則頗爲遺恨乎？

橘倚平詩曰：「楚三閭醒終何益，周伯夷饑未必賢。」「伯」字與「百」通音，故對「三」字，其句可讀之。然非知伯夷、屈原者。「終何益」「未必賢」之詞太覺有費也。蓋彼求仕進之心自露出者乎？

藤在衡少在學寮，與橘正通友善。既而在衡叙五位，任式部少輔，補藏人，昇殿。正通猶列地下，僅至宮内少丞。正通羨之，呈一律曰：「吏部侍郎職侍中，著緋初出紫微宮。銀魚腰底辭春水，綾鶴衣間舞曉風。花月一窗交昔昵，雲泥萬里眼今窮。省身還耻相知久，君是當初竹馬童。」其後在衡官爵追年進爲公卿，正通漸老不遇，或時列在衡詩筵作序，末段有言曰：「齡亞顏駟，過三代而猶潛；恨同伯鸞，歌五噫而將去。去留未定，請垂博愛。」源爲憲同席，聞而怪之。既而正通避世，不知其所終。或曰到高麗國，以文才爲高官云。後來具平親王題其詩卷曰：「君詩一帙淚盈巾，潘謝末流原憲身。黄卷鎮携疎牖月，青衫長帶古叢春。文華留作荆山玉，風骨消爲蒿里塵。未會茫茫天道理，滿朝朱紫彼何人。」蓋深惜其陸沈。

典藥頭清原某，暮春之日曾謁兼明親王。親王見庭前黄花，吟曰：「點著雌黄天有意，款冬誤綻暮春風。」清某問曰：「是誰人所作？」親王答曰：「或人於朱雀院作之，以爲佳句。故吟之。」清曰：「款冬，倭名『山不岐』。然見《本草》，其花冬開，非春花也。」親王感悟曰：「自今汝來時，不可妄吟詩也。」然則國俗以款冬爲酴醾，傳襲之誤久矣。或曰：「此二句者，清慎公所詠也。」

兼明親王者，延喜帝子也。博學多才，賜源姓。官爵頻進，至左大臣。及藤兼通執政，陽尊以爲親王，奪其權勢。先是，兼明有老休之志，相攸於龜山。至此，兼通錮兼明於台嶺，不能往龜山，欝陶作《菟裘賦》，其中有言曰：「扶桑豈無影乎？浮雲掩而乍昏；叢蘭豈不芳乎？秋風吹而先敗。」且其序曰「君昏臣諛，無處于愬」云云。既而兼明薨，其子伊陟愚昧不知字，一條帝問伊陟曰：「顯考遺文有幾卷乎？」伊陟對曰：「遺文散逸，唯有《兔裘》。」帝以爲親王所著之裘，使伊陟備天覽。伊陟捧一卷，帝怪而開之，初覺伊陟不辨「菟」與「兔」也，乃使侍臣讀之，至序文所謂「君昏臣諛」，龍顔忽變色，伊陟戰慄。既而至「扶桑叢蘭」之句，太憐親王無罪遭冤，而龍顔復初。其後，帝不滿於道長專權，宸筆書「扶桑叢蘭」之二句，以納書匣。及帝晏駕，道長入御座，初見宸筆二句，自破裂不以示人。

兼明之後有具平，共號中務卿親王，故有「前、後中書王」之稱。兼明文在《文粹》，其詩不多傳。具平詩在《麗藻》，其文存者少也。併見之，則兼明才高於具平。然兼明之外，本朝王子無及具平之才者。但兼明之子孫者不顯，具平之子孫者世世有才能。且以與攝家世婚，故官爵亦高。橘正通、源爲憲，共爲源順門人也。順臨没，授家集於爲憲，爲憲以爲榮。蓋正通避世在順存時乎？紀齊名者，正通弟子也。長德年中，齊名編《扶桑集》，多載順詩，以其學之所由來也。源爲憲代蕃人一聯曰「故鄉有母秋風淚，旅館無人暮雨魂」，讀之想像，則誰不垂淚哉。

源爲憲《登天臺山》一聯曰「鶴閑翅刷千年雪，僧老眉垂八字霜」，菅文時難之曰：「改『鶴閑翅』爲『翅閑鶴』，改『僧老眉』爲『眉老僧』而可也。」今按上句所難固是，下句「眉垂」，讀得卻好。

寬弘帝瑶琴治世音御製曰「無爲化出南風曲，有道心聞子野調」，以「子野」對「南風」，帝之著心於文字可推知焉。宜哉當時多才子，惜哉奎章不多傳也。

寬弘帝書中有往事之御製曰：「百王勝躅開篇見，萬代聖賢展卷明。」其末句押平字。具平親王奉和曰：「忽戴君恩還自耻，風聲猶減漢東平。」具平之於帝，猶東平之於漢帝。其用事固當。

寬弘帝中殿詩筵，以《所貴是賢才》爲題，具平親王一聯曰「張公暫入終安漢，陸氏相傳久輔吴」，其用事不爲不可，然張陸可謂良佐，於賢才則未也。江以言一聯曰「磻溪跡去雲空宿，傅野道開月獨昇」，句與意，共於題爲當。

藤有國除名之後，再叙三品。侍重陽宴，退而復賦七言十韻，其第二聯曰「除名二月花開日，待詔重陽菊綻辰」，其第四聯曰「忽抛野服染愁淚，更著朝衣賁老身」，「染」「賁」二字著意。第五聯曰「遺死空爲黄壤骨，憖生再踏紫宸塵」，讀之則可憐生。其用字亦奇。第六聯曰「半焦桐尾雖殘燼，已朽松心免作薪」，其取譬可以嘉焉。第七聯曰「籠鶴放雲振泥翅，轍魚得水潤枯鱗」，是亦能取譬，其句未穩。第八聯曰「鬢斑蘇武初歸漢，舌在張儀遂入秦」，「斑」「在」字不對，然用故事以自比焉。但上句晞忠臣固是，下句慕辯士，其以利口來榮達之思形於言，後果任參議。第九聯曰「運任秋蓬風處轉，榮同朝菌露中新」，有意到句不到之評乎？唯起句末句及第三聯稍劣，故不論之。

江以言嘆不遇一聯曰「鷹鳩不變三春眼，鹿馬可迷二世情」，一條帝憐之，欲登庸之。然時執政忌之，故不能得官。上句唯是自己之事，下句以執政比趙高，則其所忌良有以也。執政者，藤道長也。以言不憚其權而云爾，可謂有度量乎。然云爾而欲求官者，可謂不智乎。既吟此句，則避世而可也。歷年之後，以言官位稍進，則道長亦不棄其文才者，可謂奇乎。

江以言遇唐人問曰：「古集氏下用數字，或曰某二、某三，或曰某十一、某十二，其義如何？」唐人答曰：「是一家子孫列次之行也。譬有一人，其人有三子，則自嫡次之曰某一某二某三。其嫡子有子五人，則曰某四五六七八。其次男有子四人，則曰某九十十一十二。其三男有子三人，則曰十三十四十五。其嫡孫有子二人，則曰十六十七。如此嫡庶世世以次第稱之，限以四十九。而及五十，則又稱一二三云云。」今按此言不知其據，然以言直聞唐人之面論，則可爲證乎。就想蘇二黄九魏十六韓二十八魏三十六劉四十之類，以此解之，則不勞工夫而其義可通。

藤爲時山莊在和泉國玉井，題一律曰：「玉井佳名被世稱，松楹半接碧巖稜。山雲繞舍應褰幔，澗月臨窗欲代燈。梅發寒花朝見雪，水收幽響夜知冰。池邊何物相尋到，雁作來賓鶴作朋。」

藤爲時有文才，願任國守不得。長德年中，源國盛任越前守，爲時獻狀，嘆其不幸。其中有言曰：「苦學寒夜，紅淚霑襟；除目春朝，蒼天在眼。」帝見之感嘆，憐其漏恩澤，不進玉食，淚垂御帳。時相藤道長大驚，速使國盛獻辭狀，而以爲時任越前守。爲時得志而悦，國盛涕泣而憂之，成病而卒。爲時者，紫式部父也。

圓融上皇大井河御遊，分詩、歌、管絃三船，群臣各乘其所長，以施其藝。藤公任併達三藝，船司問曰：「君可乘何船？」公任乘倭歌船，獻秀歌。既而悔曰：「倭歌者人人詠之，不如乘詩船之愈也。」其後白河帝大井河行幸，又連三船。源經信乘管絃船，勤其事而併獻詩歌，時人服其多藝。蓋聞公任之所以悔而所然乎？

藤公任《白河山家眺望》一聯曰「荒村日落煙猶細，遠岫雲幽鳥獨歸」，其即景摸得好。

本朝所謂郭公是杜鵑也。中華賦杜鵑，多是於暮春言之。古來倭歌，皆以爲夏日之鳥也。藤公任《郭公》一聯曰「四五月交雲外語，一三更後雨中音」，上句乃是本朝之氣候也，下句與中華所詠亦合。僧蓮禪一聯曰「鶯子巢中春刷翅，兔花墻外曉傳聲」，上句雖本於《萬葉集》歌，然與子美詩意偶合。則知我邦郭公，乃是中華杜鵑也。中原廣俊詩曰：「呼名五月雨霑裹，知汝三更夢覺間。傾耳頻迴孤竹砌，尋聲深入遠松山。」其曰「呼名」曰「入松」，合中華詩。曰「迴竹」，稍奇也。

寂照入宋之後，藤伊周過其舊房，賦四韻。其一聯曰「山雲在昔去來物，魚鳥如今留守人」，蓋不以人廢言之髣髴乎？

《宋朝類苑》引楊文公《談苑》曰：「景德三年，日本僧寂昭入貢。其後南海商船傳國王弟野人若愚、左大臣藤道長、治部卿源從英寄寂昭書三篇，其書皆二王之跡，而若愚特妙，中土能書者亦鮮能及云云。」《書史會要》亦載之。若愚，未詳其何人。悜窩先生以爲具平親王之匿名乎？以其時代考之，則若其然乎？景德當我寬弘年中，此時無曰源從英者。而源俊賢爲治部卿，「從英」蓋其草書「俊賢」二字之轉而誤寫者乎？

源孝道一聯曰「巫陽有月猿三叫，衡嶺無雲雁一行」，與唐詩所謂「巫峽啼猿數行淚，衡陽歸雁幾封書」，異域暗合乎？若夫「衡陽雁斷三千路，巫峽猿啼十二峰」者，後於孝道，則姑舍是。孝道者，滿仲子也。其出武林遊文苑，不亦奇乎？

後一條帝第一皇女，著袴内宴倭歌之遊，大納言藤齊信作序曰「飛鳥朝者王女也，待羽翼而開鳳曆；廣野姬者公主也，契風雲以復龍興」云云。飛鳥朝者，皇極之宫也。廣野姬者，持統之名也。帝無皇子，故太愛第一皇女，有欲使即位之意。故用女主二朝之事，且「羽翼凰曆」者，承飛鳥而言之。「風雲龍興」者，自廣野字說出來也。

後朱雀帝《秋景何處尋》御製一聯曰「路非山水誰堪趁，跡任乾坤豈得尋」。先是皇后嫄子有寵，早世，帝悲慕不已，故御製如此。

藤明衡《春日遊東光寺》一聯曰「柳助翠煙茶竈暮，花添紅雪藥爐春」，讀得恰好。「助」「添」二字著意。

藤實範《遊長樂寺》一聯曰「莓苔石滑路猶邃，松柏山寒枝不長」，此亦可喜，下句稍奇。

宗孝言有《詠螢》排律，其中四聯曰：「變化有時生腐草，浮沈不定度清流。閒庭燈舉無消雨，合浦珠還似感秋。亂過孤叢來水閣，飛交一葉類漁舟。望光屢誤載星節，翫景方疑秉燭遊。」其形容稍好。然「燈」「燭」竝用爲贅，「節」字不穩。

大江佐國太愛花，《遊長樂寺翫花吟》曰「迎老蹉跎雙鬢雪，見花染著九春風」，又《雲林院花下吟》曰「一道寺深花簇雪，數奇命薄鬢垂絲」，又《詠庭前櫻》曰「庭上兩三樹，洛陽第一花」，又《喜手栽梅開》曰「隨分他年栽此樹，豈圖今日見其花」，《晚年吟》曰「六十餘回看不足，他生定作愛花人」。佐國没後，其子夢亡父來告曰：「我化蝶，每春蘧栩於花園。」其子不堪追慕，栽衆花，每房塗蜜，以供群蝶云。

藤實範、藤明衡、宗孝言，勒同韻賦庭前松竹，實範詩曰：「數年抽節書窗北，千載契齡賓閣南。移得根辭湘浦浪，擡來蓋揖泰山嵐。疎籬曉露白如玉，斜岸暮煙青自藍。琴曲入風絃調七，酒盃酌葉算過三。」明衡詩曰：「千歲低枝當座右，一叢細葉鏁簷南。洗來宜卷籬間露，移得自忘澗底嵐。孤蓋淩霜青似柏，數竿侵雪緑於藍。晉林尋隱賢猶七，秦嶺思封爵是三。」孝言詩曰：「淇園風跡傳窗北，秦嶺雨聲瀉户南。養得數竿垂夜露，栽來百尺帶晴嵐。疎籬貞節尚含緑，斜岸雲標如染藍。稱友鳳棲雖契久，爲君爵品欲誇三。」三篇竝看，則實範、明衡相爲伯仲，孝言稍劣。

後三條帝在東宫時，藤實政爲學士，侍讀年久，既而任甲斐守。帝餞之，賜詩曰「州民縱作甘棠詠，莫忘多年風月遊」。及即位，實政頻被登庸。

延久年中，伊勢齋宫寮畔有狐祠，邑民祭之如神。其狐偶中矢而傷，或曰既死，或曰未死。参議源隆綱記其事作文，其中有言曰：「雖有飲羽之號，未見首丘之實。」帝見之，感其採用古語之才。

白河帝御宇，高麗王病，令其禮賓省贈牒於太宰府，求良醫於我邦。依允恭帝求醫於新羅之舊例也。宰府奏覽之，然以其牒詞失禮，故返其方物，不遣醫，而使江匡房作返牒，其中有「雙魚難達鳳池之月，扁鵲何入鷄林之雲」之句。匡房自負之，時人亦感之，高麗人亦奇之。傳到宋朝，亦被稱云。

九月十三夜月，中華不賞之，唯本朝特翫之。然倭歌之遊不遑枚舉。關白藤忠通作詩曰：「潘室昔蹤淩雪訪，蔣家舊徑踏霜尋。十三夜影勝於古，數百年光不若今。」又曰：「訪古無如今夜影，經年豈忘此時光。洛中各領吾家雪，塞外定疑萬里霜。」此二首題曰《九月十三夜翫月》，先於忠通有宗孝言、藤知房、輔仁親王翫月之詩，其句中用十三夜之事。孝言者，後朱雀帝時及第。然則十三夜詩由來久矣。

本朝朝士之作詩，多是傚白氏體，故不斥其名，唯稱文集。或曰，居易存時，其集既傳來。或曰，會昌年中，我國僧惠蕚入唐，滯留之間，寫之而歸朝，由是遍行于世。然空海傳來《王昌齡集》，菅相讀《元微之集》慕温庭筠詩。且江維時所輯本朝佳句，公任朗詠，雜載李嶠、王維、劉禹錫、皇甫曾、許渾、杜荀鶴等句，《江談抄》引盧照鄰句，載杜少陵事。則豈唯白集而已哉？先輩所見雖不多，能勤而記憶之，故爲廣才。今人每家多書，然不勤讀不記憶，與反古堆齊。若其勤而不怠，則今豈可劣於古哉？

右五十八件，併前共百條。

跋

十者，一之積也。百者，十之盈也。數之盈豈限十百哉？積而爲千爲萬，亦數之積而盈也。茗話之無盡，猶物數之無窮也，何可限百哉？有説於此曰：李唐才子，豈百而已？然不編《百家詩》哉？我邦之歌人亦豈百而已，然不見《小倉百首》哉？《史館茗話》之記百件，亦有所傚，姑兹投筆。百話既成，乃想所以由作，則爲足亡嗣之志也。一件一淚，泣而記，記而泣。誰知百話出自百憂哉！丁未夏之孟，國史館林叟跋。

老圃詩腴

安積澹泊

《老圃詩朡》一卷，安積澹泊（一六五六—一七三七）撰。據文會堂《日本詩話叢書》本校。

按：安積澹泊（あさか たんぱく ASAKA TANPAKU），江户時代中期儒學者。水户（今屬茨城縣水户市）人，名覺，字子先，幼名彦六，世稱「覺兵衛」，號澹泊、老圃、常山、老牛居士。其祖父安積正信因於元和元年（一六一五）大阪夏季戰役中有功，效命於水户侯。其父安積貞吉（號希齋）。安積澹泊自幼好學，十歲起師從朱舜水學習三年，朱舜水讚其「抵日以來，吾所傳授句讀者甚多，然實能暗記與理解者僅彦六一人矣」。二十八歲時，德川光國編修《大日本史》，因其擅長史學，入彰考館，任史館編修，元禄六年（一六九八）繼任總裁。其學雖宗程朱，但不拘泥。能文且通曉華音（漢語）。明曆二年生，元文二年十月十日歿，享年八十二歲。

其著作有：《澹泊史論》三卷、《朱子談綺》三卷、《義公行實》、《舜水先生行實並略譜》一卷、《西山遺事》一卷、德川家康一代實録《烈祖成績》、朱舜水傳記《朱文恭遺事》一卷、《水户唐儒話説》一卷、《湖亭涉筆》四卷、《老圃詩朡》一卷、《澹泊齋文集》十八卷、《澹泊齋筆記》三十八卷。

《涉筆》草罷，偶看劉静修《讀史評》詩云：「記録紛紛已失真，語言輕重在詞臣。若將字字論心術，便有無邊受屈人。」乃䍐然自笑曰：「老圃頗涉書史，亦非冥頑不靈者，不以澆菜藝菊之餘反求諸己，自攻其短，而敢弄唇吻輕議古人，不亦悖乎？」其志本在欲備遺忘，而其跡不免僭踰之責，因輟而不爲。竹爐湯沸，茗芽一啜，便覺芳潤逼脾。忽憶平生與客談詩粗有所得，無益之甚，不足哀纂。而習氣未除，竄綴于此，以資灌畦之暇，亦欲備老境之遺忘也。

《懷風藻》載大津皇子《臨刑詩》曰：「金烏臨西舍，鼓聲催短命。泉路無賓主，此夕誰家向？」當時言，詩昉于大友帝，而同時有大津皇子。《日本紀》稱其自幼好學，博覽屬文。而輒謀不軌，不能充其才，惜哉。《石倉詩選》曹學佺，字能始，號石倉引《明興雜記》曰：「太祖誅藍玉，籍其家。凡有隻字往來皆得罪〔一〕，孫蕡字仲衍〔二〕，號西庵因與玉題一畫，故殺之。」其絶命詩曰：「鼉鼓三聲急，西山日又斜。黄泉無客舍，今夜宿誰家？」詩意悽惻，絶與皇子之詩相似。今按朱鳥元年皇子賜死，與唐中宗嗣聖三年相值。據《獻徵録》，蕡死在洪武二十年。嗣聖三年至洪武二十年，相距七百餘年，明人未必見《懷風藻》，縱見之未必蹈襲。事之偶合，乃有如此者。

《扶桑集》，大江音人《呈渤海裴大使》詩「虚聲我類羊公鶴，遠操君同馬岌龍」，《和裴大使》詩

〔一〕隻：底本訛作「雙」，據《列朝詩集小傳》引《明興雜記》改。

〔二〕衍：底本訛作「術」，據《明史》卷二百八十五本傳改。

「遠排波母青山鶴，近對東王紫麓松」，《重酬裴大使》詩「占雲雖伴苟鳴鶴，摛藻多慚范彦龍」。按《晉書·宋纖傳》，馬岌稱纖曰「先生人中之龍」，《唐類函》引《聖賢塚墓記》曰，東平王歸國思京師，後薨，葬東平，其塚上松柏皆西靡。梁范雲字彦龍。皆用事精切，雖類崑體，而氣脈深厚。源順《五嘆吟》「年少昔思懷橘志，痛深今戀折萲恩」，婉曲有味，可謂善用事者也。

王維《夷門歌》「七十老翁何所求」，解者引晉段灼追理鄧艾語，是也。宋孝武帝撫慰王玄謨曰：「七十老公，反欲何求？君臣之際，足以相保。」亦用段灼語也。

張説《三月二十日承恩樂遊園宴》排律中聯云「皇情貸芳月，旬宴美成功。魚戲芙蓉水，鶯啼楊柳風」。旬宴，皇朝典故，而沿唐制者也。

陳子昂《峴山懷古》「野樹蒼煙斷，津樓晚氣孤」，《過荆州》「古樹蒼煙斷，虚庭白露寒」，二聯偶同，而不妨其高。陳後山《登鵲山》「朴俗猶虞力，安流尚禹謨」，蓋祖子昂《白帝懷古》「荒服仍周甸，深山尚禹功」句也。

初唐詩亦有鍊字琢句極尖巧者，如王勃《泥溪》排律「溜急船文亂，巖斜騎影移」，又云「風生蘋浦葉，露泣竹潭枝」，此等語猶不能脱齊梁綺靡之習。而其雄渾之氣自然坯胎盛唐諸子，觀其全篇可知矣。

劉長卿「種荷依野水，移柳待山鶯」，薛能「雍草因逢藥，移花更得鶯」，劉句妙在「待」字，薛句妙在「得」字。

《通鑑》齊高帝擊沈攸之，劉善明謂高帝曰：「今六師齊奮，諸侯同舉，此籠中之鳥耳。」杜詩「日月籠中鳥」蓋用此語，而《集注》但云「人生奔馳歲月，如籠中之鳥，局促不得自由」，姑録此以備參考。

《堯山堂外紀》曰：「至天隱所注唐《三體詩》，置長洲磧沙寺，今吴人稱『磧沙唐詩』是也。」余竊疑五言律詩中所載常建《泊舟盱眙》詩，雖格律平正，而不類常建諸詩。偶閲《唐詩紀事》，此詩作韋建，而云「建與蕭穎士最善」，據此則韋建中唐詩人也。《三體詩》卷首載詩人履歷有常建無韋建，常、韋二字相近，乃知從來誤以「韋」爲「常」，而非板刻之訛也。焦弱侯極詆《三體詩》《唐詩鼓吹》所取大抵皆晚唐之最下者，其人無識而寡學，要不足辨。未知果是否？

盧綸「孤村樹色昏殘雨，遠寺鐘聲帶夕陽」，《磧沙唐詩》收之，固爲警策。喻鳧「樹色含殘雨，河流帶夕陽」，《唐詩品彙》收之，亦不妨其高妙，但考世次，綸爲大曆才子，鳧乃開成進士，恐不免蹈襲耳。

李群玉《送秦煉師》「水流寧有意，雲汎本無心」，此全摸仿少陵「水流心不競，雲在意俱遲」二句，而格力不逮甚遠，此乃盛晚之所由判歟？

《老學庵筆記》曰：「遼相李儼作《黄菊賦》獻其主耶律洪基，洪基作詩題其後以賜之云：『昨日得卿黄菊賦，碎剪金英填作句。袖中猶覺有餘香，冷落西風吹不去。』」今按洪基，道宗也，此詩儘有風致。《堯山堂外紀》曰：「僧舊著黑衣，元文宗寵愛笑隱，賜以黄衣，其徒後皆衣黄。歐陽原功玄字《題僧墨菊》詩曰：『苾蒭元是黑衣郎，當代深仁始賜黄。今日黄花翻潑墨，本來面目見馨香。』」據此，則僧著黄衣，蓋昉于蒲室也。

《萬姓統譜》：「沈莊可，宣和間進士，知錢塘縣事。嗜菊，庭植數十本。晚年退居，益放情於菊。後以九月九日死，朱熹哭之詩曰〔一〕：『愛菊平生不愛錢，此君原是菊花仙。正當地下修文日，恰值人間落帽天。生與唐詩同一脈，死隨陶徑葬千年。如今忍向西郊哭，東野無兒真可憐。』」今檢文集無之，詩亦尖巧，不類文公作，蓋嫁名也。恐其誤人，故録之。

元謝宗可《走馬燈》詩曰：「飆輪擁騎出炎精，飛繞人間不夜城。風鬣追星低有影，霜蹄逐電去無聲。秦軍夜潰咸陽火，吴炬宵馳赤壁兵。卻憶雕鞍年少日，章臺蹈碎月華明。」《堯山堂外紀》爲謝宗可詩。薩天錫集載之，爲天錫詩。字亦稍有不同，未知孰是。戴九靈《插秧婦》詩曰：「青袱蒙頭作野妝，輕移蓮步水雲鄉。裙翻蛺蝶隨風舞，手學蜻蜓點水忙。緊束暖煙青滿把，細分春雨緑成行。村歌欲和聲難調，羞殺揚鞭馬上郎。」走馬燈，插秧婦，皆此間所有。二詩粘皮著骨，雖非極致，而亦可備詠物一體，「夜潰」二字，蓋本《左傳》「鄭人宵潰」語。

明袁凱字景文，號海叟《白燕》詩，世以爲絶唱，「柳絮池塘香入夢，梨花庭院冷侵衣」一聯尤勝。然余嘗見元雅琥字正卿《詠二月梅詩》云「梨花院落爲雲妒，柳絮池塘作雪猜」，二聯皆剽竊晏元獻

〔一〕熹：底本訛作「喜」，據《萬姓通譜》卷八十九改。

句。琥，元人；凱，元末明初人。蓋同時而未知孰先孰後，必有一相犯者。然世稱凱爲「袁白燕」，則凱之詩名著矣。琥詩全首見《堯山堂外紀》。

王廷相《芳樹》詩「芳樹不相惜，與藤相縈繫。歲久藤枝繁，見藤不見樹」，俞安期《鍾藤謡》「鍾藤纏樹枝，樹枯藤作樹。鄰婦媚私郎，歲久翻作私郎婦」，二首一意，而安期比況尤深，推而可喻奸雄之篡奪，蓋能得謡體者也。

唐荆川《竹徑》詩「面面隔深竹，茅齋在何處。遥聞犬吠聲，試從此路去」。余竊謂此全與宋僧惠詮「唯聞犬吠聲，又入煙蘿去」之句相同。明人不嫌其蹈襲，取而入選，世必有能辨其工拙者也。

高季迪《梅花》八首，皆高古超絶，可與《西湖八詠》參看。其第一首結句曰「秦人若解當時種，不引漁郎入洞天」，命意甚新。然元劉須溪有「漁人入得桃花洞，唯有梅花路未通」之句，則落第二義矣。又季迪有《梅花》詩云「雪滿山中高士卧，月明林下美人來」，凡選明詩者莫不取之，唯鍾伯敬《唐詩歸》引此一聯云「腐不可言」，而《明詩歸》亦收之。蓋《明詩歸》非伯敬所選，余嘗辨之矣。

《明詩歸》文震孟《舟中詠桂花》詩「早識廣寒多險徑，悔從碧落佔先春」，詳味語意，蓋震孟坐東林黨削籍後所作，蘊藉含蓄，無限低回，異於瞋目張拳者矣。方文《庚寅元旦》詩「卜肆尚能言孝弟，醫方猶可立君臣」，滄桑之感亦足動人悲思。《明季遺聞》書大學士范景文甲申殉節，而不載其絶筆詩，今録於此：「孤臣空灑淚，天步遂如斯。妖蝕三光暗，心盟九廟知。翠華迷草路，淮水漲煙澌。故國千年恨，忠魂繞玉墀。」「翠華、淮水」言弘光南渡，亦甚淒切矣。

《詩歸》張居正《怨歌行》曰：「步出上東門，桃李夾路傍。花花自相對，葉葉自相當。」《野客叢書》載宋子侯《董嬌嬈》詩：「洛陽城東路，桃李生路傍。花花自相對，葉葉自相當。」謂襲曹植《艷歌行》，江陵又襲子侯詩〔一〕，何剽竊之甚耶！

《性靈集·後夜聞佛法僧鳥》詩曰：「寒林獨坐草堂曉，三寶之聲聞一鳥。一鳥有聲人有心，心聲雲水俱了了。」惺窩先生以爲集中第一。羅山先生謂唐顧况詩「棲霞寺裏子歸鳥，口中血出啼不了。山僧後夜初入定，聞似不聞山月曉」，其體相似，韻亦偶同。山背國宇縣醍醐山有「佛法僧鳥」，見羅山《隨筆》。按《日本紀略》，延喜六年八月，右大臣源光修《法華八講》，佛法僧鳥來鳴。此外不多見。近世釋元政詩亦用其韻曰「梵音嘹亮頻迦鳥，如是我聞便明瞭。翻來奈何舉似人，月入破窗林寺曉」，蓋有意效之者。而弘法詩渾厚天成，不可以色相求；元政詩雖相去甚遠，亦脱灑可喜。

「客兒家聲風流相，奈此才高骯髒何。心雜難入遠公社，于思誰誦華元歌。登臨屐老風雲變，翻譯臺荒草樹多。千古使人仰高致，長鬚乞與病維摩。」右會稽沙門稽文會《題謝靈運像》，藏在和州山邊郡多田來迎寺。佐宗淳嘗見其手筆，爲余誦之。恐其遺落，故録于此。文會，明初僧。客兒，靈運小字也。

〔一〕子：底本訛作「于」，據《野客叢書》卷二十九改。

《東國通鑑》載端午石戰，朝鮮李穡《牧隱集》有詩曰：「年年端午聚群頑，飛石相攻兩陣間。馬市川邊朝已集，僧齋寺北暮初還。忽然被逐輕如葉，屹而當衝重似山。只爲朝廷求勇士，殘傷面目亦胡顔。」昔時此方俗習，亦與韓地無異，兒戲之害於事者也。寬永中，下令禁之。按，唐王式討裘甫，《通鑑考異》引《平剡録》曰：「諸軍圍賊於剡，賊悍甚，其所謂女軍者，亦乘城擿礫以中人〔一〕。」此真石戰者也。

《朱子語類》曰：「先生偶誦寒山數詩，其一曰：『城中蛾眉女，珠佩何本集作珂珊珊。鸚鵡花間弄，琵琶月下彈。長歌三日響，短舞萬人看。未必長如此，芙蓉不奈寒。』云：『如此類煞有好處，詩人未易到此。』」王應麟曰：「寒山子《楚辭》尤超出筆墨畦徑，云『有人兮山徑，雲卷兮霞纓。秉芳兮欲寄，路漫兮難征。心惆悵兮狐疑，蹇獨立兮忠貞』。」觀之則非特妙于詩，《楚辭》亦有得於自然者歟？

劉須溪曰：「晋人語言，使壹用爲詩，皆當掩出古今。無它，真故也。」此從「漸近自然」語中看出，善論詩者也。然真者，不可著力爲之，老練之極，自然化爲真耳。蓋初盛之詩，情景皆真，如蘭陵王長恭之臨陣，婉麗伉壯，其鋒自不可當也。中晚如顧況「一別二十年，人堪幾回別」，周賀「空將未歸意，説向欲行人」，張蠙「共看今夜月，獨作異鄉人」，雖不能及初盛，亦不失其真處。元人絶句高處，自逼中晚，如陳剛中「老母越南垂白髮，病妻燕北倚黄昏。蠻煙瘴雨交州客，三處相思一

〔一〕以：底本訛作「久」，據《資治通鑑》卷二百五十注改。

夢魂」，悽楚溢於言外，可謂「無它[一]」、「真」者也。

陶韋柳妙處，已經古人多少品藻，今若拈起，則何異優孟衣冠？故特舉明人效韋者以見其流風遺韻。楊基字孟載，號眉庵，明初四傑之一有《雨中效韋體寄友》四首，皆清麗莊雅，其一《寄僧道衍太子少師廣孝》曰：「叢林翳重岡，迢遞僧居獨。憑軒一悵望，春雨蘼蕪緑。泉香花落磵，窻暝松圍屋。憶爾諷經餘，袈裟坐深竹。」韋詩妙在工拙之外，楊則姿態横出，針線可覓，而不失其蕭散閒澹之趣，可謂善學柳下惠者矣。余非左袒於韋者，陶如寒山子詩，非可學而能者。韋集中亦有過於真率，不可爲法者。柳之妙處，世當有自知之者矣。

[一] 無：底本訛作「善」，據《簡齋集原序》改。

詩源

荻生徂徠

《詩源》一卷，荻生徂徠（一六六六—一七二八）口授，武陵吉有鄰編。據《合刻文淵·詩源》本校。

按：荻生徂徠（おぎゅう そらい OGYU SORAI），江戶時代儒者。江戶（今屬東京都）人，名雙松，字茂卿，幼名傳二郎，世稱「總右衛門」，號徂徠。此外，自居日本橋（東京地名）茅場町時起曾號蘐園，又因其先祖物部氏而取具有中國風格之單姓稱「物徂徠」、「物茂卿」。係館林藩（今屬群馬縣館林市）醫官荻生方庵之次子，出生於江戶芝浦。延寶七年（一六七九），其父荻生方庵因蒙受藩主德川綱吉（注：後成爲第五代幕府征夷大將軍）譴責而貶至上總國（千葉縣）長柄郡本納村，因此直至元禄三年（一六九〇）被赦免返回江戶之前，於芝（地名）開設私塾講授朱子學。據傳徂徠其時貧窮，缺衣少食，曾受增上寺前豆腐店之救助。元禄九年（一六九六），三十一歲時被柳澤吉保（注：第五代幕府征夷大將軍時之執權）發現，後謁見幕府將軍而成名。於寶永六年（一七〇九）德川綱吉歿後而隱退，遂以教授爲業，其門下太宰春臺、服部南郭、山縣周南等輩出，形成所謂「蘐園學派」。荻生徂徠起初崇奉朱子學，後轉爲復古而攻擊朱子學，且因駁斥伊藤仁齋之「古義學」而對立，另樹「古文辭學」。「古文辭」學説始於明中期之李于鱗、王世貞，認爲「真文章」非漢以前所莫屬。據此觀點，荻生徂徠認爲應對經書及古言古語進行直接研究，從中獲取真義，詩文亦應提倡古文辭。對於詩，徂徠尊崇《唐詩選》，排斥宋詩，鼓吹明詩，獎勵詩文創作，針對「朱子學」之道學式文學論，其欲將詩文從道德拘束中解放出來之立場非常鮮明。還聘請曾具「唐通事」(中文翻譯)經歷之岡島冠山學習會等,大力倡導華音學習,而且其自身亦通曉華音。寬文六年二月十六日生,享保十三年一月十九日殁,享年六十三歲。

其著作有:《辨道》一卷、《辨明》二卷、《論語徵》十卷、《論語辨書》十卷、《大學解》一卷、《中庸解》二卷、《孟子識》一卷、《孝經識》一卷、《尚書學》一卷、《孫子國字解》十三卷、《吴子國字解》五卷、《讀荀子》四卷、《經子史要覽》二卷、《古文矩》一卷、《文變》一卷、《訓譯示蒙》五卷、《譯文筌蹄》六卷、《學則》一卷、《詩文國字牘》二卷、《文淵詩源》一卷、《絶句解》三卷、同拾遺三卷、《徂徠杜律考》三卷、《唐後詩十集》七卷、《皇朝正聲》一卷、《學寮了簡》一卷、《素問評》一卷、《五言絶句百首解》一卷、《滄溟七絶二百首解》二卷、《詩題苑》三卷、《明律國字解》三十七卷、《素書國字解》二卷、《鈐録》二十卷、《政談》四卷、《蘐園十筆》十卷、《蘐園隨筆》五卷、《蘐園録稿》二卷、《蘐園談餘》四卷、《蘐園遺編》二十卷、《徂徠文集》四卷、《徂徠集》三十一卷、同拾遺一卷、《徂徠詩集便覽》。

此外,其兄荻生伯達之子荻生金谷爲荻生徂徠之養嗣,繼承家學,效力於郡山藩(今屬奈良縣大和郡山市),其子荻生鳳鳴亦仕郡山藩爲儒臣。

盛唐詩人惟在興趣，羚羊挂角，無跡可求。故其妙處透徹玲瓏，不可輳泊，如空中之音、相中之色、水中之月、鏡中之象，言有盡而意無窮。作詩貴不涉理路，不落言筌。

詩有神來、氣來、情來，有雅體、野體、鄙體、俗體。作詩者須審鑒諸體詳委所然，後爲知詩。

學詩須先明徹古人意格聲律，其於神境事物邂逅欝折，得其全理於胸中，隨寓唱出，自然超絶。若刻意創造，終虧天成；苟且經營，必墮凡陋。欲得其妙，要在著述之多、涵養之深，求正于宗匠名家之道，庶幾可以横絶傍流，不墮野狐外道鬼窟中。

盛唐尚格。所謂格也者，隱然於語中矣。譬如人心喜怒在其顔色，是所以異于宋人也。

中晚宋人尚意。所謂意也者，理路也，奇功也。譬如人辨博多言，謂之白居易、元稹、王安石、蘇軾、黄庭堅之墮坑。

雖曰盛唐鉅卿，非全無奇巧矣。跡之，則惟施諸長篇排律，而不施諸律與絶句也，是所以異于中晚宋人也。

盛唐尚温厚，猶春陽盎然，花卉燁發。

中晚宋人之所以不及盛唐者，有語言不齊之歧分焉。譬諸人面，眉目位置不異，而其面樣則有長短、方圓、肥瘦而不齊也。詩語不齊亦然，不可草草讀過。

要虚字少而妥恬，不要虚字多而淺露。不惟詩已，於文亦然。使虚字多，則流於淺露。

要「句而順，字而叶」。此六字綱領，如東坡曰：「定似香山老居士〔一〕，世緣終淺道根深。」若改「定」字以「應」字，乃唐人語也。

〔一〕老：底本訛作「光」，據《東坡全集》卷十六改。

斥非

太宰春臺

《斥非》一卷，太宰春臺（一六八〇——一七四七）撰。據文會堂《日本詩話叢書》本校。

按：太宰春臺（だざい しゅんだい DAZAI-SYUNDAI），江户時代儒者。信州飯田（今屬長野縣飯田市）人，名純，幼名千之助，字德夫，世稱「彌右衛門」（一説彌左衛門），號春臺、紫芝園。本姓平手，過繼於姻親太宰氏。起初跟隨其父前往江户，從中野撝謙習程朱之學。效命於出石侯，後因病辭退，流落京都十年，經同門安藤東野相勸拋棄舊學成爲荻生徂徠之門下研究古學。荻生徂徠歿後，以繼承荻生徂徠而聞名，然晚年於荻生徂徠之説稍有不服之處，詩文方面斥責李王之古文辭。其博學，通曉天文、律曆、字學、音韻等，還特别留心於經濟學。其性情剛毅狷介，自築高格，直言不諱。延寶八年九月十四日生，延亨四年五月三十一日歿，享年六十八歲。

其著作有：《論語古訓》十卷、《論語古訓外傳》二十卷、《論語正文》二卷、《六經略説》一卷、《和讀要領》三卷、《倭楷正訛》一卷、《辨道書》一卷、《斥非》一卷、《古文孝經正文》一卷、《古文孝經孔安國傳校正音注》一卷、《古文孝經略解》一卷、《詩書古傳》三十四卷、《朱子詩朱傳膏肓》二卷、《孔子家語增注》十卷、《易占要略》一卷、《易道撥亂》一卷、《周易反》十二卷、《春秋三家異同》、《老子特解》二卷、《聖學問答》二卷、《修删阿彌陀經》一卷、《律吕通考》一卷、《和漢帝王年表》三卷、《詩論》一卷、《近體詩韻》一卷、《文論》一卷、《三王外紀》一卷、《獨語》二卷、《産語》二卷、《經濟録》十卷、《紫芝園國字書》一卷、《紫芝園漫筆》十卷、《紫芝園稿》二十卷、《春臺詩抄》十卷、《新選唐詩六體集》等。

刻《斥非》序

夫是非無定體，人之是而我以爲非，我之是而人以爲非。是非之争，雖歷千載，孰能辨之？予聞諸春臺先生曰：「今之學者苟學孔子之道，則當以孔子之言爲斷；爲文辭者苟傚華人，則當以華人爲法。此辨是非之公案也。」蓋先生嘗觀世之學者所行，不忍見其非，因一二斥之，以示小子輩，遂筆之。積以日月，而其事亦彌多，至三十餘條，名曰《斥非》，未及梓行。時我二三兄弟者，人寫一本而藏之，二十年于兹矣。迨乎流傳漸廣，外人亦稍稍得闚而見之，遂大行于四方。頃歲，人自關西來者皆言「《斥非》流傳甚廣，京師儒生皆得之以爲帷中之秘」云。先生聞之，恐狡猾賈人盜刻誤本以牟其利，因謂其徒曰：「不如吾刊之，以止其誤傳。」遂使稻垣長章與尚賢謀繡梓之事。繕寫裁卒，而未及校正，聞浪華賈人果盜刻而鬻之。索得而視之，長門林義卿周助者爲之序。義卿前在浪華竊徂徠先生《譯文筌蹄題言》，構造國字牘，以誣先賢，以欺海内之人。但識周南先生，而謬言受業於其門，詐僞大矣。今又妄序盜刻《斥非》，而蔑如我先生，其狡猾過賈人，謂之何哉？於是我二人者黽勉從事，趣命工繡梓。及先生他雜文九篇，吾曹嘗受而藏之篋笥，今請附録於後，以示同志。庶幾好古之士因之有以釋疑網云爾。

延享乙丑夏四月辛酉，東都原尚賢序。

《斥非》編序（浪華刻本序）

操觚華之業也，不可不取式於彼也。豈徒古也哉？因之又因，所損益可知也。必古亦非禮耳。若夫辭則華而古乎？辭之古今，固不以禮也非禮也論之，不能脩者當恥矣。故惟式雖我古文者流，不必古也，必華人焉。而世於式，嚴之國文而寬之華文。然有意以寬者哉？式與非式，素未之知也。未之知，太宰氏所以有《斥非》也。而其斥非也，但其斥非哉？示式者多矣。

延享改元春三月，林義卿題。

凡文字前後署姓名者，上無所書即已。有所書，必書鄉里。如有官者，先書官，次書鄉里。若書號，則書於鄉里之下。倭儒乃有但書號不書鄉里者，非式也。華人弗爲也。

凡姓名之上書鄉里者，必書其大名，不書閭里小名。如朱仲晦徽州婺源縣人，而書新安。新安是其地之本名，世人所共知也。

凡署姓名者，若書鄉里於其上，但書某處某甲而已。或有著人字，曰「某處人某甲」，華人如此。倭儒乃有著「産」字「住」字，曰「某處産某甲」，曰「某處住某甲」，皆非法也。孟子云「陳良，楚産也」，特言其人生於楚耳，非署姓名之法也。

凡文字與人示人，及書畫爲人者，必書姓名，或但書名。雖貴者於賤者亦然，禮也。若姓名之上書號亦可也。倭人乃有但書號不書姓名者，非禮也。華人弗爲也。

凡人有名有字。名者，所自稱；字者，人所稱也。名者，父之所命也，故自稱之。字者，人之所與，所以表德也，故人稱之。凡自稱者，除天子稱朕、稱予一人，諸侯稱孤、寡、不穀外，雖尊長於卑幼，貴者於賤者，師於弟子，皆稱名，無稱字也。呼人者，唯父名子。若君於臣，有名之，有不名。師於弟子亦然。惟古之師嚴，名其弟子，如孔子之於七十子可見矣。後世師道不嚴，不敢名弟子。他如尊長於卑幼，貴者於賤者，亦不敢輕名之，必度其高下，寧過於恭，勿失於倨，是謂有禮。夫稱呼者，禮之大節也，敬慢係焉，故君子愼之。倭儒乃忽之。言語書札，往往誤稱呼。常見末學書生作書札，及贈人詩若文，或題所與之名，或自書其字，皆爲失禮。華人弗爲也。

凡拓印章書札及詩文贈人者，皆當印名。若有二印者，其一必是名，其二則字號古語，或諸般印皆可。但印字號而不印名，是爲不恭。倭儒往往有此過，華人無之。如非與人者，不必然也。

華人自唐以前無號。唐人相呼以行次，如王大、王二、沈三、沈四、張五之類。詩題亦多稱此。有號者如白樂天號香山居士，盧同號玉川子，屢屢可數。宋以後人多以號相呼，如濂溪、伊川、横渠、紫陽、東萊之類，皆以其所居地名爲號。此皆他人之所號，非當人自號也。又有居室之號，如致堂、南軒、晦菴、止齋、潛室、東窗、草廬、定宇、菊莊之類，此皆其人自號也。自此風行世，而人不復稱行次。歷元明二代，到今猶然。倭儒亦多以居室之號爲號，如闇齋、仁齋、順菴、損軒是也。他或以所居地名爲號，或以祖宗鄉貫爲號，皆無不可也。其地名或偶與中國同者，非其人所自命，則亦無可譏也。唯近時人有以中國地名此方所無者爲號者，是何所謂？吾所未解也。又如業曲藝者之號，鄙俚無義，不足道已。

此方人大抵皆複姓，雖有單字者，則百中一二耳。至有連三字四字者，乃夷狄之俗也。今之操觚者流，稱人自稱，醜其複姓，不拘上下，摘其一字以爲稱，是學中國而私擬其風俗，則其意固不惡也。然此事於文詞中爲之猶可，如題姓名而單其複姓，則相亂者甚多。當時尚不可的知其人，況數十百年之後乎？如是足以惑人，尤非所以爲實録而示後人也。夫名與字者，人之所獨也，宜擇佳者。姓氏者，宗族所同也，不可得而改也。雖中國複姓如百里、端木、石作、新垣、高堂、東方、赤草、諸葛、古野，何異於我複姓也。漢魏以來，有夷人進於中國者，猶不敢改其本姓，如鮮于、斛律、斛斯、賀蘭、賀若、宇文、耶律之類可見矣。今我複姓雖可厭，而係乎國俗，傳自祖宗，則吾末如之何。當因其素所稱爲直。先儒有山奇闇齋、伊藤仁齋二先生，皆書複姓，其徒亦如之。予初未知其是，且傚世之操觚者流，時單人之複姓。近日乃覺其非，遂左祖夫二先生云。又按，人有姓有氏。姓者，統祖宗之所自出者也。氏，即族也。族者，別子孫之所由分者也。天子、諸侯言姓不言族，其下必有氏族，則稱其族，古之道也。雖我日本人亦皆有姓族，既立之族，則當稱其族。稱族者，所以的知其人也。今人乃有舍族而稱姓者。姓之所被甚廣，且非常所行，則非徒難知其人，將恐有同姓名相犯者，故不可爲也。

凡文字識年月日者，年號之下書幾年，次書干支，次書時，次書月日。如曰「淳熙四年丁酉冬十月戊子」。或有年號之下直書干支，不書幾年，如曰「淳熙己酉春三月戊申」。或有以太歲所次言，如曰「龍集甲子」，曰「歲次閼逢困敦」。或有不書時，如曰「淳熙己酉二月甲子」。或有以孟仲季紀月，或有書日數及朔望等名，不書干支，如曰「孟春幾日」，曰「某月朔旦」。華人書法大略如此。倭儒乃有年號之下書第幾，或唯書數目不書年字，或書幾歲幾曆幾天，或以干支寘數目與年字之中間，或分注干支，或以十二律紀月，或以「烏」字「蓂」字换「日」字，曰「幾烏幾蓂」，皆非法也。華人弗爲也。

《爾雅》曰：「載，歲也。夏曰歲，商曰祀，周曰年，唐虞曰載。」繼周者沿而不革，歷代皆曰年。唐玄宗天寶三年改曰「載」，肅宗乾元元年復改曰「年」，後代不復改。我日本亦曰年，開闢以來，至今不改。世儒作文字者，乃以私改之，或曰載，或曰祀，尤非。夫奉正朔者，臣民之道也，何得私變之哉？如此者，特以好奇，而不自知犯國家典章也已，可不慎乎？

後生學作書札，先須學屬辭。略能屬辭，則當學書札禮。書札非一端，各有其式。式者，禮也。屬辭雖工，而書不如式，簡札失其制，則必有不敬無禮之誚。故禮不可不學也。近見少年輩纔知屬辭，便作書札。自高其才，不屑講禮。及其與人書札也，惘不知禮，妄意作之。自簡札封筒，至書中措詞稱呼題名，多不如式。其爲不敬無禮也大矣。即令文辭可觀，識者尚爲之不滿，況文辭亦未佳乎？是其爲書，特一張故紙耳，何足採覽哉？此操觚之士所當知也。

東都有一老先生贈人詩，署曰「某號老人拜書」。既自稱某號老人，曷爲拜乎？拜則不宜稱某號老人。對人自稱某號老人，倨矣。京師有一儒，手書《古詩十九首》於扇以貽人，署曰「某號書贈某人」。苟贈人而自稱某號，亦爲不恭。如此類，皆不知禮之過也。

先生者，父兄之稱也。《論語》「先生饌」是已。如《曲禮》或言先生，或言君子，或言長者。先生，謂父兄也。君子，謂有爵位者也。長者，謂他人之長者也。稱他人曰先生者，尊其人而以父兄待之也，不必受業之師也。如仲尼先生程子、子貢先生原憲、孟子先生宋牼是已。若或其年相若，則兩相先生，如莊周所記孔子之與柳下季相先生是已。及戰國之時，諸侯封君呼遊客處士爲先生者多矣，不可枚舉。至如燕昭王之於郭隗，則以國君而先生其臣；漢高帝之於陳平，則以天子而先生其臣；唐高宗之於田遊巖，則以天子而先生處士。凡此皆人主自屈其尊，而以父兄待其下也，尚矣哉。今人乃於長者難言先生，非受業之師弗肯先生之，亦異乎古人。夫佛有天人師之號，故稱僧曰師。今日吾人呼僧爲師者，寧皆其弟子哉？亦尊其人而以天人師待之耳。今人乃不耻師浮屠而耻先生長者，亦可謂不知類也。

中華詩人賦歲旦者甚鮮，蓋無事弗作也。倭儒乃每歲旦必作，無事而作，所謂無疾呻吟也。覼其爲言，不鄙猥即怪僻，敗風滅雅，可厭可惡，莫此爲甚。狡黠市人梓之以鈎利，寒陋書生託之以衒名。雖曰流俗之弊，其實諸老先生之罪也。好古君子勿儌幸甚。

中國三代以上，建萬國，封諸侯。秦漢以降，郡縣海内，天下之人不復知古者封建之制爲何如也。我日本古亦倣漢唐之制，郡縣海内。輓近擾亂，豪傑崛起，蠶食兼併，寖以成國。及神祖受命，混一海内，因立諸豪傑歸降者爲侯，又封子弟功臣令守藩籬，於是始有諸侯，大似三代封建之制。唯其制不問地之廣狹，所食米萬石以上乃稱侯爲異耳。雖無復五等三等之目，而國有大小，爵有尊卑，通謂之侯，猶漢言列侯然。故萬石以上之君皆當稱侯。世儒乃以官人視之，及作書札文字，以牧守刺史稱之，此見古而不知今也。往時僧玄光遊水户侯園池作詩，題稱水户侯，是爲得稱呼之正。儒者乃不然，何哉？亦不善學之過也。

凡贈答詩書，題引或在詩前，或在詩後皆可，必低一兩字爲定式。如題中有所贈官號姓字，必提之，或高於詩，或與詩平頭，雖詩中亦然。非唯官號姓字爲然，凡指所贈之詞皆提之，禮也。世儒乃有徒知低書題引，而不知提所贈官號姓字，雖提而低於己詩者，亦不達禮之過也。

凡贈答詩，所贈所答之人有官則題引稱官，無官則稱字若號。字號俱無，則但稱姓，如曰某公、某子、某先生、某處士、某居士之類。居士、處士雖非尊稱，而不仕者之通稱也，故或稱之。學者須閲中華古人集，取其可行於今者而用之。若夫古人題中有所贈所答人名者，蓋非當時對其人稱之書之也。及輯録之日，追書之耳。世儒有詞宗、詞伯之稱，雖朝鮮人所行，然於中華罕見，余亦弗肯用之。

和韻非古，盛唐所無也。嚴儀卿曰：「和韻最害人詩。古人酬唱不次韻，此風始盛於元白皮陸，本朝諸賢乃以此鬬工，遂至往復有八九和者。」所謂本朝者，謂宋也。和韻雖起於唐，而盛於宋。後世承襲其弊，莫敢改之。倭儒亦然。大雅君子苟欲學盛唐者，何不先除此弊？然和韻猶可，世儒乃有與和歌者流酬唱，取和歌尾字以爲詩韻者。夫和歌者，倭語也。詩者，中國之語也。如之何相通？可謂違理也。好古君子所宜戒也。

聯句，自唐人爲之，本有體裁，實詩之屬也。雖今人傚古人爲之，不失其體，何不可之有？惟倭儒所爲聯句者，別有一法，大非古制。且其爲辭鄙俚猥瑣，去詩遠甚。又有一種漢倭聯句，以和歌句間雜詩句，殊方異言，聯綴成篇，動五十韻至一百韻，乖戾不倫，令人厭惡。聯句至此，可謂風雅掃地。世所謂老先生者乃好之不釋。悲夫！告好古君子，勿傚幸甚。

凡作壽詩，中國人直以「賀某人幾十」爲題，更不著題。倭儒則別置題，其法先詠龜鶴松竹等物，而因之以祝其人壽也。壽家子孫乞人詩者，必以是爲請，誤矣。蓋壽人者，必有獻遺焉。若獻以畫圖及諸寶玩者，就詠其畫圖寶玩以爲祝，是中世已降俗禮也。無所獻遺而假物以爲題，無謂也。此特和歌者流所爲耳。雖和歌者流，在昔人未之聞，而輓近乃有之。世儒傚之而不知其非，可謂妄矣。曩者館林侯弘毅公六十初度，以《竹約歲寒》爲題以徵詩，余對曰：「壽詩別假物以爲題，臣未之聞也。請去題而應教。」遂作七言律詩一首以獻，題曰《奉賀館林侯弘毅越公六十初度》。他日見公，公曰：「我慶誕之日得詩三百餘篇，去題者唯子一人。」對曰：「然。」因爲公言，公稱善。併書於此。

世有《瀟湘八景》詩，不知何人所作，意者在宋元之際，其詩極無佳處。倭人慕之，賦《琵琶湖八景》，景皆與瀟湘同，特偶然耳。詩乃釋氏所作，尤不足觀。自是之後，人多傚之。所在輒賦數景，或博請於遠近詞人，令賦詩爲文。好名之士往往應求爲之。景故不勝，詩焉得佳？縱有海内無雙之勝，己未嘗一寓目於其間，則焉所措詞哉？是其所稱徒虚語耳，何風致之足論哉。大抵詠勝景者，大如唐人岳陽、洞庭諸什，小如摩詰輞川別業二十絶，皆其人身在其地，看弄其景，久之境與心會，然後形乎言斯成詩，是以如彼其妙。今則不然，足未嘗履其地，目未嘗睹其勝，而徒構虚詞以應求塞責，欲以鈎名譽。噫！亦鄙哉。若夫言其所未見，如孫興公賦《天台》，則考諸地記，徵諸地圖，然後乃敢立言，其亦異乎今人之所爲矣夫。

世俗好名者，每有吉凶之事，輒求人之詩文以慶弔之。毋論知與不知，見能者而求焉。因人以求人，動至二三轉。末學之士往往應求，余甚惡之。蓋人有嘉事而喜之，有凶事而憫之，皆由與其人若其子孫有情故也。未嘗識其人及其子孫，則是路人耳。路人，我何與其喜戚乎？無與而喜戚之，非詐則諂也。有識君子豈爲之哉？余常以此拒人之請，雖不悦於人，要不自欺耳。

倭儒説經，先注而後經。余以爲過矣。經之有傳注，爲解其義也。本文得注而明。本文既明，則注徒筌蹄耳。故説者但會注意以明經文而足矣，何須更説注文乎？今先説注文一一詳之，則由注文別生支節，煩雜冗長，未足明本經，而先令聽者惑，外本内末，貽學者害，豈不謬哉！

凡爲王公大人説經，與爲書生不同。爲書生者，務在明章句，詳訓故，辨疑惑。爲王公大人者，務在達大旨，明大義，使其優遊乎仁義禮讓之塗。蓋大人之學與書生不同，其所宜聞者，自孝弟忠信仁義禮讓之外，君人之道而已，章句訓故非其所急也。故爲大人説者，須舉本經中詞義明白、有益於其人者一二條，而委曲解説，或譬喻，或旁引聖賢格言以通其義，或援古今事迹以實其言，令聽者心悦而忘倦，斯之謂善説經。今儒師乃以其所爲書生，而施諸王公大人，徒令人睡而不聽，又安能令其進於學哉？

昔之所謂講者，論議也。今之所謂講者，説也。自趙宋以還乃爾。佛家有講法，有説法，自爲二途，是猶不失古名。我日本亦然。

先王建學，天子曰太學，諸侯曰國學，下至鄉黨州閭，無不有學。春秋祭先聖先師及有勳勞於國、有功德於民而宜祀者焉。後世雖郡縣之制，而建學修祀，仍率舊典。人家無祭先聖先師。倭儒乃有祭孔子於私家者，可謂瀆祀也。又有爲朱氏學者，祭仲晦於家，所謂非其鬼而祭之，謂之淫祀，不智之甚也。是何異於世俗奉佛教者，安彌陀、觀音等佛像，及其道祖師之像於家，而旦暮供養哉？彼自有其道，有爲而然。儒者豈宜傚之乎？古稱神不歆非類，民不祭非族。先王祭法，具在祀典，不可不知也。

自生民以來，有君子焉，有小人焉。君子者所以治小人也，小人者所以食君子也。是故君子有君子之道，小人有小人之道。君子小人各盡其道，而天下治。君子而行小人之道固不可，若小人而行君子之道，亦失其所以爲小人也。其不可以爲國也均矣。故孔子曰：「民可使由之，不可使知之。」先王之於民，如斯而已矣。故教民者，惟喻之孝弟忠信勤儉畏法耳。爲之説經，非其所宜也。世儒乃有欲使天下之人咸知君子之道者，構説經之堂於街衢，而日説經，令行路之人留而聽之。此徒知教民，而不知民亦各有其道也。先王導民，豈有夫人而説之以君子之道乎？況小人而好君子之道者，不犯上作亂，必失身破家。何則？君子之道者，爲人上之道。而小人之道者，爲人下之道也。且古者有圭璧金璋、命服命車、宗廟之器皆不粥於市，以尊物非民所宜有故也，先王之制也。今説經於衢路，豈不亦粥尊物於市之類乎？

漢儒之學皆專門也，是故《五經》皆有其傳。傳云者，先師所傳也。觀《儒林傳》所載可見矣。東漢以降專門廢，然後諸儒自爲説，於是古傳遂亡。且如《易》之一經，辭義多不詳，及筮法占法多不可考。餘經從可知矣。倭儒乃有授《易》於人者，自稱得其傳，問之未詳其所自來，觀其所傳，特揲蓍一法若納甲等法耳。夫揲蓍法，朱氏書詳焉。納甲者，京房所傳，而其法詳於後世卜筮之書，取其書而讀之，則可以知其法也。今者鄙儒不能讀書，此等小事亦必一一受之於師，遂秘之不輕以傳人，因亦用是欺後生以求重糈。夫子所謂小人儒，其若人之徒歟？

近時《韻鏡》之書盛行於世，則有反切人名之事。其法於人之二名者，以上字爲切母，下字爲韻。從《韻鏡》歸成一字，因視其字美惡。美則已，惡則改其名。以爲所歸之美惡，而終身之吉凶禍福係焉。此事不知起於何時，始於何人。毋論中國，雖我大東自古迨吾國初，實所未有也。蓋自寬永間以來也。在今日，則自王公以下至庶人，未有不反切其名者也已。不學其事，則必仰人，於是問諸能者，糈糒從之。諸知反音者，因言其吉凶，猶卜師也。故儒者若浮屠中有業此以致富者焉。夫中國人多一名，固無以反切。此方人必二名，雖有一名者，則千萬人中一人耳，故可以反切。好事者因制之法，以欺愚俗也。此事若巫祝陰陽之徒爲之，則固其所也，不足責也。苟爲儒而讀聖人之書，聞中夏之道者，豈宜不知其非哉？如不知其非，是至愚也。知其非而爲之，是誣人也。至愚可羞也，誣人可惡也。有一於此，不可以爲儒矣。噫！世之反切人名者，亦何知《韻鏡》之所以爲《韻鏡》乎？

唐詩法，五言第二字第四字異平仄，七言第二字第四字異平仄，第二字第六字同平仄，此不易之法也。後之作詩者莫不遵守此法。唯五言平起有韻句第一字，與七言仄起有韻句第三字，必須平聲。五言如「金尊對綺筵」「晴光轉緑蘋」，七言如「萬古千秋對洛城」「不似湘江水北流」，金晴、千湘字皆平聲，此亦唐律一定之法，詩人所慎守也。倭人不知，往往用仄聲字在是位。五言如「晚霞落赤域」「鳥啼竹樹間」，七言如「萬户擣衣欲暮秋」「傾倒百壺夜未央」，句非不佳，晚鳥、擣百字皆仄，是爲聲病。余嘗檢唐以後諸家詩五言句犯所云法者，未之見也。若其第一字仄聲，則第三字必平聲者，時有之矣。如「到來生隱心」「主人孤島中」是也。然亦數十百首中僅有一二句耳。明人王元美《哭李于鱗》排律一百二十韻，凡二百四十句，内平起有韻句六十，而無一句犯所云法者，亦可以證余説也。七言句犯所云法者，在唐人則自崔惠童「一月主人笑幾回」之外未之有睹也。在明人，則如李滄溟「黄鳥一聲酒一杯」是已，此亦數百千首中僅一二句耳。他若第三字仄聲，則第五字必平聲者，亦時有之矣。如「笑問客從何處來」「明日忽爲千里人」「昨日少年今白頭」，亦百中一二耳。如張九齡「欣君震遠戎」句，當下「喜」字而下「欣」字，韓翃「玉輦將迎入漢宫」句，當云「送迎」而云「將迎」，爲「喜」「送」二字仄聲，故皆以平聲字换之也。此亦可以見詩人慎病也。此方詩人多不知此法，大儒先生尚犯之，况初學乎？

句末連下三仄聲三平聲字，倭人嚴禁之。唐詩似不必然，無韻句末連下三仄聲字者往往有之。五言對聯句如「雲霞出海曙」「征蓬出漢塞」「晴開萬井樹」「星臨萬户動」「親朋盡一哭」「潮平兩岸闊」「秋聲萬户竹」「還家萬里夢」「山光悦鳥性」「城池百戰後」「明光共待漏」「猶悲墮淚碣」「胡兵戰欲盡」「還從避馬路」「河津會日月」「聲華大國寶」「聞風六郡勇」「浮舟出郡郭」「窮愁但有骨」「清吟可愈疾」「殘虹挂陜北」。其起結句如「東皋薄暮望」「羅衣一此鑒」「須令外國使」「當令外國懼」「誰憐不得意」「别離已昨日」「楚山不可及」「天花落不盡」「城南虜已合」「清晨入古寺」「離亭不可望」「還應雪漢耻」「誰知萬里客」「漢皇未息戰」「明時獨匪報」「從來謝太傅」「亭高出鳥外」。七言對句如「草色全經細雨濕」「秦女蜂頭雪未盡」，結句如「誰爲含愁獨不見」「朝罷須裁五色詔」「聞道神仙不可接」「一去姑蘇不復返」「復恐匆匆説不盡」，此皆在唐詩所稱絶佳者也。他詩猶多句末連下三仄聲字者，不暇枚舉。至於有韻句末連下三平聲字者，則唐詩中固不多見。五言如「豁達胡天開」「邊月思胡笳」，七言如「花枝欲動春風寒」「遠公遯跡廬山岑」「新林二月孤舟還」「斷腸猶繫琵琶絃」，可指數耳。蓋是唐人亦出於不得已，非謂無妨肆然爲之也。若地名人名之等，連屬一定不可易者因用之，何不可之有？管見之徒必拘聲律，换以他字，則爲陋甚矣。或曰：「『琵』字在詩中有讀爲入聲者也。」

拗體非唐詩之正也，唯五言絶句不嫌拗體，以貴高古，故不必聲律諧和也。五七言律及七言絶句尤要聲調。唐人間作拗體者，亦遇佳境時爲之耳。是故拗體必得絶唱，而後足采覽。若夫失黏者，特謂前後句不交加黏著而已。一句之内平仄自調，不如拗體全不調聲律，故唐人亦不甚病之。嘗取唐人律絶數百首點檢之，其在大曆以前諸名家之作號稱絶唱者，頗多失黏，略舉數篇。五言律陳子昂《晚次樂鄉縣》三四句，《送别崔著作》三四句，王維《使至塞上》三四句三四句當作一二句；排律宋之問《未央宫應制》七八句七八句當作九、十、十一、十二句，張九齡《和許給事直夜》五六句五六句當作一二三四句；七言律沉佺期《龍池篇》七八句七八句當作三四五六句，李白《凰皇臺》中四句，賈至《早朝》七八句，王維《和早朝》七八句，《和温泉寓目》五六句五六下脱七八二字，《酌酒與裴迪》後六句後六句三字當作二四七八，《嵩丘蘭若》七八句，高適《别韋司士》五六句五六下脱七八二字，岑參《西掖省即事》五六句五六下脱七八二字，《九日餞衛中丞》三四句，《虢州東亭》五六句，杜甫《宣政殿退朝》五六句，錢起《贈裴舍人》三四句三四當作一二，韋應物《舟行入黄河》三四句三四當作一二。七言絶王勃《九日》，佺期《邙山》，劉廷琦《銅雀臺》，太白《上皇西巡》「誰道君王」「劍閣重關」二首，摩詰《少年行》、《送沈子福》，賈至《西亭春望》、《洞庭湖》、《岳陽樓》，岑參《封大夫凱歌》、《磧中作》，子美《軍城早秋》，達夫《九曲詞》、《塞上聞吹笛》，蔡希寂《洛陽客舍》，自餘不必指摘。凡此皆失黏而不失爲佳作者也。後人采而入選，而看者亦不覺其爲失黏，極佳故也。是知古人作詩必遇佳境而得佳句，韻既協，句内平仄又調，則如法結撰，以成篇而止。及再點檢，雖見失黏，不復改作。蓋佳境難再遇，奇語難多出，改之則不能復佳也。先儒謂摩詰詩多失點檢者，余謂不獨摩詰爲然，古人皆然。彼豈不點檢哉？其實爲佳致不二也。今人固守聲律者，雖無失於法，而詩亦不能佳。泥也。故法不可不守，而貴通變。是故詩苟及古人，雖拗體尚可爲，況失黏乎？若樸樕不材，初不慎法度，故犯禁戒，而曰「吾學古人」，則詩家之罪人也已。編者按，此條拗體句數多誤，今特注之。

樊噲曰「大行不顧細謹」，言行大事者當思其終，不可拘小節以敗大事也。此樊子有爲言之，達一時機務者也。故古今傳以爲名言，豈非也哉！若君子之常道則不然，《書》曰「不矜細行，終累大德」，此所謂先王之法言也。凡自行與待人，其道不同。待人尚寬，自行尚恭。寬者，有容之謂也；恭者，不怠慢也。皋陶曰「御衆以寬」，孔子曰「寬則得衆」，是待人之大道也。然謂之衆，則不別君子小人之稱也。如特待君子，豈徒以寬而已哉？蓋亦有其道焉已。苟爲君子之徒，而自行無禮，可乎？今之少年輩，爲書生而小有才者，率恃才放蕩，以禮義爲小節，任誕爲高致，與人不恭，而怨其不見容焉。是則以待人之道自待也，豈不戾乎？古人負蓋世之才者，不謹禮法，尚獲罪於名教，況今士乎？此謂不善學古人。

詩論

太宰春臺

《詩論》一卷，太宰春臺撰。據文會堂《日本詩話叢書》本校。

夫詩何爲者也？詩出於思者也。人不能無思。既有思，則必發於言。既有言，則言之所不能盡，必不能不詠歌呻吟以舒其壹鬱。故古者謂之歌詩，言可歌也。揚子雲曰：「言，心聲也。」詩者，言之條暢者也。一曰：「詩，志之所之也。」人苟有志，詩以發之。古人燕饗賦詩，皆所以言其志也。故趙文子曰「詩以言志」，此之謂也。昔在堯之時，康衢《擊壤》之歌作於民間；在舜之時，《慶雲》之歌作於朝廷。此等雖不載於六經，可謂歌詩之始也。元首股肱之歌，君臣相戒之詩也；《五子之歌》，兄弟之怨詩也。此等載於《尚書》，明示來世，其聲調直與《二雅》同風，《三百篇》已胚胎於此矣。殷人之詩未聞，唯《商頌》五篇附於周詩之末，僅存其遺響云。文王《拘幽》，作於殷季。箕子《麥秀》，夷齊《采薇》，竝作於周初。此等雖不列於《三百篇》，然皆風雅之正調也。至於四詩《三百篇》，則太史采陳於前，仲尼删定於後，天下之詩，蔑以加焉。其詞温厚而不慢，質實而不俚，方正而不角，的切而不刻，紆餘而不回，委曲而不瑣，華麗而不浮，儉素而不陋，美而不諂，刺而不隱，怨而不怒，愛而不私，其義極乎天下之中正，故古人以爲義之府。是以燕飲賦之，論説引之，皆所以達其志也。周人之詩，可謂盛矣。然自文武至孔子之時五百有餘年，而其所删定詩僅三百餘篇，不可謂多矣。問其作者，則自周公之外，家父、吉甫、孟子之等，於所作詩中自稱其名，明白甚矣。其他序家唯言某人作而不詳其姓名，大抵王國公卿大夫士庶人之作也。至於《國風》則多里巷男女之詩，而諸侯夫人士大夫之作亦有之，序家亦多不詳其人云。大凡古人作詩，皆必有不平之思，然後發之詠歌，不能已者也，否則弗作。是以古詩作者不多，而一人不過終身一二作而已，其餘詩人之名無聞，此古詩之所以不多也。《三百篇》之外，歌詩之見於傳記者，如晉士蔿《狐裘歌》，宋人《于思謳》，魯人《狐駘誦》《鸜鵒謡》，鄭人《子産誦》，馮驩《長鋏歌》，齊人《松柏歌》，此等皆《國風》之餘響，特無章數耳。迨至周季，楚人屈平始作《楚辭》，而四詩之體一變矣。其詞重複冗長，稍使人厭。後又一變爲賦，其辭專務誇大，多言繁縟，虚語文飾，讀之使人生奢汰淫泆之心，實文章之一大厄也。荆軻《易水歌》，項羽《垓下歌》，漢高祖《大風歌》，戚夫人《黄鵠歌》，此等爲辭短簡，調盡風雅，亦唯無章數而已。武帝《秋風辭》，則《楚辭》之體，非古詩之調也。漢人長於賦短於詩，《郊祀》《鐃歌》《安世房中歌》，皆異於四詩之體，唯韋孟《諷諫》效《二雅》而小變其體。蘇李二卿五言之制，一變《風》《雅》而爲後世詩家之祖。班姬《團扇歌》始效其體，他不多聞耳。東漢人亦不作詩，唯張平子《四愁》，七言之制始構新辭，前無古人。迨至建安中，曹孟德、子桓、子建父子三人皆好詩，一時應、劉諸子輩起，贈答唱和公燕從軍，人各有作，五言最多，四言次之，三代之後詩盛，是時爲始也。自是厥後，天下分而爲三國，爲南北兩朝。南朝詩盛，甚於建安中，其詩一人常數百篇，一篇常數百言，其風與世變移，自質之文，自厚之薄，自偉壯之纖媚，自宏麗之猥瑣，降至陳隋，萎薾不振。唐人始制律體，詩盛度越前代，至於以詩取士，近體之制，後世取則焉。體雖異於四詩，然風雅之致，宛然可觀矣。然一代之詩亦有盛衰，識者取其盛者而用之云。宋則詩衰甚，人皆學唐而不得唐，義理之學害之也。元人之詩如宋人，而時有佳焉者，極而變之漸也。明則詩盛，雖唐不及。國初即有詩人輩出，劉伯温、高季迪乃其先進巨匠也。其後李獻吉、何仲默始倡復古，文章之道大振，其於詩也，自古風樂府以至唐詩莫不摹擬，皆至其妙。迨於李于麟、王元美者出，愈益研精，殆無遺憾，一時徐子與、吴明卿之屬爲之推轂，明詩至是大振於千古，可謂盛矣。然余嘗觀三代之人不作詩也，其有作詩者，皆有思者也，無思不作。故孔子一生不作詩，唯其去魯而歌見於《家語》，臨河而歌見於《孔叢子》，是一時感慨之發耳。七十二子未聞有作詩者，蓋無思也。兩漢人亦不作詩也，其有作者，蘇李枚氏之屬，僅僅可數耳。自曹氏父子好作詩，乃不待有思而作。魏晉以後，人多效曹氏所爲，所以其詩甚多也。唐人作詩之多者，莫如杜子美，次則白樂天是已。然子美好紀時事，所以有「詩史」之稱也。樂天亦好紀時事，而不及子美之雅馴，徒以常語矢口爲詩而已，雖多至千首萬首，亦何足觀哉？唯《長恨》《琵琶》二歌行較佳而已。子美雖稱「詩聖」，然終於此耳，一生更無他事業，則亦猶二王之終身於書，顧長康之終身於畫。不免爲曲士，何望不器之君子乎？他自李巨山、韋延休、蘇廷碩、張道濟之屬，雖富於著作，然其詩則不多。李太白、王摩詰雖有詩名，然其作不及子美之多，且唐人之詩多漫興無題，因事而發，所以有自然之妙也。宋元則不足論，明人之詩其多數倍唐人。且如與人贈答，唐人不過一二首，明人多至十餘首，寡亦不下數首，言盡而意不給，故多用事填塞，摭唐人成語而綴緝以成章，其巧在飣餖，篇雖多無復異味。李于麟最有此患，王元美曰：「三首而外，不耐雷同。」誠哉！余嘗謂，盛唐詩如上林宜春苑中花，異種貴品燦爛照眼；中唐詩如富人名園花，雖不及上林、宜春，亦各有奇觀；晚唐詩如野草花，雖不足悦目，猶有自然采色。此皆天造，不假人工也。明詩如剪彩之花，雖亦燦爛照眼，然無生色，人工所成也。此豈不然乎？凡唐詩工拙，皆有生色，出乎自然也。明詩則不然，强作也。夫周人有事賦詩者，歌《三百篇》詩也，未有臨事新作者。魏晋以後之人有事則作，異於古人也。古者造士進士必於學，唐以詩取士，異於古人也。唐人雖有事則作，猶未多作。明人則務多作，又異於唐人也。子美雖好詩，未始擬作古樂府。不獨子美，凡唐人多然。明人好擬作古樂府，夫古樂府不可擬作者也。且如漢《鐃歌》《郊祀歌》，其辭不可讀，其義不可曉，何以擬作爲？余惟擬作古樂府，猶畫鬼神也，其肖其不肖，誰識而辨之？假令其肖，將焉用之？又如古人歌詩及古詩童謡，皆當時因事而作者也，試使其人過其時無其事而復作，則不能矣。而千載之下，如之何其可擬作之乎？徒取其言之似，而摹其韻調，忽見之則肖，奈其無生色何？于鱗擬作古樂府，以漢營新豐，而鷄犬皆識其主家喻之。喻則似矣，然鷄犬特識其人耳。如無其人，則何有於其家哉？擬作古樂府而無生色，與無人之室何以異哉？余故曰，樂府古詩歌謡者，不若使古人獨步於宇宙，何勞心力以擬之乎？凡擬作始於晋人而盛於明，此亦明人之所以異於唐人也。夫詩者，所以言志也。其本出於思，無思何作？故古人不作詩，魏晋以後人多作詩，至唐滋盛。唐尚未甚多，至明極其盛，所以詩多於前代也。夫至言不在多，如魯哀公誄孔子，僅數言耳，哀死之情溢於辭。晋宋人作誄，見於《文選》者每篇數百言，讀之不見其哀。明人之作哭詩挽辭，累篇不下十餘首，否則長篇數十百韻，如元美哭于鱗排律百二十韻，冗長可厭，而無以見其哀。詩辭至是，豈不傷風雅之實哉？《易》所謂「躁人之辭多」者，其此之謂乎？夫唐人太白、子美皆終於詩人，明人于鱗、元美好弄文辭，至死不倦，于鱗五十七，元美五十四，終身讀書，而不曉六經之旨，不知聖人之道，名爲文士耳。于鱗嘔出心肝而死，元美卒事浮屠於小祇園而終焉，俱無功業之足稱於世，豈不可憫哉？余嘗爲此憤懣，好古君子盍少省焉？

詩論附録

紫芝主人

余嘗謂荆軻一刺客也，臨别而歌，其辭僅兩句；項羽一猛將也，臨死而歌，其辭僅四句：夫此二歌者風清調高，不爲奇語險辭，而千載之下，生色不變，今諷詠之可以想見當時氣象，豈不妙哉？試使後之詩人焦心思索，七日七夜，無能得焉。是知至言不在多，多言無實不可不戒也。昔者莬道僧喜撰善和歌，其歌二首，一曰《吾廬》，二曰《樹間》，世之所傳唯此二首，而他無聞也。然撰歌二首，可以敵他多作者之千首萬首，則不可謂少也。他人徒多作至於千首萬首，而不及撰歌，則所謂「雖多亦奚以爲」者也。杜子美雖稱多作，然若《秋興》《詠懷》《雜詩》，重篇叠章者，蓋非一日所爲也。贈答叙别遊宴賞詠歡樂悲哀之詩，一時興感之作，罕有重篇叠章者。蓋詩者，歌辭也。且如與人離别，送者當酌酒而歌，送者非一人，其詩豈宜重篇叠章哉？若人皆重篇叠章，則恐歌者倦聽者厭，是失惜别之情也。故凡一時臨事之作，尚短簡也。明人則不然，苟開口輒重篇叠章，要在鬬其才，去温柔敦厚之致遠矣，鄙哉！余少不好明詩，老而滋甚。徂徠先生選明詩，而名以《唐後詩》。中載李于鱗七言絶句三百首，先生謂明詩以于鱗爲至，于鱗七言絶句無一首不佳，故載之最多。純謂于鱗所爲唐詩非唐，而七言絶句爲甚。因而暇取《唐後詩》，就先生所選，而指摘于鱗七言絶句之瑕疵，以示童蒙如左。

于鱗《寄襲勖》曰「白雲湖上白雲飛，長白山中去不歸」，又《酬殿卿》曰「白雲湖上華陽山」，又《和答殿卿》曰「白雲湖上北風寒」，又《襲生緋桃栽》曰「白雲湖上酒家春」，又《促殿卿之官》曰「白雲湖上酒家春」[一]，又《樓上》曰「白雲湖上白雲還」。

于鱗言「白雲湖上」者六，皆在起句，内不换一字者二，雷同甚矣。「白雲」二字于鱗所好用，集中諸詩往往有之，殆乎臭腐。「長白山中去不歸」者，偷唐宋延清語，彼云「蓬萊闕下長相憶，桐柏山頭去不歸」，司馬承禎以道士爲天子所尊禮，在朝之人皆善視之，及其辭而歸山，朝士送之，故延清言承禎歸後，朝廷之士將相憶不措，而道士則浩然歸去，不復回顧如無情者然，故曰「桐柏山頭去不歸」，「去不歸」三字承「長相憶」三字，語乃有味，結得有力。于鱗取之以爲承句，則「去不歸」三字無所當。且以古人結句爲承句，失造語之體，譬如斷舊偶人之足以爲新偶人之手，豈成體哉？

杜子美詩云「眼中之人我老矣」，「眼中」猶言座上目前，于鱗取而用之，意不的切。《送殿卿》曰「相逢誰是眼中人」，又《送子與》曰「不是眼中人漸少」。《送劉户部》曰「君自扁舟似李膺」，又《留别吴舍人》曰「君自楚人諳故事」，又《懷子相》曰「君自平生稱國士」，又《和答殿卿》曰「我自能憐華不注」，又《爲劉伯東題王母圖》曰「客自金門侍從

[一] 官：底本訛作「宫」，據《滄溟集》卷十三改。

才」，又《寄元美》曰「君自客中聽不得」，又《送殷正甫》曰「帝自垂裳拱玉京」，又《送右史之京》曰「身自楚臣誰不識」，又《挽耿蠡縣》曰「知君自是神仙令」，又《答贈沈孟學》曰「君自神仙誰不見」。

于鱗用「自」字一法，「君自」最多，造語雖小異而句法大同，又殆乎臭腐。

《送吴郎中》曰「草色秋迷彭蠡澤，不知何處弔番君」。

此末句偷李太白語，彼云「日落長沙秋色遠，不知何處弔湘君」，湘君者，舜妃也。俗説舜巡狩，崩于蒼梧，妃慕之，自投於湘水，後人祀以爲湘靈，又號湘君，又號湘妃，即《楚辭》所稱湘夫人也。凡古人之死可憫者，後人弔之如湘妃，屈原是也。故太白因遊洞庭湖欲弔湘君也。番君者，吴芮也。芮者，秦楚之際之豪傑，歸漢而封長沙王，傳國數世。當時諸豪傑，唯吴芮爲令終，則芮之死何弔之有？于鱗偷李語，而以「番君」换「湘君」，雖於送姓吴者的切，然事實不當。釋皎然《詩式》所謂「三同之中，偷語最爲鈍賊」者，于鱗有焉。

《席上鼓飲歌》曰「風色蕭蕭易水寒」。

荆軻歌云「風蕭蕭兮易水寒」，蕭蕭，風聲也。于鱗用荆軻語，去「兮」字而加「色」字，蕭蕭豈風色哉？于鱗此句「色」字成瘿瘤矣。古詩「白楊多悲風，蕭蕭愁殺人」，蕭蕭，亦風聲也。戴幼公詩「蕭蕭楓樹林」亦然。

《送子相》曰「江上春光好贈誰」，又《九日同殿卿登南山》曰「秖今秋色好誰看」，又《東村同殿卿送子坤赴選》曰「如今白璧好誰酬」，又《送右史》曰「處處淹留好爲誰」。

杜子美詩云「中天月色好誰看」，于鱗傚子美用「好誰」字，云春光好、秋色好則似，其云白璧好、淹留好則不似。比之杜詩，見其不如。

《於郡城送明卿》曰「漢家遷客幾人還」，又《寄吴明卿》曰「古來遷客幾人還」。

王子羽詩「古來征戰幾人回」，于鱗傚之造語兩寄明卿，而其末句同語相侵，亦可笑矣。

《寄茂秦》曰：「誰惜虞卿老去貧，平原食客一時新。懷中白璧如明月，何處還投按劍人。」

凡絶句以寫情景勝，不尚用事。于鱗此詩一篇四句，每句用事，繁劇甚矣。且白璧，玉也；明月，珠也。曰白璧如明月，造語誤矣。

《秋日東村偶題》曰：「五柳青青醉裹春，那能長做折腰人。情知縱酒非生事，昨日罷官今日貧。」

此詩全似宋人。

《和答殿卿》曰「白眼風塵一酒巵，吾徒猶足傲當時」。

此一二句，非唐詩之調，只是宋詩之下調。「吾徒猶足傲當時」，只是平常言語，非詩語也。

《寄懷元美》曰「誰將匹練吴門色，哭作燕山五月霜」。又《輓王中丞》曰「白馬只今成過隙，千秋匹練曳吴門」。

峽中有五味國鼎者，才子也。謂予曰：「于鱗絶句非唐調。」因舉此二詩三四句而曰：「此似謎語。」予亦不能詰。

《寄元美》七首，《輓王中丞》八首，《汝寧徐使君》十首，《寄吴明卿》十首，《送殷正甫》十首，《送右史之京》十二首。

此皆太多。其詩大抵多用故事，飣餖成章，非以寫情勝者，徒鬪才而已，豈絶句本色哉？比之唐詩，見其實不如也。

《戲贈張茂才》曰：「自愛花枝掌上紅，蛾眉如月綰春風。須知粉黛隨時變，多恐張郎畫未工。」又曰：「張郎新製合歡衾，醉擁紅顔燭影深。別有洞房雙玉妾，吹簫自和白頭吟。」又《戲柬張茂才》曰：「羅姑春酒百花香，潦倒張郎自不妨。爲問君家三婦艷，今朝若箇畫眉長？」

張敞爲婦畫眉，本非美事。今于鱗因茂才姓張，數用是事以爲戲，然猥褻已甚。《詩》曰「中冓之言，不可道也」，趙文子曰「牀笫之言不踰閾」，于鱗之言可謂踰閾矣。

《送徐汝思》曰「天涯明日故人疎，莫向樽前嘆謫居」。

此一二句。以句法言之，宜爲三四句。

《送子與》曰「北風吹雪雪漫漫，雪裏題詩淚不乾」。

岑參詩「雪裏題詩淚滿衣」，又云「雙袖龍鍾淚不乾」，言一身龍鍾，雙袖淚不乾也。今于鱗剽竊岑兩句合爲一句，但云淚不乾，不言何物不乾，是不成語也。岑二詩兩句，各自成義。于鱗詩一句，乃不成義矣。

《得徐使君所貽王敬美見贈答寄》曰：「博物張華不易逢，十年京洛少從容。當時未得豐城劍，已識雲間陸士龍。」

此詩徒記故事耳，非絶句本色也。

《前題》又曰「弱冠文章滿帝城，偶因家難負平生」。

第二句不似詩語，只是常語。

《早夏示殿卿》曰：「長夏園林黄鳥來，百花春酒復新開。主人把酒聽黄鳥，黄鳥一聲酒一杯。」

蔡蒙齋《聯珠詩格》所載宋人之詩多似此體，唐詩希有。末句「聲」字獨平，亦爲聲病。

《送潘令之邯鄲》曰：「春滿邯鄲十萬家，若爲潘令鬬繁華。請看如玉叢臺女，豈讓河陽縣裏花。」

「春滿邯鄲十萬家」，句法如末句。送縣令而言女色，非諷教之正也。雖用潘氏故事，然不可訓已。

《山齋牡丹》曰「中有柴桑令尹家」。

淵明柴桑人，爲彭澤令耳。柴桑令者何謂也？令尹，楚官名。柴桑令尹，未聞也。

《過殿卿山房詠牡丹》曰：「國色宫妝倚檻新，一樽堪自對殘春。即令解語應相笑，何必看花定主人。」

此詩意義難曉，誦之亦無味。

《戲問殿卿止酒狀》曰：「昨夜春風吹酒香，牀頭甕甕菊脂黄。當壚笑殺如花妾，底事垂涎若箇長。」

三四句醜甚。

《止酒》曰「五柳先生漉酒巾」，又《謝俞仲蔚寄簟》亦曰「五柳先生漉酒巾」。

岑參詩「世上浮名好是閑」，古詩律詩皆有此句，唐人他未見同語重出。于鱗詩同語重出者多。

《送右史之京》曰：「春光明日是長安，楊柳青青傍酒寒。也自道君爲客好，那應猶作故園看。」

此起句亦如末句，三四句不可曉。

《重寄伯承》曰「纔説長門人便老，黄金無賦買春風」。

陳皇后以百金買相如賦。黄金所買者，賦也，非買春風也。今云「黄金無賦買春風」，是不成語也，安有以賦買春風哉？

《答右史》曰「上苑繁華此一時」。

「此一時」者，孟子之言也。于鱗取而入絶句，恐非當行也。

《早春寄吴使君》曰「從他白髮病中生，濁酒寧知世上情」。

此首句，亦如末句。蔡希寂詩「逢君貰酒因成醉，醉後焉知世上情」，于鱗取蔡結句爲第一句。蔡結句承第三句而言，乃有意味。于鱗上無所承，而以「濁酒」换「醉後」，乃無意味。

且用此爲第二句，句法亦非其所宜也。

《簡許殿卿》曰「玉函山色倚嵯峨」。

嵯峨，高貌。山色倚嵯峨，不知何狀。此五字亦不成語也。

《和聶儀部明妃曲》曰「天山雪後北風寒」。

李君虞詩「天山雪後海風寒」，于鱗偷之，以「北」字換「海」字而用之，亦偷語鈍賊也。

《九日》曰：「黄花白髮病中新，壁上常懸漉酒巾。九日空齋似寒食，更無風雨亦愁人。」

于鱗《送别劉户部督餉湖廣》第五首：「錦帆南入楚雲重，江上遥看衡嶽峰。落日蒼茫秋不斷，青天七十二芙蓉。」予謂于鱗絶句，唯此一首全不用事，而氣象飄逸造語宏麗，直可與太白、右丞頡頏矣。次則《九日》之作，得絶句之體，勝他諸作，唯漉酒巾用陶家事，猶可厭耳。

凡詩家用故事，不渾融則成套語，套語則人皆知之。于鱗詩用套語者多，所以不及唐人也。

又按于鱗有所好用字，曰風塵曰白雲曰白雪曰意氣曰文章曰風流曰五馬曰五雲曰授簡曰褰帷曰倦遊曰君自曰好誰曰吴門曰梁園曰承明曰淮陽曰吹臺，此等于鱗用爲套語，時人以于鱗多用「風塵」字，呼曰「李風塵」云。予謂于鱗用「風塵」字故多，用「白雲」字亦多，呼曰「李白雲」亦可。王元美曰「三首而外，不耐雷同」，非虚言也。

《春興》曰：「自瀉金波滿玉盤，使君沉醉不爲難。新馱二七如花女，又向春風一笑看。」

于鱗嗜酒善飲，往往見於詩中。其有《止酒》之詩者，蓋病酒也。觀此詩則見其好色。嘔血而死，宜矣哉。

右略舉于鱗絶句之巨疵，其微瑕姑不問也。絶句如此，律詩亦可知也。律詩雖不厭用事，然于鱗之用事乃套語耳，故可厭也。于鱗之詩既如此，他諸子之詩從可知也。嗚呼！向使徂來先生不死，十年必見明詩之可厭，不復好之。純非敢違先師而立異説，昏愚偶見，明詩之大異於唐詩故也。不知世之好詩者以爲然否耳。

駁《斥非》

深谷公幹

《駁〈斥非〉》一卷，深谷公幹（生卒年不詳）撰。據《日本儒林叢書》第四卷排印本校。

按：西島醇「識」於文後（和文），其大略云：「深谷公幹，傳記不存，蓋與太宰春臺同時而稍後之。寶曆六年，即春臺歿後不久，深谷公幹成此著，痛駁春臺與服部南郭，而間有迴護伊藤仁齋者。由此觀之，則深谷公幹亦屬古義學派，而乃鐵骨稜稜之丈夫歟？」

駁《斥非》序

夫是非原有定體。人之是而我以爲非，我之是而人以爲非，是非之争難辨者，非真是真非。至真是真非，其相别也如見丹青矣。若夫異説之紛紛，苟欲辨之，則當以孔孟之言爲斷。以孔孟之言爲斷，則猶以規矩準繩試尖斜橢曲，毫釐參差，纖微出入，莫不明矣。何以瞋目切齒、鼓舌張聲以論辯焉耶？爲文辭者亦然。苟追古人之蹤，去末俗之弊，則體裁稱謂，亦稍稍歸正矣。以是比乎當世腐儒之陋，則猶瓦礫與渾金，魚目與玉璞，豈有是非之難辨耶？曰「是非無定體，是非之争雖歷千載孰能辨」者，余未信也。迨享保、元文之時，有荻生、太宰之輩出，主張復古，倡和王李，文自西京，詩自大曆而下，一切吐棄。操觚談藝之士翕然宗之，一時公卿大夫及羽流衲子、巫祝日者，莫不吠聲逐臭矣。二子才氣勁鷙，倨傲放辟，以土芥睹思孟，以寇讐罵程朱，蔑視當世若無人。於是乎二三之弟子以爲有天地來一人而已。或曰：「我夫子不出，則世惡知仲尼之道即先王之道，而聖人之所修爲也。」或曰：「闡發仲尼之道，猶披雲霧睹白日矣。」其高尚大率如此。而新篇遺稿，累累成堆。往往披讀焉，則聱牙戟口，崎嶇艱難。剽竊效顰，踏襲學步，稱謂之泛濫，體裁之支離，醜態滿卷，讀者不能終篇，孟浪無稽，使後生左陷大澤，不亦傷乎？於戲，是何先生！余竊謂洪荒邈矣，無論已。

磐余膺籙，創基以降，未嘗聞有若杜撰先生者也。予有憤悱於兹，故欲掃盡蘐園之習弊，啓發鄒魯之微言，因指摘而録之。世之學者，苟以予爲辟其所惡，亦所不辭也云爾。

寳曆六年丙子春二月，深谷公幹書于説樂窩中

凡例

一、閱近世諸家著述，有些破綻處，亦等閒看過，而未嘗盡閒然。余不欲發人之短以爲己智也。唯如蘐園之徒，結朋樹黨，相與褒稱，而亦以爲含華咀英，彫龍繡虎，於是世之輕薄書生，不啻誇詡。頃歲韓客東來，其徒語之曰：「吾邦開闢以來，未嘗有若徂徠先生者。」或曰：「自生民而降，莫有若元喬文人出矣。」其尊尚養名無忌憚也。余恐白癡之徒，又復向殊方揚國臭，故指其貌醜，以喚醒後生膚淺之徒云。

一、余於《斥非》，閱之再三，略舉其大醜，以遺其小疵，爲文繁也。若《紫芝園稿》，未盡卷舒，見其題目而間然耳。

一、《南郭集》粗流覽，而斥其孟浪者已。仔細看之，則不遑數矣。如《答問書》，抑其首領施一鍼，不敢盡下手也。其餘《論語徵》《外傳》等書，別有論著焉，今不贅于此。如《大東世語》，件件用「既、已、乃、固」字多矣，無處不贅，世之人所知也。如謂文時曰然。固已「上林園」也，當下「苑」字，而下「園」字。又謂「承久之變，京師訩訩，有討鎌倉之議」，而謂「徒有長安輕薄兒輩，妄藉天威以來，殺千至一，戰殲無退」，既曰「鎌倉」，又曰「義時」，則當作「平安」輕薄兒輩，不然而作「長安」者何也？其不倫豈論乎！同集第二卷，平相國云云，「既乃後稍復有悔」，「既乃」「後稍」「復」字不成語也，作「既復有悔」可。又第五卷，史大夫朝親云云，「斂衿將拜，而忘其脱帽，右手持帽，肅然露頂，俯伏路側」，「肅然」二字當在「俯伏」之上，露頂非肅然容也，俯伏是肅然容也。豈錯亂倒置也？而以爲不羞於臨川著《世説》者何哉！如此之類，皆措而不論焉。

總目

駁《斥非》深谷公幹

太宰純所著《斥非》第一則，有「倭儒」之稱。字書：「倭」字本音「猥」，又歌韻音「窩」，海東日本之人也。俗呼海外之諸蠻皆曰「倭」。《漢・地理志》「樂浪海中有倭人，分爲百餘國」，師古曰，《魏略》云「倭在帶方東南大海中，依山島爲國，度海千里。復有國，皆倭種」。又《唐・東夷傳》，「倭去京師萬四千里，其俗多女少男，小島五十餘，皆自國而臣附之。」或云「日本，古倭奴國。後惡倭名，更號日本。自言國近日所出，以爲名。」幹按：「倭」字，漢魏以來史籍所載如「倭王」「倭國王」「倭奴王」「倭女王」，原唐人所指云，而非本邦之所以自稱焉也。若夫以本邦之人自稱之，則以「國儒」或「本邦之儒」稱之可矣。國朝既以「大和」換□跡，則不如以「和」稱之正矣。古人偶有以「倭」自稱者，非尊皇和之意矣，不可從也。

其第十則曰：「夏曰『歲』，商曰『祀』，周曰『年』，唐虞曰『載』，繼周者沿而不革，歷代皆曰『年』，我日本亦曰『年』，開闢以來至今不改。世儒作文字者，乃以私改之，或曰『載』，或曰『祀』，尤非。夫奉正朔者，臣民之道也，何得私變之哉？」幹謂：蘐園之徒有以私改者，曰「載」曰「祀」，措不論焉。如以富岳曰「芙蓉」，以平安曰「長安」，以武城曰「武陵」或「武昌」，以「筑紫」曰「紫陽」，以八橋曰「灞橋」，以筥根曰「函關」，以白山爲「商山」，以信州爲「信陽」，以丹波曰「丹陽」。以庶人妄改地名，特好奇而不自知犯國家典章，豈臣民之道也哉？夫「筑紫」乃西海九州之總稱，猶唐呼「山東」「關中」，其所指非一所。「紫陽」乃一小邑耳，其稱亦不倫；且山南水北曰「陽」，水南山北曰「陰」，如「淮陰」「河陽」等，各有其義。純之徒漫作「州」字看，今以本國地名之與漢地類似者稱之，甚無謂也。況如《經濟録》所書「平手中務少輔五代孫信陽太宰純德夫撰」，可發一笑矣。

其第十四則曰：「中華詩人賦歲旦者甚鮮，蓋無事弗作也。倭儒乃每歲旦必作，無事而作，所謂無病呻吟也。觀其所言，不鄙猥即怪僻，敗風滅雅，可厭可惡。」幹謂：是面墻之見也，如徐𤇯《鼇峰集》年年有除夜歲旦之作，始庚寅終庚申，其間凡三十年所。又《臺閣集》中明人年年有歲旦之作。豈謂無事不作耶？

其第十五則曰：「吾日本所食米萬石以上之君，乃皆當稱侯。雖無五等三等之目，猶漢言列侯。世儒乃以官人視之，及作書札文字，以牧守、刺史稱之。此見古而不知今也。」幹謂：本邦雖無五等之目，然有公族，有國主，有准國，有城主，有郡主，城主以下有如官人者，豈萬石以上通稱侯耶？作文字者，宜有用舍焉，純不知用舍如何也。欲概爲之侯，故於世子稱亦謬焉。漢制，天子稱皇帝，其嫡嗣稱皇太子，諸侯之嫡稱世子。後世咸因之，本邦亦如此。純也私改之，非天子稱東宮甚非。夫犯國典，法家所不赦也。

其第十八則曰：「和韻非古，盛唐所無也。嚴儀卿曰：『和韻最害人詩。古人酬倡不次韻，此風始盛於元白皮陸。本朝諸賢乃以此鬬工，遂至往復有八九和者。』所謂本朝者，謂宋也。和韻雖起於唐，而盛於宋，後世承襲其弊，莫敢改之。」幹意：第二十則云「凡作壽詩，中國人直以『賀某人幾十』爲題」。夫壽詩者起於宋，非古也。而純亦有壽詩。若夫和韻以非古可厭，則壽詩亦可厭可惡也，何捨彼取此邪？將據嚴氏以爲説邪？抑亦非耶？何其不處一乎？蓋如嚴氏《詩話》，以無知妄論，爲錢虞山所駁，復又爲徐而菴所間然，其所論者可見也。今不贅此。

其第二十一則曰，「大抵詠勝景者，大如唐人岳陽樓、洞庭諸什，小如摩詰輞川別業二十絶，皆其人身在其地，看弄其景，久之境與心會，然後形乎言斯成詩，是以如彼其妙。今則不然，足未嘗履其地，目未嘗睹其勝，而徒搆虚詞，以應求塞責爲之，景故不勝，已未嘗一寓目於其間，則焉所措詞哉？」幹以純之説未爲不可也，然純嘗著《病餘間語》一篇云：「有天門上人者，老詩者也；有高子式者，專詩者也。」夫子式者，盲人也，目未嘗睹其勝，而徒措虚詞，則豈境與心會，然後形乎言以成耶？將以措虚詞爲專詩者耶？何其言之錯亂齟齬也！純所以爲專者何也？且子式嘗有壽本多越中君令堂五十詩，題曰《賦得瑶池篇・奉壽瀛洲侯太夫人五十》。幹未知「瀛洲侯」何謂也，三山豈有封侯人耶？亦可發一笑也。其詩云：「瑶池仙樂五侯家，此日飛觴醉紫霞。更獻蟠桃千載壽，人間移得閬園花。」蓋「閬苑」字古來無以「園」字換之者，作者庸才，至屢窘迫，而以平聲換之，杜撰無稽，可笑也。余未聞瑶池有五侯家。純所謂專詩者，果此人歟？當昔爲吉田長與氏所譏，識者以子式呼「東都詩盲」，後悔而改之「閬風花」云，歸震川所謂「妄庸巨子」之風類也。又「夫人」

之稱，唐人所通用，然吾邦有「妃二員，夫人三員四位以上〔一〕，嬪四員五位以上」令，則非無所忌，不用而可矣。

其第二十七則曰，「自生民以來，有君子焉，有小人焉。君子者，所以治小人也；小人者，所以食君子也。是故君子有君子之道，小人有小人之道。教民者，喻之孝弟忠信勤儉畏法耳。爲之説經，非其所宜也。世儒乃有欲使天下之人咸知君子之道者，搆説經之堂於街衢，而日説經，令行路之人留而聽之。此徒知教民，而不知民亦各有其道也。先王導民，豈有夫人而説之以君子之道乎？況小人而好君子之道者，不犯上作亂，必失身破家。何則？君子之道者爲人上之道，而小人之道者爲人下之道也。且古者有圭璧金璋命服命車宗廟之器，皆不粥於市，以尊物非民所宜有故也。今説經於衢路，豈不亦粥尊物於市之類乎？」幹謂：孝弟忠信，非聖經而據何書以講之乎？且余故人山田氏者弟釋意傳，嘗從遊純之門，日日侍講席。服部元喬、入江忠囿、石島正猗、板倉安世之屬，往往會僧徒而以事舌畊，豈非亦粥尊物於市乎？如菅野生賜教諭之地於街路，固有好學者，則延之於講堂以誨焉。豈傚蘐園之徒會僧徒而漫求重賄乎？余嘗聞伊尹、傅説之屬，在草莽巖穴，而以學堯舜之道。未聞小人而學君子之道，有犯上作亂失身破家者也。

其第三十則曰，「唐詩法，五言第二字、第四字異平仄；七言第二字、第四字異平仄，第二字、第

〔一〕四：當作「三」。按《養老令·後宮職員令》「第二夫人」條：「夫人三員，右三位以上。」

六字同平仄。此不易之法也。后之作詩者莫不遵守此法，唯五言平起有韻句第一字，與七言仄起有韻句第三字，必須平聲。五言如『金樽對綺筵』『晴光轉緑蘋』，七言如『萬户千秋對洛城』『不似湘江水北流』，『金、晴、千、湘』字皆平聲。此亦唐律一定之法也，詩人所慎守也。倭人不知，往往用仄聲字在此位。五言如『晚霞落赤城』『鳥啼竹樹間』，七言如『萬户擣衣欲暮秋』『傾倒百壺夜未央』，句非不佳，『晚、鳥、擣、百』字皆仄聲，是爲聲病。余嘗撿唐以後諸家詩，五言句犯所云法者，未之見也。若其第一字仄聲，則第三字必平聲者，時有之矣。如『到來生隱心』『主人孤島中』是也。然亦數十百首僅有一二句耳。明人王元美《哭李于鱗》排律一百二十韻，凡二百四十句，内平起有韻句六十，而無一句犯所云法者，亦可以證余説也。七言句犯所云法者，在唐人則自崔惠童『二月主人笑幾回』之外，未之有睹也。明人則如李滄溟『黄鳥一聲酒一杯』是已。此亦數百千首中僅一二句耳。若第三字仄聲則第五字必平聲者，亦時有之矣，如『笑問客從何處來』『明日忽爲千里人』『昨日少年今白頭』，亦百中一二耳。如張九齡『欣君震遠戎』句，當下『喜』字，而下『欣』字。韓翃『玉輦將迎入漢宫』句，當云『送迎』而云『將迎』，爲『喜』『送』二字仄聲，故皆以平聲字換之也，此亦可以見詩人慎聲病也。此方詩人多不知此法，大儒先生尚犯之，况初學乎？」幹探座右書一二卷而閲之，乃有不如純之所云者矣。如高適「北風邊馬哀」「此翁殊不然」，杜甫「此生何太勞」「使君寒贈袍」「影斜輪不安」「斷雲疎復行」「古人誰復過」，李白「往來江樹前」，張籍「此中還别離」，李邕「不應長此過」，閻寛「寓言因永吟」「象吾虚白心」，于鄴「故鄉應漸遥」「有雲心更閒」，盧同「此中離思生」「爲君傾兕觥」，儲光羲「白雲遥在天」，曹松「野風吹得開」，梁德裕「不逢枝葉攀」，戴叔倫「落花溪水香」，杜牧「雨聲如別秋」，錢起「鶴鳴風艸間」，李咸用「滿襟香在風」，賈島「雨多風更吹」，李益「朔風驚復來」「素紈輕欲裁」，温庭筠「客行悲故鄉」「枳花明驛墻」，馬戴「恐驚平昔顔」，李商隱「吐時雲葉鮮」，豈「數十百首僅一二句」也哉？明宗子相亦有「一年空見春」「薜蘿秋可裳」「况從湖上看」「上書今又回」「楚江今更寒」「洒君庭上招」「故人何處樓」句。七言亦有不如純所云者，如杜甫「南極老人自有星」，張繼「心事數莖白髮生」，孟郊「一日踏春一百回」，間有此句法。若夫檢一部《唐詩類苑》，可不遑枚舉，豈謂「自唐以來及元明無此句法」耶？夫五言詩有正格，有偏格，第二字側入謂之正格，如「鳳曆軒轅紀，龍飛四十春」之類，第二字平入謂之偏格，如「四更山吐月，殘夜水明樓」之類是也。古來有用正格者，有用偏格者，豈如純之言拘一偏耶？又五言律無韻句，有五仄者，杜甫「艸木歲月晚」，于良史「掬水月在手」是也〔一〕。余嘗問之當世講詩者，未知其所以答。或曰「是杜甫所放蕩也」，豈其然乎？余聞其説於蘇原先生天野景胤，當世詩人所未知也。又嘗語余曰：「近體五言七言，必有法則，如二四不同、二六同。無論有必不可犯者，雖古人亦秘而不容易語之人也。徐而菴所謂『作詩必須師承，若無師承，必須妙悟』。方今如白石先生、鳩巢老人、榊原篁洲、祇園正卿、雨森伯陽，共同師而不犯所云之法者，爲白石一人而已。白石

〔一〕良史：底本錯作「史良」，據《全唐詩》卷二百七十五改。

雖有見于兹，不漫語之人也，是以予之言可證也。嘗有赤星多四郎者，從余學焉，后去入純之門。赤星以余説語之純，純竊取以載之《斥非》，然未知其説之所從來，猶隔靴搔痒爾，故致此謬妄。」幹閲《南郭集初稿》，有五言律詩七十四首，向純以爲聲病，而謂「唐以後諸家詩無犯是法」者殆及六十句。如《二稿》《三稿》，凡五言律二百首許，以爲聲病者唯「舉杯屬明月」「重期附鳳翔」，僅二句而已。余謂初稿之時，元喬未知唐人用此句法者千首中一二也，其作序者亦未嘗知其非焉，妄誇言曰：「誦其詩，則泱泱乎美哉盛也。使子遷木鐸一方，詩之教庶幾被之一世哉！其出左入馬，吐莊哈騷〔一〕，下及韓柳之長，千載之所無也。」或曰：「天縱子遷，驅馳藝苑。與左氏、司馬子長者千古旦暮，各擅其美，令吾邦抗衡于堯舜之國者，子遷耶非耶？」余至此未嘗不捧腹絶倒，而又復爲嘔噦數回。當昔純亦未嘗知其非焉，頃歲往往聞有議之者，後竊取蘇原先生之説，及著《斥非》書。元喬亦稍悟其非，而至《二稿》《三稿》，似始改之矣。余故謂如元喬之詩，元、白之奴隸亦所不爲也者爲之也。

〔一〕哈：似當作「欱」，古「吸」字。

附録

《紫芝園前稿》若干卷。稱謂不當，其瑣瑣者不遑舉，唯舉大醜者爾。

有「郡山故記室荻生先生墓誌銘」。夫「記室」之稱，干寶《司徒儀》云：「記室，掌表章啓奏吊賀之禮也。」《續漢書·百官志》云：「記室，主上表章報書記，秩百石。」《晋中興·會稽虞録》云：「虞預字叔寧，好學有文才，中宗以爲記室參軍。」唐趙璘《因話録》云：「記室，本王侯賓佐之稱，他人亦不泛稱。」如荻生，豈可以「記室」稱焉邪？又子遷《答猗蘭侯書》云：「《蘭臺集》刊藏之役，左右記室克勤將完矣。」斯人豈有左右諸記室耶？亦可發一笑。

又有《奉輓下館世子對州丹使君二首》詩。按春秋之時，天子諸侯嗣子，通稱世子稱太子。及漢時，諸侯國亦稱太子，天子元子則稱皇太子。后世唯天子元子稱太子，而諸侯則稱世子也。明敖英《緑雪亭雜言》〔一〕：「古者天子之嫡子亦稱世子，諸侯之子亦稱太子。西漢天子嫡子稱皇太子，諸王之子稱太子。本朝東宫稱皇太子，親王嫡子稱世子，郡王嫡子稱長子。」方今本邦平安稱皇太子，則江都以世子稱之，是所宜然也。或大國公侯嫡子稱世子，亦當無妨。下館是郡主，豈以

〔一〕緑：底本訛作「録」，據《緑雪亭雜言》改。

「世子」稱之耶？若以丹使君者稱世子，則江都何以稱嫡子乎？元喬《二稿》亦有「森山世子」者，初稿亦有「高秀才」稱，併發一笑。秀才之説出後。

又有「猗蘭君侯」之稱，純詩有「爲是君侯夢神女」句。夫君侯字，《漢書》劉屈氂、谷永等傳、《文選》楊德祖《答臨淄侯箋》〔一〕、李白《與韓荆州書》間有之，如曰「愿君侯早請昌邑王爲太子」，或「不爲君侯喜」，皆是通呼列侯之稱耳，無一稱「平阿君侯」「臨淄君侯」者矣。如爲「君侯夢」無論，所謂「猗蘭君侯」，亦可一笑。《南郭集》有《永慶君侯輓詞》，亦蘐園套語。

又有《賀沼田侯琴鶴丹墀公以閣老傅東宫啓》。夫東宫之稱，《詩》及《左傳》本以稱諸侯之世子，后世專係皇太子之稱。江都而稱東宫，甚無謂矣。《白虎通》曰：「何以知天子之子稱世子？《春秋傳》曰『王世子會于首止』是也，何以知天子之子稱太子？《尚書》曰『太子發升于舟』是也。或謂諸侯之子稱太子，則《春秋傳》云『晋有大子申生，鄭有大子華，齊有大子光』。由是觀之，周制太子、世子亦未定也。漢制天子稱皇帝，其嫡嗣稱皇太子，諸侯王之嫡稱世子，後代咸因之。」則純也因周制以作文字，而未嘗知漢以來之制，亦可發一笑。

又見純所手書國字小册子，書曰「贈石田秀才」。夫秀才本科名，非庶人之所宜施用矣。李肇

〔一〕答：底本訛作「谷」，據《文選》卷四十改。

《國史補》云：「進士爲時所尚久矣，由是而出者終身爲聞人〔一〕，其都會謂之舉場〔二〕，通稱謂之秀才。」《令義解》云：「凡秀才試方策二條，文理俱高者爲上上；文高理平爲上中；文理俱平爲上下；文理粗通爲中上；文劣理滯，皆爲不第。」鄉里書生，豈可稱「秀才」耶？

又純使門人數輩作請友賞楓尺牘，稻垣長章有「方今紅楓爛然，與春芳争妍」句，釋括文作「前林楓葉紅勝於春時」句，純乃加雌黄，而改「前林紅楓勝於春花」。且元喬《初稿》《雨中望君彦席上會蓮阿上人，主人有詩，和以奉謝》，其詩云：「玉芝峰轉倚龍宫，寺後園林地勢雄。十月寒花紛白露，三山微雨重紅楓。榻前最愧南州孺，座上還推北海融。况復謝家談自妙，支公爲出剡中東。」幹謂：「紅楓」字當作「丹楓」。余今頭髪種種，未見唐人用「紅楓」字者也，又如「十月寒花紛白露」，雨中作而結構甚拙，實可謂庸劣矣。可見古人雨中詩，如太宗「法叢珠綈葉」，許敬宗「亂滴起池漚」，李嶠「圓文水上開」，陳簡齋「一時華帶淚」，多皆不下「露」字，雨點與露霜異也。如杜甫「青山澹無姿，白露誰能數」，不見形跡，何等奇特，愈讀愈有味。又《松前氏西莊》詩云：「林苑宜初夏，相携問野亭。」松前氏者西莊，豈有可稱「苑」者耶？苑與園異也。可見唐人有《漢苑行》《吴苑行》，或有上林苑、隋苑、長洲苑、沙苑苑中詩，與樂游園、金谷園、桃花園、瓜園、林園詩，豈可混

〔一〕聞：底本訛作「文」，據《唐國史補》卷下改。
〔二〕舉：底本訛作「本」，據《唐國史補》卷下改。

耶？又有「東叡大王」「日光大王」稱，不知何謂也？又有「柳川内山文學」「竹文學」者。魏晉以來有太子文學、諸王文學〔一〕，唐制武后天授二年，又置王孫官員，親王府置傅一人、諮議參軍一人、友一人、文學二人、東西閣祭酒各二人、長史司馬各一人。而元喬以「柳川文學」妄稱焉，非僭而何也？先輩偶有以「大王」或「文學」稱者，然不的當，不可從也。餘皆可發一笑也。

又純以國字著書云：「吾幼詠和歌，年十二三凡詠三四百首。及十四五歲學詩，歷二十年所，稍悟詩法。天資不敏，而雖名聲不震，然至得其妙悟，則不敢讓人，以之推和歌，其理亦明矣。蓋唐土與本邦，雖言語不同，然人情無異矣，唯風體古與今不同。學者能悟其理而遡于古，能知古言而能修辭，則以今及古，亦未難也。今夫以詩道準和歌，如《萬葉集》所載，則兼《三百篇》而下漢魏古詩，稍胚胎于盛唐詩矣。《古今集》所載者，正是似盛唐之詩，《後撰》《拾遺》二集，盛唐雜初唐者也。自《後拾遺集》及《新古今集》，似中唐晚唐雜宋詩矣，《新敕撰集》而下不足以言焉。唐開元、天寶與我元正、聖武、孝謙之世蓋同時，而和歌亦自似唐詩矣。仲滿在唐《詠月歌》，全是盛唐之佳境，可與李白《峨眉山月》相頡頏矣。大曆以後氣格漸降矣，自《白氏文集》東來，愛之者多，而風調所移，和歌亦遂失古風矣。迨趙宋，道學興而詩道衰。本邦亦五條三品、京極黄門之家風盛行，而

〔一〕諸：底本訛作「詩」。按《晉書·職官志》「王置師、友、文學各一人」，《晉書·隱逸傳》「召拜太子舍人、諸王文學，累徵不起」，據改。

格調殆荒廢矣。且學天臺密教，以一心三觀爲和歌極致。於是乎陷于理窟，而支離決裂，失風變體，歌道之厄極于兹矣。後世不察，徒尊信其説，五百年來，固執以不改焉。遂莫有救於既墮而復古者，豈不亦傷乎？吾友服部子遷學和歌，而後學詩，遂得妙悟，於是名聲尤藉甚。今以是説之於公卿大夫，使人人學和歌，則必入佳境，而與古人翱翔，豈難事也哉？」幹按：唐之詩人崇敬大雄氏之教者多矣，就中如王摩詰精其學，故篇章字句皆合釋教。後世論詩者莫不以禪説詩矣，嚴羽所謂「漢魏盛唐爲第一義，大曆爲小乘禪，晚唐爲聲聞辟支果」，不知聲聞辟支果即小乘禪也。「學漢魏盛唐爲臨濟宗，大曆以下爲曹洞宗」，不知臨濟、曹洞本無優劣也。彼所取于盛唐者何也？不落議論，不涉道理，不事發露指陳，所謂玲瓏透徹之悟也。於是荻生太宰之徒，以爲滄浪之論已定矣。嗚呼！夫《三百篇》，詩之祖也。「知我者謂吾心憂，不知我者謂我何求」，非議論乎？「昊天曰明，及爾出王」「無然畔援，無然歆羨，誕先登于岸」，非道理乎？「胡不遄死，投畀有北」，非發露乎？「赫赫宗周，褒姒滅之」，非指陳乎？是非吾臆説，古人既論焉。徐而菴亦曰：「滄浪但以宗派硬爲分配，妄作解事。滄浪病在不知禪，不在以禪論詩也。」純所謂「陷于理窟而支離決裂」者，爲嚴羽所誤也。嚴羽之所爲至，與藤黄門之所爲極，何以别焉哉？若夫曰「以一心三觀陷于理窟」，則「教外别傳，玲瓏透徹」，亦陷于理窟乎？以藤黄門果爲理窟，先以嚴羽論之而可矣，何其偏也。夫唐之詩人，多是放蕩敖佚，四傑之屬最甚，卒不得死然。宋之問殺劉庭芝，豈謂出于情性之正耶？藤黄門未有如此甚者也，如純之言，可謂僻論也。又曰：「和歌荒于題詠。」余謂不然，如江上待月，月照冰池，風不鳴條，清如玉壺冰，早望海邊霞，竹下殘雪，閑居早秋類，唐人所賦也，非題詠而何也？又有擬作，夫擬作唐人亦所不好也。姚合詩有「不擬作詩題」句，而近世何其擬作之多？和歌衰廢，豈題詠之罪也哉？又曰「以子遷爲詩宗」。以余觀之，則子遷是北池、太倉之奴僕者〔一〕，杜撰無稽亦不尠也，不及白香山殆天淵也，誰又宗之邪？若使子遷説詩，而人人效之詠和歌，則和歌陵夷莫甚焉。且袁中郎《與李龍湖書》曰：「歐公文之佳無論。其詩如傾江倒海，直欲伯仲少陵，宇宙之間自有一種奇觀，但恨人爲先惡詩所障難，不能虚心盡讀耳……有天地來一人而已。僕嘗謂六朝無詩，陶公有詩趣，謝公有詩料，餘子碌碌無足觀者。至李杜詩道始大。韓柳元白歐，詩之聖也。蘇，詩之神也。彼謂宋不如唐者，觀場之見耳，豈真知詩爲何物哉？」然則元白豈純之所吐棄耶？王弇州亦晚年翫賞香山詩。如子遷「紅楓」，子式「閬園」，白家之奴隸亦所不爲也。漫議中唐晚唐詩者，此詞家習談，實藝林之積蠹，而耳食者所爲耳。袁中郎又曰：「大抵物真則貴，真則吾面不能同人面，而況古人面貌乎？唐自有詩也，不必《選》體也。初盛中晚自有詩也〔二〕，不必初盛也。李杜王岑錢劉，下迨元白盧鄭，各有詩也，不必李杜也。趙宋亦然。

〔一〕池：似當作「地」。按李北地（夢陽）、王世貞（太倉人）是明代復古派領袖，服部南郭（子遷）對其崇拜備至。故云「子遷是北地、太倉之奴僕」。

〔二〕盛：底本訛作「唐」，據《袁中郎全集》卷二十一改。

至其不能爲唐，猶唐之不能爲《選》，《選》之不能爲漢魏耳。今之君子，乃欲概天下而唐之，何不以不《選》病唐，以不爲漢魏病《選》，以不《三百篇》病漢魏，以不結繩鳥跡病《三百篇》耶？」夫詩，以世采詩耶？抑以人論詩耶？蓋一人之身，更有歷二時者。張説、九齡，初唐宗匠也，然暮年之作乃盛也。錢起、皇甫冉，半盛半中者也。若果以世采詩，則初年之作以爲是，暮年之作以爲非乎？無有此理。則豈以滄浪爲定論耶？迨明弘正之間，李夢陽、何景明倡言復古，文自西京〔一〕，詩自大曆而下，一切吐棄。一時雲集宗之。嘉靖時，王遵岩、唐荆川之輩，宗歐蘇排李何而廓如也。李攀龍、王世貞之屬繼出，持論大率與李何相倡和也。歸震川頗後出，力排李何、王李，而徐渭、湯顯祖、袁宏道、鍾惺之屬，各争鳴一時，於是宗李何、王李者稍衰。至啓禎時，錢謙益、艾南英各與遵岩、荆川、震川同歸矣。近世荻生太宰之徒，往往左袒王李，一時吠聲而雷同矣。猶周人賣璞〔二〕，聞者眩於名奔走，而無一人及鄭賈之智者矣，不亦傷乎？頃歲爲識者所譏，稍稍悟其非云。豈謂持論斯定耶？

純又曰：「以《古今集》爲盛唐，以《後撰》《拾遺》二集爲盛唐雜初唐，自《後拾遺集》至《新古今

〔一〕京：底本訛作「東」。按《明史·文苑傳》：「李夢陽、何景明倡言復古，文自西京、詩自中唐而下一切吐棄。操觚談藝之士翕然宗之。」據改。

〔二〕璞：底本訛作「朴」，據《戰國策·秦策三》改。

集》爲中晚唐雜宋詩，《新敕選集》而下，以爲不足言焉。」今夫有人而欺之，以《後撰》之歌，爲《拾遺》之歌，以《千載集》歌謂《新敕撰集》歌，乃純果能辨之邪？夫基俊，中古之歌仙，猶爲賢琳所欺，以《後撰》之歌放加鉛槧，未免蔑視梨壺五人之譏也。古人尚病矣，况純之能所及乎？

荻生《答問書》云：「蓋人之氣質稟之天，父母以生之，鞠養以成之，譬之菽麥，菽常菽，而麥亦常麥也。欲使菽爲麥，而可得乎？菽不能爲麥，麥亦不能爲菽，唯養天性者，而成就其氣質耳。先儒所謂氣質變化者，猶欲使菽爲麥，莫有此理，豈其然乎？若夫曰變化氣質，而吾之可以造聖，則孔子而後數千餘年，寥寥乎不見一人造焉者。而欲造焉，抑何迂也，别吾不信也。夫道也者，先王之道也。能從先王之教，以造君子之域耳。君子傳其道，奉承唯謹，用之則行之，舍之則藏，是爲得之。」幹謂：菽麥固不可迭變也，孔子之教亦然。以人望聖，猶以菽之不充實望其充實矣。豈人之外求所謂聖者耶？唯率天性，擴充存養盡焉耳。如彼言從先王之教，而可以造君子之域，則匪是必如使菽爲麥也。夫擴充存養，陶冶琢磨，日積月累，而造君子之域，則豈聖人亦不可庶幾耶？且《詩》云：「螟蛉有子，蜾蠃負之。教誨爾子，式穀似之。」《書》云：「惟狂克念作聖。」楊子雲亦曰：「孔子鑄顔淵。」則非變化氣質而何也？孔孟亦未曰聖人不可必學而造焉矣。而曰「君子可學而以造焉，而聖人不可學而以造焉」者，畫矣。非自暴自棄而何也？夫以人望聖，匪如菽與麥有别也，聖亦人爾。猶寸苗合把之木，與棟梁凌雲之材，土塊與泰山，與行潦與河海矣。寸苗養而不害，棟梁可以成；土塊積而不止，泰山可仰望；行潦决而相集，河海可立待：唯充養以變化焉耳。

彼所謂聖人，聰明睿智稟天，不待教而德侔于神明，觀徹數千萬歲之後，垂教説法，莫毫釐差焉。禮樂刑政，井田兵賦，以爲不可變易，如膠柱鼓瑟然。夫如此，則猶曰得菽之充實於結子之時，備仁義之全德於既生之始。是與宋儒所謂明鏡止水虚靈不昧無異，如釋氏所謂天眼通神通力者。堯舜，孔子之所不及，而爲顔子語四代損益者，皆可謂空論也。夫吾聖人異于是，堯舜亦人也，唯擴四端之心，學不厭，誨不倦，集大成而已。苟服堯之服，誦堯之言，堯之徒也，豈向外求之耶？

辨非孟論上

余讀太宰純所著《孟子論》，甚矣純之不知孟子。其論曰：「若孔子於公山、佛肸之召皆欲往，夫子豈與二子者之畔哉？欲假其力以濟己事耳，譬之龍之得雲以神其德。夫二子者，雖以陪臣畔其主，然力能動其國，則足以爲夫子之雲。是以夫子欲往也。」又曰：「立功於亂世者，莫若將帥。故爲軻計者，莫若爲樂毅於齊梁之間，若能一將兵與秦楚燕趙戰，勝而得志，如樂毅爲燕伐齊，則齊梁王必舉國聽之，是賢者濟事之勢也。孔子於公山、佛肸之召皆欲往，其意在兹。軻既得志，則二國王其一，可王天下。於其時也，夏之時可行矣，殷之輅可乘矣，周之冕可服矣。軻不知此道，開口述唐虞三代之德，且稱『古之君子以行一不義、殺一不辜而得天下不爲也』爲口實，謬哉！夫述唐虞三代之德於戰國，軻之不知時也。」嗚呼！甚矣純之不知孟子，非啻不知孟子，雖孔子亦不知焉。余舉其一二論之。衛靈公問陳於孔子，孔子對曰：「俎豆之事，則嘗聞之。軍旅之事，未之學也。」明日遂行。齊景公以季孟之間待之，孔子行。豈齊衛君，特公山、佛肸之屬也哉？若夫純之言，則得齊衛君，而假其力以濟己事，足以爲夫子之雲，然不爲之而遂行，亦不顧焉。菜色于此，畏縮于彼，而爲子路所愠，曰「君子固窮，小人窮斯濫矣」。尚奔走乎四方，停車問津，而不見答。再歸魯就木，終莫爲唐虞三代之治，何其迂也。太宰果以爲迂耶？夫公山、佛肸召夫子，子欲往，子路不説。夫欲往者，彼潔己以進。與其進也，不保其往也。唯何已甚，然卒不果也。以此知夫子必不與焉。蓋子路在政事之科，而何不説其爲東周耶？抑純也以子路爲謬邪？純又曰：「於周季之亂也，使賢者誠欲治之，則雖合從連横攻伐戰争可矣，雖爲商鞅申韓亦可矣，要在成功。」夫如此，則雖孔子亦無補於國家，自小焉者，而碌碌一腐儒耳矣。不啻自小焉，使後之學者皆自小焉。而禍後生，豈獨孟子也哉？且子路問曰：「衛君待子而爲政，子將奚先？」子曰：「必也正名乎。」子路以爲迂也。子曰：「野哉！」嗚呼！子路，孔門之高弟，而親炙於夫子能政事者，猶以正名爲迂矣。如純固陋鄙猥一瞽儒，何爲知大體？宜哉以孟子爲迂也。

辨非孟論中

純曰：「至宋，程氏兄弟尊孟子尤甚，品之以大賢，因以配孔子，于是乎有『孔孟』之稱，以其書配《論語》，于是乎有《論孟》之目。及仲晦注《孟子》，尊其人若聖人，信其書若六經，嗟乎惑哉！夫人必有倫，故并稱人者，美惡必以倫，如堯舜之德，桀紂之暴，伊傅之相，周召之公，管蔡之亂。

至于孔孟之稱，予嘗於馬季長賦中一見之，蓋非公論也。是稱之行，自程氏以來也已。《孟子》之書與《論語》並行，豈非幸哉？」榦按：以孟子配孔子，蓋自西漢以來載史籍者多矣。漢文帝《論語》《孝經》《孟子》《爾雅》各置博士，趙岐注《孟子》，而以載於題辭焉。班孟堅亦並稱仲尼、孟軻。又《淮南子》高誘注曰：「鄒謂孟子，魯謂孔子。」又張協賦中稱孔孟，且韓氏曰「孔子傳之孟軻，軻之死不得其傳焉。向無孟子，則皆服左衽而言侏離矣」，故推尊孟氏，以爲功不在禹下。純曰：「退之特推軻衛道之功而已，未始以軻道爲至也。蓋有所見也。」韓氏所謂孔子傳之孟軻，純以爲傳其功耶？抑以爲傳其道耶？其所傳者果何也哉？韓氏又曰：「自孔氏没，獨孟軻氏之傳得其宗，故求觀聖人之道者，必自孟子始。」然則韓氏豈未始以軻道爲至哉！純何其含糊孟浪也。蘇老泉亦以孔孟並稱焉，何自程氏始稱之耶？凡並稱人者必以倫，奚待純之言哉？如荀卿或稱堯禹，或並仲尼、子弓，非好奇而何也？豈特程氏稱不倫耶？顧太宰讀書之眼，爲翳障或熱傷而見空花耶？旁指鬼物耶？未可知也。純又曰：「仲尼嘗稱管仲曰：『如其仁，如其仁。』或曰：『微管仲，吾其被髮左衽矣。』仲尼之稱管仲也可謂盛矣，孟子乃以管仲不足爲，不亦異乎？」噫！純何無眼也！子曰：「管仲之器小哉。」或曰：「管氏而知禮，孰不知禮？」可見夫子不偏稱管仲也。且子路、子貢疑管仲未仁，故夫子告曰云云。豈可稱管仲概言「盛矣」哉？夫公孫丑不知孟子之所志，而率爾問曰：「夫子當路於齊，管仲、晏子之功，可復許乎？」故以管仲爲曾西之所不爲。若夫學孔子而當路，則五尺童子亦羞比管仲與晏嬰，况於孟子乎？故以爲不足爲也。夫子於管仲雖許以仁，七十子之徒豈亦喜而期管仲耶？太宰果以願管晏耶？純又駁「不動心」曰：「是莊周之所謂死灰心也。」夫子嘗曰：「君子不憂不懼。」而顔淵死，夫子哭慟曰：「噫！天喪予！」若夫純之言，則是以不憂不懼爲死灰心也。嘗曰「不憂不懼」而遽爲哭慟，不亦異乎？魯欲使樂正子爲政，孟子聞曰：「喜而不寐。」純爲死灰心乎？況并舉北宫黝、孟施舍、曾子，而以守氣守約持志，則豈死灰心之謂也哉？太宰何其無見焉。

辨非孟論下

太宰純曰：「《禮記》曰：『作者之謂聖。』夷惠非作者，孟子乃謂之聖人，不亦妄乎？」幹案：彼輩誤認《樂記》之文，以爲無制作則非聖也，遂以作者爲「聖」字義，殊不知有明聖之德，而後得位者有述作。夫文王位爲方伯，則未制禮樂也，然史傳以聖人聖子稱之。且子曰：「若聖與仁，則吾豈敢？」太宰問於子貢曰：「夫子聖者與？何其多能也？」子貢曰：「固天縱之將聖，又多能也。」子貢又曰：「學而不厭，智也；誨而不倦，仁也。仁且智，夫子聖也。」孔子非作者，《論語》所載亦爲妄乎？且《詩》曰「具曰予聖」，《書》稱伊尹「元聖」，指比干曰「聖人之心有七竅」，又曰「人之彦聖，而違之俾不通」，或曰「聖人有明德者，若不當世，其後必有達者」，夫曰遯世，或曰不當世，則豈皆有制作耶？且舜在側陋，時無制作，然非聖而何也？及升帝位，豈始以爲聖邪？然則聖字義，何翅制作之謂也哉？純不知聖字義，何以知伯夷之聖乎？雖夫子曰「夷齊古賢人，求仁得仁，而無怨」，則豈可不謂之聖乎？孟子并稱伊尹、伯夷、柳下惠於仲尼爲聖，亦奚疑焉？純又駁「君之視臣如土芥，則臣視君如寇讐」，以爲不通之論也。然《書》云「撫我則后，虐我則讐」，且仲尼語哀公曰「君者舟也，庶人者水也。水則載舟，水則覆舟。君以此思危，則危將焉至矣乎」，是與孟子之意相表裏矣，豈謂之不通之論耶？純曰：「夫好貨好色之非美德也，宣王既自以爲疾，而孟子不敢因之以陳其戒，謂之陳善辟邪可乎？且以公劉爲好貨，以大王爲好色，是誣古人也。君子之言，萬世之法也，縱使其言之果有補於王政，然固所謂不通之論也，况未必有補於王政乎？」幹謂：夫《詩》，活物也，蓋子夏因論《詩》而知禮，子貢因論學而知《詩》，且孔子及門弟子之所引，列國盟會聘饗之所賦，與韓嬰之所傳，其詩之本義本事絶不相蒙，而引之賦之傳之者多矣。夫《詩》，在斷章而取義也。「鳶飛戾天，魚踊乎淵[一]」，而取以明上下一理之察，《旱麓》之章旨果若是乎？「穆穆文王，於緝熙敬止」，「止」字是語辭，以止字爲無不敬而安所止也，而曰「爲人君止於仁，爲人父止於慈」，豈作詩者本意然哉？「淺揭，深厲」，本以刺淫奔爾，而因以譏不相時行止之義，而夫子曰「果哉，末之難矣」，《匏有苦葉》之章旨豈然耶？「綿蠻黄鳥，止於丘隅」，行者慨嘆爾，而因以推物各得所之象。「高山仰止，景行行止」，旅人之覽興爾，而因以諷見賢而思齊之感。斯皆曲暢旁通，在斷章取義，初不拘柄旨之所存也。古人取《詩》皆如此，純何其特譏孟子，而嘿嘿於《禮記》《左

[一] 魚踊乎淵：《詩經·大雅·旱麓》作「鳶飛戾天，魚躍於淵」。

傳》《韓詩傳》耶？不啻《詩》爾，《書》曰「孝乎惟孝，友于兄弟，施于有政」，而孔子取以曰「是亦爲政也」。夫子非亦乖《書》之本義，而誣古人乎？蓋古人之説《詩》，如荻生、太宰之徒，豈貼文拘義，粘著凝泥，以説《詩》耶？純曰：「苟學孔子之道，則當以孔子之言爲斷。」所謂孔子之言，果取何書乎？純家別有孔氏之遺書耶？純杜撰虚妄，大率如此，豈盡辯論焉耶？

答松琦子允書

醇云：松琦堯臣，字子允，號觀瀾，又白圭。江户人，徂徠門。寳曆三年没。

曩者足下以所與友人書數篇見示，捧讀數回，其議論文字，悉根據於聖經，而非庸人之所能及也。雖然，有一二似疎漏者，予爲足下深惜焉。足下之言曰：「夫仁齋據《孟子》而解《論語》，蓋孟子之大賢，若荀卿、王充批之，温公疑之，則不取焉。戰國之世，縱横之説日熾，功利之務，邦君士庶不知先王之教，其患之深，故爲之説。而舉本錯末，立大舍小，一時苟且之議，而似非先王之法言者間或有之。若曰『大王好色』，曰『臣視君如寇讎』，曰『舜避堯之子於南河之南』，且管仲者孔子之所許稱之曰『如其仁，如其仁』，曾西曰『功烈如彼其卑爾，何曾比予於是』〔一〕，若與孔子之旨不合焉者。故曰：『不以文害辭，不以辭害志，以意逆之，是爲得之。』然仁齋但固取宰我曰『夫子賢

〔一〕是：底本訛作「之」，據《孟子・公孫丑上》改。

於堯舜遠矣』，以爲堯舜之德實不及乎孔子，乃曰若在堂上能辨堂下曲直，聖人固非人所得而知，亦如使讀者疑焉。且孔子惟傳先王之道以爲教。故曰『述而不作，信而好古』，其尊信二帝三王如此。子思亦曰『仲尼祖述堯舜，憲章文武』，則孔子之教者，堯舜文武之道也。宰我之言，蓋謂夫子固述堯舜之道以教之，假使夫子不自知焉以躬行，則我儕豈得與斯文與？故曰『以予觀於夫子』，豈非由己以言之耶？又由曰『盡信書則不如無書』，以疑六經，殊斥《書》以爲出於後人之手。《尚書》固歷秦火，而古書皆然，必疑之則《論語》亦出於壁中，或傳於後人。且《論語》《易傳》《左氏》《荀》《孟》等諸家所引《書》，與今存者不異，何必疑之乎？又曰：卜筮非聖人之所立，乃以曰『不占而已矣』證焉，《尚書》《戴記》《左氏》言卜筮，一二不措云云。」足下致疑，大率如此。嗚呼！予深惜焉，駟不及足下之舌，足下奚取一舍二三耶？足下見宰我之言，而不見子貢、有若之言耶？孟子不曰乎：「宰我、子貢、有若，智足以知聖人，汚不至阿其所好。」子貢曰「仁且智」，夫子既聖也，足下何以爲聖人非人所得而知耶？有若既曰：「走獸飛鳥，丘垤行潦，凡民亦各有類也。出於其類，拔乎其萃，自生民以來，未有盛於孔子也。」子貢亦曰：「自生民以來，未有夫子也。」則孟子以三子者之言相證焉，而對公孫丑曉之以己不誣古人矣。豈足下以宰我、子貢、有若及孟子爲汚而阿夫子者耶？舜有臣五人而天下治，武王曰：「予有亂臣十人。」孔子曰：「才難，不其然乎？唐虞之際，於斯爲盛。有婦人焉，九人而已。」孔門七十子，往往具聖人之一體者多矣。天地開闢以來，未有盛于此時也。併謂之，則雖天之所使然也，豈非教導之功，過化存神之妙邪？是以孟子據三子之言，以孔子爲至聖，豈啻宰我曰「賢於堯舜遠矣」耶？足下以曰：「以予觀於夫子，爲由己以言之。」則取一舍二三，以辭害志而何也哉？且曰：「仁齋疑六經，殊斥《書》。」夫伏生所傳之《書》，僅二十八篇，與《論語》所引及《孟》《荀》之書，間有不同，老耄伏生不盡記耶？抑秦庫之所藏，亦有不得其全耶？夫秦在西陲，不若齊魯彬彬，博士官所職，只止於此耶？孔壁所藏，雖幸免於焚傷，復遭巫蠱災矣。後有張霸僞作二十四篇，又晋梅賾二十五篇之《書》出，其書依諸經，而傷於精微，其文卑弱，且如出一手者，不類伏生之《書》詰屈聱牙，體裁亦各異。且孔安國序，亦不似西漢文也。而《堯典》分爲二，《舜典》記命禹，則採摭《論語》，下接以荀卿所引道經語，入諸《大禹謨》。夫「玄德」者，老莊家言。「閑放心」及「有恒性」云云，豈三代之辭耶？其餘采集《孟》《荀》所引，《左》《國》等所有，而補綴緣飾。況如《金縢》篇，頗有可疑者。先儒既已論之，故仁齋信其可信，疑其可疑，而皆决斷於孔孟。而子所雅言，亦《書》與《詩》也，則上自唐虞，下迨於周，治天下大經大法，大則禮樂兵刑，小則飲酒有誥，莫不備載，實群經之鼻祖，而人極之所以立也。仁齋豈廢《詩》《書》耶？唯疑其可疑而已。足下果無所疑耶？予欲以所疑就足下悉問焉，其能皆辨焉乎？如《論語》亦出於壁中，或傳于後人，非出一人之手，則雖有一二可疑者，比諸《尚書》，無甚難解者，豈可唯與《尚書》同日而論耶！夫《論語》纂孔子與其門人弟子論道述教，及當時之諸侯大夫所應對之語，或弟子之語，而聖意萃於斯，教法備於兹，寔百家權衡，經中一王也。且所謂「周監於二代，郁郁乎文哉，吾從周」，或曰「行夏之時，乘殷之輅，服周之冕，樂則韶武」，或曰「麻冕禮，今純儉，吾從衆」，則非直述而不作，信而好古而已，取其可取，不取其不可取，折衷取舍各得當。假使孔子出今之世，禮樂刑政井田爵禄，豈皆沿堯舜之制耶！舜兼二女，非達禮也，周之盛時，豈其然乎？足下奚輒曰「述而不作」之固也？且足下以固執之見，爲卜筮是聖人所貴也，故疑仁齋之説。蓋上古人心淳厚，風俗朴素，而不若後世義理之明，是非之别也。夫上古聖人專尚卜筮，然其用也，亦必專從人事，而不徒鬼神是聽焉。《洪範》曰：「汝則有大疑，謀及乃心，謀及卿士，謀及庶人。」皆以爲不可，則雖龜筮告吉，而聖人不必聽從也，豈如後世言卜筮者之拘拘耶？足下若行事，從卜筮以斷耶？將從義理以斷耶？足下之所爲，可得聞與？且《彖》《象》《文言》，皆就卦爻説義理，無一句之及卜筮者。《系辭》《説卦》《雜卦》，則雖或説義理，然專主卜筮而言，可知《十翼》不特非夫子之作，而亦非一手所成。《彖》《象》之作先於孔子，則非至孔子始以義理説《易》也，孔子以前，固有其説。故孔子之於《易》，領會其教，則應事接物，貴謙損而戒盈滿，喜中正而忌亢極，是所以「學《易》無大過」也。孔子若以《易》爲卜筮之書，則分卦揲歸之法，固不待假數年而學焉也，豈有「無大過」之言耶？夫占筮之事，寒鄉腐儒、街市日者亦能焉，孔子之聖，豈有「假數年而學」焉耶？近世荻生、太宰之輩，往往駁仁齋曰：「《十翼》者孔子所述，自漢以來所傳，無可議者也。歐陽子始立異見，以爲非孔子所述。夫《易》自一道，與他經異。若以《十翼》爲非孔子所述，則贊《易》者果何也哉？且《十翼》文辭，若非孔子爲之，孰能爲之者？豈非孔子而别有聖者歟？何其人名泯滅而不傳乎？」嗚呼！如此言，則無目人之説耳，徒信史遷之浮言，而不自信目也。彼向者曰：「述而不作，信而好古，祖述堯舜，憲章文武，乃孔子之道，堯舜文武之道也。」今又至《繫辭》中，屢稱伏羲、神農、黄帝，乃言窮而不能辨，稍稍動吻曰：「《易》自一道，與他經異，《十翼》孔子所述，自漢以來所傳，無可議者也。」噫！此言何足證孔子所述乎？若夫曰「自漢以來所傳，無可議者」，則舍孔孟之言，而取一部《史記》可矣。可見晋韓宣子觀《易・象》與魯《春秋》曰：「吾今知周公之德與周之所以王也。」宣子所觀，今所謂《大象、小象傳》，而在孔子志學之先。則夫子以前，其書既存于魯，非孔子之作彰彰矣。如精義、遊魂、尺蠖等語，蕪雜猥瑣，文體懸殊，議論相差，《十翼》中齟齬矛盾，豈謂出一人之手耶？而譏仁齋曰：「先王之道，載在六經，有六經斯有《論語》。仁齋乃舍六經，而專用《論語》。所以謬也。仁齋若得志，則必先焚六經，而爲百姓日説《論語》《孟子》。」彼以萬萬無之之事，斷斷誣仁齋，足下亦有説耶？以予觀太宰之言，則猶風子説話，醉人噑囈。純於《易》，以爲聖人蘊盡於此，然則孔子何故不以《易》傳諸七十子，而祖述堯舜，憲章文武？亦欺群弟子，以曰「吾無隱乎爾」哉？子思、孟子亦不言《易》之何物也。若純之言，則夫子於《易》秘之秘、密之密者，而如《論語》，則與佛氏所謂未顯真實無異耳。夫仁齋未嘗舍六經，述孔子之「言而不作信而證古」，曰：「子所雅言，《詩》《書》執禮，於《易》以無大過。」其心豈思焚六經耶？太宰何其誣罔之甚也？以予觀純，舍六經不取者多矣。《書》云「撫我則后，虐我則讎」，而曰「臣視君如寇讎」，則以爲不通之論也。《書》稱伊尹爲「元聖」，而以伯夷曰「聖清」，則以爲妄也。《書》云「惟狂克念作聖」，而曰「聖不可必學而造焉」矣。舍六經而誣聖賢，大率如此，不遑枚舉也。如大王好色、公劉好貨，於《非孟》以辨焉，今不贅此。仁齋以六經而爲鷄肋耶？太宰以六經爲鷄肋耶？夫取斷於孔子者，在仁齋耶？將在太宰邪？如純，舍孔孟之言，取斷於史遷者也。足下無阿其所好，而斷焉勿以紫芝窟裏眼睛而觀焉。顧足下亦應有説，願教之。

性善論

仲尼曰：「性相近也，習相遠也。」夫相近也者，是相近於惡耶？將相近於善耶？抑又可以爲善、可以爲不善，以此彼相混爲近耶？近者果何哉？子思曰：「天命之謂性，率性之謂道，修道之謂教。」其率者以爲率惡耶？將以爲率善耶？抑又以爲率善惡耶？率者果何哉？既率性之謂道，則豈是性惡之謂也哉？孟子曰：「性善也。」是爲天下之性皆善，而無一人性惡者耶？或以堯爲君而有象，以瞽瞍爲父而有舜，則以爲善惡相混耶？若夫象者，千萬人中之一二耳也，則就多以爲善耶？抑又以爲惡耶？所謂善者果何哉？夫橘柚冬榮，而人曰冬枯，枯者衆也。薺麥夏枯，而人曰夏榮，榮者衆也。夫以有冬榮者夏枯者，謂榮枯相混而可也哉？且水亦搏激而踊行，則過顙越山；然爲潤下者，以大抵謂之耳。性善亦又爾，非謂人皆性善而殊無惡也。且夫牛馬之性與虎狼之性，是同耶？是異耶？若夫是謂同，則盍使虎狼羈靮之而習任重致遠？若使牛馬之性如虎狼之性暴，則雖使羈靮之而以習任重致遠而可得乎？人之性亦果惡也，則雖日日笞而教之以仁義，而可得乎？是與使虎狼羈靮之而以習任重致遠無異也。夫如此則聖人之教，無所施矣。嗚呼！不思之甚也。今夫鋼鐵鍛淬而以製刀劍，加之砥礪，則水可斬蛟龍、陸斷犀象矣。鉛錫豈其然乎？玉璞得琢磨，可以照車七乘，則易之雖以連城，而不可得也。瓦礫豈然乎？物皆然，豈唯人不然乎？近世性惡義外之説復起，其言曰：「子曰：『性相近也，習相遠也。』唯此一言既已明矣，亦又何言？孟子乃道『性善』，及其與告子争論也，告子三易其説，以明相近，彼其意在誨孟子，而軻終不能悛，惑之深也。」若夫此言，則曰性相近者，果與告子之説無異矣。夫子思，孔子之孫也。孟子受業於子思之門人，豈無相承相傳之説，而妄發一家言，好以爲後世儒家者流之鼻祖耶？是萬萬無之之事也。何獨告子傳思孟所不傳，而誨孟子三易其説，慇勤示相近之義耶？近來彼徒相繼註《論語》，至於性相近之章，何故不以告子三易之説證夫相近者？而呫呫喋喋，以費若干妄解乎？夫吾夫子所謂相近也者，異之人人相類相似之善，就多言之，而性善之説，所以從來也。且曰率性，則不言性善，而其善自可知矣。且《詩》云：「天生蒸民，有物有則。民之秉夷，好是懿德。」孔子曰：「爲此詩者，其知道乎？」故有物必有則，民之秉夷也，故好是懿德，此性善之證。孔孟相承之説，而其意併歸一焉。非如彼告子、荀卿無根之説也。若生之謂性，則牛馬之性猶虎狼之性，獮猴之性猶人之性，夫如此，盍使彌猴教之以先王之道乎？彼或以食色爲性，或以水無分於東西譬性，牽强傅會，糊塗反復，以易其説。所謂「遁辭而知其窮」，性相近之義，豈其然耶？噫嘻！不思之甚也。余嘗謂荀卿之狗必吠思孟，如彼徒是王充之狗也哉，奚吠聲之多？

駁斥非終

離情詩話

服部南郭

本校。

《離情詩話》一卷，服部南郭（一六八三——一七五九）撰。據日本國文學研究資料館藏

按：服部南郭（はっとりなんかく HATTORI NANKAKU），江户時代京都（今屬京都府）人，儒者及漢文詩人。名元喬，字子遷，世稱「小右衛門」，號南郭、芙蕖館、周雪、觀翁。十六歲仕奉柳澤吉保侯，及壯年赴江户，從荻生徂徠學習古文辭，以詩文兼長聞名一時，與太宰春臺等齊名。且善繪畫，亦好詠誦和歌。三十四歲辭官後，前來從學者甚多，晚年成爲肥後侯之賓師。尊重《唐詩選》，其於唐詩選之解釋（《唐詩選國字解》七卷）對於《唐詩選》之流行作用極大。天和三年生，寶曆九年六月二十一日殁，享年七十七歲。東京品川東海寺（臨濟宗大德寺派）有其墓葬。

其著作有：《唐詩選國字解》七卷、《南郭文集四編》四十卷、《南郭絶句詩集》一卷、《南郭尺牘標註》二册、《燈下書》一卷、《中華歷代帝系并僭僞圖》一卷、《遺契》十三卷、《文筌小言》一卷、《大東世語》五卷、《大學養老解・儀禮圖抄・閑窻一得》一卷。

送中慶子歸浪華詩序

豈啻女色謂之傾城傾國哉？其於變郎也亦然。中村慶子者，浪華人也。幼乃也從左萬菊而學三絃與歌譜，洎嬉遊諸技能，聞而不假再詢。後學書畫，頗臻其妙焉。年初弱冠，來于東都游於百戲棚，迺擧陰陽師，風流婉麗，郁郁乎美矣哉。盛雖當世名旦師哉，莫過也能出乎其右焉者。故能轢路考仙魚，卓卓然擅大名於寰區焉。加之不盛妝濃飾，姿色絶倫，皆靡弗嘖嘖稱嘆也。蓋自天開地闢以還，未有如斯麗人也。由之觀者如堵，揚袂爲帷，連衿爲幕，廣陌摩肩，通衢揚塵，不竢朝鼓而戲場作市。或工畫者寫之狀貌，鏤梓陳諸市店，則紙價頓貴矣。遊戲此地亡慮三年矣，是載癸亥之秋今茲也九月十日，辭東都去。無緇無素，無老無少，不論知之與不知，皆愁顔離苦，別淚盈席，殆可舟也。嗚呼！其所以能令銷魂斷腸者，天歟？命歟？將夙因緣歟？我不知其所自來也。此所謂變郎傾城傾國者非邪？上從縉紳，下至臧獲之徒，爲携行厨，餞金川驛。吾黨諸君子各賦詩，以擬陽關之曲。南郭子爲之序。

送中慶子趣請于浪華

太宰德夫

離筵楓樹鬬紅顏，君自神仙遊世間。此日飄然向西去，遥知紫氣滿函關。

同前

苾蒭子密雲

西風摇落雁鳴悲，君指浪華飛馬歸。關路迢迢何日盡，淚沾袖子苾蒭衣。

同前

錦江鳴子陽

開筵落日送君行，旅雁偏驚離别情。到日浪華早梅發，因風爲贈武昌城。

西臺滕太乾

朔風落木金川流，此地開筵餞遠遊。不識何時復相見，驪歌一曲使人愁。

蘭亭高子式

古驛蕭條對夕陽，西山楓樹照行妝。浪華此去三千里，不識離愁孰短長。

南溟江子園

醉擁驪駒不可留，江亭風色奈離愁。今宵共指關山月，明夜相思各上樓。

詩家聲律

宇野士朗

《詩家聲律》一卷，宇野士朗（一七〇一——一七三二）撰。據日本尼崎市立地域研究資料館藏清熙園中書室本校。

按：宇野士朗（うの しろう UNO SHIRO），江户中期儒者。京都出身，名鑒，字士茹，世稱「龜千代兵介」，號士朗。出生於漕運之家，宇野明霞之弟。其兄身體病弱，代兄赴江户遊學，入徂徠門。性格温厚，協助兄長，與其兄宇野明霞並稱「平安二宇先生」。元禄十四年生，享保十六年歿，享年三十一歲。

其著作有《平安誌》等。

序　言

詩之有音節，自風騷而漢魏，而晋，而六朝，稍趨精密，至唐則極，乃稱律焉。律者，嚴不可易之謂也，諧和之至莫加也。故唐人新體，莫不由是，即絶句歌行亦律已，而八句獨專其名，蓋造語整齊，對偶精確，且音節亦隨之，而其七言新製不襲舊，故律最嚴。五言差近古，故次之。四句，七言近也，五言古也。近故貴諧和而少變體，古故貴拗體而不嚴律。歌行亦近也，故頗穩，調亦古也，故不必拗。盛唐一變，取氣格於古，故音節亦隨之。五言古，古也，而唐人或用其音節，此其所以失耳。是以言詩必以音節爲先，音節不合，不足爲詩。音節，平仄爲大，平仄不協，不可論音節矣。世或知八句之爲律，不知近體皆律。知律有正變，不知正有疎密，變有大小也，知二四六字有平仄，不知三五字有平仄也。乃作《聲律》，以示梗概云。若夫宫商之變，低昂之節，不獨在平仄之際。雖舉其一隅，非此書所能盡也，學者自得。

七言絕句

七言之爲律，精於五言。絕句之爲律，無異八句。精可兼粗，短可推長，故首七絕焉。而凡所爲法，不收八句。及他□然□□□□□，聲不同也。意在盛唐而或引中晚者，□□□□□□□，故取以實之。後世作者不少，而獨舉李于鱗者，以其善學唐故爾。

正律句圖

韻句七法

○○●●●○○圜爲平，批爲仄〔一〕。後皆倣之。

●○○●●○○

○○○●●○○

右平起第一句、第四句，仄起第二句。

〔一〕批爲仄：底本仄聲符號用批（即丶）。輯校者易以●，取其明晰。

●●○○●●○
○●○○●●○
●●○○○●○
○●○○○●○

右仄起第一句、第四句，平起第二句。

散句十法

●●○○○●●
●●●○○●●
○●●○○●●
○●○○○●●
●●○○●○●
○●○○●○●

右平起第三句

○○●●○○●
●○○●○○●

●○●●○○●
○○○●○○●
右仄起第三句

句品

平起第一句凡三法

○○●●●○○第一法　正正
●○○●●○○第二法　正正
○○○●●○○第三法正正

平起第二句凡四法

●●○○●●○第一法　正正
○●○○●●○第二法　正正
●●○○○●○第三法　次正
○●○○○●○第四法　正變

平起第三句凡六法

●●○○○●●第一法正

●●●○○●●第二法正

○●●○○●●第三法正

○●○○○●●第四法正

●●○○●○●第五法變正

○●○○●○●第六法變正

平起第四句凡三法

●○○●●○○第一法正

○○●●●○○第二法正

○○○●●○○第三法正

仄起第一句凡四法

●●○○●●○第一法正

○●○○●●○第二法正正

●●○○○●○第三法次正

○●○○○●○第四法次正

仄起第二句凡三法

○○●●●○○第一法正正

●○○●●○○第二法正正

○○○●●○○第三法正正

仄起第三句凡四法

○○●●○○●第一法正正

●○○●○○●第二法正正

●○●●○○●第三法正正

○○○●○○●第四法正正

仄起第四句凡四法

●●○○●●○第一法正正

○●○○●●○第二法正正

●●○○○●○第三法正變

○●○○○●○第四法正變

平起謂第一句第二字用平，仄起謂其仄也，全篇平仄，自此而起，二與四互應，六與二相答，後句與前句互換，後聯與前聯相變，即所謂「一簡之内，音韻盡殊；兩句之中，輕重悉異」者也。平起仄起無有甲乙。

平起第一句，第一法，第二法，平仄均適。唐人用之尤多，無有甲乙。第三法比前二法多一平，用之差少，然不甚相遠，并爲正中之正。今用之，宜無所擇。

第二句，第二法，雖次第一法，猶第一句第三法，凡第一字於律爲閑故也。第三法爲次，用之差少，凡第五字於律爲嚴故也。凡音節下宜調於上，故上三字并平爲正法，下三字并平并仄爲變，爲病，亦爲此也。第四法又次第三法，用之至少，雖正近變。

第三句不押韻，故爲散句。凡韻句，句之平者也。散句，句之仄者也。仄故不必避多平多仄，諸家所用，第一法最多，第二法第三法次之，第四法差少，然不甚相遠，而二法三法多少或異，《正音》二法多一，《品彙·羽翼》而下皆多三法，《正聲》亦多一，而太白三法唯一，少伯無有，于鱗亦甚少。而二法甚多、第四法最少者，諸家并引，蓋句既仄，故多平不如多仄。然既與韻句異，故第四法亦不同。夫近變并爲正中之正，第五法本變也，于鱗用之絶少，然唐人用之不少，且於八句亦有之，故入諸正。第六法亦然，其法次第五法，勿多用。

第四句同第一句，而一法二法相易，此由第三句第三字仄者多也，然宜無拘。

仄起第一句，同平起第二句，而三法，而四法，與在彼不同，勿憚用之。何者？凡音節下句即精，而上句或疎，故第二句如不押韻，是不成詩；第一句無韻，自變中一法。第二句，同平起第一句。

第三句，説同平起，而太白、于鱗，一法三法多，而四法甚少，亦多平不如多仄也。

第四句同第一句，而三法四法與一句不同，三法其在平起二句既不同，在仄起一句，至在仄起四句，比之在平起二句，又其次也。雖正同變，用之甚少。蓋三句第五字或不得平，則以此法償之。否則其字不可易，若甚有力，若深有味，然後用之。而第四法又次之，亦非償上句，則其字不可易，若有力有味，若其氣直下有懸水之勢，然後乃可也。用之至少，勿輕用。凡音節寧疎於前，必精於後，故變法多於前聯，而少於後聯，亦爲此也。此二法，于鱗於三百四十首中用之一二耳，乃于鱗之嚴而此法之非正，可見已。

品證

《唐詩正音》

平起四十六首

第一句　第一法二十五　第二法十一
　　第三法十
第二句　第一法二十六　第二法十八
　　第三法二　第四法無
第三句　第一法九　第二法十三
　　第三法十二　第四法四
　　第五法六　第六法二
第四句　第一法二十　第二法十八
　　第三法八

仄起六十六首

第一句　第一法三十三　第二法二十一

第三法八　第四法四

第二句　第一法二十二　第二法二十七

第三法十七

第三句　第一法二十六　第二法十四

第三法十四　第四法十二

第四句　第一法三十四　第二法二十三

第三法六　第四法三

《唐詩品彙》

平起二百九十四首

第一句　第一法百三十二　第二法八十七

第三法七十五

第二句　第一法百五十五　第二法百十三

第三法十七　第四法九

第三句　第一法七十　第二法六十八

第三法七十　第四法二十六

第五法三十九　第六法二十一

第四句　第一法百四十七　第二法七十九

第三法七十二

仄起三百二十一首

第一句　第一法百四十四　第二法百九

第三法四十三　第四法二十五

第二句　第一法百三　第二法百三十九

第三法七十九

第三句　第一法三十一　第二法十七

第三法十二　第四法十二

第四句　第一法三十五　第二法二十六

第三法五　第四法六

《唐詩選》

平起六十九首

第一句　第一法二十八　第二法二十二

第三法十九
第二句　第一法三十二　第二法二十六
第三法八　第四法三
第三句　第一法二十一　第二法十四
第三法十四　第四法十一
第五法四　第六法五
第四句　第一法三十一　第二法二十四
第三法十四

仄起六十二首

第一句　第一法二十六　第二法二十二
第三法十　第四法四
第二句　第一法二十六　第二法十八
第三法十八
第三句　第一法二十五　第二法二十一
第三法六　第四法十
第四句　第一法三十一　第二法二十三

第三法六　第四法三

李太白集

平起二十一首

第一句　第一法七　第二法九
第三法五

第二句　第一法九　第二法八
第三法三　第四法一

第三句　第一法八　第二法六
第三法一　第四法一
第五法四　第六法一

第四句　第一法八　第二法十二
第三法一

仄起十九首

第一句　第一法八　第二法一
第三法五　第四法五

第二句　第一法十一　第二法六
　　　　第三法二
第三句　第一法九　第二法三
　　　　第三法六　第四法一
第四句　第一法六　第二法七
　　　　第三法四　第四法二

王少伯集

平起二十一首

第一句　第一法十　第二法四
　　　　第三法七
第二句　第一法七　第二法十
　　　　第三法四　第四法無
第三句　第一法八　第二法二
　　　　第三法無　第四法二
　　　　第五法五　第六法四

第四句　第一法十　第二法二
第三法九

仄起二十六首

第一句　第一法八　第二法十三
第三法二　第四法三

第二句　第一法十三　第二法四
第三法九

第三句　第一法十　第二法六
第三法四　第四法六

第四句　第一法八　第二法九
第三法六　第四法三

李于鱗集

平起百八十二首

第一句　第一法六十五　第二法六十三
第三法五十四

第二句　第一法百十七　第二法五十六
　　　　第三法六　第四法三
第三句　第一法五十　第二法七十一
　　　　第三法三十三　第四法二十四
　　　　第五法三　第六法一
第四句　第一法七十六　第二法六十五
　　　　第三法四十一

仄起百四十八首

第一句　第一法百二　第二法四十三
　　　　第三法二　第四法一
第二句　第一法五十七　第二法四十四
　　　　第三法四十七
第三句　第一法六十三　第二法三十三
　　　　第三法四十四　第四法八
第四句　第一法九十六　第二法四十九
　　　　第三法一　第四法二

各句品第，前輩所未言，今筭以多少。而其多少，諸家集選或不齊，則夷考然後定之，然筭其全篇正者，如其在變體與所變句，并略之。〔一〕

唐詩之選，備諸體正聲律，莫先於《正音》，高彦恢謂其能「别體制之始終，審音律之正變，而得唐人之三尺」也。《正音》之後，莫博於《品彙》，莫嚴於《正聲》，莫行於《選》焉。今品第新定，《正聲》及《選》居多。

李王二家，唐人七絶之宗，《品彙·正宗》，二家專焉。然其全什，亦不可不考，故并録之。李、王既當時之宗，而于鱗又後代之傑，且其篇甚盛，定品或據之，故亦録之。

合　證

平起前聯

葡萄美酒夜光杯（第一法）　欲飲琵琶馬上催（第一法）

閨中少婦不知愁　春日凝妝上翠樓（第二法）

〔一〕以上數目統計，或有各法數目之和與總數不合者，蓋手民之誤。

西宮夜靜百花香　欲捲珠簾春恨長（第三法）
天山雪後海風寒　横笛偏吹行路難（第四法）
洞庭西望楚江分（第一法）　水盡南天不見雲（第一法）
一爲遷客去長沙　西望長安不見家（第二法）
朔風吹葉鴈門秋　萬里煙塵昏戍樓（第三法）
夜郎天外怨離居　明月樓中音信疎（第四法，此合少）
天門中斷楚江開（第三法）　碧水東流至此迴（第一法）
名花傾國兩相歡　常得君王帶笑看（第二法）
秦時明月漢時關　萬里長征人未還（第三法）
淒淒遊子苦飄蓬　明月清尊秖暫同（第四法）

平起後聯

醉卧沙場君莫笑（第一法）　古來征戰幾人回（第一法）
兩岸青山相對出　孤帆一片日邊來（第二法）
解釋春風無限恨　沈香亭北倚欄干（第三法）
忽見陌頭楊柳色（第二法）　悔教夫婿覓封侯（第一法）

此夜曲中聞折柳 何人不起故園情（第二法）
妾夢不離江上水 人傳郎在鳳皇山（第三法）
君去試看汾水上（第三法） 白雲猶似漢時秋（第一法）
同作逐臣君更遠 青山萬里一孤舟（第二法）
今日送君須盡醉 明朝相憶路漫漫（第三法）
長路關山何日盡（第四法） 滿堂絲竹爲君愁（第一法）
斜抱雲和深見月 朧朧樹色隱昭陽（第二法）

仄起前聯

白馬金鞍從武皇（第一法） 旌旗十萬宿長楊（第一法）
昨夜風開露井桃 未央前殿月輪高（第二法）
玉帛朝回望帝鄉 烏孫皈去不稱王（第三法）
烽火城西百尺樓（第二法） 黃昏獨坐海風秋（第一法）
西向輪臺萬里餘 也知鄉信日應疎（第二法）
青海長雲暗雪山 孤城遥望玉門關（第三法）
匹馬西來天外皈（第三法） 揚鞭只共鳥争飛（第一法）

雨歇楊林東渡頭
舊苑荒臺楊柳新
雲想衣裳花想容（第四法）
霜落荆門江樹空
遲日園林悲昔遊
洛陽親友如相問（第一法）
憶君遥在湘山月
故人家在桃花岸
即今江北還如此
送君九月交河北（第三法）
玉顔不及寒鴉色
髑髏盡是長城卒
世情正逐浮雲去
科頭箕踞長松下（第四法）
皈舟明日毘陵道
三千宫女胭脂面

永和三日蕩輕舟（第二法）
菱歌清唱不勝春（第三法）
春風拂檻露華濃（第一法）
布帆無恙挂秋風（第二法）
今春花鳥作邊愁（第三法）
一片冰心在玉壺（第一法）
愁聽清猿夢裏長（第二法）
直到門前溪水流（第三法）
愁殺江南離别情（第四法）
雪裏題詩淚滿衣（第一法）
猶帶昭陽日影來（第二法）
日暮沙場飛作灰（第三法）
離恨空隨江水長（第四法）
白眼看他世上人（第一法）
回首姑蘇是白雲（第二法）
幾個春來無淚痕（第三法，此合甚少）

須臾宮女來傳語　言幸平陽公主家（第三法，此合甚少）

平起聯接

欲飲琵琶馬上催（第一法）　醉卧沙場君莫笑（第一法）

玉碗盛來琥珀光　但使主人能醉客（第二法）

楚水吴山道路難　今日送君須盡醉（第三法）

爲許從戎赴朔邊　紅粉樓中應計日（第四法）

葉上秋光白露寒　越女含情已無限（第五法）

一片孤城萬仞山　羌笛何須怨楊柳（第六法）

常得君王帶笑看（第二法）　解釋春風無限恨（第一法）

雲雨巫山枉斷腸　借問漢宮誰得似（第二法）

何處登高且送皈　今日暫同芳菊酒（第三法）

西望長安不見家　黄鶴樓中吹玉笛（第四法）

愁聽寒螿淚濕衣　夢裏分明見關塞（第五法）

溪水隨君向北流　行到荆門上三峽（第六法）

萬里長征人未還（第三法）　但使龍城飛將在（第一法）

直日常多齋日頻　晚鼓一聲分散去（第二法，此合少）

極目蕭條三兩家　庭樹不知人去盡（第三法）

萬里煙塵昏戍樓　征馬長思青海上（第四法）

影入平羌江水流　夜發清溪向三峽（第五法）

把酒看花心自知　争忍開時不同醉（第六法，此合少）

横笛偏吹行路難（第四法）　磧裹征人三十萬（第一法）

蓮子花開猶未還　妾夢不離江上水（第二法）

香徑無人蓮葉紅　春色似憐歌舞地（第三法，此合少）

明月清尊秖暫同　南望千山如黛色（第四法）

中有高堂天下無　借問夔州壓何處（第五法，此合少）

雖飲貪泉心不回　唯向詩中得珠玉（第六法，此合少）

仄起聯接

桃花馬上石榴裙（第一法）　羅敷獨向東方去（第一法）

春風拂檻露花濃　若非群玉山頭見（第二法）

揚鞭只共鳥争飛　送君九月交河北（第二法）

青苔日厚自無塵　科頭箕踞長松下（第四法）
月明山水共蒼蒼（第二法）　孤猿更叫秋風裏（第一法）
也知鄉信日應疎　隴山鸚鵡能言語（第二法）
布帆無恙挂秋風　此行不爲鱸魚鱠（第二法）
夜添山雨作江聲　秋風南陌無車馬（第四法）
孤城遥望玉門關（第三法）　黄沙百戰穿金甲（第一法）
今春花鳥作邊愁　獨憐京國人南竄（第二法）
君王常在集靈台　侍臣最有相如渴（第三法）
江楓漁火對愁眠　姑蘇城外寒山寺（第四法）

平起首尾

葡萄美酒夜光盃（第一法）　古來征戰幾人回（第一法）
楊花落盡子規啼　隨風直到夜郎西（第二法）
芙蓉不及美人妝　空懸明月待君王（第三法）
一枝濃艷露凝香（第二法）　可憐飛燕倚新妝（第一法）
一爲遷客去長沙　江城五月落梅花（第二法）

雪晴雲散北風寒　明朝相憶路漫漫（第三法）

秦時明月漢時關（第三法）　不教胡馬度陰山（第一法）

峨眉山月半輪秋　思君不見下渝州（第二法）

知君書記日翩翩　燕支山下莫經年（第三法）

仄起首尾

日落轅門鼓角鳴（第一法）　秣馬龍堆月照營（第一法）

羽客笙歌此地違　桐柏山頭去不皈（第二法）

北海陰風動地來　日暮沙場飛作灰（第三法）

望見葳蕤舉翠華　言幸平陽公主家（第四，此合少）

紅粉青蛾映楚雲（第二法）　漫學他家作使君（第一法）

烽火城西百尺樓　無那金閨萬里愁（第二法）

青海長雲暗雪山　不破樓蘭終不還（第三法）

花映垂楊漢水清　愁殺江南離別情（第四法）

匹馬西從天外歸（第三法）　雪裏題詩淚滿衣（第一法）

莫道秋江離別難　隨意青楓白露寒（第二法）

苜蓿峰邊逢立春　不見沙場愁殺人（第三法）
舊苑荒臺楊柳新　曾照吳王宮裏人（第四法）
遲日園林悲昔遊　不似湘江水北流（第一法）
花暖江城斜日陰　傳得歌聲與客心（第二法）
黃鶴樓中吹笛時　只有清風明月知（第三，此合少）
君去春山誰共遊　他日相思來水頭（第四，此合少）

四句齊法

葡萄美酒夜光盃　欲飲琵琶馬上催
醉臥沙場君莫笑　古來征戰幾人回
　右平起第一法
送君南浦淚如絲　君向東州使我悲
爲報故人顦顇盡　如今不似洛陽時
　右平起第二法
○○○●●○○　●●○○○●○
○●●○○●●　○○○●●○○

右平起第三法

大漠風塵日色昏　紅旗半掩出轅門
前軍夜戰洮河北　正報生擒吐谷渾

右仄起第一法

南越皈人夢海樓　廣陵新月海亭秋
寶刀留贈長相憶　當取戈船萬户侯

右仄起第二法

●●○○○●○　○○○●●○○
●○●●○○●　●●○○○●○

右仄起第三法

衆法混合

蘭陵美酒鬱金香（第一法）　玉碗盛來琥珀光（第一法）
但使主人能醉客（第二法）　不知何處是他鄉（第一法）
峨眉山月半輪秋（第三法）　影入平羌江水流（第三法）
夜發清溪向三峽（第五法）　思君不見下渝州（第二法）

楊花落盡子規啼（第一法）　聞道龍標過五溪（第二法）

我寄愁心與明月（第五法）　隨風直到夜郎西（第二法）

洞庭西望楚江分（第三法）　水盡南天不見雲（第一法）

日落長沙秋色遠（第一法）　不知何處吊湘君（第一法）

朝辭白帝彩雲間（第一法）　千里江陵一日還（第二法）

兩岸猿聲啼不住（第一法）　輕舟已過萬重山（第二法）

舊苑荒臺楊柳新（第三法）　菱歌清唱不勝春（第三法）

只今惟有西江月（第二法）　曾照吴王宫裏人（第四法）

誰家玉笛暗飛聲（第一法）　散入春風滿洛城（第一法）

此夜曲中聞折柳（第三法）　何人不起故園情（第二法）

昨夜風開露井桃（第一法）　未央前殿月輪高（第二法）

平陽歌舞新承寵（第四法）　簾外春寒賜錦袍（第二法）

西宮夜静百花香（第一法）　欲卷珠簾春恨長（第三法）

斜抱雲和深見月（第四法）　朧朧樹色隱昭陽（第二法）

芙蓉不及美人妝（第一法）　水殿風來珠翠香（第三法）
卻恨含情掩秋扇（第五法）　空懸明月待君王（第三法）
白馬金鞍從武皇（第一法）　旌旗十萬宿長楊（第一法）
樓頭少婦鳴箏坐（第一法）　遥見飛塵入建章（第二法）
閨中少婦不知愁（第一法）　春日凝妝上翠樓（第二法）
忽見陌頭楊柳色（第二法）　悔教夫壻覓封侯（第一法）
烽火城西百尺樓（第二法）　黄昏獨坐海風秋（第一法）
更吹羌笛關山月（第二法）　無那金閨萬里愁（第二法）
秦時明月漢時關（第三法）　萬里長征人未還（第三法）
但使龍城飛將在（第一法）　不教胡馬度陰山（第一法）
醉别江樓橘柚香（第一法）　江楓引雨入船涼（第二法）
憶君遥在湘山月（第一法）　愁聽清猿夢裏長（第二法）

右李、王二家十五首，高、李二《選》所取也。

韻句七法，散句十法，互相聯合，無有所避。夫前多平則後多仄，後多平則前多仄，此固常法，然亦不甚拘。何者？聲律各盡於一句也。凡聲律，句嚴於聯，聯嚴於篇，故二句重起，致慎於各句，兩聯雙起，不苟於各聯。而二句與三句、起句與結句既是如此，則起句與三句，二句與結句可知已。則其所少者亦唯其句之故，故仄起句三四法，散句五六法不多用之，自無陷夫僻也。

四　聲

聲律以平仄爲法，然平唯一聲而仄三聲。故王元美曰「四聲欲調」，如釋皎然所謂「樂章有宮商五音之説，不聞四聲。近日周顒、劉繪流出，宮商暢於詩體，輕重低昂之節，韻合情高，此未損文格。沈休文酷裁八病，碎用四聲，故風雅殆盡。後之才子天機不高，爲沈生弊法所媚，懵然隨流，溺而不返」。是爲古詩言也，非謂近體也。故其所自爲近體聲律，莫不諧和焉。近體既以平仄爲法，則於三仄亦不得不用意焉。蓋四聲，平聲最多，故獨與三仄相當。如以反切等，三仄上聲爲多，去聲次之，入聲爲少。然上聲濁者實去聲，則去聲最多。今考一仄專句者，去聲誠多，入聲宜少而多，上聲宜多而少，是不可不知也。

其用去聲者

韻句

金壺漏盡禁門開　羅帷繡被卧春風次句。后同

逢人更問向前程結句。后同，此調不甚多

夜郎天外怨離居　布帆無恙挂秋風

爲君談笑静胡塵結句最多，起、次亦不少

華陽春樹號新豐　姑蘇台上宴吴王

長沙南畔更蕭條次、結甚多，起亦不少

獻賦論兵命未通　畫袴朱衣四隊行

況復明朝是歲除此上差不多

王命三征去未還　聞道君家在孟津

江漢翻爲雁鶩池亦不少

二帝巡遊俱未迴　塞外風沙猶自寒

卧聽南宫清漏長同上

江上相逢皆舊游　來奏金門著賜衣〔一〕

唯見長江天際流起、結甚多，次差不多

〔一〕著：底本作「看」，據《唐人萬首絶句選》卷五改。

散句

萬乘旌旗何處在不甚多

爲報故人憔悴盡甚少

江上見人應下淚亦甚少

船到南湖風浪静差不少

更到蘆花最深處甚少

君見隋朝更何事此上差不少

遥知漢使蕭關外此最多

應懸明鏡青天上亦不少

種桃道士皈何處甚少

誰知孤宦天涯意甚多

變句有「爲見行舟試借問」。其連二句者，「金吾除夜進儺名，畫袴朱衣四隊行」「山上離宫宫上樓，樓前宫畔暮江流」「千步迴廊聞鳳吹，珠簾處處上銀鉤」「牢牢亭上春應度，夜夜城南戰未回」「秋風動地黄昏暮，皈去嵩陽尋舊師」「爲是襄王故宫地，至今猶自細腰多」「爲問寒沙新到雁，來時還下杜陵無」。次句与三句連者，「與君相見即相親，聞道君家在孟津。爲見行舟試借問，客中時有洛陽人」「百畝庭中半是苔，桃花净盡菜花開。種桃道士歸何處，前度劉郎今又來」。二句相隔者，「故人南去漢江陰，秋雨蕭蕭夢澤深。江上見人應下淚，由來遠客易傷心」「三代盧龍將相家，五分符竹到天涯。瘴山江上重相見，醉裏同看豆蔻花」「新鷹初放兔猶肥，白日君王在内稀。薄暮千門臨欲鎖，紅妝飛騎向前皈」。三句者，「惆悵多山人復稀，杜鵑啼處淚沾衣。故園此去千餘里，春夢猶能夜夜皈」「劍逐驚波玉委塵，謝安門下更何人。西州城外花千樹，盡是羊曇醉後春〔一〕」。

用入聲者

韻句：

黄昏獨立佛堂前　紅燈爍爍緑盤龍

孤鴻落葉一扁舟結間有，起甚少

逸人期宿石林中　月明羌笛戍樓間

一聲風角夕陽低亦不多

江邊楓落菊花黄　明朝離別出吴關

三春三月憶三巴起最多

籊落長竿削玉開　白髮兼愁日日多

〔一〕春：底本訛作「看」，據《温飛卿詩集箋注》卷五改。

拓得滕王蛺蝶圖結最多，起甚少

荷葉羅裙一色裁　　營幕傍臨月窟寒

今日殘花昨日開甚多

苜蓿烽邊逢立春　　白玉盤中看卻無

寂寂寒江明月心起最多，次甚少

盧橘花開楓葉衰　　今日相逢明月秋

愁殺江南離別情起最多，結間有

散句

●●○○○●●起句，八月涼風吹白幕、列宿回元朝北極。八句，蜀魄啼來春寂寞

●●●○○●●元人句，鐵笛一聲山石裂。

秋鶴一雙船一隻[一]甚少

黃鶴樓中吹玉笛獨多

●●○○●○●

○●○○●○●

[一] 隻：底本訛作「雙」，據《白香山詩集》卷三十改。

文昌列宿徵還日不多

一林高竹長遮日甚少

●○●●○○●起句，别時十七今頭白。宋黄庭堅第三句，極知鵠白非新得

○○○●○○●仄韻，晴天霜落寒風急、村南村北行人絶。八句，平明端笏陪鵷列

其連二句者：「烏鳶争食雀争窠，獨立池邊風雪多。」「僮僕舟人空寂寂，隔簾微月入中倉。」相隔者：「霜草蒼蒼蟲切切，村南村北行人絶。獨出前門望野田，月明蕎麥花如雪。」亦不多。至如「落落出群非櫸柳」「白雪卻嫌春色晚」「敕賜一窠紅躑躅」「蠟燭有心還惜别」「十指瀝乾終七軸」，是一二雜它仄，此類則不少。又如「赤甲白鹽俱刺天」，是少爲層波。「二十一家同入蜀，惟殘一人出駱谷。」仄韻而爲層波。層波説見下卷然与八句「安得赤腳踏層冰」，皆子美獨調爾。如「一鞭一笠一蓑衣」「赤旃檀塔六七級」下句「白菡萏花三四枝」，并以層波，不顧其偏聲也。

用上聲者

韻句：

秋江渺渺水空波　琵琶起舞錦纏頭

宮闈不擬選才人皆甚少。不，俯九切或方鳩切。凡唐詩皆然，宋以來有入聲爾

祖龍浮海不成橋　了心還与我心同

古溝芳草起寒雲 亦甚少

車如流水馬如龍　關河空鎖祖龍居

何如驚起武侯龍 起間有，結甚少

錦水東流繞錦城

可忍醒時雨打稀 亦甚少

青冢前頭隴水流　争賞新開紫牡丹

如此風波不可行 結差不少

柳短莎長溪水流　水滿清江花滿山

可使和番公主知 甚少

雲想衣裳花想容　天子遥分龍虎旗

淮楚人驚陽鳥啼 起甚多，次不多，結甚少

散句

●●○○○●●

●●●○○●●

蒲海曉霜凝馬尾 甚少

○●○○◎●● 八句，階蟻相逢如偶語

●●○○●○●
○●○○●○●
關門不鎖寒溪水不少
隴山鸚鵡能言語亦不少
●○●●○○●
平陽歌舞新承寵亦不少
變句有：「有酒有詩有高歌」「女嬋童子黄短短」。連二句者：「平明分手空江轉，唯有猿聲滿水雲。」「梁王司馬非孫武，且免宫人斬美人。」亦少耳。

一仄專句者，唐人既如是，又考諸濟南，其用去聲者，「風流又似棄繻生」次句二，「君王按劍顧雲中」結句二，「使君千騎身東方」起句一，「使君千騎下東方」次二，「春風吹動故人情」起二，「黄金台上醉相看」次五，「漢將承恩義氣多」，「醉後參差故態生」，「半是同時獻賦人」起次結各一，「依舊東流豫讓橋」結二，「爲問君家三婦艷」，「君到豫章勞問訊」，「君試狐奴城上聽」各一，「憐君更向江南去」二，「城中年少空相慕」一，「自從皈去神仙尉」二。是韻句五調散句六調，而并不多用入聲者。「平原食客一時新」次一，「北風吹雪雪漫漫」起二，「一時詞客出王門」次一，「落魄初看逐客情」起二，「西北浮雲白日微」起一，「摇落秋風白髮新」次二，「斫膝猶堪當一星」結一，「揚州十月梅花發」二，是韻句五調而散句一調，上聲於韻句絶無之。散句「請看襄子宫前水」一，「主人把酒聽黄鳥」一，僅有是耳。如

「主人把酒」調，濟南不宜有之，然下句乃曰「黄鳥一聲酒一杯」，蓋以層波諧和也。夫于鱗篇什甚多，而其二仄者如是，則其爲調可知已。

一仄專句既如是，今又考之「秦中花鳥已應闌，塞外風沙猶自寒」「楊柳青青江水平，聞郎江上唱歌聲」「青冢前頭隴水流，燕支山下暮雲秋」「酒腸雖滿少歡情，身在雲州望帝城」「音書杜絶白狼西，桃李無言黄鳥啼。寒雁春深歸去盡，出門腸斷草萋萋」，上上聲下去聲也。「身著袈裟手杖藤，水邊行止不妨僧。禽栖日落猶孤立，隔浪秋山千萬層。」「女嬋童子黄短短，耳中聞人惜春晚。逃蜂匿蝶踏花來，却把齋糜一蕘碗。」上上聲下入聲也。如「王命三徵去未還，明朝離别出吴關。」「回首巴路在雲間，寒食離家麥熟還。」「江上相逢皆舊游，湘山永望不堪愁。秋風明月洞庭水，孤鴻落葉一扁舟。」「扶桑已在渺茫中，家在扶桑東更東。此去与師誰共到，一船明月一帆風。」上去聲下入聲也。「苜蓿烽邊逢立春，葫蘆河上淚沾襟。」「十月江邊蘆葉飛，灌陽灘冷上舟遲。今朝未遇高風便，還与沙鷗宿水湄。」「咸陽宫闕欝嵯峨，六國樓台艷綺羅。自是當時天帝醉，不關秦地有山河。」「黄昏獨立佛堂前，滿地槐花滿樹蟬。大抵四時心總苦，就中腸斷是秋天。」上入聲下去聲也。「官軍西出過樓蘭，營幕傍臨月窟寒。蒲海曉霜凝馬尾，葱山夜雪撲旌竿。」上入聲下去聲也。「虢國潛行韓國隨，宜春深院鬬花枝。金輿遠幸無人見，偷把邠王小管吹。」「明月嚴霜撲皂貂，羡君高卧正逍遥。門前積雪深三尺，火滿紅爐水滿瓢。」三仄分於三句者也。濟南亦有之，如「請看襄子宫前水，依舊東流豫讓橋」，是上上下去，唐人之法已。「誰惜虞卿老去貧，平原食客一時新。懷中白璧如明月，何處還投按劍人。」是上二句入聲，而下一句去聲。「落魄初看逐客情，風流又似棄繻生。路傍年少從他問，不必停車説姓名。」是上一句入聲，而下二句去聲，二調唐人所無也。雖然，未嘗一仄二句而止，必有所償，是濟南也。雖曰偶然，吾必謂用意矣。

凡句第一字於聲律最閑，然四句同聲者，如平聲「津頭雲雨暗湘山，遷客離憂楚地顔。遥送扁舟安陸郡，天邊何處穆陵關」，此類甚多。四句去聲者「二十餘年別帝京，重聞天樂不勝情。舊人唯有何戡在，更爲殷勤唱渭城。」劉夢得也。「大賢爲政即多聞，刺史真符不必分。尚有西郊諸葛廟，卧龍無首對江濆。」子美也。他盛唐無之。其三句者，諸家固多入聲者：「席謙不見近彈棋，畢曜仍傳舊小詩。玉局他年無限笑，白楊今日幾人悲。」亦子美也。其三句者，諸家亦多上聲者：「廣場破陣樂初休，彩纛高於百尺樓。老將氣雄争起舞，管絃回作大纏頭。」王仲初也。三句者，諸家間有，而于鱗有並平者，而無並一仄者，亦宜從于鱗爾。

凡聲調下密於上，故上三平正律，而下三平爲變。散句疎於韻句，故上三仄在韻句爲變，而於散句爲正，如下三仄於散句亦爲變，而其一聲者「爲見行舟試借問」，惟去聲有之。入聲者「應笑春風木芍藥」，是蘇軾句，而唐人所無也。如上聲雖蘇黄亦無之，而上三仄一聲者「借問漢宫誰得似」「白雪卻嫌春色晚」「野火不知寒食節」，亦少耳，可不慎乎。

平仄多少，即論於句品。其過度則爲變，於變體論之。今考多平者：「中巴之東巴東山，江水開闢流其間。」「瀼東瀼西一萬家，江北江南春冬花。」是並少陵而亦其獨調也。乃与崔櫓八句：「一百五日又欲來，梨花梅花參差開。」多平之極在乎此，層波偏聲亦極乎此，而又三仄所無也。凡調四聲，平聲多少即聲律大法正變所係，是無論已。於三仄，去聲勿憚多，上聲勿嫌少，但於入聲不可不用意。宋元或猥多入聲，是非吾所知也。

五音

異字同音相重，音律所嚴，勿論其相切，即七字中相隔亦未可也。不唯七字中，在二句中亦未可也。其在七字中者「疇昔丹墀与鳳池」「西入長安到日邊」入与日雖異韻，今所呼正同。在二句中者，「江上春風留客舟，無窮皈思滿東流」留一作阻「髑髏皆是長城卒，日暮沙場飛作灰」「惟羨君爲周柱史，手持黃紙到滄州」是八句「平樂舊歡收不得，不憑飛夢到滄州」同上。是近體一大病，慎毋效之。至如于鱗「銅柱遥臨幕府高，武陵溪水日滔滔。桃花不及驊騮色，併与春光照錦袍」。是雖異聯，然其字相切，予未敢非之，亦不肯效之。又如「桃花净盡菜花開」「愛似零陵香惹衣」「雨淋鈴夜卻皈秦」「一曲淋鈴淚萬行」「卧聽淋鈴不忍眠」「新水亂侵青草路」八句。今呼雖混，古音自別，毋或誣古人。又異韻異聲而同音者，如「種桃道士皈何處」「金壺漏盡禁門開」「臺城六代競豪華」「驪歌聲裏且蜘蟵」，雖不同上，亦甚少耳，勿多犯。

夫五音之增爲七，又分而三十六也，諸韻相同，即字母相同者，其韻聲雖異，音則不異，是近音也。疊用近音，亦有節度。其二字者，即所謂雙聲，而無所不可。纔至三字，稍有宜不宜，如「萬户傷心生野煙」「勸君更盡一杯酒」「尚著雲頭踏殿鞋」「一曲淋鈴淚萬行」，固是不多，唯「宜陽城下草萋萋」，此語尤多。「杜陵寒食草青青」，此語亦多，然青青之青，子丁切，与青草之青字母不同，故「春草青青」之語多，而「春草萋萋」之語少，如「芳草萋萋」則多有之。　其四字者，「溶溶漾漾白鷗飛」「溶溶曳曳自舒張」。五字者，「裊裊淒淒清且切」「春草萋萋春水緑」一作春日遲遲春水緑，是叠字也，層波也，故可爾，不然不可也。　近韻亦然，其二字者，即所謂叠韻，而無所不可。　其三字者，「萬國同風共一時」「江上相逢皆舊遊」「乘興輕舟無近遠」「路傍驄馬汗班班」「聞郎江上唱歌聲」，亦稍不少。　四字者，「杳杳裊裊清且清」即上裊裊淒淒之句，一作如此而歷下之多篇，近音近韻，無有三字者，則其爲調可知已。

或曰：句中犯韻中字、散句尾与韻連聲，並宜避之。　今考諸唐詩，散句尾与韻連聲者，「歇馬獨來尋故事，逢人惟説峴山碑」，此類甚多。　其在起句者，「雨中禁火空齋冷，江上流鶯獨坐聽」。　起句与三句同韻者，「謝安舟楫風還起，梁苑池臺雪欲飛。　杳杳東山携漢妓，冷冷修竹待王皈。」起句三句同韻，又与本韻連聲者，「眼中三十年來淚，一望南雲一度垂。　慚愧臨涯李常侍，遠教形影暫相隨。」句中有韻中字者，此「楊柳風多水殿涼」在第一字「古來征戰幾人回」第二字「紅妝飛騎向前皈」三字「十里黄雲白日曛」四字「馬首東來知是誰」五字「平湖一望上連天」「澄潭皎鏡石崔嵬」「知君書記本翩翩」六字「天涯相見還相别，客路秋風又幾年」「憶君遥在湘山月，愁聽清猿夢裏長」散句。　餘尚不少。　如其不同，即有二三字，亦可況一字乎？　但於排律長篇或不可無意，然非律也，不必之。夫必避韻中字，是聯句之法，避以爲後句之地者耳。

沈休文曰：「夫五色相宣，八音協暢，由乎玄黃律呂，各適物宜。欲使宮羽相變，低昂舛節。若前有浮聲，則後有切響。一篇之内音韻盡殊，兩句之中輕重悉異。」是爲其五言發也。然《選》体不拘於此，而近体聲律本於此。嚴儀卿亦有言「音韻忌散緩，亦忌迫促」。謝茂秦亦曰：「誦之行雲流水，聽之金聲玉振。」而徒諧衆耳，非其得者。故李賓之曰：「詩必有具眼，亦必有具耳。」是此書之所不能盡也，熟習之久當自得之，雖然，王元美嘗曰：「當心者倍耳，諧目者悪心〔一〕。」則非知之難，而行之難爾。」

韻法

平聲三十韻，其字多少不齊，而諸家於篇，或用或捨，或數或疎，古來相因循而不必從字多少，何哉？其字有便不便也。今於《品彙》李、王、于鱗合正變筭之，凡用韻，古人所數亦多之，古人所疎亦少之。至其不用者，亦捨之可也。

東	《品彙》四十二	太白五	少伯四	于鱗十二
冬	仝十九	仝二	同一	仝八

〔一〕悪：底本訛作「惡」，據《弇州續稿》卷四十四改。

江	仝二	仝一		
支	仝四十八	仝三	同三	仝十九
微	仝六十五	仝四	同三	仝十一
魚	仝十二	仝六		
虞	仝九	仝四同一	仝十一	
齊	仝三十一	仝六	同二	仝五
佳	仝一			
灰	仝五十	仝九	同三	仝三十二
真	仝六十一	仝七	同三	仝三十八
文	仝三十五	仝一	同二	仝十一
元	《品彙》十六	太白一	少伯四	于鱗九
寒	仝三十二	同三	仝五	同二十
刪	仝三十六	同六	仝五	同二十
先	仝三十六	同四	仝三	同十二
蕭	仝十七	同一	仝同	四
肴	仝	同	仝	同

豪	仝五	同二	仝一	同十
歌	仝二十五	同	仝	同六
麻	仝五十五	同五	仝二	同十四
陽	仝四十四	同六	仝九	同三十
庚	仝五十五	同五	仝二	同十七
青	仝八	同一	仝	同三
蒸	《品彙》五	太白	少伯	于鱗三
尤	仝八十一	同八	仝八	同十九
侵	仝二十	仝四	同七	
覃	仝一	同三		
鹽				
咸				

馬伯庸曰：「押韻不可用啞音，如五支二十四鹽，啞韻也。」然《品彙》八百五十六首，而支韻四十八首，是固爲多。滄溟三百十四首，而支韻十九首亦復不少。馬氏之言不足從也。如鹽韻誠諸家所少，盛唐七絶獨少陵有一首，則馬氏之言，於此可從耳。雖然，是在字而不在韻，何必論啞否。不然如江佳肴蒸，豈是啞乎？何以如彼？亦唯其字不便爾。且鹽而啞韻，覃亦相近。《品彙》有

一首，而滄溟有二首，而摩詰用諸八句，馬氏胡不考唐詩？

夫詩体不一，而用韻各有所宜。四詩用韻無定，至漢魏頗有所定，六朝及唐漸以精密。沈既公，唐人取以爲法，諸体各不可苟，而七絶最嚴。愼之愼之。

韻不可用險僻字。韻字險僻，則句失諧和。近體貴諧和，而韻其本也。故于鱗曰：「韻者，歌詩之輪也。失之一語，遂玷成篇，有所不行，職此其故。」元美亦曰：「勿作凡題僻題險體險韻。」又曰：「偶對欲稱，壓韻欲穩。」韻不可不愼也。古今之岐於是乎在，唐宋之辨於是乎在，而雅俗巧拙亦在乎此。故儀卿云「除俗韻」。

韻不可同音重用，即八句或有之，在絶句則不可。何者？八句其字五，而絶句唯三字也。傍韻雖弊法，未妨諷誦。同音實妨諷誦，唐人重押同音者，劉憲「非吏非隱晋尚書，一丘一壑降乘輿。天藻緣情兩曜合，山卮獻壽萬年餘。」太白「蘭陵美酒鬱金香，玉碗盛來琥珀光。但使主人能醉客，不知何處是它鄉。」「試借君王玉馬鞭，指揮戎虜坐瓊筵。南風一掃胡塵浄，西入長安到日邊。」朱慶餘「蟲聲已盡菊花乾，五老松陰向晚寒。對酒看山倶惜去，不知殘月下闌干。」孫光憲「閶門風暖落花乾，飛遍江城雪不寒。獨有晚來臨水驛，閑人多凭赤闌干。」是失檢點耳。獨怪于鱗亦有之，「青雲明日羨翻飛，應念陶家獨掩扉」，豈謬操異音歟？不然，何以同音相接也。然不獨于鱗，唐人亦有之。戴叔倫「溪上誰家掩竹扉，鳥啼渾似惜春暉。日斜深巷無人跡，時見梨花片片飛。」而摩詰五言律「飛扉」接於兩聯，至宋元尤多，乃如蘇軾「陌上花開蝴蝶飛，江山猶是昔人非」。此韻此字，何獨如是也？又如于鱗「梁苑無人秋气悲，吴門回首淚堪垂。知君不盡平生意，海内窮交更有誰。」「白髮毶毶對雪垂，北風吹入萬聲悲。已知客裏黄金盡，杯酒相見好是誰。」舊韻垂，是爲切；誰，視佳切。音正相同。至《洪武韻》，垂，直追切，音与椎同，不與誰同，于鱗蓋操此音耳。夫垂之與誰，或同或異，未可知其得失，然押韻之法，于鱗則誤矣。由是觀之，飛與扉亦然乎。其在舊韻，非蜚蜚誹緋飛，非字母也；霏菲騑騑妃，敷字母也。其所分微甚，故洪武以來率相混。夫混以合者，則亦混而相分耳。又如「自是三千第一名，内家叢裏獨分明」，今音雖混，舊音則别。「邊霜昨夜墮關榆，秋風吹入小單于」亦然。「出關愁暮一霑裳，滿野蓬生古戰場」，舊韻，裳，市羊切，與場不同。如枝与知，唐詩甚多，是亦齒舌之分，而今難别呼，然勿今音誣古人。彼蘇軾押「舟州」於起結，八句重「遊由」於起次，及黄庭堅紅与鴻、流与榴、功与公，起結兩押「章」字。是乃宋人之韻，不足論已。

凡一題作數章，韻亦不可苟焉。太白《横江詞》五首，其三灰韻，押迴開來，其五復灰韻，亦押開迴來。《永王東巡歌》十一首，其五迴哀來，而其八亦迴摧來。《上皇西巡歌》十首其六尤韻流州樓，而其八亦牛流州。《遊洞庭》五首其二先韻煙天邊，其三亦川仙天。是在青蓮固可，於今則未可。少伯叠章不過五，亦無同韻者。歷下則嚴甚，《送子與》五首，其一其二並寒韻，前押漫乾安，後押寒看灘，是字既不同，音亦盡異。《寄明卿》十首其一其五並陽韻，前用蒼腸梁，後用傍光章。其三其七並庚韻，前城情名，而後迎生明音與名不同。《送殷正甫》十首，其一還班顔，而其八閑攀山，九十亦同韻，以章王場与郎光堂分之。《和右史悼兒篇》三首，一二同韻，而辭絲池与遲疑時也。《伏日左史初度》二首，亦才回來与開臺杯也。是避同字不止相接者，雖隔章亦避之。又盡別其音。獨《和右史悼兒》上結句与下起句，池遲相鄰耳。此餘疊章不少。如《送殿卿之京》至十二首，而無同韻，亦所善學青蓮非耶？

謝茂秦曰：「七言絶句，盛唐諸公用韻最嚴。大曆以下，稍有旁出者，作者當以盛唐爲法。盛唐人突然而起，以韻爲主，意到辭工，不假雕飾。或命意得句，以韻發端，渾成無跡，此所以爲盛唐也。宋人專重轉合，刻意精煉，或難於起句，借用傍韻，牽强成章，此所以爲宋也。」王敬美曰：「首句出韻，晚唐作俑，宋人濫觴，尤不可學。」胡元瑞曰：「唐以詩賦取士，於韻學宜無弗精。然今流傳之作，出韻者亦間有之，蓋檢點少疎，雖老杜或未能免。」又曰：「凡唐人詩引韻旁出，如『洛陽城裏見秋風』『鶯離寒谷正逢春』之類。必東冬、真文次序鱗比則可，無遠借者。然盛唐絶少，初學當戒，毋得因循。」

傍韻之爲韻，相近甚，其字多同音，通押固無妨諧和。然而不敢者，所重在法也。蓋聲律祖於沈約，而成於唐人。唐人定用沈韻，其不忘本也，不敢自專也。夫音古今或變，聲古今或换，韻亦如之。考諸史籍，唐宋之間爲甚，五代之亂致然歟？然也守沈韻不敢廢，以唐詩故耳。大氏音韻古精而今疎，故古異而今同者，往往有之，則唐人所守，豈必徒法哉。即令徒法，既效其體而不從其法乎？故元美曰：「沈約以平上去入爲四聲，自以爲得天地秘傳之妙，然辨字多訛。蓋偏方之舌，終難取裁耳。即無論沈約，今四詩騷賦之類，有不出於五方田畯婦女之所就乎？而可據以爲準乎？古韻時自天淵，沈韻亦多矛盾，至於叶音，真同鴃舌。要之爲此格，不能捨此韻耳。」故又曰：「古體用古韻，近體必用沈韻。」

唐人起句用傍韻者，太白「錦水東流繞錦城，星橋北挂象天星」，戴叔倫「十月江邊蘆葉飛，灌陽灘冷上舟遲」，張籍「洛陽城裏見秋風，欲作家書意萬重」，杜牧「蓮花峰下得佳名，雲褐相兼上鶴翎」「嗚軋江樓角一聲，微陽瀲艷落寒汀」，李商隱「本爲留侯慕赤松，漢庭方識紫芝翁」「無事經年別遠公，帝城曉鐘憶西峰」，雖不止此，亦不甚多。傍出且然，况叶韻乎？其在二句者，賀知章「少小離鄉老大回，鄉音無改鬢毛衰」，太白「祖龍浮海不成橋，漢武潯陽空射蛟」，盧弼「春衣昨夜到榆關，故國煙花想已殘」，張籍「寒塘沈沈拂葉疎，水暗人語驚栖鳧」，李商隱「水亭閑眠微醉消，小榴海柏枝相交」，二首變体也。在結句者，盧弼「朔風吹雪透刀瘢，飲馬長城窟更寒。夜半火來知有敵，一時齊保賀蘭山」，王涯「白雪猧兒拂地行，慣眠紅毯不曾驚。深宮更有何人到，只向金階吠曉螢」，江爲「萬里黄雲凍不飛，磧煙烽火夜深微。胡兒移帳寒笳絶，雪路時聞探馬蹄」。二字而傍出者，張籍「山禽毛如白練帶，栖我庭前栗樹枝。獮猴半夜來取栗，一雙中林向月飛」，亦變体也。夫所謂傍韻者，惟謂在起句者，至其在次句、結句皆謂之失韻，毋或效之。

上聲濁韻皆去聲，然至押韻，不得混諸去聲之韻。何者？上聲去聲，沈韻自别也。故不顧其聲不和焉。且如殿字，宫殿之殿，銑韻濁音；殿最之殿，霰韻清音。而宫殿之殿，唐人或押之霰，是非以其濁音。故舊韻，霰韻收二音也。如四詩之韻，不别清濁，而混押上去，而黄庭堅之仄韻，亦不論體之古今，不别音之清濁而混押上去，彼不從唐人固不尤之，其不從漢魏獨何歟？

陸務觀曰：「古詩有倡有和，有雜擬追和之類，而無和韻者。唐始有用韻，謂同用此韻。後有依韻，然不以次。最後有次韻，自元白至皮陸，其体乃成。」儀卿曰：「和韻最害人詩，古人酬唱不次韻。此風始盛元白皮陸，本朝諸賢乃以此而鬪工，遂至往復有八九和者。」元美曰：「和韻聯句，皆易爲詩害，而無大益，偶一爲之可也。然和韻在於押字渾成，聯句在於才力均敵。」余則謂偶一爲和韻，唯在弇州可耳。既盛唐所無，濟南亦弗爲之，則絶無爲可也。余又戲曰：「韻避險僻，而其餘幾何，而諸唐以來且千年，其人幾多，而其詩又幾多，轉相和而不自知焉，何必於一人一詩而自苦爲也。」

韻學

沈約以四聲定韻，號曰《類譜》，即今禮部韻也。唐人押韻守之不違，雖有所乖，不復顧之。如支与麻，並宜析而不析是也。雖守韻如是，聲則不必然。如十字或爲平聲是也。凡音在韻書，古今或異，而後世之書或倍唐詩〔一〕。而唐詩之聲又或出當時之書表，《類譜》且不盡唐詩之聲，况以

〔一〕詩：疑「時」之訛。

今韻誦唐詩，不唯失其聲音，併韻法誤之矣。故欲爲唐詩者，必考諸反切，質諸圖位，又求諸韻書之表，然後其音可得也。余别著其書，此篇略之。

馬伯庸作《中原雅音》，是《洪武韻》所據。伯庸云：「四方偏氣之語不相通曉，唯中原漢音四方可以通行，是以詩中宜用中原之韻。」漢音即雅音，又謂之正音，世俗所謂官話，乃此音也。是詩卷之所諷，廟堂之所操，而士君子之所傳也，四方無所不析，故可以通行焉。而係之中原者，推其本言之，然中原之音後世不正焉。故元美曰：「大江以北漸染胡語，時時採入，而沈約四聲遂闕其一。」又曰：「中原之音多以平入仄，若獻吉、于鱗、茂秦則無此累，其他名家少有能避者。」或曰：淮河以北，入聲作平聲，江南多齒音，閩越至不可究詰。故洪武之《正韻》也曰：「天地生人，即有聲音，五方殊習，人人不同，鮮有能一之者。如吴楚傷輕浮，燕薊失於重濁，秦隴去聲爲入，梁益平聲似去，江東河北取韻尤遠。欲知何者爲正聲，五方之人皆能通解者，斯爲正音也。」不其然乎？君子無拘於方，彼李謝諸君子，豈其性稟之殊哉？唯其學已。

夫出語局於地者，小人之口也；操音流於時者，俗士之舌也。君子習音，無古今無中偏無華夷，莫不得其正焉。唐之中原，非齊周失音之地乎？司馬之七音，非五季亡學之後乎？日本之效夏音於唐，非海外譯通之域乎？何以能然，亦唯學已。明季清初，其音紾然者，正變何以盡之，又誰從而得之。蓋伯謙自謂其既審音律之正變，而擇其精純奇恢，亦謂取聲律完璧者。于鱗則云「唐詩盡於此」，豈外聲律而言乎？夫十而九，与百而一，是正變之大域。而正中之變，變中之正，瞭然掌上矣。何必面命口授而後爲得其傳哉？獨恐世或循舊習，憚於改張，如梁武不信四聲。乃筭諸集正變示之。

《正音》凡百七十一首

正百十二

小變三十一

大變二十八

《品彙》凡八百三十六首

正六百十五

小變百五十四

大變六十七

《正聲》凡百六十三首

正百四十五

小變十二

大變六

《選》凡百六十五首

正百三十一

小變二十三

大變十一

太白凡八十五首

正四十

小變三十三

大變十二

少伯凡六十九首

正四十七

小變十

大變十二

于鱗凡三百四十首

正三百三十

小變八

大變二

元美曰：「太白之七言律、子美之七言絶，皆變体，間爲之可耳，不足多法也。」皇甫子循曰：「詩苟音律欠諧，終非妙境，故無取拗體也。」敬美曰：「詩有古人所不忌、而今人以爲病者。摘瑕者因而酷病之，將併古人無所容，非也。然古今寬嚴不同，作詩者既知是瑕，不妨併去。」王氏之言信然。其所謂者，非特在聲律之間，然於聲律多有之。如兩聯之起同其平仄，盛唐甚多，而中晚稍少，今人絶弗爲之。又如平起句第一字二字並仄，中晚不少，而初盛甚少，後世重聲律者亦弗爲之。夫古人所不忌，犹且避之，况古人所忌乎？正變之際，不可不慎也。

聲律之有正變，譬犹兵也。正固常用，能用正然後能爲變。變得其所，雖變犹不變。右倍山陵，前左水澤，兵法之常也。背水而陳，淮陰之奇已。然其所謂置之死地而後生，亦在兵法有焉。是變亦不無法，非苟而然者，非窮而然者。守常不必利，用變大有功，則敢用之。程不識正也，李廣變也。士卒樂，匈奴畏，程固不及李，則變愈正乎？然廣所爲，非廣則敗耳。故用變不可不慎也。且兵尚詭變，唯利是視。若所遇當用變，雖終身用變可也。聲律則當平正，爲變不可多。雖終身無變亦可也。李杜尤多變，然亦正變相半，而大半又不能其半〔一〕，則諸家可知已。楊選未精，取變固多。至高李取變甚少，李比高似寬，然觀其所自爲，變僅可數耳。夫不足濟南者不少，而未嘗有以此爲隘，然則其捨變不爲乎？但得其所、當其可，又何弗爲？故得則爲奇，失則爲瑕，在古人爲法，在今人爲病。吾辨正變非律古人也，以戒今人也。其論變也，非勸爲之，示其有法爾，勿以爲沈約八病之比焉。

〔一〕大半：詳觀上文「大變」「小變」之説，此處似當作「大變」。

諸體詩則

林東溟

《諸體詩則》二卷，林東溟（一七〇八—一七八〇）撰。據文會堂《日本詩話叢書》本校。

按：林東溟（はやしとうめい HAYASHI TOMEI），江户時代儒者。長門（今屬山口縣長門市）人，名義卿，字周父，世稱「周介」，號東溟、紫碧仙叟。師事山縣周南，與瀧鶴臺、和叟東郊同稱「周南門下三傑」。信奉荻生徂徠之學，講授於京都及江户。晚年好老莊之學。寶永五年生，安永九年九月二十五日歿，享年七十三歲。

其著作有：《詩則》二卷、《明官古名考》一卷、《文則》一卷、《國字牘》二卷、《明詩礎》一卷、《明月篇》三卷、《東溟詩稿》、《林塾學規》等。

詩則序

物夫子之化行，而斯道之明如月之恒，如日之升。親受其業者，述而文，歌而詩，各其材也。若其超乘而上者，闢以西有周南，闢以東有南郭，虎視鷹揚以風靡一世。二先生實蘐園之游、夏，孰不仰止其彬彬之德乎？夫子雖已殁，夫子未殁也。士之游事其門者，亡論咸是翩翩一時之雋，雖應門五尺童亦能知晚唐宋元爲醜也。巨矣哉蘐園之化也。《詩》有之，「自南自北，亡思不服」，其斯之謂乎？予不佞，雖後哉有興起於此，縱雖不能負笈於千里，亦其緒言不在於斯乎？凡於徠家之書未嘗不讀也，讀必私淑之。然尚恨固陋，未見正之於其人焉。前者聞東溟林先生者，以古文辭倡洛攝之間，往以謁焉。始得親與聞徠翁、周南之奥旨，遂信之甚矣，猶公之於周南也。周南蓋其師友也。自此厥後，從游之士日多一日，凡京畿之間操觚周旋藝苑者，稍稍知脩蘐園之業者，實公爲之嚆矢也。其功不亦偉乎？間者著《詩則》，漢魏暨盛唐之則具備，好文之士一讀之，乃曰：「世始有詩則焉。」昔皇甫士安之未至，短宋玉曰：「風雅之則於是乎乖。」予乃大贊此書曰：「詩賦之則於是乎明。」

元文辛酉春二月，河陽森明叔拜撰。

諸體詩則凡例

一、蘐園之詩教興，而世無詩式者尚矣。樂府古詩以上最爲甚也。余倡徠翁學，育髦士於洛攝之間者十年所于此，指授無所不至也。亦猶欲使他方異鄉未得與聞徠家詩教者有所賴焉，間纂述此書，期年始脱稿矣。而都下之士傳寫相秘，不肯與大方共。甚者竊取驕人，非余之志也。今兹仲春刻之塾中，以廣於海内，庶或藉此，詩道有至焉者。

一、此書以《諸體詩則》爲號，蓋以自四言古至律絶之大體言之，非多舉異體變體之謂也。

一、此書以纂述爲主。其不冠「某云」字者，皆余錯綜出入古人説，或戕賊寸斷以爲之義，暨發古人所未及者已。

一、凡稱「故某云」「故又云」者，皆是引古人説以益實余言者也。蓋「又」字各指其前條説者。

一、凡稱「古人云」者，余所抄出來書亦皆略其姓氏者，而未遑廣考之諸書者也。

諸體詩則目録

諸體詩則卷之上

詩門

詩道須從高妙入。故嚴滄浪云：「學詩者以識爲主。入門須正，立志須高。以漢魏晋盛唐爲師，不作開元天寶以下人物。若自退屈，即有下劣詩魔入其肺腑之間，由立志之不高也。行有未至，可加工力。路頭一差，愈騖愈遠，由入門之不正也。故曰『學其上僅得其中，學其中斯爲下矣』，又曰『見過於師，僅堪傳授。見與師齊，減師半德』也。工夫須從上做下，不可從下做上。先須熟讀《楚詞》，朝夕諷詠，以爲之本。及讀《古詩十九首》，樂府四篇，李蘇、漢魏五言，皆須熟讀。即以李杜二集枕藉觀之，如今人之治經。然後博取盛唐名家醞釀胸中，久之自然悟入。雖學之不至，亦不失正路。此乃是從頂顛上來，謂之向上一路，謂之直截根源，謂之頓門，謂之單刀直入也。」

賦比興有古義。梁鍾嶸云：「文已盡而意有餘，興也。因物喻志，比也。直書其事，寓言寫物，賦也。」

古人不專用賦比興。故又云：興比賦「三義，酌而用之。干之以風力，潤之以丹彩，使味之者無極，聞之者動心，是詩之至也。若專用比興，則患在意深，意深則詞躓。若但用賦體，則患在意浮，意浮則文散。」

作詩不過情景二端。比興即情也。賦，景也。情景又謂之虚實也。

古有風雅頌三體。出自閭巷謂之風，出自朝廷謂之雅，用之郊廟謂之頌。然後傳者，閭巷風人所賦之遺響已。故胡蘭溪云：「風雅頌竝列聖經。第風人所賦，多本室家行旅悲歡聚散感嘆憶贈之詞，故其遺響後世獨傳。」

後人動以拙手强作比體，殊不知唐人不好比體也。獨老杜時時有之，亦可觀者寡矣。且注者謂杜詩皆托物，爲之穿鑿附會，可以一笑。故又云：「唐人賦興多而比少，惟杜時時有之，如『寒花隱亂草，宿鳥擇深枝』『獨鶴歸何晚，昏鴉已滿林』之類。然杜所以勝諸家殊不在此。後人穿鑿附會，動輒笑端。余嘗謂《千家注杜》類五臣注《選》，皆俚儒荒陋者也。」

王楊近體未脱陳隋之氣習，李杜二集亦有去取。故又云：「正聲不取四傑。余初不能無疑。盡取四家讀之，乃悟廷禮鑒裁之妙。蓋王楊近體未脱梁陳，盧駱長歌有傷大雅，律之正始俱未當行。惟照鄰、賓王二排律合作，則正聲亟收之。至李杜二集，以前諸公未有措手者，而廷禮去取精覈，特愜人心，真藝苑功人、詞壇偉識也。」

有大家，有名家。名家有所不爲所不能也，大家無所不爲所不能也。故又云：「清新秀逸，沖遠和平，流麗精工，莊嚴奇峭，名家所擅，大家之所兼也。浩瀚汪洋，錯綜變幻，渾雄豪宕，閎廓沉深，大家之所長，名家之所短也。」

大家所爲，後學不可爲法者多矣。故又云：「太白多率語，子美多放語，獻吉多粗語，仲默多淺語，于鱗多生語，元美多巧語，皆大家常態，後學不可爲法。右丞、浩然、龍標、昌穀、子業、明卿，即不爾。然終不以彼易此。」

古今四大家，不可不知也。魏陳思王，唐李、杜，明王元美是也。徂徠先生亦大家也，最長歌行，其於近體絶句，效正變於李杜王李者也。故有深句，有雄句，有仙句，有豪句，有放句，有粗句，有秀句，有麗句，有老句，有不可讀句。然比之老杜，無險句、拙句、累句、巧句、有字眼句，而陶潛枯句、西漢質句、建安雅句間入之。近體絶句中卻見妙。故專學先生律絶者，雖格不落開天以下，調或見不可名者也。非經廷禮再生之品選，不可爲初學之法者多矣。

有古不忌而今忌者。故王敬美云：詩有古人所不忌而今人以爲病者，摘瑕者因而酷病之，將併古人無所容，非也。然古今寬嚴不同，作詩者既知是瑕，不妨併去。如太史公蔓辭累句常多，班孟堅洗削殆盡。非謂班勝於司馬，顧在班分量宜爾。今以古人詩病，後人宜避者，略具數條，以見其餘。如有重韻者，若任彦昇《哭范僕射》一詩三壓「情」字，老杜排律亦時誤有重韻。有重字者，若沈云卿「天長地闊」之三句，至王摩詰尤多，若「暮云空磧」「玉靶角弓」，二「馬」俱壓在下，「一從歸白社，不復到青門」「青菰臨水映，白鳥向山翻」，青白重出。此皆是失點檢處，必不可藉以自文也。又如「風雲雷雨」，有二聯中接用者，一二三四，有八句中六見者。今可以爲法邪？此等病盛唐常有之，獨老杜最少，蓋其詩即景後必下意也。又其最隱者，如雲卿《嵩山石淙》前聯云「行漏香爐」，次聯云「神鼎帝壺」，俱壓「末」字。岑嘉州「雲隨馬，雨洗兵，花迎蓋，柳拂旌」，四言一法。摩詰「獨坐悲雙鬢」「白髮終難變」，語異意重。《九成宫避暑》三四「衣上、鏡中」，五六「林下、巖前」，在彼正自不覺，今用之能無受人揶揄？至於失嚴之句，摩詰、嘉州特多，殊不妨其美。然就至美中，亦覺有微缺陷。如吾人不能運，便自誦不流暢，不爲可也。至於首句出韻，晚唐作俑，宋人濫觴，尤不可學。又胡蘭溪云：古詩語重者如「今日良宴會」「請爲遊子吟」之類，自是樸茂之過。建安諸子洗削殆盡，晋宋不應復蹈。嗣宗「多言焉所告，繁辭將訴誰」，士衡「迅雷中宵激，驚電夜光舒」，太沖「豈必絲與竹」「何事待嘯歌」，康樂尤不勝數，皆後學所當戒。

後人學杜，徒學其拙者陋者巧者僻者險者易者粗者放者已，宜乎其不能至也。故蘭溪云：杜七言律，通篇太拙者「聞道雲安麯米春」之類〔一〕，太粗者「堂前撲棗任西鄰」之類，太險者「城尖徑仄旌旆愁」之類，杜則可，學杜則不可。

後世學杜者，以一字奇巧稱字眼，寄精神於此者久矣。不知老杜大家，古今衆體莫不有者。是此字眼則六朝之纖巧，而盛唐諸公所無。老杜惟有之，亦詩中之一病。然杜而無之，何足爲杜？是亦所謂杜則可，學杜則不可者也。明人及我徠家之所以越宋續唐者，以無此字眼已。故

〔一〕安：底本訛作「南」，據《杜詩詳註》卷十四改。

又云：盛唐句法渾涵如兩漢之詩，不可以一字求。至老杜而後句中有奇字爲眼，才有此，句法便不渾涵。昔人謂石之有眼爲研之一病，余謂句中有眼爲詩之一病。如「地拆江帆隱，天清木葉聞」，故不如「地卑荒野大，天遠暮江遲」也，如「返照入江翻石壁，歸雲擁樹失山村」，故不如「藍水遠從千澗落，玉山高竝兩峰寒」也。此最詩家三昧，具眼自能辨之。齊梁以至初唐率用艷字爲眼，盛唐一洗，至杜逈有奇字。又云：老杜用字入化者古今獨步，中有大奇巧處，然巧而不尖，奇而不詭，猶不失上乘。如「孤燈燃客夢，寒杵搗鄉愁」則尖矣，「流星透疎木，走月逆行雲」則詭矣。

詩入儒生氣象言語，非詩本色。故又云：曰仙曰禪，詩中本色。惟儒生氣象，一毫不得著詩；儒者語言，一字不可入詩。而杜往往兼之，不傷格不累情，故自難及。

宋元無詩。故又云：語詩于宋元，卑卑甚矣。即以亡詩，夫孰曰不然。

詩不以敏捷稱，以精工稱也。苟不精工，則雖一日千首，奚以爲？故吴韋庵云：詩不廢思。古有十年成詠，三載卒吟者。彼非短於才也，特以好句難得耳。今人纔諳吟詠，便自負敏捷，率爾成篇，字句鄙陋，豈云絶構？

學詩者毋紛然雜作諸體。欲作五律，須先取唐明五律工手之諸作以熟讀，然後始攬筆作一體殆百首以上，如七律、五七言絶、古詩、樂府亦皆然也。其作一體之久，自然各悟入其奥旨，遂至於古今衆體莫不備有諸我焉。是吾徂徠先生詩教第一義也。

和韻非古也，蓋中唐元白皮陸以下之醜也。古者賡和，答其來意而已，初不爲韻所縛。嚴羽卿云：「和韻最害人詩。」信然也。故于鱗集無一詩和韻者。而本邦學士效尤中晚宋元之久，豈徒己欲之，又責之於人。是以雖徂徠先生亦有不可辭者乎？間有次韻，是亦獵較之道已。學者毋效尤。

明詩

本邦三十年來，徂徠先生之學化被海内，是以一時後進，皆能知開元天寶後又有明詩，因明學唐，則自然至於盛唐。惟黄髪諸老先生，尚或守先入不移矣。固哉！

唐明之獄不斷者久矣，余嘗斷之以兄弟之間。夫明人取材於《選》，效法於唐。取材於《選》者，與唐共其父母也；效法於唐者，以唐兄從之也。其趣與唐少異者，兄弟之面不必相似也。不必相似者，以各有其性所不可變化者也。若夫事業所就，唐難爲兄，明難爲弟。

唐多大家，明多名家。唐得即景造意，明得用事三昧。故因唐學唐，則雖如易入，其蔽也放縱淺俗。因明學唐，則雖如難入，自然明密高妙。而其覺唐易入、明難入者，學力未至也。其實則明易入、唐難入矣。

明唐以上之祖述，宋元自家之妄作。故胡藺溪云：詩至於唐而格備，至於絶而體窮。宋人不得不變而之詞，元人不得不變而之曲。詞勝而詩亡矣，曲勝而詞亦亡矣。明不致工於作而致工於述，不求多於專門而求多於具體，所以度越宋元，苞綜漢唐。

明人學唐也，學正調而不學變調也。于鱗七言律，不過學此數聯，以至於斯也。學者宜熟讀。
紫氣關臨天地闊，黄金臺貯俊賢多。萬里悲秋長作客，百年多病獨登臺。少陵句
九天閶闔開宮殿，萬國衣冠拜冕旒。雲裏帝城雙鳳闕，雨中春樹萬人家。王維句
秦地立春傳太史，漢宮題柱憶仙郎。南州秔稻花侵縣，西嶺雲霞色滿堂。李頎句
三山半落青天外，二水中分白鷺洲。瑶臺含霧星辰滿，仙嶠浮空島嶼微。青蓮句
萬里寒光生積雪，三邊曙色動危旌。沙場烽火侵胡月，海畔雲山擁薊城。祖詠句
千門柳色連青瑣，三殿花香入紫微。花迎劍佩星初落，柳拂旌旗露未乾。岑參句
旨哉！徂徠先生選明詩，以名《唐後詩》也。蓋唐後無詩惟有明之意，而本於李本寧「後唐而詩盛莫如明已」。

于鱗名家中大家，千載惟一人。故胡蘭溪云：仲默爲大家不足，于鱗爲名家有餘。

明初四傑：高啓、楊基、張羽、徐賁。

王敬美云：高季迪才情有餘，使生弘正李何之間，絶塵破的，未知鹿死誰手。楊、張、徐故是草昧之雄，勝國餘業，不中與高作僕。

明初三張：張以寧、張光弼、張仲簡。

胡蘭溪云：以寧氣骨豪上，國初寡儔，藻繪略讓耳。光弼、仲簡，亦有佳處，然率與元人唱酬。故明風當斷自高、楊作始。

弘正二大家：李夢陽、何景明。

又云：李獻吉詩文山斗一代，其手闢秦漢盛唐之派，可謂達磨西來獨闡禪教，又如曹溪卓錫萬衆歸依。又云：仲默氣質絶温雅，亦有「文靡於隋，韓力振之，然古文之法亡於韓；詩溺於陶，謝力振之，然古詩之法亡於謝」之語，遂開一代作者門户。彼身繫百千年運數，豈容默默以沽長厚。

弘正三才子：李夢陽、何景明、王九思。

弘正四家：李夢陽、何景明、邊貢、徐禎卿。

又云：弘正竝推邊何徐李，每怪邊品第縣遠，胡得此稱？及讀獻吉《送昌穀》詩「是時少年誰最文，太常邊丞何舍人」，仲默《贈君采》亦有「十年流落失邊李」之句。則李何於邊不淺。余細閲當時諸家，若仲凫、德涵、敬夫、子衡，詩皆非長。華玉、繼之、升之、士選輩，或調正格卑，或格高調僻。獨邊視諸人差爲諧合，不得不爾。

金陵三俊：顧璘、陳沂、王韋。

弘正十才子：李夢陽、何景明、徐禎卿、邊貢、顧璘、鄭善夫、王九思、康海、朱應登、陳沂。

又云：邊、顧、朱、鄭諸公，遺集具在，余備讀之。總之派流甚正，聲調未舒。歌行絶句，時得佳篇。古風律體，殊少合作。

江南四才子：朱應登、顧璘、陳沂、王韋。

嘉隆七才子：李攀龍、王世貞、徐中行、宗臣、謝茂榛、吴國倫、梁有譽。

又云：嘉隆竝稱七才子。要以一時製作，聲氣傅合耳。然其才殊有徑庭。于鱗七言律絶高華傑起，一代宗風。明卿五七言律整密沈雄，足可方駕。子相爽朗以才高，子與森嚴以法勝，公實縝麗，茂秦融和。

詩體

嚴滄浪云：作詩正須辨盡諸家體製，然後不爲旁門所惑。今人作詩差入門户者，正以體製莫辨也。世之技藝猶各有家數，市縑帛者必分道地，然後知優劣，況文章乎？

以與代相變者而論，則《風雅頌》既亡，一變而爲《離騷》，再變而爲西漢五言，三變而爲歌行雜體，四變而爲沈宋律詩。

以全篇無雜言，體各所由起而論，則五言起於李陵、蘇武，七言起於漢柏梁，四言起於漢楚王傅韋孟，六言起於漢司農谷永，三言起於晉夏侯湛，九言起於高貴鄉公。

以得而論，則建安體、黄初體、正始體、太康體、元嘉體、永明體、齊梁體、南北朝體、唐初體、盛唐體、大曆體、元和體。

以人而論，則蘇李體、曹劉體、陶體、謝體、徐庾體、沈宋體、陳拾遺體、王楊盧駱體、張曲江體〔一〕、杜少陵體、李太白體、高達夫體、孟浩然體、岑嘉州體、王右丞體、韋蘇州體、韓昌黎體、柳子厚體、韋柳體、李長吉體、李商隱體、盧仝體、張籍王建體、白樂天體、元白體、杜牧體、賈浪仙體、孟東野體、杜荀鶴體。

有《選》體，有柏梁體，有玉臺體，有西崑體，有香奩選，有宮體。

《選》體説。

按：古今《選》體説多端。嘗閱《詩藪》云：世但知蕭氏《文選》，然《吟譜》稱「昭明彙集漢後五言，爲《詩選》二十卷，其中必有五朝佳什，今不見矣。由此觀之，以選體爲五言古詩通稱者，蓋本此選耶？

以雜言而論，則三五七言、半五六言、五七言、四六八言、一字至七字。

有一句之歌，有兩句之歌，有三句之歌，有口號。《潛確類書》云：口號詩，或四句或八句草成而速就，達意宣情而已。貴在明白條暢。

以雜體見樂府者而論，則風人體、藁砧體、五雜俎體、兩頭纖纖體。

以雜體落戲謔者而論，則盤中詩、回文詩、反覆詩、離合詩、建除詩、字謎詩、人名詩、卦名詩、數名詩、藥名詩、州名詩、六甲詩、十屬詩、藏頭詩、歇後詩。

〔一〕張：底本訛作「長」，據《滄浪詩話·詩體》改。

戒戲謔詩

胡元瑞云：詩文不朽大業，學者彫心刻腎，窮晝極夜，猶懼弗窺奥眇，而以遊戲廢日可乎？孔融離合、鮑照建除、温嶠回文、傅咸集句，亡補於詩，而返爲詩病。自茲以降，摹仿寔繁。字謎、人名、鳥獸、花木，六朝才士集中不可勝數。詩道之下流，學人之大戒也。

以大體而論，則四言古詩、楚辭、賦、樂府、五言古詩、歌行、近體、絶句。

有六句律，有六言律，有六言絶，有六言排律。義卿按：六言律絶，至于麟亦有作。

附

建安七子建安，後漢獻帝年號：孔融、陳琳、王粲、徐幹、阮瑀、應瑒、劉楨。

二傅晋人，父子，俱有才名：傅玄、傅咸。

二潘晋人，俱以詩文辭稱：潘岳、潘尼。

二陸晋人，兄弟，時人語曰「二陸入洛，三張減價」：陸機、陸雲。

三張晋人，兄弟，並有才名：張載、張協、張亢。

三謝宋人，靈運、惠連兄弟：謝靈運、謝惠連、謝朓。

初唐四傑文章齊名，時稱四傑：楊炯、王勃、盧照鄰、駱賓王。

唐十二名家明嘉隆間刻《十二家唐詩》，自此有十二名家之稱：王勃、楊炯、盧照鄰、駱賓王、沈佺期、宋之問、陳子昂、杜審言、高適、岑參、王維、孟浩然。

詩　法

滄浪詩五法

體製、格力、氣象、興趣、音節。

滄浪詩九品

高、古、深、遠、長、雄渾、飄逸、悲壯、淒婉〔一〕。

滄浪詩二大概

優遊不迫、沈著痛快。

〔一〕高：底本脱，據《滄浪詩話·詩辨》補。

滄浪詩一極致

入神。詩而入神，至矣，盡矣，蔑以加。惟李杜得之，他人得之蓋寡矣。

滄浪詩先除五俗

除俗體、除俗意、除俗句、除俗字、除俗韻。

白石詩四種高妙

理高妙礙而實通、意高妙出事意外、想高妙寫幽微如清潭見底、自然高妙非奇非怪，剥落文采，知其妙而不知其所以妙。

詩奥妙不可以言解，故古人云：詩有妙處，在可解不可解之間。作者會心詮理，偶得奥旨，即作者亦不能明指示人。又胡蘭溪云：孟軻曰「不以文害辭，不以辭害意，以意逆志，是爲得之」，千古談詩之妙詮也。

古詩、近體絶句自有難易。故滄浪云：律詩難於古詩，絶句難於八句，七言律詩難於五言律詩，五言絶句難於七言絶句。又胡蘭溪云：七言古差易於五言古五言古意象渾融，非造詣深者難於拍湊。七言古體裁磊落，稍材情贍者輒易發舒，七言律顧難於五言律五言律規模簡重，即家數小者結構易工；七言律字句繁靡，縱才具弘者推敲難合。

古詩不必易於律詩。

按王敬美云：「非多熟古詩，未有能以律詩高天下者也。」本邦初學輩，以不讀古詩難律詩。而又使之謂古詩易就，率爾成篇。遂是兩失已。故又敬美云：「律尚不工，豈能工古？」亦可以爲本邦初學輩道之矣。

不熟古詩，弗能工唐體。故楊載云：取材於《選》，效法於唐。又馬庸云：枕藉《騷》《選》，死生李杜矣。

命題

古者無題。感物以抽辭，既感物，物即爲之題。上古諸歌，不其然乎？是後世所以命題也。

詩不必著題，必著題則局矣。故滄浪云：不必著題。

名題序引，雖古今異宜，須觀唐人及明人以損益矣。若夫僻題，則雖盛唐以上莫用之，矧乎後世俚俗名題？故滄浪云：唐人命題，言語亦自不同。雜古人之集而觀之，不必見詩，望其題引而知其爲唐人今人矣。今人，宋人也。

杜詩多篇成後造題者。故王敬美云：《秋興八首》寥寥難繼。每每思之，未得其解。忽悟少陵諸作，多有漫興。時於篇中取題，意興不局。

一題而作數首，以趣意多端，非一絕一律所能盡也。本邦初學輩，强作數首，其趣意未必異也。雖多，奚以爲？

一字題忌題字出詩中說，相傳者尚矣，蓋有以也。然華人詩式所不載。余意詠物詩有言用不言名說，忌出題字於詩中。若夫一字題，亦皆詠物已。是以本邦搢紳先生嘗爲初學戒之者也。至良工則何忌之有？唐人諸作可以見矣。

胡蘭溪云：昌穀云「歌聲雜而無方，行體疎而不滯，引以抽其臆，吟以達其情」此大概言之耳。漢魏歌行吟引，率可互換。唐人稍別體裁，然亦不甚遠也。然歌行吟引尚或然矣。其餘詩名之多，豈可盡混之乎？今以舊解及聲音者，分之體裁，本邦詞人尤當用心聲音爾。

歌情揚辭達，聲音高暢謂之歌

吟情抑辭欝，聲音沉細謂之吟

行情順辭直，聲音瀏亮謂之行

曲情密辭婉，聲音諧縟謂之曲

謠情譎辭寓，聲音質俚謂之謠

風情切辭遠，聲音古淡謂之風

唱與歌行曲通

樂歌情和辭直，聲音舒緩，此即樂歌

嘆情戚辭老，音長聲絶謂之嘆

解與歌曲嘆樂通

引情長辭蓄，聲音平永謂之引

弄情活辭麗，聲音圓壯謂之弄

清情逸辭激，聲音清壯謂之清

舞情通辭麗，聲音應節此即舞

辭情長辭雅，聲音平亮謂之辭

怨情沉辭欝，聲音凄斷謂之怨

謳情揚辭直，聲音高放謂之謳

騷情深辭欝，而極其憤此即騷

賦辭語富麗，事意詳盡此即賦

操情堅辭確，阸窮不失謂之操

䀌與行吟曲引相類

篇情明事遍，不遺餘意謂之篇

思思必有因，非徒悽愴

題忌積物

咏忌粘題

挽忌似壽詩

賀忌似攫客

應制氣欲嚴肅，辭貴典麗

唐人律絶樂府題略解唐人律絶樂府多，習作者或至題意難解者苦焉，今考有略解者名題書以抄出，且古題新題各有次序。

洛陽道言繁華

長安道同上

關山月邊詞

折楊柳宮怨，又別離詞

梅花落閨情

隴頭水邊詞

出塞同上

入塞同上〇以上襲漢横吹曲古題

臨高臺登望詞

巫山高旅懷，又思人作〇以上襲漢短簫鐃歌古題

渌水曲艷曲〇襲琴曲古題

江南曲士女情○襲相和曲古題
明妃曲王昭君事○吟嘆曲有王明君，少變其題名已
楚妃怨楚宫詞○吟嘆曲有楚妃嘆，此變嘆爲怨
銅雀臺魏武臺
從軍行征伐○以上襲平調曲古題
魏宫詞銅雀臺事，惟變其題名已
銅雀妓同上，變臺爲妓
相逢行娼妓少年類相逢相值事○襲清調曲古題
清平調合清調平調者，唐李白爲之祖
隴西行邊詞○襲瑟調曲古題
玉階怨宫詞
長門怨陳后事
婕妤怨班姬事○以上襲楚調曲古題
長信怨同上○長信，宫名，變婕妤爲長信
子夜歌四時閨情
讀曲歌艷詞○以上襲清商吴聲古題

烏夜啼閨情

采蓮曲艷曲

鳳臺曲簫史事○以上襲清商西曲古題

估客行商賈事○西曲有估客樂，此變樂爲行

自君之出矣閨情

王孫遊別意

長相思閨情

古歌擬古詞

古別離別離曲

古曲古意

古樂府同上

樂府同上

閨怨戍婦詞

春怨閨怨

桃花曲桃花流水意

夜夜曲宮詞

妾薄命失寵詞

步虛詞有足音人不見仙詞

千里思思遠○以上襲雜曲古題

長干行艷詞○長干，里名。隋樂有長干曲。變曲爲行

古調寓意作○雜曲有古曲古歌古絶句

古怨古調言怨○雜曲有古怨歌

古詞别意○雜曲有古歌古曲

少年行游俠○雜曲有長安少年行

九曲詞邊詞○雜曲有九曲歌

栖烏曲閨情○雜曲有晚栖烏

古意閨情○雜曲有謡思古意

漢苑行苑中事○雜曲有上林

臨池曲曲池○雜曲有曲池歌曲池水

獨夜詞閨詞○雜曲獨處怨

樂府雜詩古意○雜曲有樂府及樂府歌古樂府

怨辭閨情

平蕃曲邊詞
塞下曲同上
青樓曲妓女事
青樓怨同上
伊州歌邊詞
蹈歌詞上元夜事，大堤女歌也
涼州詞征伐事
出塞行邊詞
塞下同上，即塞下曲
昭陽曲漢宮事
成都曲言蜀地俗〇以上唐新曲
山鷓鴣詞閨情
洞仙謠桃源事
穆護沙思遠
金殿樂宮中詞
墻頭花閨詞

幼女詞豔曲
拜新月同上
甘州邊詞
浪淘沙閨思。淘，蕩也。謂如浪蕩沙也
胡渭州商詞
大酺天子封禪，天下賜酺
蓋羅逢邊詞
竹枝詞旅情。蜀中事。中唐劉禹錫以下有之
楊柳枝多言離情。是亦中唐以下○以上唐雜樂
浣紗女、西施石俱越女西子事○唐雜樂有浣紗沙

詠物老杜爲第一。故胡蘭溪云：詠物起自六朝，唐人沿襲。雖風華競爽，而獨造未聞。惟杜諸作自開堂奧，盡削前規。

詠物在切不切之間。故又云：詠物著題，亦自無嫌于切。第單欲其切，易易耳。不切而切，切而不覺其切，此一關前人不輕拈破也。

詠物若元美六十餘篇，前古所無。故又云：詠物七言律，唐自花宫仙梵外，絶少佳者。國初季迪梅花，孟載芳草，海叟白燕，皆膾炙人口，格調卑卑，僅可主盟元宋。獻吉題竹，仲默鰣魚，于鱗

雙塔，始爲絶到。元美至六十餘篇，則前古所無也。

句　法

古詩不當以重複論

嚴滄浪云：《十九首》「青青河畔草，鬱鬱園中柳。盈盈樓上女，皎皎當窗牖。娥娥紅粉妝，纖纖出素手」。一連六句皆用叠字。今人必爲句法重複之甚，古詩正不當以此論之也。

詩有句變

古人云：詩有句變，情景事意是也。四者相間，不得碎雜。相從不得過三聯。若全篇純一者不拘。

詩有句法

又云：作詩有句法。平淡不流於淺俗，奇古不鄰於怪僻，題詠不窘於物象，叙事不病於聲律。比興深者通物理，用事工者如己出。格見於成篇，渾然不可鐫；氣出於言外，浩然不可屈。此作詩之法也。

起結及對句自有難易

徐伯魯云：作詩論其難易，則對句易工，結句難工，發句尤難工。七言視五言爲難。學者知諸。

造　語

須摘用古人好語

《室中語》云：初學詩者須摘用古人好語，或兩字，或三字。久而自出肺腑，縱橫出没，用亦可，不用亦可。

杜用《詩》《書》語

黄常明《詩話》云：子美多用經書語，如曰「車轔轔，馬蕭蕭」，未嘗外入一字。如曰「濟潭鱣發發，春草鹿呦呦」，皆渾然嚴重，如入天陛赤墀，植璧鳴玉，法度森然。後人不敢用者，豈所造語膚淺不類耶？

杜用經中全句

古人云：杜少陵好用經中全句爲詩，如《病橘》云「雖多亦奚爲」，又《遣悶》云「致遠思恐泥」，又如「丹青不知老將至，富貴於我如浮雲」之類。

下　字

不下無用字

范德機云：作詩不可使一字無用，須是字字少不得。又不可一字不佳，須是字字穩當。又不可使一字無來歷，字字要有出處。要無鄙俗。

詩有字變

古人云：詩有字變，虚實死活是也。一句内忌併，一聯内非對者忌繁，隔聯忌字相似，一篇忌句相似。

七言可剪上二字亦不妨

胡蘭溪云：李騤何云：「七言律若可剪二字，言何必七也？」此論不起于李，前人三令五申久矣。顧詩家肯綮全不係此，作詩大法惟在格律精嚴，詞調穩愜。使句意高遠，縱字字可剪，何害其工？骨體卑陬，雖一字莫移，何補其拙？如老杜「風急天高」，乃唐七言律第一。今以此例之，即八句無不可剪作五言者。又如「江間波浪兼天湧，塞上風雲接地陰」「五更鼓角聲悲壯，三峽星河影動摇」等句，上二字皆可剪，亦皆杜句最高者，曷嘗坐此減價？即如宋人「爲看竹因來野寺，獨行春偶過溪橋」，上下粘帶不可動摇，而醜拙愈甚。自詩家有此論，舉世無不謂然。甚矣！獨見之寡也。

杜句中叠用字不足學

又云：老杜好句中叠用字，惟「落花遊絲」妙絶。此外如「高江急峽」「小院迴廊」，皆排比，無關妙處。又如「桃花細逐楊花落」「便下襄陽向洛陽」之類，頗令人厭。唐人絶少述者。而宋世黄陳競相祖襲，國朝獻吉病亦坐斯。嘉隆一洗此類併諸拗澀變體，而獨取其雄壯闊大句法，而後杜之骨力風格始見，真善學下惠者。

雙　字

律絶中用雙字法

古人云：用雙字於律絶法，對句及一句中之外，忌兩處用之。如古體則不拘矣。

雙字不虚發

雪浪齋云：古人下連綿不虚發。如老杜「野日荒荒白，江流泯泯清」，造微入妙。

李嘉祐卻襲摩詰「水田飛白鷺」

胡蘭溪云：世謂「摩詰好用他人詩，如『漠漠水田飛白鷺』，乃李嘉祐語」。此極可笑。摩詰盛唐，嘉祐中唐，安得前人預偷來者？此正嘉祐用摩詰詩。宋人習見摩詰，偶讀嘉祐集得此，便爲奇貨，訛謬相承，亡復辨訂。千秋之下，賴予雪冤。摩詰有靈，定當吐氣。

壓韻

押韻要穩健

古人云：押韻要穩健，則一句有精神。如柱礎欲其堅牢。

仄韻詩不拘平仄

王元美云：有用仄體者，其説與拗體相類。然發興措辭則奇健矣。如長孫輔《山家》云：「獨訪山家歇還涉，茅屋斜連隔松葉。主人聞語未開門，繞籬野菜飛黄蝶。」皆仄韻，而句中第二六字皆不粘也。

五言宜仄韻起

胡蘭溪云：仄起宜五言，不宜七言也。

首句用他韻法不可學

王敬美云：首句出韻，晚唐作俑，宋人濫觴，尤不可學。

古詩仄韻上句末用仄字格

古人云：五七言古詩仄韻者，上句末字類用平聲，如杜子美多用仄，如《玉華宮》《哀江頭》諸作，概亦可見。其音調起伏頓挫，獨爲矯健。

用事

明人以故事越宋繼唐

王敬美云：今人作詩必入故事。有持清虚之設者，謂盛唐詩即景造意，何嘗有此？是則然矣。然亦一家言，未盡古今之變也。古詩兩漢以來，曹子建出而始爲宏肆，多生情態，此一變也。自此作者多入史語，然不能入經語。謝靈運出，而《易》辭《莊》語無所不爲用矣。剪裁之妙，千古爲宗，又一變也。中間何庾加工，沈宋增麗，而變態未極，七言猶以閒雅爲致。杜子美出，而百家稗官都作雅音，馬浡牛溲咸成鬱致，於是詩之變極矣。子美之後，而欲令人毁靚妝張空拳以當市肆萬人之觀，必不能也。其援引不得不日加而繁。然病不在故事，顧所以用之何如耳。善使故事者，勿爲故事所使。如禪家云「轉法華，勿爲法華轉」。使事之妙，在有而若無，實而若虚，可意悟不可言傳，可力學得不可倉卒得也。宋人使事最多，而最不善使，故詩道衰。我朝越宋繼唐，正以有豪傑數輩得使事三昧耳。第恐二十年後，必有厭而掃除者，則其濫觴未笭爲之也。

東坡山谷爲故事使

胡蘭溪云：禪家戒事理二障。余戲謂，宋人詩病政坐此。蘇黄好用事而爲事使。事，障也。程邵好談理，爲理縛。理，障也。

用故事初盛亡

又云：用事之工起於太沖《詠史》，唐初王楊沈宋漸入精嚴，至老杜苞孕汪洋，錯綜變化，而美善備矣。用事之僻始見商隱諸篇，宋初楊李錢劉愈流綺刻，至蘇黄堆壘詼諧，粗疎詭譎，而陵夷極矣。

古體小言姑置故事

又云：詩自摸景述情外，則有用事已。用事非正體，然景物有限，格調易窮，一律千篇，秖供厭飫。欲觀人筆力材諧，全在阿堵中。且古體小言，姑置可也。大篇長律，非此何以成章？

一句用兩故事不妨

王敬美云：談藝者有謂七言律一句不可兩入故事，一篇中不可重犯故事，此病犯者故少，能拈出亦見精嚴。然吾以爲皆非妙悟也。作詩到神情傳處，隨分自佳。下得不覺痕跡，縱使一句兩入、兩句重犯，亦自無傷。如太白《峨嵋山月歌》，四句入地名者五，然古今目爲絶唱，殊不厭重。蜂腰鶴膝，雙聲叠韻，休文三尺法也。古今犯者不少，寧盡被汰邪？

一對用一故事

砦溪云：律詩有一對通用一事者，杜詩「更尋嘉樹傳，莫忘角弓詩」，乃《左傳》韓宣子聘魯，嘗賦《角弓》及譽嘉樹，魯人請封植以無忘《角弓》。

杜用故事諸格舉人名一類

胡蘭溪云：杜用事門目甚多，姑舉人名一類。如「清新庾開府，俊逸鮑參軍」正用者也，「聰明過管輅，尺牘倒陳遵」反用者也，「謝氏登山屐，陶公漉酒巾」明用者也，「伏柱聞周史，乘槎似漢臣」暗用者也，「舉天悲富駱，近代惜盧王」竝用者也，「高岑殊緩步，沈鮑得同行」單用者也，「汲黯匡君切，廉頗出將頻」分用者也，「共傳收庾信，不比得陳琳」串用者也，至「對棋陪謝傅，把劍覓徐君」，「侍臣雙宋玉，戰策兩穰苴」，「飄零神女雨，斷續楚王風」，「晉室丹陽尹，公孫白帝城」，煅煉精奇，含蓄深遠，迥出前代矣。

取事實《蒙求》

縣周南嘗云：入詩事實，唐明所用而足矣。無已則猶探李翰《蒙求》已。《蒙求》所載唐以上事實，皆其雅者也。降此則無復精選矣。

用唐以下故事法

又云：凡詩忌唐以下故事。然盛唐及明諸傑所已用者不忌之，即若王楊盧駱、王摩詰、李謫仙等之事實是也。蓋其忌之者，恐後進取怪僻鄙陋之故事妄用之也。若夫良工，則何忌之有？雖本邦輓近之故事，宜酌而用之矣。

作唐以下懷古法

又云：若懷古之詩，述當時之事實者也。豈徒華土已哉？雖本邦輓近所在，不得弗述也。然詩中名物，未曾不有意以俗變雅也。

屬對

詩有六對

上官儀云：詩有六對。一曰正名對天地日月是也，二曰同類對花葉草芽是也，三曰連珠對蕭蕭赫赫是也，四曰雙聲對黄槐緑柳是也，五曰叠韻對彷徨放曠是也，六曰雙擬對春樹秋池是也。

忌合掌對

胡蘭溪云：作詩最忌合掌，近體尤忌。而齋梁人往往犯之，如以「朝」對「曙」、將「遠」屬「遥」之類。初唐諸子尚襲此風，推原厲階，實由康樂、沈宋二君始加洗削，至於盛唐盡矣。

有蹉對

古人云：《九歌》云「蕙殽蒸兮蘭藉，奠桂酒兮椒漿」，「蒸蕙殽」對「奠桂酒」，今倒用之，謂之蹉對。

有假對

又云：如「自朱耶之狼狽，致赤子之流離」，不唯「赤」對「朱」〔一〕，「耶」對「子」，兼「狼狽、流離」乃獸名對鳥名。又如「厨人具鷄黍，稚子摘楊梅」，以「鷄」對「楊」。如此之類，皆爲假對。

詩不在對偶之不切太切

古人云：論詩謂對偶太切則失之俗，此一偏之見耳。如老杜《江陵》詩云「地利西通蜀，天文北照秦」，《秦州》詩云〔二〕「水落魚龍夜，山空鳥鼠秋」之類，可謂對偶太切矣，又何俗乎？如「雜蕊紅相對，他時錦不如」，「磨滅餘篇翰，平生一釣舟」之類，不求太切，而未嘗失格也。學者當審此。

七言雖對起宜韻起

胡蘭溪云：對起則杜之「風急天高猿嘯哀，渚清沙白鳥飛迴」實爲妙絶。而岑參「鷄鳴紫陌」「柳囀鶯嬌」二起，工麗婉約，亦可諷詠。右丞多仄韻對起，無風韻，不足多效。蓋仄起宜五言，不

〔一〕唯：底本訛作「嗟」，據《夢溪筆談·藝文二》改。
〔二〕秦州：底本脱訛作「川」，據《杜詩詳註》卷七補改。

宜七言。義卿按：世詩式或稱，七言律對起，則首句脚尾不押韻，非對則必照韻起也，此亦五七言所同。非也，不可從矣。

沿襲

詩有三偷

李淑云：詩有三偷。偷語最是鈍賊，如傅長虞「日月光太清」，陳主「日月光天德」是也。偷意，事雖可罔，情不可原〔一〕。如柳惲〔二〕「太液微波起，長楊高樹秋」，沈佺期「小池殘暑退，高樹早涼歸」是也。偷勢，才巧意精，各無朕跡。蓋詩人偷狐白裘手也。如嵇康「目送歸鴻，手揮五絃」，王昌齡「手携雙鯉魚，目送千里雁」是也。

全襲古人

《室中語》云：一日有座客問公曰：「全用古人一句可乎？」公曰：「然。如杜少陵詩云『使君自

〔一〕原：底本訛作「厚」，據《詩人玉屑》卷五引李淑《詩苑類格》改。

〔二〕惲：底本訛作「渾」，據《梁書》卷二十一柳惲本傳改。

有婦』『而無車馬喧』之類是也。」

述者不及作者，作者不及述者

誠齋云：句有偶似古人者，亦有述之者。杜子美《武侯廟》詩云「映階碧草自春色，隔葉黄鸝空好音」，此何遜《行孫氏陵》云「山鶯空樹響，壟月自秋暉」也。杜云「薄雲巖際宿，孤月浪中翻」，此何遜〔一〕「白雲巖際出，清月波中上」也。「出、上」二字勝矣。陰鏗云「鶯隨入户樹，花逐下山風」，杜云「月明垂葉露，雲逐渡溪風」，又云「水流行地日，江入度山雲」，此一聯勝矣。義卿云，杜兩聯亦尚用，若「逐」「流」「入」字，六朝纖巧，然前聯稍勝陰鏗矣。庾信云「永韜三尺劍，長捲一戎衣」，杜云「風塵三尺劍，社稷一戎衣」，亦勝庾矣。

六朝以上詞人皆祖習

古人云：江淹《擬湯惠休詩》「日暮碧雲合，佳人殊未來」，古今以爲佳句。然謝靈運「圓景早已滿，佳人猶未適」，謝玄暉「春草秋更緑，公子未西歸」，即是此意。嘗怪兩漢間所作騷文，初未嘗有新語，直是句句規模屈宋，但换字不同耳。

〔一〕何遜：底本訛作「庾信」，據《先秦漢魏晋南北朝詩》之《梁詩》卷八改。

去陳言不得

陵陽云：目前景物，自古及今不知凡幾人道。今人一下筆，要不蹈襲，故有終無一字可解者。蓋欲新而反不可曉耳。

音　韻

心悟者能叶音韻

古人云：五聲十二律八音之韻，物之至音，天籟自鳴，非人所爲，材各有適，不知其然而然耳。心悟者隨聲而叶之，不可執一。

秦漢以前平仄皆通用

《蔡寬夫詩話》云：秦漢以前字書未備，既多假借，而音無反切，平側皆通用。自齊梁後，既拘以四聲，又限以音韻，故士率以偶儷聲病爲工。

詩有聲變

古人云：詩有聲變，穩、響、起、嘔、細穩，上平全濁。響，下平次濁。起，上不清不濁。嘔，去次清。細，入全清是也。兩句不得相併，兩聯不得相似。起宜重濁，承宜平穩，中宜鏗鏘。二者篇篇欲變，若一題聯賦者，變制不變律。

不緩不促

嚴滄浪云：音韻忌散緩，亦忌迫促。義卿云：散緩迫促，通華音後始知之。東冬江真文元寒删先陽庚青蒸侵覃咸鹽之韻迫促，其餘皆散緩，尤至入聲，則散緩太甚。故徐昌穀云：樂府往往叙事，故與詩殊。蓋叙事辭緩則冗不精。「翩翩堂上燕」，叠字極促乃佳。阮瑀《駕出北郭門》視《孤兒行》太緩弱不逮矣。

雙聲叠韻

古人云：《南史·謝莊傳》曰：王元謨問莊：「何者爲雙聲？何者爲叠韻？」答曰：「互護爲雙聲，磝碻爲叠韻。」必以五音爲定，蓋謂東方喉聲爲木音，西方舌聲爲金音，南方齒聲爲火音，北方唇聲爲水音，中央牙聲爲土音也。雙聲者同音而不同韻也，叠韻者同音而又同韻也。「互護」同爲脣音，而二字不同韻，故謂之雙聲。「磝碻」同爲牙音〔一〕，而二字又同韻，故謂之叠韻。義卿云：東西南北及中央之配，韻學家者之言哉。

下三連

或云：中華固忌下三連。蓋未載其説於詩式耳。義卿按：此考閲之踈也。梁橋《詩式》中，拗句换字法云「三字一連皆平」。是此三字一連，即所謂下三連也。然「三字一連」，文字未如「下三連」簡且盡也。蓋本邦在昔天平之頃，西學中國之士多矣。下三連及一平之法語，皆其所彼土傳來，而未嘗有改之古言也。其於中國也，雖五尺童亦纔拈聲律，便能知忌此二者，是以不必載之《詩式》已。

通韻

東冬通，江陽通，支微通，微模通，江耕通，魚模通，哈皆齊通，齊皆灰通，真侵通，東冬蒸登通，虞模尤通，齊清通，霄蒸登通，豪霄蕭通，江豪通，真文欣元通，元删先通，寒删先通，蕭爻豪通，陽庚耕通，豪爻陽通，庚耕蒸登通，麻歌戈通，庚青通，覃談鹽添通，覃談凡通，蹝檻范通。

〔一〕磝碻：底本作「嗷嗃」，據《南史》卷二十改。

挾聲

唐人五律中挾聲

有用起句杜甫「昔聞洞庭水」，孟浩然「義公習禪寂」之類

有用第三句杜甫「清新庾開府」，王維「黄雲斷春色」之類

有用第五句杜甫「寧辭搗衣倦」，王維「泉聲咽危石」之類

有用第七句王維「回看射雕處」，高適「牀頭一壺酒」之類

七律中挾聲

有用起句杜甫「愛汝玉山草堂静」之類

有用第三句高適「巫峽啼猿數行淚」，杜甫「西望瑶池降王母」之類

有用第五句賈至「劍佩聲隨玉墀步」，杜甫「伯仲之間見伊吕」之類

有用第七句高適「莫怨他鄉暫離别」，杜甫「亦擬城南買煙舍」之類

七絶中挾聲

有用起句李白「蜀國曾聞子規鳥」之類

有用第三句唐人此格惟多矣，今不舉之。

諸體詩則卷之下

四言古詩

按：《詩》三百五篇，大率以四言爲篇。其他三言、五言、六言、七言、九言，間見雜出，不以成章，况成篇乎？是以四言爲主也。故後世效周詩者，雖晋束晳《補亡》詩無雜言，其餘子建「朔風」等諸作皆然也。

補亡體詩格此爲正體

周詩則篇法章句法韻法變化無常，惟《補亡》詩爲易窺也。故今取法於此，以爲四言格。若夫過此詳者，宜就《詩經》孔疏及説約考之，至助辭審焉。

以四言成篇周詩有雜言，分章複句，易字互文，以致反覆嗟嘆周詩同，一篇章數無定格周詩同，首尾或有與諸章異文勢章，句數亦間有長短周詩同，一章句數無單殺周詩有單殺。有一章用一韻，有一章用數韻周詩同，可以仄韻换平韻，可以平韻换仄韻，可以仄韻换仄韻，可以平韻换平韻周詩同，凡不押韻句末不拘平仄周詩同。换韻不從前句换之周詩從前句换者太多。

補亡詩六首舉一首○晋束晳嘗覽成王詩，有其義亡其辭，惜其不備，故作辭以補之。

循彼南陔，言採其蘭。眷戀庭闈，心不遑安。彼居之子，罔或游盤。馨爾夕膳，絜爾晨餐。循彼南陔[一]，厥草油油。彼居之子，色思其柔。眷戀庭闈，心不遑留。馨爾夕膳，絜爾晨羞。有獺有獺，在河之涘。淩波赴汨，噬魴捕鯉。嗷嗷林烏，受哺於子。養隆敬薄，惟禽之似。勖增爾虔，以介丕祉。《南陔》，孝子相戒以養也。

南陔三章，二章章八句，一章十句。

朔風體詩格此亦爲正體

朔風詩雖爲正體，其格與《補亡》異也。後人作四言，用此體者多矣。比前格爲太易窺，此亦古今詩式所未及者也。

以四言八句爲一章。一篇章數無定格。每章各述一事。一章中或換韻或不換韻。可以平韻換仄韻，可以仄韻換平韻，可以平韻換平韻，可以仄韻換仄韻。凡前句末不拘平仄。唯起句末或押韻，其餘雖換韻，前句不押韻。

朔風詩時爲東阿王思，在藩感北風思歸作曹植

[一]陔：底本訛作「該」，據《文選》卷十九改。

仰彼朔風，用懷魏都。願騁代馬，倏忽北徂。凱風永至，思彼蠻方。願隨越鳥，翻飛南翔。四氣代謝，懸景運周。別如俯仰，脱若三秋。昔我初遷，朱華未希。今我旋止，素雪雲飛。俯降千仞，仰登天阻。風飄蓬飛，載離寒暑。千仞易陟，天阻可越。昔我同袍，今永乖別。予好芳草，豈忘爾貽。繁華將茂，秋霜悴之。君不垂眷，豈云其誠。秋蘭可喻，桂樹冬榮。絃歌蕩思，誰與銷憂，臨川暮思，何爲泛舟。豈無和樂，游非我鄰。誰忘泛舟，愧無榜人。

朔風五章，章八句

二韋長篇詩格 此爲變體

迨漢楚王傅韋孟，始製四言長篇，而古詩之體稍變矣。其子賢亦能之。世後效作者太多，謂之二韋四言長篇體。今爲之格，蓋亦古今所未及者也。

以四言爲一句，無雜言。不分章複句易字互文以致反覆，一篇即一章。一篇至百數十句，無定格。雙殺無單殺者。數換韻亦可。換韻句數，未嘗有定格。雖換韻前句末不必押韻。可以平韻換仄韻，可以仄韻換平韻，可以平韻換平韻，可以仄韻換仄韻。有全篇仄韻者，有全篇平韻者，有全篇一韻者。凡不押韻句末，不拘平仄。

諷諫詩孟爲元王傅。子夷王及孫戊。戊荒淫不遵道，作詩諷諫。　韋孟

肅肅我祖，國自豕韋。黼衣朱黻，四牡龍旂。彤弓斯征，撫寧遐荒。總齊群邦，以翼大商。迭

彼大彭，勳績惟光。至於有周，歷世會同。王赧聽譖，寔絶我邦。我邦既絶，厥政斯逸。賞罰之行，非由王室。庶尹群后，靡扶靡衛。五服崩離，宗周以墜。我祖斯微，遷于彭城。在予小子，勤唉厥生。阨此嫚秦，耒耜斯耕。悠悠嫚秦，上天不寧。乃眷南顧，授漢於京。於赫有漢，四方是征。靡適不懷，萬國攸平。乃命厥弟，建侯于楚。俾我小臣，惟傅是輔。矜矜元王，恭儉静一。惠此黎民，納彼輔弼。享國漸世，垂烈於後。乃及夷王，剋奉厥次。咨命不永，惟王統祀。左右陪臣，斯惟皇士。如何我王，不思守保。不惟履冰，以繼祖考。邦事是廢，逸遊是娱。犬馬悠悠，是放是驅。務此鳥獸，忽此稼苗。烝民以匱，我王以媮。所弘匪德，所親匪俊。唯囿是恢，唯諛是信。睮睮諂夫，諤諤黄髮。如何我王，曾不是察。既藐下臣，追欲縱逸。嫚彼顯祖，輕此削黜。嗟嗟我王，漢之睦親。曾不夙夜，以休令聞。穆穆天子，臨照下土。明明群司，執憲靡顧。正遐由近，殆其兹怙。嗟嗟我王，曷不斯思。匪思匪監，嗣其罔則。彌彌其逸，岌岌其國。致冰匪霜，致墜匪慢。瞻惟我王，時靡不練。興國救顛，孰違悔過。追思黄髮，秦繆以霸。歲月其征，年其逮者。於赫君子，庶顯于後。我王如何，曾不斯覽。黄髮不近，胡不時鑒。

四言古詩要論

四言所貴

古人云：四言貴優柔敦厚，典則居要。

四言正體變體各可效者

胡東越云：四言短章效《三百》，長篇仿二韋，頌體閒法唐鄒。變調旁參操、植，晋以下無論矣。

晋人欲去文存質卻失

又云：四言，漢多主格，魏多主詞。雖體有古近，各自所長。晋諸作者浮慕《三百》，欲去文存質，而繁靡板垛，無論古調，竝工語失之。今觀二陸潘鄭諸集，連篇累牘，絶無省發。雖多奚爲？

論晋宋四言叔夜淵明偏門

又云：晋以下若茂先《勵志》，廣微《補亡》，季倫《吟嘆》等曲，尚有前代典刑。康樂絶少四言，元亮《停云》《榮木》，類其所爲五言。要之叔夜太濃，淵明太淡。律之大雅，俱偏門耳。

老杜無四言

又云：老杜無四言詩。然《羌村》「峥嶸赤雲迴」，《出塞》「朝進上東門」二篇，實得風騷遺意，惜不盡脱唐調耳。

退之天王聖明得意不得語

又云：退之「臣罪當誅，天王聖明」，意則美矣，然語非商周本色。

楚　辭

按《楚辭》者，《詩》之變也。賢士失志者作矣。辭賦之家，悉祖屈宋。然楚聲已萌蘖於接輿

《鳳兮》及孺子《滄浪之歌》，與詩人六義不相遠。蓋其辭稍變《詩》之本體，而以「兮」爲讀。至於屈平本《詩》義以爲《騷》，「騷」義多説。然以「離，遭也；騷，擾動也。遭時之擾動」爲是。蓋《騷》兼六義，而賦之義居多。宋玉繼作，竝號《楚辭》。俱辭賦之祖也。

楚辭格

楚辭格最難端倪，故古人亦未載之詩式也。今詳考屈宋諸篇，以爲之格。

一篇句數無定格率雙殺。一句言數無定格從二言至十一二言。有大率以五六言成篇，其他雜言閒見者言數多者率爲前句，下同。有大率以六七言成篇，其他雜言閒見者。有大率以三四言成篇，其他雜言閒見者。有大率以四言成篇，其他雜言閒見者。以上凡《楚辭》長短句，雖然，彼多於此者有之，故分焉。有以長句成篇者，有以短句成篇者，有以長短雜言成篇者。凡《楚辭》「兮」字必在前句末，或一句中閒。「兮」字未嘗用之後句末也，俗儒往往誤句讀。有前句後句俱入「兮」字者，率前句多言數，後句少言數以加「兮」一字，前句言數多於後句者也。其實則前後句同言數者已。後句言數多於前句者，百中之一。前句不押韻，後句押韻起句及換韻處或押韻。前句後句俱押韻者，「兮」字必在句中是屈宋輩以「兮」爲讀者，而其實則「兮」以上不屬下。換韻句數無定格。然二句押之換者太多，三句押之換者亦不少三句者，其一句則換韻句也。可以平韻換仄韻，可以仄韻換平韻，可以平韻換平韻，可以仄韻換仄韻。有問答之語者，首尾中閒不押韻句多矣。

《楚辭》要論

屈宋外宜熟讀者

嚴滄浪云：《楚詞》惟屈宋諸篇當熟讀，外此惟賈宜《懷沙》、淮南王《招隱》、嚴夫子《哀時命》宜熟之，其他亦不必。

唐人得騷學者惟柳子厚

又云：唐人惟柳子厚深得騷學。退之、李觀皆所不及。若皮日休《九諷》不足爲騷。

騷有體用格詞四者

胡東越云：紆迴斷續，騷之體也。諷諭哀傷，騷之用也。深遠優柔，騷之格也。宏肆典麗，騷之詞也。

論些字爲呪語

又云：《朱子語類》云：「楚些，沈存中以爲呪語，如今釋子念『娑婆訶』三合聲。而巫人之禱亦有此聲。此卻説得好。蓋今人只求之於雅，而不求之於俗，故下一半都曉不得。」按楚聲率用「兮」，獨《招魂》用「些」，故謂巫呪極得之。

賦

按賦者，古詩之流也。《詩》有六義，其二曰賦。敷陳其事而直言之也。春秋之後，王澤竭而詩不作，於是乎賢士失志之賦作矣。即屈宋二氏之辭是也。《昭明文選》分騷、賦爲二，歷代因之，名義已殊，體制亦別。然其實騷爲賦上一篇之題名也。以繼學此體者多，卒分爲二已。蓋自漢迄宋，賦體四變。有古賦，有俳賦，有律賦，有文賦。其變而愈下者，不可不知也。

有古賦貴情與辭，不墜聲律俳語議論者

長門賦、子虛賦、上林賦、鵩賦、甘泉賦、自悼賦、搗衣賦、西都賦、東都賦、思玄賦、鸚鵡賦、登樓賦、鵾鷄賦、嘆逝賦、秋興賦、藉田賦、遊天台山賦、閔己賦、别知賦、閔生賦、夢歸賦、病暑賦、大禮賦、慶成賦、黄樓賦、超然臺賦、屈原廟賦。

有俳賦以對偶精切爲工者

文賦、嘯賦、蕪城賦、野鵝賦、舞鶴賦、雪賦、月賦、赭白馬賦、熒火賦。

有律賦以音律諧協爲工者

寒梧棲鳳賦、明水賦、披沙揀金賦、有物混成賦、金在鎔賦、長嘯卻胡騎賦、郭子儀單騎見虜賦。

有文賦似文失情與辭者

長楊賦、阿房宫賦、秋聲賦、前赤壁賦、後赤壁賦、颶風賦。

右四品之賦，惟古賦可貴也。至俳賦以下三賦則大失本色矣。故雖胡元已不取，況明之文士乎？蓋俳、律二體，始於沈約四聲八病之拘，中於徐陵庾信隔句作對之陋，終於隋唐取士限韻之制也。至文賦，宋人之陋，而議論文中押韻者耳，最不取也。故古人之品題，雖子雲之《長楊賦》、士衡之《文賦》，不列之古賦者，以其爲後世文、俳二賦之濫觴也。若夫《病暑》《黄樓》，則雖後世所就，厠之古賦者，以其能得本色也。

賦格古今賦體多端，然俳賦以下不足取法。今考古賦，以爲之格。

有首尾中間雜問答語者問答語，雖韻句處或不押，有全篇賦體而無問答語者，有用兮字者。一篇句數無定格，一句言數無定格。篇中前句後句言數相齊者過半。一句中自作對猶可。分兩句作對不足學相如始分兩句作對者，一二有之，本不足尚。忌聲律諧協。前句不押韻，後句押韻起句及换韻處或押韻，然亦太少。換韻句數無定格。換韻無平仄次序。

賦要論

騷賦之異同

胡東越云：騷與賦句語無甚遠，體裁則大不同。騷複雜無論，賦整蔚有序。騷以含蓄深婉爲尚，賦以誇張宏鉅爲工。

騷賦有盛衰亡

又云：騷盛于楚，衰於漢，而亡于魏。賦盛于漢，衰于魏，而亡于唐。

樂府

按樂府，本樂官之府也。《漢書》云「武帝立樂府，以李延年爲協律都尉」，可以證矣。後遂通樂官肄習之樂章，曰樂府。蓋樂之來尚矣。六代之樂，周兼用之，周末樂廢，且暴秦滅典籍，樂書亦預焉。先王之雅樂於是乎掃地。漢興，叔孫通因秦樂人制宗廟樂，唐山夫人造房中樂辭。傳至於惠、文，無所增改。及武帝使李延年、司馬相如等數十人造爲詩賦，略論律吕。然延年以曼聲協律，司馬以騷體製歌。所謂騷一變爲樂府也。又東漢明帝四品之樂，其説雖具，而制亦不傳。魏氏所作，音靡節平，雖三調之正聲，實韶夏之鄭曲也。晋則有傅玄、張華，其所作樂辭有可觀，亦未足多也。梁陳及隋，新聲日繁。唐以下製作甚富，然與古辭相去遠也。嗚呼！樂歌之難甚矣，故古今律與辭兼得者希矣。蓋漢以下諸樂辭已分爲九品。

一曰祭祀按祭祀所以報本，作樂所以致鬼神。祭祀用樂，其來久矣，若《周禮·大司樂》及《詩序》所稱。秦滅典籍，禮樂崩壞。漢興，高帝詔叔孫通制宗廟樂，然徒存其名，而亡其辭。今所傳者，惟《安世房中歌》及武帝郊祀十九章已。自晉而下，代有制作可觀者。

漢郊祀歌

齊房、華爗爗、練時日、帝臨、五神、青陽、朱明、朝隴首、西灝、玄冥、象載瑜、惟泰元、天馬、赤蛟、日出入、景星、天門、后皇、天地。以上武帝十九章。

右其餘漢魏以下制作之名題太多，今不録焉。

二曰王禮按：冠婚升祔上徽號上尊號立太子藉田大射，皆王廟所不可闕者也。

右晉以下制作之名題太多，今亦不録焉。

三曰鼓吹按：鼓吹者總名也。分言之有五：曰黄門鼓吹，曰騎吹，曰横吹，曰短簫鐃歌，曰警嚴。

黄門鼓吹黄門鼓吹者，漢明帝爲樂四品之一，而朝饗燕會之樂歌，列于殿庭者是也。後世朝饗燕會之樂，皆依黄門而作，故謂之黄門鼓吹。漢辭則不傳，自晉而下制作尚存焉。

晉四廂樂歌、宋四廂樂歌〔一〕、梁三朝雅樂歌、北齊元會大饗樂歌。

右其餘名題今亦不録焉。

騎吹騎吹者，車駕從行道路所奏之樂歌是也。漢有《務成》《黄雀》《玄雲》《遠如期》諸曲，其辭不存焉。自魏迄唐，皆造用詞，亦不傳。今所存唯趙宋導引歌辭，即古者騎吹之義也。蓋臣下得奏鼓吹，自漢以來皆然也。

宋寧宗親耕藉田導引曲、宋真宗奉太廟寶册導引曲。

右其餘名題今亦不録焉。

横吹横吹者，軍中馬上所奏之樂也。横吹有鼓角，有胡角，制本起於胡，中國所用鼓角，蓋習胡角而爲之也。應胡笳之聲。鼓字義，以角代蘐鼓起軍事也。而鼓角與胡角，其曲亦得以相參用。自漢張騫入西域，傳其法於西京，唯得《摩訶兜勒》一曲，李延年因胡曲更造新聲二十八曲。魏晉以來，唯存十曲。又《西京雜記》云：戚夫人善歌《出塞》《入塞》《望歸》之曲。則高帝已有之，疑不起於延年也。

漢横吹十曲

黄鵠吟、隴頭吟、出關、入關、出塞、入塞、折楊柳、黄覃子、赤之楊、望行人。又有七曲以下其後所加也。

關山月、洛陽道、長安道、豪俠行、梅花落、紫騮馬、驄馬。

〔一〕四廂：底本訛作「三朝雅」，據《樂府詩集》卷十四改。

又有四曲

雨雪、劉生、古劍行、洛陽公子行。

右諸曲古辭竝亡，惟存《出塞》《紫騮馬》二曲。

梁鼓角横吹九曲本三十六曲，其二十五曲辭亡。

企由、瑯琊王、鉅鹿公主、紫騮馬、黄淡思、地驅樂、雀勞利、慕容垂、隴頭水。

又有胡吹三曲本十四曲，其十一曲辭亡。

淳于王、東平劉生、捉搦。

後魏以下横吹及横吹别曲

白鼻騧、隔谷歌、木蘭辭。

右其餘名題今亦不録焉。

短簫鐃歌短簫鐃歌者，師旋獻功之樂歌也。《周禮》所謂「王大捷則愷樂，軍大獻則愷歌」是也。簫，籟也。長簫爲宴樂，短簫爲軍樂。鐃如鈴而有舌，執柄而鳴之。周人以金鐃止鼓。然説者或謂漢歌不專軍樂也。魏以下仿而爲之，槪以爲軍樂。未可曉矣。

漢短簫鐃歌十八曲本二十二曲，其四曲辭亡。

朱鷺、思悲翁、艾如張、上之回、雍離、戰城南、巫山高、上陵、將進酒、君馬黄、芳樹、有所思、雉子班、聖人出、上邪、臨高臺、石流、釣竿。

右尚有魏吴晋以下名題，今不録焉。

警嚴警嚴曲，車駕所止宿衛警場樂歌也。蓋本周之鼜鼓，所謂夜戒守鼓者也。自漢迄唐，寂然無聞。至宋始行之。

右其名題，今不録焉。

四曰樂舞 按凡音樂，以舞爲主。古有六舞：雲門、大咸、大韶〔一〕、大夏、大濩、大武。周人兼六代之樂，總稱爲萬舞。周亡，四代之樂不傳。秦餘韶舞，而文武二舞亦具矣。因之秦漢以下作諸舞。蓋古樂唯歌詩有辭，而舞則無辭，師工但以譜相傳受，故簡籍不傳。舞之有辭，自漢東平王蒼始也，然已失古意。

右樂舞之歌辭極多，名題今亦不録焉。

〔一〕韶：底本訛作「磬」，據《通志》卷四十九改。

五曰琴曲歌辭

按樂有八音，其五曰絲，琴者絲之屬。琴之爲言禁也。禁止於邪，以正人心者也。太古五絃，以應五音。周文武各加一絃，故世稱二絃爲文武絃。明朝多用七絃，從周制也。大聲不喧嘩而流慢，小聲不湮滅而不聞，誠治世之和音，雅樂之君長也。故八音竝作，則琴在乎其中，而辭從諸曲；若獨奏一器，則琴自別有歌辭。故特爲一類，其辭之別有八。

暢和暢者爲暢。

神人暢。

操解已出命題之部。

將歸操稱孔子作、猗蘭操同上、龜山操同上、越裳操稱周公作、拘幽操稱文王作、岐山操稱周公爲文王作、履霜操稱尹伯奇作、雉朝飛操稱牧犢子作、別鶴操稱商陵牧子作、殘形操稱曾子作、水仙操稱伯牙作、襄陵操同上。以上謂之十二操。

引解已出命題之部。

列女引、伯妃引、貞女引、思歸引、霹靂引、走馬引、琴引、楚引、箜篌引。以上謂之九引。魯庵云：後人以《箜篌》入九引，爲琴曲。誤矣。

吟解已出命題之部。

箕子吟、夷齊吟。

弄解已出命題之部。

廣陵弄、陽春弄、悦人弄、連珠弄。

調調理者曰調。

子晋調。

歌解已出命題之部。

南風歌、鹿鳴、伐檀、騶虞、鵲巢、扊扅歌、琴歌。

胡笳十八拍胡笳，胡中樂也。此辭乃具樂曲，亦古琴操之類。故古人入琴曲。蓋漢蔡邕女琰所自匈奴還而作也。

六曰相和歌辭按：漢舊歌也。絲竹更相和，執節者蓋因絃管金石造歌以被之者也。其制有八。

相和引

箜篌引、宫引、商引、角引、徵引、羽引。

相和曲

氣出倡、精列、江南、度關山、東光、十五、薤露、蒿里、覲歌、對酒、鷄鳴、烏生、平陵東、東門、陌上桑。

吟嘆曲

大雅吟、王明君、楚王吟、楚妃嘆、王子喬。

平調曲晋荀勖撰舊辭，施用於當時。平調、清調、瑟調，總謂之相和三調，亦謂之清商三調。皆周房中樂之遺聲也。

長歌行、短歌行長歌、短歌，言歌聲有長短也、猛虎行古詞云：「飢不從猛虎食，暮不從野雀棲。野雀安無巢，游子爲誰驕。」今但取首句二字以命題、燕歌行燕，地名、從軍行、鞠歌行。

清調曲

苦寒行、豫章行、董逃行、相逢行、長安有狹斜行、塘上行、浮萍行、秋胡行。

瑟調曲

善哉行、隴西行、折楊柳行、西門行、東門行、東西門行、順東西門行、卻東西門行、飲馬長城窟行、上留田行、新成安樂宮行、婦病行、孤子生行、放歌行、大墻上蒿行〔一〕、野田黄雀行、釣竿行、臨高臺行、長安城西行、武舍之中行、雁門太守行、艷歌何嘗行、艷歌羅敷行、艷歌福鍾行、艷歌雙鴻行、煌煌京洛行、帝王所居行、門有車馬客行、墻上難爲趨行、日重光行、月重輪行、蜀道難行、棹歌行、有所思行、蒲阪行、採梨橘行、白楊行、胡無人行、青龍行、公無渡河行。

右釣竿、臨高臺、有所思三曲即漢短簫鐃歌曲。折楊柳一曲，名同鼓吹曲，而詞不同。又艷歌羅敷行即相和十五曲中之陌上桑也。公無渡河即相和六引中之箜篌引。是其調相出入者矣。

〔一〕蒿：底本脱，據《樂府詩集》卷三十六補。

側調曲樂府清調之下又有側調。吕向以爲瑟有三調，平、清、側，皆瑟調也。古人亦未能詳何謂，且無曲辭，以傷歌行充之。今又從之。

傷歌行。

楚調曲本漢之房中樂之遺聲也。

白頭吟、梁甫吟、東武吟、怨詩行、怨歌行、長門怨、婕妤怨、玉階怨。

七曰清商曲歌辭按：清商一名清樂，乃九代之遺聲，其始相和三調是也。迨晋懷帝永嘉之亂，去洛陽南渡，遂都於建業。四海分崩，伶官樂器皆没，漢魏所相傳古調曲辭之音亡散。後魏孝文、宣武相繼南伐，得江左所傳之舊曲及江南吴歌、荆楚西聲，隋文謂之華夏正聲也。然其音本教聲妓，得之者而數爲損益，亦其去古調轉遠。梁武改西曲，製江南弄七曲而列於清商，然其辭多淫艷鄙俚不足采焉。故今清商之品有三。

吴聲歌

子夜歌、子夜四時歌、大子夜歌〔一〕、上聲歌、歡聞歌、歡聞變歌〔二〕、前溪歌、阿子歌、丁督護

〔一〕子：底本訛作「四」，據《樂府詩集》卷四十四改。

〔二〕歡：底本訛作「觀」，據《樂府詩集》卷四十四改。

歌、團扇郎、七日夜女郎歌、長史變歌、黄生曲、黄鵠歌、碧玉歌、桃葉歌、長樂佳、歡好曲、懊儂歌、華山畿、讀曲歌、春江花月夜、玉樹後庭花、汎龍舟、黄竹子歌、江陵女歌、神絃歌、宿阿曲〔一〕、道君曲〔二〕、聖郎曲、嬌女曲、白石郎曲、青溪小姑曲、湖就姑曲、姑恩曲、採蓮童曲、明下童曲、同生曲。

西曲歌

石城樂、烏夜啼、莫愁樂、估客樂〔三〕、襄陽樂、江陵樂、壽陽樂、翳樂、賈客樂、大堤女、雍州南湖北湖大堤、三州曲、採桑曲、襄陽蹋銅蹄、青陽度、青驄白馬、共戲樂〔四〕、安東平、女兒、來羅、那呵灘、孟珠、夜黄、夜度娘、長松標、雙行纏、黄督、西京樂、尋陽樂、攀楊枝、白附鳩、拔蒲、作蠶絲、楊叛兒、西烏夜飛、月節楊柳歌、龍笛曲、採蓮曲、采菱曲、鳳笙曲、游女曲、朝雲曲、趙瑟曲、秦箏曲、陽春曲、上雲曲、鳳臺曲、桐柏曲、方諸曲、玉龜曲、金丹曲、金臺曲、簫史曲、方丈。

江南弄說出上，有七曲。

〔一〕阿：底本訛作「河」，據《樂府詩集》卷四十七改。
〔二〕道：底本訛作「送」，據《樂府詩集》卷四十七改。
〔三〕估：底本訛作「姑」，據《樂府詩集》卷四十七改。
〔四〕共：底本訛作「其」，據《樂府詩集》卷四十七改。

八曰雜曲歌辭 自漢迄六朝，名題極夥，今不録焉。

九曰新曲歌辭 按新曲歌辭，唐人所作新樂府歌辭也。名題與前代之諸樂府自異，不可不知矣。

蓋唐人樂府雖襲古題者，其實歌行已。然未嘗可混之也。

登幽州臺歌、峨嵋山月歌、伊州歌、短歌、孟門歌、封大夫破播仙凱歌、出塞行、羈旅行〔一〕、邯鄲少年行、歌思引、成都曲、塞下曲、送遠曲、青樓曲、昭陽曲、春曉曲、寄衣曲、贈遠曲、平蕃曲、遊子吟、節婦吟、涼州詞、蹋歌詞、猛虎詞、棄婦詞、昭君怨、離怨、瑶瑟怨、怨辭、清鏡嘆、酺樂、青青水中蒲。

樂府詩格世以樂府爲詩之一體，尚矣。然樂府備有古今諸體，是以其格莫不有者，安得有稱此則樂府格者？故今但舉其所備有之諸體以示焉。各考之原作，可以得篇法句法韻法矣。

有三言，練時日、雷震震等篇是也。有四言，箜篌引、善哉行等篇是也。有五言，鷄鳴、隴西等篇是也。有雜言，烏生、雁門等篇是也。有六言，妾薄命等篇是也。有七言，燕歌行等篇是也。有五言絶，紫騮、枯魚等篇是也。以上皆漢魏之作也。有七言絶，挾瑟歌等篇是也。有五言律，折楊柳、

〔一〕羈：底本脱，據《樂府詩集》卷九十五補。

梅花落等篇是也。以上皆齊梁人之作也。有五言排律，虞世南從軍行、耿湋出塞曲是也。有七言律詩，沈佺期盧家少婦、王摩詰居延城外是也。以上皆唐人之作也。有五言長篇，孔雀東南飛是也。漢人之作也。有七言長篇，木蘭歌是也。晋人之作也。

樂府要論

騷一變爲樂府

胡東越云：四言盛于周，漢一變而爲五言。《離騷》盛于楚，漢一變而爲樂府。體雖不同，詞實竝駕，皆變之善者也。

詩與樂府始分

又云：《三百篇》薦郊廟，被絃歌，詩即樂府，樂府即詩，猶兵寓於農，未嘗二也。《詩》亡樂廢，屈宋代興，《九歌》等篇以侑樂，《九章》等作以抒情，途轍漸兆。至漢郊祀十九章、古詩十九首，不相爲用，門類始分。

唐人名樂府者其實則歌行

又云：梁陳而下，樂府古詩變而律絶，唐人李杜高岑名爲樂府，實則歌行。張籍王建卑淺相矜，長吉庭筠怪麗不典。唐末五代復變詩餘。宋人之詞、元人之曲，製作紛紛，皆曰樂府。不知古樂府其亡久矣。

樂府古今三變

又云：樂府之體，古今凡三變。漢魏古詞一變也，唐人絶句一變也，宋元詞曲一變也。六朝聲偶變唐之漸，五季詩餘變宋之漸乎。

唐歌曲止絶句

又云：唐歌曲如水調歌、涼州、伊州之類，止用五七言絶，近體閒有采者，亦截作絶歌。至五七言古，全不入樂矣。

唐截律詩爲樂府有所由來

又云：來羅曲「君子防未然，莫近嫌疑邊。瓜田不躡履，李不下正冠」，即《君子行》前半首。唐樂府刪節律詩蓋出此。

唐樂府所歌絶句非緣樂府設

又云：唐樂府所歌絶句，或節取古詩首尾，或截近體半章，於本題面目全無關涉。細考諸人原作，則咸自有謂，非緣樂府設也。

樂府但取聲調之諧

又云：樂府自魏失傳，文人擬作多與題左，前輩歷有辨論。愚意當時但取聲調之諧，不必詞義之合也。其文士之詞，亦未必盡爲本題而作。陌上桑本言羅敷，而晉樂取屈原山鬼以奏。陳思置酒高堂上題曰箜篌引，一作野田黄雀行，讀其詞皆不合。蓋本公讌之類，後人取填二曲耳。其最易見者，莫如唐樂府。

題甚合調或乖則失之千里

又云：用本題事而不失本曲調，上也。調不失而題少舛，次也。題甚合而調或乖，則失之千里矣。

唐樂府有太白少陵

又云：樂府則太白擅奇於古今，少陵嗣跡風雅。

樂府至太白古今一大變

又云：六朝樂府雖弱靡，然尚因仍軌轍。至太白才力絶人，古今體格於是一大變。杜陵獨得漢人遺意，第已調時時雜。

古樂府可擬

古人云：古樂府失傳，然古辭尚存焉。讀古辭各能得其調，則古樂府可擬矣。唐人擬作皆是也。有一篇調，有一句調，有一字韻。一句調出於一篇調，一字韻出於一句調，故一篇自純調，無他調能亂其間也。

五言古詩

按五言之詩，生於《五子之歌》，衍於《三百篇》而廣於《離騷》，特其體未備耳。逮漢李陵蘇武，始以爲篇。嗣是汪洋於魏，汗漫於晋宋，至於陳隋而古調絶矣。唐初承前代之弊，幸有陳子昂而振之。

五言古詩篇法

句數無定格。古人放四句至三百五十句。《孔雀東南飛》詩三百五十句，古人以爲五言古詩長篇。然其實樂府，而非古詩也。若夫《文選》中五言古詩，則未有至於六十句以上者也。雙殺而無單殺。《十九首》俱是短篇。胡東越云：古詩短體如《十九首》，不假彫琢，此可以證矣。限句數幾句以上稱「長篇」之説，華人詩式所絶無。四句或六句之短篇，貴辭簡意味長，不明白説盡。長篇貴有變化之妙，勿拘分段、過脈、回照、贊嘆之説。李崆峒云：長篇古風最忌鋪叙，意不可盡，力不可竭，貴有變化之妙。

五言古詩韻法此未載古今詩式者也。

起句率不押韻。《十九首》押韻者僅一首，至李蘇詩皆不押。雖大篇不數换韻。王仲宣《從軍行》詩五十八句，潘安仁《河陽縣作》五十四句，俱一换韻已。又《十九首》换韻詩僅三首，而亦皆一换之。至李蘇則未嘗换韻也。于鱗《唐詩選》中，惟太白一首换韻。後句押韻，前句不押韻。雖换韻，不必從前句换之。漢魏盛唐諸公之作皆然也，惟《十九首》則從前句换之。可以平韻换仄韻，可以仄韻换平韻，可以平韻换平韻，可以仄韻换仄韻。凡前句末不拘平仄。

五言古詩要論

五言折繁簡之衷居文質之要

胡東越云：四言簡質，句短而調未舒；七言靡浮，文繁而聲易雜。折繁簡之衷，居文質之要，蓋莫尚於五言。

五言有盛衰亡

又云：五言盛於漢，暢於魏，衰於晋宋，亡於齊梁。

古詩驟讀似易

又云：古詩和平淳雅，驟讀極易。然愈得其意，則愈覺其難。

以畫鬼神與人物譬難易

又云：郊廟《鐃歌》似難擬而實易，猶畫家之於佛道鬼神也。古詩樂府似易擬而實難，猶畫家之於狗馬人物也。

陶孟韋柳之古詩調弱格偏

又云：曹劉阮陸之爲古詩也，其源遠，其流長，其調高，其格正。陶孟韋柳之爲古詩也，其源淺，其流狹，其調弱，其格偏。

陶謝唐之濫觴

又云：仲默稱曹劉阮陸，而不取陶謝。陶阮之變而淡也，唐古之濫觴也。謝陸之增而華也，唐律之先兆也。

六朝古詩俳體俳語者不足學

又云：何仲默云「陸詩體俳語不俳，謝則體語俱俳」，可謂千古卓識。

《十九首》《孔雀東南飛》不可不讀

又云：古詩短體如《十九首》，長篇如《孔雀東南飛》皆不假彫琢，工極天然，百代而下當無繼者。

五言古可勉而能，七言古因才力

又云：詩至五言古。五言古至兩漢，無論中才，即大匠國工，履冰袖手。七言古即不爾。苟天才雄贍，而能刻意前規，則縱横排蕩，滔滔莽莽，千古不窮，點筆立就，無不可者。然五言古才力不足可勉而能，七言古非才力有餘斷不至也。

宋人不知古詩

又云：世詈宋人律詩，然律詩猶知有杜。至古詩，第沾沾靖節，蘇李曹劉邈不介意，若《十九首》《三百篇》，殆於高閣束之。如蘇長公謂「河梁出於六朝」，又謂「陶詩愈於子建」，餘可類推。

歌行

按七言古詩、七言長短詩，概曰歌行。歌者，曲調之總名；行者，歌中之一體。唐人主《燕歌》《白紵》《行路難》諸作，而盛爲此體裁。蓋七言其由來遠矣，《南風》《擊壤》，興於三代之前；《白石》《易水》作於春秋戰國之世。而篇什之盛無如騷之《九歌》，漢則《柏梁》《四愁》，皆七言詩所由始也。

歌行篇法

句數無定格。古人放四句至百數十句。有單殺，有雙殺。單殺者太少。《滕王閣》詩尚是短篇。胡東越云「初唐短歌，子安《滕王閣》爲冠」，可以證矣。限句數，幾句以上稱長篇之説，華人詩式所不言。短歌貴辭明意盡，與五言相反。長篇貴有變化之妙，勿拘分段、過脈、回照、贊嘆之説。崆峒説已出五言古詩之部。

歌行韻法自此以下，率古今詩式所未載者也。

七言宜韻起漢魏盛唐諸公之作率韻起。

五言不宜韻起崔顥《孟門行》、王維《答張五弟》詩，皆起句不押韻。

七言换韻亦從前句换之爲是。唐諸公皆從前句换之。

五言换韻亦不從前句换之，從後句换之。駱賓王《帝京篇》等皆然。

有七言不韻起者高適《九月九日酬顔少府》等詩是也。

有五言韻起者王昌齡《城傍曲》等是也。

有七言不從前句换韻而從後句换者高適《九月九日酬顔少府》等詩是也。然非每换韻然也，長篇中惟一處而已。

有五言從前句换韻者李白《蜀道難》等作是也。然亦一處而已。

换韻句數無定格：

有二句而换者。

有三句而换者。

有四句五句以上而换者。

有二句而换者二三相連。

有三句而换者二三相連。

有四句五句以上而换者二三相連。駱賓王《帝京篇》兼有以上者。

有全篇平韻而不换韻者。李白《北風行》等是也。

有全篇仄韻而不换韻者。高適《九月九日酬顔少府》等詩是也。

有全篇平韻而换韻者。李白《夜坐吟》等是也。
有全篇仄韻而换韻者。杜甫《哀江頭》等詩是也。
有全篇一韻而句句用韻者。杜甫《飲中八仙歌》、岑參《敦煌太守後庭歌》是也。
有用古韻者。韓愈《此日足可惜贈張籍》等詩是也〔一〕。
有一詩用二韻。前韻纔押二三句，後韻押盡數句者。李白《烏夜啼》、岑參《邯鄲客舍歌》等是也。
有一詩用二韻。前韻已押數句，後韻但押二三句者。杜甫「巢父掉頭不肯住」等詩是也。
有一詩不足十句而數换韻者。李白《烏棲曲》等是也。
有前每二句三句數换韻，後徹十餘句未嘗换韻者。岑參《喜韓尊相過》等詩是也。
有一詩齊兩分句數，一分用一韻者。李白《示金陵子》等詩是也。
有一詩齊兩分句數，前用仄韻後用平韻者。王勃《滕王閣》、宋之問《寒食》《陸渾別業》等詩是也。
有一詩齊兩分句數，前用平韻後用仄韻者。崔顥《七夕詞》、孫逖《山陰城西樓》等詩是也〔二〕。
有一詩齊三分句數，一分用一韻者。杜甫「江上人家桃樹枝」詩、高適《人日寄杜二拾遺》等作是也。
有一詩齊四分句數，一分用一韻者。岑參《胡笳歌送顔真卿使赴河隴》等詩是也。

〔一〕足：底本脱，據《五百家注昌黎文集》卷二補。
〔二〕孫：底本訛作「遜」，據《全唐詩》卷一百十八改。

有一詩五分句數，一分用一韻者。杜甫《丹青引贈曹將軍霸》等詩是也。

有篇中有三句相竝押韻處者。王維《答張五弟諲》等詩是也。

有篇中有四句相竝押韻處者。孟浩然《夜歸鹿門歌》等是也。

有全篇不押韻者。古《採蓮曲》是也。

有一詩中或單殺或雙殺，隨意押韻換韻，變化不可窺者，率樂府題長短詩也。唐人惟李太白此體多矣，即《長相思》詩及《白紵辭》等可以見也。

歌行句法

有三言短句。

有四言短句。

有五言短句。

有六言短句。

有七言長句。

有八言長句。

有九言長句。

有十言長句。

有十一言長句。

有十二言長句。

有合兩短句爲一短句。

有合兩短句爲一長句。

有合短句長句爲一長句。凡合兩句爲一句者多起句，餘亦前句。

有長句變短句、短句變長句之間韻意倶隨變者、不變者。

長短相變，句數無定格。有一句而變，有三句而變，有從三句至十句以上而變。

君不見，君不聞。倶是本古樂府中文字，而多在唐人歌行中，「君」字未嘗所指也，莫泥矣。蓋非自爲一句者，冠句上者也。然亦限前句。

有冠篇首者，有冠篇腹者，有冠篇腳者。有前後七言，而冠之句惟五言者。有前後七言，而冠之句亦七言者。有前後五言，而冠之句亦五言者。

歌行要論

歌行千古之宗工杜陵、太白、獻吉、仲默、元美

胡東越云：退之《桃源》《石鼓》，摸杜陵而失之淺。長吉《浩歌》《秦宮》，仿太白而過於深。惟獻吉宗師子美，併奪其神，間作青蓮，亦得其貌，然爲初唐則遠。仲默，李同調，氣稍不如，《明月》

《帝京》風神朗邁，遂過盧駱。元美後起，併前諸子奄而有之，千古宗工，五君而已。義卿云：甚矣，胡推元美也。豈得不爲阿其所好者乎哉。

歌行可法者漢《四愁》、魏《燕歌》、晉《白紵》

又云：七言古樂府外，歌行可法者：漢《四愁》、魏《燕歌》、晉《白紵》。宋齊諸子大演五言，七言殊寡〔一〕。

長篇所起

又云：七字至梁，迺有長篇。

歌行以漸成

又云：齊梁陳隋五言古，唐律之未成者。七言古，唐歌行之未成者。王盧出而歌行咸中矩度矣。

李杜一振七言，然兩漢風邈矣

又云：陳隋漫盛婉麗相矜，極於唐始，漢魏風骨殆無復存。李杜一振，古今七言幾於盡廢。然東西京古質典刑，邈不可睹矣。

唐長短句出於宋明遠《行路難》

〔一〕七言：底本脱，據《詩藪·内編》卷三補。

又云：《行路難》十八章，欲汰去浮靡，返於渾朴。而時代所壓，不能頓超。後來長短句實多出於此，與玄暉五言，倶兆唐人軌轍。

每句用平韻

又云：《燕歌》初起魏文，實祖柏梁體，白紵詞因之，皆平韻也。

初唐短歌長歌之冠

又云：初唐短歌，子安《滕王閣》爲冠；長歌，賓王《帝京篇》爲冠。

歌行初學易下手者

又云：凡詩諸體皆有繩墨，惟歌行出自《離騷》、樂府，故極散漫縱横，初學當擇易下手者。今舉數篇。青蓮《擣衣曲》《百囀歌》，杜陵《洗兵馬》《哀江頭》，高適《燕歌行》，岑參《白雪歌》《別獨孤漸》，李頎《緩歌行》《送陳章甫》《聽董大彈胡笳》，王維《老將行》《桃源行》，崔顥《代閨人》《行路難》《渭城少年》，皆脈絡分明，句調婉暢。既自成家，然後博取李杜大篇，合變出奇，窮高極遠。又上之漢魏樂府，落李杜之紛華而一歸古質。又上之楚人《離騷》，鎔樂府之氣習，而直接商周，七言能事畢。

太白歌行近歌，少陵歌行近行

又云：闔闢縱横，變幻超忽，疾雷震霆，淒風急雨，歌也。位置森嚴，筋脈聯絡，走月流云，輕車熟路，行也。太白多近歌，少陵多近行。

長篇中間出對句

范德機云：長篇古體，參差中出整齊語，猶是筆力。

律詩

按律詩者，梁陳以下聲律對偶之詩也。蓋自《邶風》「覯閔既多，受侮不少」句，其屬對已工。梁陳諸家漸多儷句，雖名古詩，實墮律體。唐初四子研練精切，穩順聲勢，號爲律詩。然尚靡縟相矜，時或拗澀，未脱陳隋之氣習。神龍以還，卓然成調，雖不及古詩之高遠，對偶音律，亦文章之不可缺者也。

律詩大意

用景情有通例

胡東越云：作詩不過情景二端。如五言律體前起後結，中四句二言景二言情，此通例也。

三四句一串非正體

又云：唐晚則第三四句多作一串，雖流動，往往失之輕儇。非正體。

中四句咸言景，初學難學

又云：沈宋王李諸子格調莊嚴，氣象閎麗，最爲可法。第中四句大率言景，不善學者湊砌堆疊，多無足觀。老杜諸篇雖中聯言景不少，大率以情間之。故習杜者句語或有枯燥之嫌，而體裁無靡冗之病。

情景之説不可泥

又云：若老手大筆，則情景混融錯綜惟意，又不可專泥。

有兩聯疊景口訣

又云：李夢陽曰「疊景者意必二，闊大者半必細」，此最律詩三昧。如杜「詔從三殿下，碑到百蠻開。野館濃花發，春帆細雨來」，前半闊大，後半工細也。「浮云連海岱，平野入青徐。孤嶂秦碑在，荒城魯殿餘」，前景寓目，後景感懷也。唐律甚嚴惟杜，變化莫測亦惟杜。

律詩不拘定起承轉合

范德機云：作經義文論之法，惟大講爲實，故昔人作論謂之論腹。作詩亦然。何獨第二聯爲承，第三聯爲轉耶？泥此，則非律詩之法度矣。

初唐五七言律惟有杜審言

胡東越云：唐初無七言律，五言亦未超然。二體之妙，杜審言實爲首唱。

五言律詩

按王元美云，五言至沈宋始可稱律，律爲音律法律，天下無嚴於是者。知虚實平仄不得任情而度，明矣。二君正是敵手。蓋唐律之起，五言爲前，七言爲後。五律實古體所分，詞章改革之機也。

于鱗五言律格

按近體以聲律爲主，然考之唐人集中，雖盛唐名家間有失律拗體，况李杜大家乎？且其稱嚴密者不過平仄二聲也。後世若王安石論聲律嚴於唐，不止平仄二聲，當分平上去入，且有清濁。而自謂「我能續李杜伍高岑，若夫聲律則勝之矣」。今讀其詩，以文字爲詩，以才學爲詩，以議論爲詩。殊不知唐人之詩，聲律外别又有一唱三嘆之音也。徒以四聲清濁得佈置爲詩，天下文字之多，豈無同聲同清濁可填其位者乎？雖有，亦唐人不爲之，是以失律拗體多矣。獨明李于鱗先生，以絶世才生於千載之下，具正法眼，以監古今學唐之得失，從最上乘，能悟第一義，遂以詩自任，欲使百世學唐詩者取法於此，故聲律格體一守其正，而不傚其變。蓋亦其論聲律也平仄二聲之間，而不過以唐名家所難爲已定格。然所稱于鱗者，未必在乎此。亦惟以一唱三嘆之音，唐後獨有斯人也。故胡元瑞不左袒于鱗，亦稱于鱗爲名家有餘，知言哉。是以徠家諸公，欲逞才一時垂法不朽者，一以于鱗爲模範，又以此勝矣。今作《詩則》，凡於唐體全取法於于鱗。其所爲，其所不爲，論出之各部以示焉。學者從事於斯，則體裁明密，聲律諧順，且得一唱三嘆之音矣。

平韻平韻爲本色。故于鱗五律一百九十九首中無一詩仄韻者，雖唐人亦太少。

不以韻起五言不宜韻起。于鱗五律比七律尤寬，然韻起僅十一首，雖唐人不太多。

二四反聲此古今所同守，苟不守之爲失粘。于鱗五律中無一詩不守之者。

忌三五同聲此唐人所不必忌，而于鱗忌之。蓋斯病得句所必有，而不易避者也。然于鱗五律中犯之者僅十七句已。

忌下三連此亦古今所忌也。不三五同聲則自無下三連。于鱗五律中犯之者九句，皆出其不可已者也。説具載七絶部。又唐人犯下三連者蓋不少。

忌一平此亦古今所忌也。不三五同聲則自無斯病。于鱗五律中不得已而犯之者六句，唐人亦不太多。

忌仄間平非所謂挾聲之謂。凡一句中分明二三四五之外，忌兩仄間有一平字也。此唐人所不太拘，而于鱗嚴之。蓋斯病得句所必有而不易避者也。然于鱗五律中無一句犯之者。〇五律能避三五同聲或二三同聲，則自無斯病。

不必忌挾聲唐人不忌之。于鱗五律中亦挾聲十六句。惟於七律甚忌之。

不必忌一三同聲惟第二字之平聲，在仄間則忌之耳。

中間兩聯必對于鱗五律中，無一詩不對者。

有對起于鱗五律中對起太多，凡四十八詩。至七律則不然。

有對結于鱗五律中僅四詩已。

有徹首尾對于鱗五律中凡十詩。〇對起以下，唐人所多也。

無隔句扇對，無蜂腰格，無偷春格以上三格，雖唐人所希有。至于鱗五七言律絶所絶無也，况乃其餘雜格乎？又以一字貫篇、二字貫穿、接項、充股、纖腰、續腰等諸格，論之于鱗諸作，無不可言者。然此其妙手自然之迹，而未必有意爲之者也。故難以此强學者矣。今不論之於兹。以下七律、五七絶皆仿此。

有拗體于鱗五律中僅三詩。

仄格起句第二字仄入，謂之仄格，又謂之正格也。

(仄)仄平平仄　平平仄仄韻
(仄)平平仄仄　(仄)仄仄平韻
(仄)仄平平(仄)　平平仄仄韻
(仄)平平仄仄　(平)仄仄平韻

右在圈中者不必拘矣。用平亦可，用仄亦可者耳。以下皆倣此。

平格起句第二字平入，謂之平格，又謂之偏格也。

(仄)平平仄仄　(平)仄仄平韻
(仄)仄平平仄　平平仄仄韻
(仄)平平仄仄　(平)仄仄平韻
(仄)仄平平仄　平平仄仄韻

五言律要論

學唐人五律有次序

胡東越云：學五律毋習王楊以前，毋窺元白以後。先取沈宋陳杜蘇李諸集，朝夕臨摹，則風骨高華，句語宏贍，音節雄亮，比偶精嚴。次及盛唐王岑孟李，永之以風神，暢之以才力，和之以真澹，錯之以清新。然後歸宿杜陵，究竟絕軌，極深研幾，窮神知化，五言律詩盡矣。

太白天仙，工部千古一人

又云：太白風華逸宕，特過諸人。而後之學者才匪天仙，多流率易。唯工部諸作氣象嵬峨，規模宏遠，當其神來境詣，錯綜幻化，不可端倪，千古以還，一人而已。

明仲默明卿，五律津筏

又云：國朝仲默、明卿，亦是五言津筏。初學下手，所當并置坐右。

初唐句律全類六朝者

又云：唐人句律有全類六朝者。太宗「露凝千片玉，菊散一叢金」，虞世南「竹開霜後翠，梅動雪前香」，王勃「野花常捧露，山葉自吟風」，韋承慶「山遠疑無樹，潮平似不流」，蘇味道「月華連晝色，燈影雜星光」，樊忱「十地祥雲合，三天瑞景開」，楊庶「寶鐸含飆響，仙輪帶日紅」，陳子昂「鶴舞千年樹，虹飛百尺橋」，杜審言「啼鳥驚殘夢，飛花攪獨愁」，沈佺期「月明三峽曙，潮滿九江天」，宋之問「野含時雨潤〔一〕，山雜夏雲多」，張九齡「日御馳中道，風師卷太清」，宗楚客「湛露飛堯酒，薰

〔一〕潤：底本訛作「闊」，據《全唐詩》卷五十二改。

風入舜絃」，孫逖「漁父歌金洞，江妃舞翠房」，若置梁陳間何可辨別？

七言律詩

按李滄溟云：七言律詩，又五言八句之變也。在唐以前，沈君攸七言儷句已近其詞。至唐人始專此體，蓋又沈佺期、宋之問其濫觴也。其時遠襲六朝，近沿四傑，故體裁明密，聲調高華，而神情興會〔一〕，縟而未暢。至於開元，此體始盛矣。比之五律，五律宫商甫協，節奏未舒。至七律暢達悠揚，紆徐委折，近體之妙始窮，可以爲萬世之法程。

于鱗七言律格

說已見五言律○于鱗七言律詩，其法最嚴也。

平韻平韻爲本色。故于鱗七律三百四十八首中無一詩仄韻者，雖唐人亦不太多。

以韻起七言宜韻起。于鱗七律中無一詩不以韻起者，如唐人亦不韻起者太少。

二四反聲此古今所同守，苟不守之爲失粘。于鱗七律中無一詩不守之者。如唐人五七律往往失粘有之。

二六同聲同上。

〔一〕興：底本訛作「與」，據《詩藪·内編》卷五改。

忌五七同聲此唐人所不必忌，而于鱗忌之也。蓋斯病得句所必有而不易避者也。然于鱗七律中犯之者僅二十四句。至第三五七句所絕無，最深忌之。唐人亦率然也。

忌下三連此亦古今所同忌也。不五七同聲則自無下三連。于鱗七律中犯之者僅二句，俱在寬法詩中，他詩所無。如唐人往往犯之。

忌一平此亦古今所忌也。于鱗七律不得已而犯之者僅六句，其五句即仄間平格耳。唐人亦不太多。

忌仄間平非所謂挾聲之謂也。説已見五律。于鱗七律中不得已而犯之者八十五句，蓋第三五七句所多，而第六八句所絕無也。

忌挾聲唐人不太忌之。于鱗七律深忌之。其三百四十八首中，挾聲僅三句，而其一句則在寬法詩中，蓋于鱗挾聲平仄布置之法。具載七絕部中。

不必忌一三同聲説審見五律。

中間兩聯必對于鱗七律中，無一詩不對者。

有對起于鱗七律中有九詩。

有對結于鱗七律中僅五詩。

有徹首尾對于鱗七律中僅一詩。○對起以下，唐人所多也。

無隔句扇對，無蜂腰格，無偷春格以上三格，雖唐人所希有。又無雜格，説已見五律。

有拗體于鱗七律中僅一詩已。

仄格起句第二字仄入，謂之仄格，又謂之正格也。

(仄)仄平平仄仄韻　(仄)平平/平平(仄)仄仄平韻

平平(仄)/(仄)平平仄　(仄)仄平平仄仄韻

(仄)仄(平)/(平)仄(仄)平平仄仄　(仄)平平仄仄平韻

平平(仄)/(仄)平平仄平平仄　(仄)仄平平仄仄韻

右句上其分兩格者，爲使不謂一三不拘有仄間平也。以下仿此。

平格起句第二字平入，謂之平格，又謂之偏格也。

(仄)平平/平平(仄)仄仄平韻　(仄)仄平平仄仄韻

(平)仄(仄)/(仄)仄平平平仄仄　(仄)平平/平平(仄)仄仄平韻

(平)平(仄)/(仄)平平仄平平仄　(仄)仄平平仄仄韻

(平)仄(仄)/(仄)仄(平)平平仄仄　(仄)平平/平平(仄)仄仄平韻

七言律要論

七律古今名家

胡東越云：七言律唐以老杜爲主，參之李頎之神，王維之秀，岑參之麗；明則仲默之和暢，于鱗之高華，明卿之沈雄，元美之博大。兼收時出，法盡此矣〔一〕。

近體莫難於七律

又云：古詩之難，莫難於五言古；近體之難，莫難於七言律。

七律難於五律

又云：七言古差易五言古，七言律顧難於五言律。

形容七律之至美至難

又云：七言律如果位菩薩三十二相，百寶瓔珞，莊嚴妙麗，種種天然，而廣大神通在在具足，乃爲最上一乘。

仄韻起之對起不足學

又云：對起則杜之「風急天高猿嘯哀，渚清沙白鳥飛迴」，實爲妙絶。而岑參「鷄鳴紫陌」「柳亸鶯嬌」二起，工麗婉約，亦可諷詠。右丞多仄韻對起，無風韻，不足多效。蓋仄起宜五言，不宜七言也。仄起，仄韻起也。

七律似歌行短章者

又云：崔顥《黄鶴樓》，歌行短章耳。義卿按：七律起句接句文字重複相似者，沈佺期「龍池躍龍龍已飛，龍

〔一〕法：底本脱，據《詩藪・内編》卷五補。

德先天天不違」，崔顥「昔人已乘黄鶴去，此地空餘黄鶴樓」，李白「鳳凰臺上鳳凰游，鳳去台空江自流」之類是也。非近體篇首之正體也。然亦皆絶妙矣。

杜近體變多正少

又云：杜公才力既雄，涉獵復廣，用能窮極筆端，範圍今古。但變多正少，不善學者類失粗豪。

唐開元之後又有明嘉靖

又云：七言律，開元之後便到嘉靖，雖圭角巉巖，鋩穎峭厲，視唐人性情風致尚自不侔，而碩大高華，精深奇逸，人驅上駟，家握連城，名篇傑作布滿區寓，古今七言律之盛，極於此矣。

排律

按五七言排律，五七言古詩之變也。故李滄溟云「排律之作，其源自顔謝諸人古詩之變。首尾排句，聯對精密，與古詩差别」。蓋唐時止多五言排律，而鮮七言排律。雖太白、子美亦不多見，故于鱗亦太鮮矣。至應制，唐人專用五言排律，而不及七言也。

于鱗五言排律格

句數放六韻于鱗放六韻至二十韻，唐人放五韻至百韻，宋王黄州有百五十韻者。○余博考華人詩式，未見以二十句以上爲長律説。惟和人詩式往往載之，未知其所本也。蓋華人長律以大概稱之耳，不必定幾句以上爲長律分界而可矣。

平韻，無仄韻，不換韻平韻以下，唐人亦同。

不以仄起于鱗五言排律凡四十九首，以韻起者僅一詩。

二四反聲于鱗無一句不守之者。

忌三五同聲于鱗犯之者僅六句。

忌下三連于鱗犯之者僅三句。

忌一平于鱗犯之者僅二句。

忌仄間平于鱗無一句犯之者。

不必忌挾聲于鱗用挾聲者七句，而不忌上有仄間平。

對起于鱗用對起者凡二十九詩。

對結于鱗用對結者僅二詩。

徹首尾對于鱗用此體者三詩。

首尾不對于鱗用此體者十五詩。

以四句爲一殺于鱗排律皆可四句一殺，唐人亦率然也。故起句第二四文字與結句第二四文字同聲。

有從篇間變平仄者用此格者，雖四句一殺，起句與結句第二四文字不能同聲也。于鱗排律中僅一詩已。蓋中間變平仄者即拗體，雖唐人亦此格甚少。

忌出同字唐人往往犯之。至于鱗排律無復此病。

右仄格平格之圖，今省之。當以五律準知也。

于鱗七言排律格

句數放六韻于鱗放六韻至十二韻，唐人放五韻而至百韻者，惟施肩吾一人已。○長律説見五言排律。

平韻，無仄韻，不換韻平韻以下，唐人亦同。

以韻起于鱗七言排律僅五首，俱韻起。

二四反聲于鱗無一句犯之者。

二六同聲同上。

忌五七同聲于鱗犯之者僅一句。

忌下三連同上。

忌一平于鱗無一句犯之者。

忌仄間平于鱗犯之者僅二句。

忌挾聲于鱗無一句用挾聲者。

對起于鱗七言排律僅五首，而用對起者二詩。

對結于鱗偶無對結者。

徹首尾對同上。

以四句爲一殺說已見五言。

從篇間變平韻者于鱗無此格。說已見五言。

忌出同字說已見五言。

右仄格平格之圖，今亦省之，當以七律準知也。

排律要論

宋之問排律當熟習

胡東越云：沈排律工者不過三數篇，宋則遍集中無不工者，且篇篇平正典重，贍麗精嚴，初學入門所當熟習。右丞韻度過之而典重不如，少陵閎大有加而精嚴略遜。

排律一代大手筆

又云：排律自工部、考功外，雲卿《酬蘇員外》《塞北》，必簡《答蘇味道》，伯玉《白帝懷古》，玄宗《曉發蒲關》，太白《寄孟浩然》《登揚州西靈塔》《贈宋中丞》，嘉州《送郭僕射》，摩詰《玉霄公主山莊》《送晁監》《感化寺》《悟真寺》，皆一代大手筆正法眼，學者朝夕把玩可也。

學排律次序

又云：作排律先熟讀宋駱沈杜諸篇，仿其布格措詞，則體裁平整，句調精嚴。益以摩詰之風神，太白之氣概，既奄有諸家，美善咸備。然後究極杜陵，擴之以閎大，濬之以沈深，鼓之以變化，排律之能事盡矣。

絶句

按絶句截近體首尾或中二聯之説，不足憑矣。胡元瑞辯既盡之。李滄溟云「五言絶始自漢魏樂府，如《白頭吟》《出塞曲》《桃葉歌》《歡聞歌》〔一〕《長干曲》《團扇郎》等篇，皆其體也。六朝述作漸繁，入唐尤盛」，又云「古樂府《挾琴歌》，梁元帝《烏棲曲》，江總《怨詩行》等，皆七言四句。唐人始穩順聲勢，定爲絶句」，可以見矣。其謂之絶者，亦起唐人截諸詩篇章長者爲絶歌，遂博稱四句詩曰絶耳。未必以截近體名之也。若夫對起、對結，多在唐絶者。唐此體之盛，何格不備有？雖六朝已有對結，即江總《怨詩》是也。豈截近體者乎哉？

絶句大意

唐絶即六朝短古

〔一〕歡：底本訛作「觀」，據《樂府詩集》卷四十四改。

胡東越云：六朝短古，概目歌行。至唐曰絶句。

唐絶以漸大備矣

又云：唐初五言絶，子安諸作已入妙境。七言初變梁陳，音律未諧，韻度尚乏。杜審言《度湘江》《贈蘇綰》二首，結皆作對，而工緻天然，風味可掬。至張説《巴陵》之什，王翰《出塞》之吟，句格成就，漸入盛唐矣。

太白絶句之神

又云：太白五七言絶，篇篇神物。于鱗謂「即太白不自知，所以至也」，斯言得之。

凡詩語淺意深，語近意遠，則無間然

又云：樂天詩世間淺近，以意與語合也。若語淺意深，語近意遠，則最上乘。

至絶句盛晚之異大著

又云：五七言律，晚唐尚有一聯半首可入盛唐。至絶句，晚唐諸人愈工愈遠，視盛唐不啻累代。非苦心自得，難領斯言。

對結要語意俱盡

又云：對結者須意盡。如王之渙「欲窮千里目，更上一層樓」，高達夫「故鄉今夜思千里，霜鬢明朝又一年」，添著一語不得，乃可。

杜不解絶句

又云：五七言絶各極其工者，太白；五七言俱無所解者，少陵。

太白《敬亭山》詩無含蓄

又云：絶句貴含蓄。青蓮「相看兩不厭，唯有敬亭山」，亦太分曉矣。

宋人議論詩晚唐爲之祖

又云：晚唐絶「東風不與周郎便，銅雀春深鎖二喬〔一〕」「可憐半夜虚前席，不問蒼生問鬼神」，皆宋人議論之祖。

周汶陽云：絶句之法，以第三句爲主，首尾率直而無婉曲者，此異時所以不及唐也。

絶句以第三句爲主

胡東越云：五言絶尚真切，質多勝文；七言絶尚高華，文多勝質。

五絶易質，七絶易文

又云：摩詰五言絶窮幽極玄，少伯七言絶超凡入聖，俱神品也。

摩詰五絶、少伯七絶，俱神品

又云：盛唐長五言絶，不長七言絶者，孟浩然也。長七言絶，不長五言絶者，高達夫也。五七

浩然、達夫各有其所長所短

〔一〕喬：底本訛作「嬌」，據《樊川詩集》卷四改。

言各極其工者，太白也。

五言絶句

按五言絶始自漢魏樂府，故貴調古。凡貴調古者率拗體，是以雖于鱗精嚴，亦不拘矣。然于鱗長斯道，亡論其調古，動輒協宮商。若夫喜文字寡少、平仄不拘而易成篇，妄作五絶，則過矣。不得調古，奚以爲？

于鱗五言絶句格

平韻于鱗五言絶句凡四十三首，用平韻者三十詩。

仄韻凡仄韻詩貴古體，故古今不拘平仄，况五絶乎？于鱗五絶中用仄韻者十三詩。○唐人亦平韻多，仄韻少。

不宜韻起于鱗韻起者僅六詩，蓋皆平韻。○唐人韻起亦平韻多。

有起句用他韻于鱗用他韻者二詩，蓋俱仄韻。○唐人亦率仄韻已，如王維「獨坐幽篁裏」是也。

雖二四反聲不必拘，况其餘乎于鱗、唐人俱然也。

無對偶爲正體于鱗五絶凡四十三首，其三十四首皆用正體。

對起于鱗對起者三詩。

對結于鱗對結者五詩。

四句兩對于鱗兩對者二詩。

無隔句扇對，無蜂腰格，無偷春格以上三格，雖唐人所希有。

仄格起句第二字仄入，謂之仄格，又謂之正格也。

仄仄平平仄　平平仄仄韻

仄平平仄仄　平仄仄平韻

平格起句第二字平入〔一〕，謂之平格，又謂之偏格也。

仄平平仄仄　平仄仄平韻

仄仄平平仄　平平仄仄韻

五言絶句要論

作五絶須先熟讀漢魏樂府

胡東越云：五言絶，須熟讀漢魏樂府，源委分明，徑路諳熟。然後取盛唐名家李王崔孟諸作，陶以風神，發以興象，真積力久，出語自超然。

唐五絶太白右丞以前最古

〔一〕平：底本脱，據上下文補。

又云：唐五言絶體最古，漢如「藁砧今何在」「枯魚過河泣」「南山一桂樹」「日暮秋雲陰」「兔絲隨長風」，皆唐絶也。六朝篇什最繁。唐人多有此體。至太白、右丞，始自成家。

盛唐五絶之工手

又云：唐五言絶，太白、右丞爲最，崔國輔、孟浩然、儲光羲、王昌齡、裴迪、崔顥次之。

七言絶句

按七言絶亦起自漢魏樂府，然與五言絶有異矣。五絶專貴調古，七絶除古體樂府，其餘咸貴唐調。故律呂鏗鏘，句格穩順。語半於近體，而意味深長過之；節促於歌行，而詠嘆悠永倍之。爲百代不易之體。

于鱗七言絶句格

平韻平韻爲本色。故于鱗七言絶凡三百三十八首，其三百三十七首皆平韻。

仄韻凡仄韻詩貴古體，故古今不拘平仄。于鱗七絶中仄韻僅一詩。如唐人太多矣。

以韻起七言宜韻起。故于鱗七絶中仄起僅一詩，而亦對起也。如唐人韻字起太多矣。

無出韻起句用他韻，晚唐爲偭。于鱗七絶所最不爲，五絶仄韻不忌之。

二四反聲此古今所同守，苟不守之爲失粘。于鱗七絶中，除古體三詩拗體二詩，其餘無一詩不守之者。唐人則往往犯之。

二六同聲同上。

忌五七同聲此唐人不必忌，而于鱗忌之。蓋斯病得句所必有，而最不易避者也。然于鱗犯之者僅七句已。蓋第三句所絶無，尤深忌之。

忌一平此亦古今所忌而唐人間犯之。至于鱗無一句犯之者。若夫古體仄韻，素不忌之。

忌仄間平説已詳五言律也。于鱗有不得已者犯之者三十四句，咸在第三句，他句所絶無也。若夫古體，雖在何句不拘矣。

忌下三連此亦古今所忌。不五七同聲則自無下三連。如唐人往往犯之。至于鱗犯之者僅一句。若夫古體樂府，素不忌矣。

不忌挾聲唐人律絶俱不忌挾聲。于鱗忌之七律，至七絶用挾聲者五句。蓋有平仄布置之定格。詳之下。

不必忌一三同聲説已詳五律。

無對偶爲正體于鱗七絶凡三百三十八首，其三百二十九首皆用正體。

對起于鱗對起者僅四詩。

對結于鱗對結者僅三詩。

四句兩對于鱗兩對者僅二詩。

無隔句扇對，無蜂腰格，無偷春格以上三格，雖唐人所希有。説已見五律。

有拗體于鱗拗體僅二詩。

有古體于鱗用古體者僅三詩。

仄格起句第二字仄入，謂之仄格，又謂之正格也。

(仄)仄平平仄仄韻　(仄)平平/平平(仄)仄仄平韻

平平(仄)/(仄)平平仄平平仄　(仄)仄平平仄仄韻

平格起句第二字平入，謂之平格，又謂之偏格也。

(仄)平平/平平(仄)仄仄平韻　(仄)仄平平仄仄韻

(平)仄(仄)平平仄仄　(仄)平平/(仄)平(仄)仄仄平韻

于鱗挾聲格

仄仄平平仄平仄此于鱗七言絶挾聲平仄布置之定格也。若此則聲穩順無礙口。其七絶中用挾聲者五詩，其三詩皆用此格也。

平仄平平仄平仄又有用此格者僅一詩。

仄仄仄平仄平仄又有用此格者，僅一詩已。至七律皆用此，無他格。如五律不拘布置。

借問何人賦搖落。莫按腰間鹿盧劍。九日空齋似寒食。以上爲第一格。〇堪是尊前幾知己。此爲第二格。〇我亦潁陽飲牛客。此爲第三格。

右于鱗七絶中挾聲俱在第三句，起句所絶無也。

于鱗下三連格

地名、人名、物名、古言、連辭、古體詩、樂府題詩、反聲對聯者俱不可率平仄改文字者也。若改之，還不流暢矣。唐人、明人時有下三連者，蓋以此故也。其餘間犯詩法者，率此類也。若不解然而漫用之，失粘耳。今舉在于鱗七絶中者以示焉。五七律亦仿此。

請君聽我秋風辭《秋風辭》，漢武古題名，不可改。○廣陵城上秋瀟瀟秋瀟瀟連辭，且下句有二四同聲者。蓋此詩用古體句法耳。白雲湖上華陽山華陽山，山名不可改。蓋「華」字用華岳華山之華則爲仄聲，字或作「嶪」。○其餘雖山川邑里名皆爲平聲。○胡姬十五堪當壚此樂府題《少年行》詩，不忌之。

右于鱗七絶中下三連皆用起句，他句所絶無也。

于鱗仄間平格

仄平仄仄仄平平此七律所有，七絶所無也。

仄平仄仄平平仄此七律、七絶所俱有也。蓋非挾聲之謂。説已詳五律也。于鱗不得已而用之，則必有平仄布置之定格，以若此，其兩仄間之一字平皆在第二位。若在他位者，屬於一平或挾聲中之一格或五七同聲等，殊太少矣。今舉七絶中在第二位者以示焉。

己拚十日平原飲。不因驃騎能深入。

怪來不作人間夢。可知十載龍陽恨。
座中楚客曾三獻。自言此劍千金買。
故人欲灑臨江淚。屬鏤不是君王意。
鼓聲不爲將軍起。奈何一閉豐城後。
可知按劍人相視。若教一奉瑶池御。
府中但得平輿吏。漢庭此日推經術。
共憐執戟人猶在。自從一爲蒼生起。
到來縱遺柴門閉。若言長者無車轍。
即令解語應相笑。遠公此日應相笑。
世情一薄如春雪。已知不及春醪色。
但教日奉西園宴。不知澤畔行吟日。
使君不爲憐同調。兔園一望渾如雪。
不知此日登高處。老來卻解人間事。
故人自有相如渴。可知不帶風塵色。
右于鱗七絶中仄間平，皆在第三句矣，他句所絶無也。

于鱗五七同聲格

與用下三連同格，七律七絶俱有之。即五律之三五同聲也。今舉在七絶中者以示焉。蓋太少矣。

腰下并刀明月環。明月環三字器名，不可改。

繫馬青楓江上臺。青楓江三字水名，江字不可改他字。

濤聲欲來風色驕。此詩素用古體句法者也。

三月漁陽春水來。不下「春」字則失其實，且無活機。

昨日罷官今日貧。已稱「昨日」，焉得不下「今日」字？

北斗闌干南斗低。同上。

梁苑無人秋氣悲。有悲秋古言，不得不下「秋」字，蓋「悲」亦在韻。

此日雙梟何處飛。此輓詞也。上有「雙梟」字，韻有「飛」字，不得不下「何處」字也。

右于鱗七絶中五七同聲在起句、第二句、結句者也。蓋第三句所大忌，惟「已知無意二千石」一句則第三句，是其最不可已者與？

于鱗用同字格

凡律絶，用同字一句中未嘗忌之，異句則太忌之。然唐人往往失點檢者多矣。惟至于鱗無此失。蓋二字義殊者，及承前句之餘勢者，不忌之於七絶中。舉以示焉。

白雲湖上白雲飛，長白山中去不歸。此承前句兩「白」，增見其妙。亦一格也。

廬山北望楚天分，君去揚帆入彩雲。草色秋迷彭蠡澤，不知何處弔番君。「君」字重出。一則詩中指其人之通稱，一則加古人之姓下，故不相妨也。

漢江春水竟陵東，江樹蒼蒼繞沛宮。「江」字重出，承前句之餘勢，尤奇矣。

楊子江寒月影孤，秋風吹落射陽湖。故人欲灑臨江淚，湖上明珠竟有無。「江」字「湖」字重出，承前句用之水名，三四所用泛然。

北風吹雪雪毿毿，雪裏開緘酒半酣〔一〕。「雪」字重出，承前句之餘勢，亦奇。

右于鱗七絶中用同字者，其餘若《早夏示殿卿》詩，則素古體已。

于鱗不忌犯大韻小韻正紐旁紐

律絶不忌此四者，雖五尺童拈聲律者皆能知之。然有好擧人之玼瑕者，若其無可言者，則必及此四者。作者或不暇引其例以對之，赧赧然退矣。故今舉于鱗精嚴未嘗忌之者以示焉。七絶中太多，此惟録其尤著明者已。至正紐旁紐，則不勝枚數，一切省焉。

長陽《留别子與子相明卿元美》詩中。

〔一〕緘：底本訛作「械」，據《滄溟集》卷十四改。

長楊《送明卿之江西》詩中。
公中《山中簡許郭》詩中。
當梁《寄吴明卿》詩中。
霜堂《送殷正甫》詩中。
黄當《戲問殿卿止酒狀》詩中。
時誰《答張秀才》詩中。
梁嘗《殿卿乞酒》詩中。
郎妨《戲簡張茂才》詩中。
以上犯大韻。
愁秋《送劉户部》詩中。
花家同上。
城聲《送子相》詩中。
宫東《同元美賦》詩中。
章長《懷明卿》詩中。
香郎《寄伯承》詩中。
空風同上。

舟愁《答殿卿》詩中。
堂陽《酬殿卿長史》詩中。
籬時《九日同殿卿登南山》詩中。
鄉郎《寄慰元美》詩中。
誰時《春日聞明卿之京爲寄》。
知誰《重寄元美》詩中。
陽王《輓中丞》詩中。
愁舟《别元美》詩中。
長黄《汝寧徐使君》詩中。

以上犯小韻。

沈約犯大韻小韻

梁沈約造「八病」之制，若平頭上尾蜂腰鶴膝，則雖無意忌之不常有。惟大韻小韻正紐旁紐，則所常有而易犯矣。是以雖沈約自造之自犯，而千載人未察之，徒側目於嚴法已。義卿嘗近考《昭明文選》中，忽得其犯此二病者，今録之此，以解千載學者之惑焉。

遊絲映空轉，高楊拂地垂。清晨戲伊水，薄暮宿蘭池。絲垂同韻，伊池同韻，是一詩中而兩處犯之。

以上犯大韻。

洞房殊未曉，清光信悠哉。房光同韻。

高車塵未滅，珠履故餘聲。車餘同韻。

以上犯小韻。

七言絶句要論

唐七絶之工手

胡東越云：七言，太白、江寧爲最，右丞、嘉州、舍人、常侍次之。

唐人七絶樂府不脱唐調者

又云：七言絶，李王二家外，王翰《涼州詞》、王維《少年行》、高適《營州歌》，皆樂府也。然音響自是唐人，與五言絶稍異。

對結貴雖對猶不對

又云：若杜審言「紅粉樓中應計日，燕支山下莫經年」「獨憐京國人南竄，不似湘江水北流」，則詞竭意盡，雖對猶不對也。

七絶覺妙於盛唐，是未妙處

王敬美云：「晚唐詩萎苶無足言，獨七言絶膾炙人口，其妙至欲勝盛唐。」愚謂絶句覺妙，正是晚唐未妙處。其勝盛唐，乃其所以不及盛唐。絶句之源出於樂府，貴有風人之致。其聲可歌，其趣在有意無意之間，使人無處捉著。盛唐惟青蓮、龍標二家詣極，李更自然，故居王上。晚唐快心露骨，便非本色。議論高處，逗宋詩之徑；聲調卑處，開大石之門。

書　品

采摭精詳，序次整密者

古詩紀明馮汝言選。
唐詩紀事宋計敏夫選。

古今最上精選者

文選梁昭明太子選。
唐詩品彙明高廷禮選。
同拾遺同上。
唐詩正聲同上。
唐詩選明李于鱗選。

明七才子詩集選者闕。注解者多過失。
唐後詩本邦徂來先生選。

猶可列精選者

明詩正聲明穆光胤選。
明詩選明陳卧子選。

薰蕕錯雜失鹵莽者

文苑英華宋太宗詔諸儒編之。
事文類聚宋祝穆編。
古唐詩歸明鍾惺選。蓋《古詩歸》稍精廣，未必廢。
明詩歸同上。
明詩彙選明朱篁風選。
唐詩鼓吹宋元好問選。
三體詩宋周伯弢選。
古文前集共後集，書肆所僞選也。

圓機活法此非王弇州選。後之書肆錯綜《詩林正宗》《詩學大成》等諸書僞撰之已。若初學不得已而賴此，謀取舍於其人可矣。

終身不讀而可者

瀛奎律髓元方回選。
千家詩宋謝叠山選。
聯珠詩格元于濟、蔡正孫二子所選也。

他岐旁門大害正調者

東坡詩集宋。
山谷詩集宋。
袁中郎文集明。
錦繡段本邦建仁寺僧天隱選。

古今名家集宜枕藉者

李太白詩集

杜詩全集
王維詩集
王昌齡詩集
孟浩然詩集
高適詩集
岑參詩集
以上唐。
李空同集李夢陽著。
何大復集何景明著。
李滄溟集李攀龍著。
弇州四部稿王世貞著。
四冥山人集謝楨著。
天目山人集徐中行著。
青蘿館集同上。蓋略《天目山人集》者。
甑甀洞稿吴國倫著。
蘭汀存稿梁有譽著。

方城集宗臣著。

以上明。

古今詩話宜玩者

文心雕龍梁劉勰著。

詩品梁鍾嶸著。

三家詩話宋嚴儀卿、明徐昌穀、王敬美三家也。

藝苑卮言明王元美著。

詩藪明胡元瑞著。蓋胡論古今作者率精確，惟推元美退于鱗大失其正。學者須知此意讀之。

注解書宜玩者

唐詩解明唐仲言解也。此備之掌故，則往往便于質訪。至其解詩意，謬妄居半。

唐詩訓解此詩全用于鱗選，出入一二。注解剽襲仲舒、仲言等，以僞選者也。謬不少，然舍之未有明解者。初學不得不憑之也。若夫取舍，謀之其人可矣。

明七才子詩集注解此亦非陳繼儒句解，僞選耳。往往有差謬，然不得不憑之，猶《訓解》例也。

絶句解本邦徂來先生所解明詩者也。

同拾遺同上。

古今名題書宜玩者

古樂苑明梅鼎祚編。此書大益於學樂府，兼可解名題矣。

樂府古體要解唐吴兢著。

題苑本邦鳴子陽撰。有益初學。

初學宜翫詩韻詩材書

五車瑞韻明凌以棟輯之。此元貴廣博者，不必爲詩學也。是以初學求詩材於此中，亦薰蕕錯雜，烏能辨之？若取韻礎，觀各下所出證詩名姓，詳此則盛唐須從宜用之。其餘取舍在其人已。

唐詩礎本邦石叔潭輯。

唐明詩聯本邦滕子信、田高卿二子所輯也。

近體韻選本邦川崎氏輯之。

詩韻輯要此雖稱于鱗所撰，亦僞撰已。然詩韻書刊行本邦者，未有雅於此者也。豈惟雅乎，大得音韻之道。第初學慣三重韻易曉，或苦此書無國譯及門類，而難通焉。悲哉！

詩筌本邦爽鳩氏撰。

附 讀古今詩及詩選詩集大意

古今詩聲異曲同工

胡東越云：《國風》《雅》《頌》，温厚平和。《離騷》《九章》，愴惻濃至。東西二京，神奇渾璞。建安諸子，雄贍高華。六朝排偶，靡曼精工。唐人律調，清圓秀朗。此聲歌之各擅也。

《文選》古今精裁

又云：昭明鑒裁，著述，咸有可觀，至其學業洪深，行義篤至，殊非文士所及。自唐以前，名篇傑什率賴此書，功德詞林故自匪淺。宋人至以五臣匹之，何其忍也。

讀《文選》詩分三節

古人云：《文選》詩，東都以上主情，建安以下主意，三謝以下主辭。

陶潛爲隱逸詩人之宗

胡東越云：子美之不甚喜陶詩，而恨其枯槁也。子瞻劇喜陶詩，而以曹劉李杜俱莫及也。二人者之所言皆過也。善哉鍾氏之品元亮也，「千古隱逸詩人之宗也」。而以源出應璩，則非也。

讀唐詩分三節

古人云：盛唐主辭情，中唐主辭意，晚唐主辭律。唯杜甫上祖雅頌〔一〕，下友楚漢，俯於齊梁，體製格式備極諸變。

南朝唐朝宋朝所尚異

嚴羽卿云：詩有詞、理、意興，南朝人尚詞而病於理，宋朝人尚理而病於意興，唐人尚意興而理在其中矣。

〔一〕祖：底本訛作「租」，據《文筌·詩譜》改。

丹丘詩話

芥川丹丘

《丹丘詩話》三卷，芥川丹丘（一七一〇—一七八五）撰。據文會堂《日本詩話叢書》本校。

按：芥川丹丘（あくたがわ たんきゅう AKUTAGAWA TANKYU），江户時代儒者。京都（今屬京都府）人，名焕，字彦章，世稱「養軒」，號丹丘。學於宇野明霞以及伊藤東涯、服部南郭，主修「陽明學」，仕鯖江藩（今屬福井縣鯖江市）爲儒臣。寶永七年生，天明五年六月二十九日殁，享年七十六歲。

其著作有：《丹丘詩話》四卷、《薔薇館詩集》五卷、《薔薇館文集》十卷、《詩家本草》二卷、《涓子》一卷、《樵談》一卷、《漁談》一卷、《陶談》一卷、《文家本草》一卷、《菅廟奉獻詩》一卷、《名山副》三十七卷、《杖談》一卷、《大學臆》一卷、《中庸臆》一卷、《周易象解》、《古易鍵》、《古易鑑》五卷、《春秋卜筮解》一卷、《象山陽明學的》二卷、《東方輿略》十卷、《唐詩注解》七卷（校）、《商子全書》四卷（校）、《尚書注疏》十卷等。

丹丘詩話序

葛天八闋，遐哉邈乎。摻尾叩角，聲音安寄？吟詠性情，與鳥迹俱矣。蓋感物吟志，辭達而已。方是時也，上無所述，下亡所倣，林籟結響，泉石激韻，婉轉附物，直而不野，亦天地自然文爾。夫《卿雲》《南風》，聖情所發，厥美固宜。《康衢》《擊壤》，一何渾雅！詩者天地元聲，誠非虚論。雖然，運數互移，情變應之。三代之温厚，漢魏之高華，六朝之麗縟，三唐之整秀，咸臻厥美，此蓋元聲之秀發也。夫天地之大，莫不有焉，腐宋胡元，亦氣運之偏至，皆不外於元聲也。明監于百代，郁郁得中。剪革所創，二代爲之忠臣。宋致工於作，所以乖也；明用工於述，所以與唐竝盛也。夫述有教有物有則，唐來才英，其論備矣，而志尚如面，義亦偏至，此彦章斯篇所以作也。乃仍前脩之論，覈白岐路，歸諸當行。如其「善學于鱗者，不肖于鱗即于鱗」，「能不爲獻吉者，迺能爲獻吉者」，惟彼論爾，此乃教之。微獨教之，亦足以砭夫佻他以爲己力、探囊揭篋不以爲耻者也。余不甚好詩，而吾眼中有詩，不敢不任識詩，故和彦章之論以題其首云爾。

延享乙丑夏六月，西播岡白駒撰。城廣文書。

詩話小引

夫唐體斯興，聲律始宏；明製繼啓，制作大備。譬猶少康中興，克配上帝；周公踐祚，全作禮樂焉。若夫商推前藻，垂範後昆，則自非蓄絶世之識，藴曠古之材者，惡能辨白泗沺，剖析朱紫哉？以吾觀之，儀卿、禎卿，首闢衆妙之門；元美、元瑞，繼演大雅之風。精義透金石，高趣薄雲天，尚何所加擬議哉？顧余結髮業詩，從事有年，仰誦俯思，有得輒書，積書爲卷，以資蒙士，雖不足取高前式，庶亦無差品隲云爾。

寬保癸亥五月，平安芥煥彦章撰。

丹丘詩話卷上

詩法譜

（一）

性靈

徐禎卿曰：「因情以發氣，因氣以成聲，因聲而繪詞，因詞而定韻，此詩之源也。」夫情者，非性靈所發乎？袁中郎曰：「人心自有唐。」鍾伯敬曰：「真詩者，古人精神所爲也。」與吾所表出，有何差别？毫釐千里，正在阿堵間矣。吾邦物茂卿先生曰：「袁、鍾二子，極口詆毁王、李。今披其什，袁宋鍾元，絶無他調。其借口唐者，唯爲黠計。」以吾言之，無乃以人廢言乎？假使李于鱗、王元美輩言之，則先生奉戴以爲律令，猶指諸掌爾。知者不言，言者不知，學者當默識。

（二）

二聲

平、仄

皇甫子循曰：「詩苟音律欠諧，終非妙境。故無取拗體。」此最正論。聲律嚴密莫如濟南焉，其選唐詩《序》曰：「七言律諸家所難。子美篇什雖多，憒焉自放矣。」蓋譏其多拗體也。北地學少陵多變律，初學不可楷則矣。

二廢

巧、言

釋皎然曰：「雖欲廢巧尚直，而神思不得直；雖欲廢言尚意，而典麗不得遺。」余謂「巧」要清雅精練，忌瑣細微密，「言」要典麗雅重，忌奇僻卑俗。

二概

嚴儀卿曰：「詩大概有二：曰優游不迫，曰沈著痛快。」

二端

情、景

陳繹曾曰：「情之感十二，曰：喜、怒、哀、懼、愛、欲、惡、憂、羞、惜、思、樂。喜寓物而見，怒欲始張而終平，哀極之而後反，懼在義理中，愛在言外，欲歆動而歸于正，惡欲忠厚，憂瞀而有處置，羞不敢盡言，惜著于深愛，思真切則有分數，樂因物而見。」

又曰：「景之類十二，曰：時候、天文、地理、宫室、人物、鬼神、鳥獸、草木、器物、飲饌、音樂、藝文。景之真四，曰：適、煉、扶、生。適者適然意會，就寫真景鍛煉之。煉者景少之處，就取真景鍛煉之。扶者枯寂之處，扶取真景鍛煉之。生者幽獨之處，别生真景鍛煉之。」

余謂：情之才八，曰：親、疎、厚、薄、緩、急、寬、猛也。親者要正，疎者要直，厚者要真，薄者要節，緩者要敏〔一〕，急者要思，寬者要疾，猛者要和。景之品十，曰：即、舊、虚、實、前、後、遠、近、大、小也。即景摸真，舊景摸懷，虚景摸奇，實景摸正，前景摸想，後景摸思，遠景摸闊，近景摸鮮，大景摸雄，小景摸敞。若夫哲匠宗工，不必拘拘，或情多於景，或景繁於情。周伯弜分情景爲二途，立四實、四虚等法，杜撰莫甚焉。

〔一〕緩：底本訛作「寬」，據上文改。

(三)

三體

聲律、物色、意格

白樂天曰：「詩有三體，有竅、有骨、有髓。以聲律爲竅，以物色爲骨，以意格爲髓。」余謂：竅宜充，忌窕；骨宜壯，忌痿；髓宜潤，忌枯。

三停

起、中、結

陳繹曾曰：「起制，古詩混淪包括，意整語圓；律詩聲起語圓。中制，古詩反覆變化，意真語暢；律詩頷響亮警峭拔。結制，古詩含蓄不盡，意重語重；律詩聲穩語健。」

三節

嚴儀卿曰：「學詩有三節，其初不識好惡，連篇累牘，肆筆而成；既識羞愧，始生畏縮，成之極難；及其透徹，則七縱八横，信手拈來，頭頭是道矣。」

三難

王元美曰：「歌行有三難，起調一也，轉節二也，收結三也，唯收爲尤難。如作平調，舒徐綿麗者，結須爲雅詞，勿使不足，令有一唱三嘆意。奔騰洶湧，驅突而來者，須一截使住，勿留有餘。中作奇語，峻奪人魄者，須令上下脈相顧，一起一伏，一頓一挫，有力無迹，方成篇法。此是祕密，大藏印可之妙。」余謂：弇州印可，吾不欲受之，所願惟北地衣鉢乎？

（四）

四體

起、承、轉、合

范德機曰：「起、承、轉、合四字，施之絶句則可，施之於律則未盡然。如《遊何將軍十首》，第一首是起，第十首是合，中間八首是反覆賦其山林之盛，易而置之便不可。後五詩亦然。前後《出塞》之類，則無不然矣。有一題而二首，則前者不可置後，蓋起句在前者，而合句在後首故也。何獨第二聯爲承，第三聯爲轉耶？泥此則非律詩之法度矣。」余謂此説肖矣，而尚未也。范偏説篇法，卻遺章法。夫詩有起結，猶人具頭足矣。何氏《山林》十首，各具起結，但其連篇次序秩然，不可紊之爾，豈如范所説乎？學者思諸。

四深

體勢、作用、聲對、義類

釋皎然曰：「氣象氛氳，深於體勢；意度槃薄，深於作用；用律不對，深於聲對；用事不直，深於義類。」余謂氣之沛也，易失檢；意之放也，易差運；律之用也，易忘粘；事之會也，易誤類。

四格

興、趣、意、理

謝茂秦曰：「詩有四格，太白《贈汪倫》曰：『桃花潭水深千尺，不及汪倫送我情。』此興也。陸龜蒙《詠白蓮》曰：『無情有恨何人見？月曉風清欲墮時。』此趣也。王建《宫詞》曰『自是桃花貪結子，錯教人恨五更風』，此意也。李涉《上于襄陽》曰『下馬獨來尋故事，逢人惟説峴山碑』，此理也。悟者得之，庸心以求或失之。」余謂：此最上乘法語，而不必執著。四詩或可以爲興趣，或可以爲意理，解之而後可與言悟矣。

（五）

五俗

俗體、俗意、俗句、俗字、俗韻

嚴儀卿曰：「學詩先除五俗。」

五法

嚴儀卿曰：「詩有五法，曰體制、曰格力、曰氣象、曰興趣、曰音節。」余謂：體制要正，格力要高，氣象要宏，興趣要新，音節要響。

五忌

白樂天曰：「格弱則詩不老，字俗則詩不清，才浮則詩不雅，意短則詩不深，意雜則詩不緻。」

五故事

正用、反用、借用、暗用、活用

陳繹曾曰：「正用，的切本題，必然當用；反用，用其事而反其意；借用，本不切題，借用一端；暗用，用其語而隱其名；活用，本非故事，因言及之。」此乃用事之妙。

王敬美曰：「善使故事者，弗爲故事所使。如禪家云『轉法華，弗爲法華轉』。使事之妙，在有而若無，實而若虛，可意悟不可言傳，可力學得，不可倉卒得也。」

嚴儀卿曰：「不必多使事。」謝茂泰曰：「用事多則流於議論。」余謂：詩家用事，譬之名將用兵焉。韓信謂漢高帝曰：「陛下不過將十萬，臣多多益辨。」少陵、濟南正足配之，不可企及耳。

五聲變

穩、響、起、嗢、細

陳繹曾曰：「聲變，兩句不得相併，兩聯不得相似。起宜重濁，承宜平穩，中宜鏗鏘，結宜輕清。」

（六）

六設事

夢寐、古人、神示、仙靈、鳥獸、艸木

陳繹曾曰：「言夢必依玄，言古必依實，言神必依疑，言仙必依想，託動物必依才，託植物必依類。」余謂：設事之方，有雅有俗，有正有奇，有虚有實，能者陳平出六奇也，拙者愚刺使奉六條也。

六鍛思

詳、要、博、精、真、雅

陳繹曾曰：「詳，八面中間，推尋欲盡；要，痛艾刻取，撮出至要；博，博覽群書，悉歸部分；精，含精咀華，嗽取芳潤；真，提要煉真，天然秀出；雅，嗽芳爾雅，加以潤色。」余謂：思欲詳不欲碎，欲要不欲簡，欲博不欲雜，欲精不欲麤，欲真不欲假，欲雅不欲俗。

六要

鋪叙、波瀾、用意、琢句、使字、下字

楊仲弘曰：「詩要鋪叙正、波瀾闊、用意深、琢句雅、使字當、下字響。」

六義

又曰：「詩有六義，曰雄渾，曰悲壯，曰平淡，曰蒼古，曰沈著痛快〔一〕，曰優遊不迫。」余謂：六

〔一〕痛：底本訛作「通」，據下文改。

義，《三百》之體，此當稱品或調乃可。夫學雄渾者，失在粗豪；學悲壯者，失在切肅；學平淡者，失在乾枯；學蒼古者，失在索莫；學沈著痛快者，失在流逸；學優遊不迫者，失在懈怠。

（七）

七德

釋皎然曰：「詩有七德：一識理，二高古，三典麗，四風流，五精神，六質幹，七體裁。」余謂：識理貴不闇；高古貴不僻；典麗貴不浮；風流貴不乖；精神貴不露；質幹貴不弱；體裁貴不邪。

七戒

楊仲弘曰：「詩有七戒：曰差錯不貫串，曰直置不宛轉，曰妄誕不切實，曰綺靡不典重，曰蹈襲不識使，曰穢濁不清新，曰砌合不純粹。」

七體

五言古詩

《十九首》、曹子建、潘岳、陸機、顏延年、謝靈運。

七言古

古樂府、李白、杜甫。

五言律

杜甫、王維、孟浩然。

排律

杜甫。

七言律詩

杜甫、王維、李頎。

五言絶句

李白、王維。

七言絶句

李白、王昌齡。

陳繹曾曰：「《十九首》景真情真，事真意真。澄至清，發至精。曹子建斲削精潔，自然沈健；潘岳質勝於文；陸機才思有餘；顔延年辭氣重厚；謝靈運構思險怪而造語精圓；李太白風度氣魄高出塵表，善播弄造化，與鬼神競奔，變化極妙；杜子美體製格式自成一家；王摩詰意思從容，乃有古意；孟浩然冲淡中有壯逸之氣；李頎以古意變齊梁；王昌齡齊梁餘風。」

余謂：陳氏《詩譜》歷舉衆家，鑒裁猥雜，不足取焉。今盡沙汰之，標出七體十三家矣。初學宜模範此數家，乃無旁徑邪路之惑矣。謂之濟南緒論，則非知吾者也。

（八）

八養氣

肅、壯、清、和、奇、麗、古、遠

陳繹曾曰：「朝廷宗廟宜肅，山河軍旅宜壯，山林神仙宜清，歡娛通達宜和，幽險豪傑宜奇，宮苑佳麗宜麗，覽古搜玄宜古，登臨志士宜遠。」

八妙

徐昌穀曰：「朦朧萌折，情之來也；汪洋曼衍，情之沛也；連翩絡屬，情之一也；馳軼步驟，氣之達也；簡練揣摩，思之約也；頡頏叠貫，韻之齊也〔一〕；混沌貞粹，質之檢也；明雋清圓，詞之藻也。」

〔一〕韻：底本脱，據《藝苑巵言》一補。

王敬美曰：「每一題到，茫然思不相屬，幾謂無措。沈思久之，如瓴水去窒，亂絲抽緒，種種縱橫坌集。卻於此時，要下剪裁手段，寧割愛，勿貪多。又如數萬健兒，人各自爲一營，非得大將軍方略不能整頓攝服，使一軍無譁，若爾朱榮處貼葛榮百萬衆。求之詩家，誰當爲比？」

余謂：求之詩家，則曹子建、李太白、王元美，足配之耳。

（九）

九品

嚴儀卿曰：「詩有九品：曰高、曰古、曰深、曰遠、曰長、曰雄渾、曰飄逸、曰悲壯、曰淒婉。」

九準

立意、鍊句、琢對、寫景、寫意、書事、用事、下字、押韻

楊仲弘曰：「立意要高古渾厚，有氣概，忌卑弱淺陋；鍊句要雄偉清健，有金石聲；琢對要寧拙毋巧，寧朴毋華，忌俗野；寫景要細密清淡，忌庸腐雕巧；寫意要景中含意，意中帶景，議論發明，運思清淺；書事如大而國事，小而家事心事；用事要因彼證此，不可著迹，雖小事亦當活用；下字要精思，宜的當，如老杜『飛星過水白，落月動簷虛』鍊中間一字，『地坼江帆隱，天晴木葉聞』鍊末後

一字；押韻要穩健，則一句有精神，如柱礎欲其堅牢也。」

余謂：楊「下字」之説，此古來「字眼」之説也。胡元瑞駁之曰「硯之有眼硯之病，詩之有眼詩之病」是也。然尚未也。杜公「飛星」之聯，非用意「過、動」二字，乃鍊「白、虛」二字。「地坼」之聯，非研精「隱、聞」二字，乃鍊「坼、晴」二字，此古人未説破處。大概下奇字易，下平字難。盛唐諸家於是選矣。不知者見以爲平易澹泊，知者以爲八珍九醞，微矣，精矣。

（十）

十病

體制散亂、七情相干、無情無主、非時失地、用事差説、意思邪辟、音率律亂、字俗語繁、字腐語碎、言譏心刻

十悟

徐禎卿曰〔一〕：「或約旨以植義，或宏文以叙心，或緩發如朱弦，或急張如躍枯，或始迅以中留，

〔一〕禎：底本訛作「廷」，據《談藝録》改。

或既優而後促，或慷慨以任壯，或悲悽以引泣，或因拙而得工，或發奇而似易。」

右《詩法》十條，舉列前賢之言，閒附鄙意，亦以一隅示三隅耳。善讀者玩索有獲，則於詩道思過半矣。

丹丘詩話卷中

詩體品

五　律二首

臨洞庭　孟浩然、杜子美

八月湖水平，涵虛混太清。孟

劉會孟曰：「起得渾渾稱題。」〇譚元春曰：「多少厚！」〇劉曰：「八月補題不足。」〇余按：「平」字最妙。「涵虛」狀湖之清曠。「混太清」，與天相連也。

昔聞洞庭水，今上岳陽樓。杜

唐仲言曰：「言洞庭之水，昔嘗聞之矣，今登岳陽樓，始見其廣。」〇余按：二起句，孟爲優，杜對起，頗覺率易。

氣蒸雲夢澤，波撼岳陽城。孟

劉曰：「『蒸』『撼』自然，不是下字，而氣概横絶，朴不可易。」○余按：「蒸」雲夢、「撼」岳陽極言其壯。

吴楚東南坼，乾坤日夜浮。杜

蔣一夔曰：「『吴楚』二語移不去，『坼』與『浮』，句中眼也。」○顧震曰：「地裂開曰坼，吴與楚相接，言此湖在吴之南，楚之東，極言洞庭連亘之廣也。《水經注》『湖水廣圓五百餘里，日月若出没于其中』，故日夜之間無時不與天地相浮蕩，乾坤似反爲其所浸者然。」○余按：二聯真正敵手，難以優劣，以余言之，杜爲優。○董斯張曰：葉敬君《書肆説鈴》曰：「岳陽樓詩，若無『吴楚東南坼』一句，則『乾坤日夜浮』疑於詠海矣。不如孟詩『氣蒸云夢澤，波撼岳陽城』得洞庭真景也。」按：酈善長《水經注》云「洞庭湖廣五百里，日月若出没其中」，少陵實本此意。不讀酈生書，不知杜句之妙也。或疑洞庭楚地，何得以吴系之？按：盛弘之《荆州記》：「君山在洞庭湖中，上有道通吴之包山，故得名耳。」陰鏗《青艸湖詩》：「穴去茅山近，江連巫峽長」。吴楚東南，自是洞庭本色，確不可易。又王子年《拾遺記》云：「洞庭山浮於水上，楚懷王時舉秀才，賦詩於水湄，故云『瀟湘洞庭之樂』」。一「浮」字，少陵亦不肯泛用如此。

欲濟無舟楫，端居耻聖明。孟

劉曰：「『端居』，感興深厚。」○唐仲言曰：「欲濟而無舟楫，以興欲仕而無其才，是以端居而愧此明時也。」

余按：三聯因所臨而興感，言懷才不售，如濟川無舟楫，而有負聖君也。唐解甚謬。○鍾伯敬曰：「二語有用世之思。」

親朋無一字，老病有孤舟。杜

唐曰：「親朋無一字相問，惟孤舟爲家也。」○蔣云：「有孤舟，言無家也。」○顧曰：「親朋既無字，而老病中尚賴有孤舟，可以浮泛登眺，差足自慰。」

余按：三聯巧力相等，孟趣勝法，杜法勝趣，孟爲優然。

坐觀垂釣者，徒有羨魚情。孟

劉曰：「末語言有盡而意無窮。」○唐曰：「見釣者之得魚，不無欣慕意，然結網未遑，則亦徒然興羨耳。」○鍾云：「孟詩，人知其雄大，不知其温厚。」

戎馬關山北，憑軒涕泗流。杜

唐曰：「吐蕃内侵，戎馬在北，故憑軒之際，傷己哀時，不覺涕泗流。」○余按：二結各擅其美，杜憂感宏放，孟涵蓄深遠。杜氣勝韻，孟韻勝氣。要之，杜爲優然。○方萬里曰：予登岳陽樓，左序毬門壁間大書孟詩，右書杜詩，後人不敢復題也。劉長卿云「疊浪浮元氣，中流没大陽」，世不甚傳，其餘可知矣。

七言律四首

早朝大明宫

王維、岑參、賈至、杜甫

絳幘鷄人報曉籌，尚衣方進翠雲裘。王

唐曰：「言天子將早朝，故未旦而鷄人傳漏箭，尚衣進御服也。」○余按：五更春氣尚寒，故進裘禦寒也。

鷄鳴紫陌曙光寒，鶯囀皇州春色闌。岑

唐曰：「言趨朝而鷄始唱，故曙光猶寒。既而聞鶯聲，則知春色將暮矣。」

銀燭朝天紫陌長，禁城春色曉蒼蒼。賈

唐曰：「言秉燭趨朝而御道更遠，禁城春色昧晦未辨也。」

五夜漏聲催曉箭，九重春色醉仙桃。杜

顧曰：「昧爽之初，天子視朝，而禁内春色爛熳，其桃盛開，若含醉也。」

黄維章曰：「早朝詩。合看賈、王、岑詩，方知老杜作法之高，匠心之苦。題是早朝，賈、王、岑俱實説『早』字，杜曰『五夜漏聲催曉箭』，從夜言早，先一步説，『催』字尤寫出臣子夜坐待旦心事。次句賈、岑俱板填春色，杜曰『九重春色醉仙桃』，謂日將升而東方紅氣現也。摸寫色中之况，深一層説。」

余按：四起各專其美。以余論之，王韻度深厚，爲第一。岑對起富麗，爲第二。賈氣象高華，爲第三。杜格調雄渾，爲第四。

九天閶闔開宮殿，萬國衣冠拜冕旒。王

唐曰：「宮門開，群臣入，拜舞之禮正畢也。」

金闕曉鐘開萬户，玉階仙仗擁千官。岑

唐曰：「鐘鳴而宮門闢，仗出而朝班齊也。」

千條弱柳垂青鎖，百囀流鶯繞建章。賈

唐曰：「及至宮，天始明，則柳垂鶯囀，燦然可觀。」

旌旗日暖龍蛇動，宮殿風微燕雀高。杜

顧震曰：「旌旗所畫龍蛇，當春暖，旌旗飛而龍蛇亦若起蟄者。殿屋最高，風稍壯，則燕雀不免搶地矣。因風微，得高飛至殿屋也。」

黄曰：「初聯俱拈大明宮，王、岑俱實説宮中，杜曰『宮殿風微燕雀高』，以宮外景物擴一步説，賈句亦屬宮外景物，然語真而味有盡，不如『微、高』二字之曲折。」

余按：初聯王、岑雄渾富麗，争勝毫釐。以余言之，王氣韻勝岑一等，故王爲第一，岑爲第二，賈説景富麗爲第三，杜骨力雄健爲第四。

日色纔臨仙掌動，香煙欲傍袞龍浮。王

唐曰：「拜舞之禮畢，而始見日出香浮也。」○余按：「纔」「欲」二字，摸寫極妙，「臨」「傍」「動」「浮」，鍛鍊無痕。

花迎劍佩星初落，柳拂旌旗露未乾。岑

唐曰：「花柳芬菲，星沈露滴，早朝之景麗矣。」○余按：「迎」「拂」「落」「乾」，工致自然。

劍珮聲隨玉墀步，衣冠身惹御爐香。賈

唐曰：「百僚就列，劍珮趨鏘，御爐香浮，衣冠芬馥也。」○余按：「隨」「惹」二字，鍛鍊出來。

朝罷香煙携滿袖，詩成珠玉在揮毫。杜

邵夢弼曰：「香煙滿袖，即賈詩『衣冠身惹御爐香』者，謂居近侍也。『揮毫』『珠玉』，才敏而詩工也。」黄曰：「聯内同拈朝意。賈則『劍珮聲隨玉墀步』，王則『萬國衣冠拜冕旒』岑則『玉階仙仗擁千官』，俱實寫『朝』字。杜但以『朝罷』二字點綴，人詳我略，至於同用『爐煙』、『香氣』，賈、王俱説殿内煙況，杜曰『朝罷香煙携滿袖』，從出殿退一步説。『衣冠』『袞龍』，不如『滿袖』之奇，爲『惹』、爲『浮』，不如『携歸』之奇也。」

余按：次聯王、岑高華精緻，斤兩相同，王韻度勝岑，故王爲第一，岑爲第二，賈富麗巧密爲第三，杜氣骨蒼老爲第四。

朝罷須裁五色詔，珮聲歸向鳳池頭。王

唐曰：「朝將罷矣。舍人掌絲綸，故美其退居中書，以艸詔也。」

獨有鳳皇池上客，陽春一曲和皆難。岑

唐曰：「能賦朝景者，其惟鳳池之舍人乎？舍人之詩，真《陽春》寡和者也。」

共沐恩波鳳池上，朝朝染翰侍君王。賈

唐曰：「我與諸公沐恩波於鳳池，深矣。可不夙夜兢兢，奉文墨以侍天子乎？」

欲知世掌絲綸美，池上于今有鳳毛。杜

顧曰：「因賈詩有『鳳池』二字，遂云『池上于今有鳳毛』。蓋世掌絲綸，惟賈氏爲然。」

黄曰：「結句同用鳳池故事，賈、王、岑俱係實用、全用，杜曰『池上于今有鳳毛』，以鳳池入超宗之鳳毛，折用、翻用，無復用事之跡。同用日動，同用旌旗，奇平淺深，判然相隔矣。」〇余按：四結俱妙。王以珮聲點綴朝歸，餘情不盡，故王爲第一，賈結趣典重爲第二，岑結韻藴藉爲第三，杜用事無痕爲第四。

顧華玉曰：「右丞早朝，真與老杜頡頏，後岑參及之，他皆不及。蓋氣象閎大，音律雄渾，句法典重，用字新清，無所不備故也。或猶未全美，以用衣服字太多耳。」

田子藝曰：「諸公唱和，岑詩當爲首，惜『寒』『闌』『乾』『難』四字不佳耳。」

顧華玉曰：「賈詩只是好結，音律雄渾，中聯參差，不及王、岑遠甚。」

黄維章曰：「賈、王、岑三首，意與句皆順流而下，雖三首皆佳，未免雷同。惟杜變幻之極，苦心妙法，不得草草看過。」

唐仲言曰：「岑、王嬌嬌不相下，舍人則雁行，少陵當退舍。蓋尺有所短，寸有所長，不當以一詩議優劣也。」

施愚山曰：「早朝詩惟杜甫無法，既題早朝，則鷄鳴曉鐘，衣冠閶闔，律法如是矣。王維歎于岑參者，岑解以花迎柳拂，陽春一曲，補舍人原唱春色二字，則王稍減耳。杜即不然，王母仙桃非朝事也，堂成而燕雀賀，非朝事境也。五夜便日暖耶？舛也。旦日暖非早時也，若夫旌旗之動，宮殿之高，未嘗朝者也。曰『朝罷』亂也，詩成於早朝半。四句乏主客，此杜之無法也。」

余謂：諸説中，唐仲言爲至矣。黄偏主杜，好而不知其惡者也；施偏排杜，惡而不知其美者也：余所不取矣。今定王爲首，諸家或有左袒岑者，此眩其巧麗耳，格調韻度終當讓王一等也。若夫譏王多用衣服字，則癡人説夢，非知詩者也。

五絶四首

鹿柴

王維、裴迪

空山不見人，但聞人語響。返景入深林，復照青苔上。

劉曰：「無言而有畫意。」〇李賓之曰：「淡而濃，近而遠。」〇唐曰：「不見人，幽矣。聞人語則非寂滅也。景照青苔，冷淡自在。」○鍾曰：「『復照』妙甚。」

日夕見寒山，便爲獨往客。不知深林事，但有麏麚跡。

劉曰：「亦自閒悠，右丞便不涉『鹿』字」。○唐曰：「見山之時，未嘗有伴，誰復知松間事乎？所可觀者，獨麏麚跡耳。」○余按：裴不爲不佳，王以韻勝，有聲有色，超超玄著。

竹里館　王維、裴迪

獨坐幽篁裏，彈琴復長嘯。深林人不知，明月來相照。

劉曰：「幽迥之思。」○唐曰：「林間之趣，人不易知，明月相照，似若會意。」

來過竹里館，日與道相親。出入惟山鳥，幽深無世人。

余按：裴此首淺俗，不堪并論右丞《輞川》諸詩，首首素淨，超凡入玄，惜裴非對手，著著輒負。假使孟襄陽與之對陳，則未知鹿死誰手也。

七絕六首

西宮春怨　王昌齡

長門怨

李白

西宮夜静百花香，欲捲朱簾春恨長。王

劉曰：「情景兩絶。」○唐曰：「夜静花香，景極佳矣。吾其捲簾待月乎？春恨方長，弗能捲也。」

斜抱雲和深見月，朧朧樹色隱昭陽。

唐曰：「抱琴而出中庭，則見月矣。乘月而望昭陽，乃爲樹色所隱，思一見而不可得，其怨恨何如耶？簾既不捲，色從傍出，故云『斜』。宮殿陰沈，月不易睹，故云『深』，此見古人用字不苟處。」○余按：「斜抱雲和」，横琴於膝也。捲簾坐望月，故云「深」。見字法工密。唐牽强爲説，可笑。

天迴北斗挂西樓，金屋無人螢火流。李

蔣士贇曰：「《詩》注：『燐，螢火也。』箋曰：『此物家無人則然。』詩人下字必有來處。」○余按：精工減王。

月光欲到長門殿，別作深宮一段愁。

劉云：「無限情思。」○余按：深婉勝王。

胡元瑞曰：「太白四句，意盡語中；江寧四句，意在言外。然二詩各有至處，不可執泥一端。」

余按：一詩争勝毫釐。以余言之，前半篇李不如王，後半篇王不如李，要之魯衛之政已。李于鱗《唐詩選》收江寧遺太白，可謂偏矣。不偏不黨，於詩學其庶乎哉。

遊洞庭

李白、賈至

洞庭西望楚江分，水盡南天不見雲。日落長沙秋色遠，不知何處弔湘君。

唐曰：「逐臣相遇，故篇有戀主意。洞庭西望者，懷京師也。楚江分者，山川間之也。如是安所布其衷悃乎？吾其弔湘君而愬之爾。然水光接天，秋色無際，弔之無從，終歛恨而已。」余按：岷江從西來，匯爲太湖，故曰「分」，寫目前景象。第二句形容天氣晴朗，湖水廣大，自然佳句。唐牽強理解，可謂謬矣。第三句感景興懷，日落秋遠，水天渺茫，雖有弔古之懷，亦無從抑寫也。細味「不知何處弔湘君」句，正是深於弔古之意，又重形容湖之廣大莫測也。

楓岸紛紛落葉多，洞庭秋水晚來波。乘興輕舟無近遠，白雲明月弔湘娥。

唐曰：「上用楚詞語布景，下遂有湘娥之弔。逐臣托興之微意也。」○劉曰：「末句翻李白案。」○鍾曰：「二語不是翻李白案，『白雲明月』四字，正爲『不知何處弔湘君』下一注腳。」○余按：賈詩不爲不佳，而太白詩天然精妙，名世傑作，不可竝論。結句雄渾，全首爲之發彩。自餘三句不及遠矣。又按：賈詩起承用楚詞，鍛鍊無痕，風骨自然。轉句亦自高韻。結句超乘而上，亦是名世之作也，但西施在傍，衆嬪覆面耳。

軍城早秋

嚴武、杜甫

昨夜秋風入漢關，朔雲邊月滿西山。更催飛將追驕虜，莫遣沙場匹馬還。

劉曰：「氣概雄壯，武將本色。」○唐曰：「西塞早寒，故秋風始來，雲雪已滿，胡兵每以此時入寇，於是遣飛將追擊，且欲殲之，使無還騎也。」

秋風嫋嫋動高旌，玉帳分弓射虜營。已收滴博雲間戍，欲奪蓬婆雪外城。

劉曰：「形容勝氣，可入凱歌。」○唐曰：「秋者，用刑之始，命將之時也，故分弓以射虜營，若果滴博之戍已散，則蓬婆之城且將奪之矣。」○余按：二詩各臻其妙。嚴極雄健之態，杜乃優游不迫，蘊藉典雅，所以勝之一等也。且「玉帳分弓射虜營」，何等摸寫！對結蒼古，非小家數可企及者也。又按：嚴詩起結俱妙。鍾伯敬曰：「嚴武妙絶，交有奇情，詩有奇趣，想杜老不錯。」余謂：杜公得嚴唱和，真正好對手。

右《詩體品》若干首，并載古人同時之作，折衷以臆見，質之知己云。

丹丘詩話卷中畢

丹丘詩話卷下

詩評斷

《文心雕龍》曰：「四言正體，雅潤爲本。五言流調，清麗居宗。華實異用，唯才所安。故平子得其雅，叔度含其潤，茂先凝其精，景陽振其麗。兼善則子建、仲宣，偏美則太冲、公幹。」余謂：仲宣爲兼善則不足，公幹爲偏美則有餘。古詩之美，其唯陳思乎？含王吐劉，集而大成，無以尚焉。若夫宋人沾沾沾元亮，則亦不足與言詩矣。

劉氏所謂「五言流調，清麗居宗」，此謂魏晋以後則可也，非所稱兩漢之謂也。余改之曰「五言温雅，質朴居宗」，斯乃吻合耳。六朝崇浮華，劉論不足深咎也。

後世例謂五言古詩爲《選》體，嚴儀卿已非之是也。夫《選》詩時代不同，體製各異，安得混稱乎？且昭明之選冗而不精，而後人不得廢之，豈以魏晋以來，諸家篇籍，率屬淪亡乎？

李于鱗選唐詩，不可謂文無害也。嘗試論之，唐無五言古詩，而有其古詩，自是一代風格，奚得不取哉？七言歌行，太白間用長語亦是其變化處，非英雄欺人也。李頎、王維七言律，雄壯流暢，固是綽然名家，然比之子美，則有間矣。七言絶太白、少伯乃魯衛之政也。于鱗左袒青蓮，非公論矣。亦唯人心如面，讀破萬卷，別具一隻眼者，而可始與言詩已矣。

唐無五言古詩，此固然矣。以余言之，亦小寃焉。唐人之才，無讓魏晉，但調頗駁雜，故不能超乘而上矣。而如子昂《感遇》，太白《古風》《書懷》，子美《羌村》《出塞》，高常侍《紀行》，岑補闕《覽勝》等，下超宋齊，上迫魏晉。胡元瑞謂之「六朝妙詣，兩漢餘波」，誠不誣也。《擬古》之詩非難摸㓰，惟顧意態風神如何耳。故學詩至五言古，五言古至兩漢，即大匠國工莫不履冰戰戰焉。嗚呼難矣哉！不襲陳言，獨挈心印，超越六朝，追蹤兩漢，吾聞其語，未見其人。

七言歌行，比五言略易下手。胡元瑞曰：「主拾遺、賓供奉、左中允、右嘉州，則沈雄秀逸，短什宏章，諸體悉備。至于千言百韻，取法盧、駱，什一爲之可也。」元瑞論諸體，斟酌衆家，大率此類。嗚呼，天實生才不盡，作者自苦，學到此境，真是揚州鶴也哉。

五言律，盛唐諸家聲律不諧者多矣，初學不可程式矣。謝茂秦曰：「子美居夔州，上句曰『春知催柳別，農事聞人說』，『別』『說』同韻。王維《温泉》上句曰『新豐樹裏行人度，聞說甘泉能獻賦』，『度』『賦』同韻。此非詩家正法。章碣上句，皆用『翰』音，尤可怪也。」此方詩家多犯此法，故特表出之。

七言律，諸家所難，歷下稱「王維、李頎，頗臻其妙。子美篇什雖多，憒焉自放矣」。或曰：「歷下之論若此，唐人之律體可知也。明人優然爲之，其多者至千篇，少者不下貳百，豈明人之才倍蓰唐人邪？何其多也？」余曰：「不然，亦唯時使之然也。夫沈、宋始唱近體，篇什稀少。盛唐諸公繼興，大暢雅風，而事不專務，時具一體，亂離之間，篇籍易散，故太白之集僅存數篇，達夫之稿止留幾首，豈以此少唐人邪？假使摩詰、少伯、達夫、岑參生於嘉、萬之間，則其所成豈出於邊廷實、徐禎卿、吳明卿、徐子與之下乎？學者默識，莫敢議而可也。」

絶句之義，迄無定義。謂裁近體首尾，或中二聯，恐不足憑。吾友宇士朗謂：「絶句者，謂一句一絶。律詩句句聯排，絶句不然，故絶句對律詩之稱耳。」此説明白可據，古人未曾言及。

古今詩話，惟嚴儀卿《滄浪詩話》斷千古公案。儀卿自稱，誠不誣也，其他歐陽公《六一詩話》、司馬温公《詩話》之類，率皆資一時談柄耳。於詩學實没干涉，初學略之而可也。

《滄浪詩話》之外，略可取者，陳師道《后山詩話》。雖其識非上乘，其論時入妙悟，故高廷禮《品彙》多收之。詩家最不可不讀也。

《后山詩話》曰：「孟嘉落帽，前世以爲勝絶。杜子美《九日詩》云：『休將短髮還吹帽，笑倩傍人爲正冠。』其文雅曠達，不減昔人，謂詩非力學可致，正須胸中度世耳。」余謂：胸中度世，亦由力學中得。

又曰：「寧拙毋巧，寧粗毋弱，寧僻毋俗，詩文皆然。」魏文帝曰：「文以意爲主，以氣爲輔，以詞爲衛。」子桓不足以及此，其能有所傳乎？余謂：「寧拙毋巧，寧精毋弱」，此是《大乘》中法語。「寧僻毋俗」，此傍墜魔境單偈，余易之曰「寧俗毋僻」，乃始合大道耳。毫釐千里之差，識者自知之。

許彦周誚杜牧《赤壁》詩曰：「孫氏霸業繫此一戰，社稷存亡，生靈涂炭，都不問，只恐捉了二喬。可見措大不識好惡。」余讀之，方夜餐之頃，不覺噴飯滿盤。因謂，假使牧之聞之，則必當捧腹絶倒矣。杜結句流暢婉麗，不涉理路，其妙正在阿堵中。「措大不識好惡」，彦周自言。

楊用脩曰：「崔顥《黄鶴樓》賦體多，沈佺期《獨不見》比興多。以畫家法論之，沈詩披麻皴，崔詩大斧劈破也。」可謂知言矣。蓋沈詩巧密，建詩開山；崔詩疎宕，古風遺調。崔氣勝韻，沈韻勝氣，二詩實難優劣。

白樂天詩：「離離原上艸，一歲一枯榮。野火燒不盡，春風吹又生。」顧况深稱之。真佳句也。且藹然其言，温厚和平，與夫詩爲讖者異矣，宜公之長世也。

韓退之云：「齊梁及陳隋，衆作等蟬噪」。余謂：昌黎砥柱衰運，超然復古。要之立宗之論，不能不爾耳。楊仲弘曰：「詩當取材於《選》，效法於唐。」許彦周曰「昌黎此語，吾不敢議，亦不敢從」，有味哉！

司空圖《與王駕書》評詩曰：「國初雅風特盛，沈、宋始興，之後傑出江寧，宏思至李、杜極矣。右丞、蘇州趣味澄夐，若清流之貫遠。大曆十數公，抑又其次。元、白力勍而氣孱，乃都市豪估耳。劉夢得、楊巨源亦各有勝會，浪仙無可，劉得仁輩時得佳致，亦足滌煩。厥後所聞褊淺矣。」司空此論可謂卓識矣。但時屬衰運，調沿時流，亦可惜也。

楊用脩曰：「許渾《蓮塘詩》，此《丁卯集》中第一，而選者不知取。他韋莊《憶昔》，羅隱《梅花》，李郢《上裴晋公》，皆晚唐絶唱，可與盛唐崢嶸，惟巨眼者知之。」余謂此四詩，固鐵中錚錚，要之不及錢、劉之調，何論其上？用脩喜爲僻論，豈具正法眼者耶？

詩不可强解，不可淺解，唯優柔厭飫，久而乃得，此其真味。從來解杜詩者，數十百家，率皆措大穿鑿附會，謬妄居半，何足取哉？陶靖節「好讀書，不求甚解」，此真善讀書者。余故謂：吟詩不求甚解，此真善解詩者。

兩漢古詩，氣象混沌，無迹可求，而豈枯淡無味之謂哉？梅酸李苦，自然天味，不假製造，各可人口。魏人質勝，其文繼響兩漢，但時露其才，頗出有意，比之兩漢，覺隔一層焉。

六言，詩人賦詠之餘，篇什稀少，不足論述。唯王維《田園樂》句法變化，典實古雅，最可師法。六言律，唐人絶少，《品彙》中纔收數首。惟韓翃《送陳明府赴淮南》典暢雅麗，甚可法也。蓋六言律不難中閒二聯，起結最難，韓起結俱佳，故自濯濯。

洪容齋《隨筆》曰：「皇甫冉集中所載《張繼奉寄六言詩》一首，冉酬之詩序曰：『懿孫，予之舊好，祗役武昌，有六言詩見憶。今以七言裁答，蓋拙事者繁而費。』冉之意，以六言難工，故衍爲七言答之。然自又有《小江懷靈一上人》等三篇，皆清絶可畫，非拙而不能也。予編唐人絶句，得《七言》七千五百首，《五言》二千五百首，合爲萬首。而《六言》不滿四十，信乎其難也。」余謂六言固難，而未若七言之難。故六言庸工可以藏拙，七言大匠不可以掩瑕。宜唐人專精七言，欠工六言，有旨哉！

裴迪《孟城坳》詞極古拙，寄慨不淺。劉須溪評云：「未爲不佳，與王維相去遠甚。」余謂二詩屬詞不同，寓感各異，未易優劣。

敖子發曰：「李太白《越中懷古》，韓退之《游曲江寄白舍人》，元微之《劉阮天台》皆以落句轉合，有抑揚，有開闔，此格唐詩中亦多不得。」余謂落句轉合最難，青蓮結句用意入神，而更自淒婉，固是千古絶調。韓、元二公頗背當行，且意盡句中，趣乏言外，未可竝論也。

何仲默曰：「右丞他詩甚長，獨古作不逮。蓋自漢魏後，而風雅渾厚之氣空有存者。右丞以清婉峭拔之才，一起而綽然，宜乎就速而未之深造也。」余謂右丞古調固不能越唐調，而清空閒遠比之蘇州更覺自在，吾願學之。

古人論同時之毁譽，多過其實，未可即信也。李觀論孟郊詩曰「高處在古無上，下顧二謝云」。韓文公送序曰「孟郊東野始以其詩鳴，其高出魏晋，不懈而及於古」。夫郊詩清瘦古質，固是作家，然謂之無上，或稱出魏晋亦甚過矣。又，劉長卿嘗謂：「今人稱前有沈、宋、李、杜，後有錢、郎、劉、李。李嘉祐，郎士元，何得與余竝驅？」又楊炯謂「吾愧在盧前，耻居王後」之類，亦皆不免軒輊焉。具眼者自知之。

張子容《送内兄李録事歸故里》云：「十年多難與君同，幾處移家逐轉蓬。白首相逢征戰後，青春已過亂離中。行人杳杳看西日，歸馬蕭蕭向北風。漢水楚雲千萬里，天涯此別恨無窮。」調雖稍弱，流暢清婉，亦佳作也。諸家之選遺之。大抵三唐詩選或失之寬，或失之嚴，讀者無眩多岐，公爲折衷，則庶幾不負作者。

韋蘇州詩以古淡嬌俗。僧皎然嘗以數解爲贄，韋心疑之。明日又録舊製以見，始被領略。曰：「人各有長，蓋自天分，子而爲我，失故步矣！但以所諧自名可也。」皎然乃服。余謂此論有益於詩學也。蓋才質異途，神用或别。子美不能爲太白之飄逸，太白不能爲子美之沈鬱，各學其性所近，亦詩道捷徑也。

杜工部歌行縱横變化，無容擬議。但晚年諸作，真率不采，似不成章者，亦是大家常態。學者當去其牝牡，效其神駿矣。于鱗稱「七言歌行惟子美不失初唐氣格，縱横有之」，亦唯謂其合作耳。

劉貢父曰：「詞人以『也』字作『夜』音。杜云『青袍也自公』，白公云『也向慈恩寺裏游』，不可如字讀也。」余謂：大抵唐音與今音不同，後世字書亦多挂漏，熟唐詩者自知之。

又曰：「歐陽永叔曰：『知梅聖俞詩者莫如某。然聖俞平生所自負者，皆某所不好；聖俞所卑下者，皆某所稱賞。知心賞音之難如此。』其評古人之詩，得無似之乎？余嘗投舊稿於一友人，索其賞鑒。友人素知詩者，褒貶最多。而余所得意，他不加賞；余所厭棄，彼甚稱揚。斯知賞音之難，古今無二致也。」

宋名家王荆公、歐陽公、蘇東坡、黄山谷、陳簡齋、陸放翁之類，格調氣韻各自不同，比之唐人，共隔一大劫。何者？其才學識見爲之祟也。夫文關氣運，固也。宋雖不能混一宇内，太宗、仁宗之治，媲美於漢唐之盛矣。歐蘇諸公之文，竝轍於韓柳之古，豈氣運之謂哉？亦唯學不得其方也。

辛文房《唐才子傳》品隲頗有精理，其論詩題曰：「嘗讀《選》中沈、謝諸公詩，有題《新安江水至清，淺深見底，貽京邑游好》，及《石門新營所住，四面高山，回溪石瀨，茂林脩竹》，及《田南樹園激流植楥》《齋中讀書》《南樓中望所遲客》《晚登三山還望京邑》等數端，皆奇崛精當，冠絶古今，無曾發其韞奥者。逮盛唐沈、宋、獨孤及、李嘉祐、韋應物等諸才子集中，往往各有數題，片言不苟，皆不減其風度。此則無傳之妙。逮元和以下，佳題尚罕，况於詩乎？立題乃詩家切要，貴在卓絶清新，言簡而意足，句之所到，題必盡之，中無失節，外無餘語，此可與智者商榷云。」余謂此論精當，可以爲立題程法。然唐人命題，不必盡善，未稱此言。但明李獻吉、何仲默、李于鱗、王元美數公，手自興復千古盛運，洗滌後世陋態，簡潔精當，不煩繁冗，乃始足稱此言矣。具眼者自知之云。

明詩繼唐，只伯仲之間而已。然流派最多，故易眩人。有初盛、有中晚，而又非若唐詩界限塹然，大抵李本寧、胡元瑞之儔已入中唐樊圃，袁中郎、鍾伯敬、譚元春之徒深墜晚季疆畛，甚者傳薪宋人，詩道之衰甚矣！陳卧子、李舒章之徒唱義闢之，而力微任大，不能挽回，豈不惜乎？

明詩之選數十家，互有長短，唯陳卧子選頗中肯綮，而率取平淡流暢，未滿人意。余欲裁定補删，有志不果。

胡元瑞評論唐詩，的白精確，無以加焉。但於明人，頗阿其所好，與奪過實。後學慎簡擇之可也。

胡元瑞每抑濟南而揚瑯琊，陳卧子偏排弇州而專推滄溟。要之偏重一隅，非論篤也。余謂于鱗不如元美之博大，元美不如于鱗之高華。

李舒章曰：「元美諸體，似不甚長，惟七言律之妙，華動富溢，掩映時輩，不愧宗工。」夫誚瑯琊以諸體不甚長，寃哉！瑯琊而不長，則長者幾希。

弇州《詠物》六十首，體格卑卑，中晚色相。于鱗《華山》四首，整練沈渾，千秋絶調。而元瑞謂「于鱗四首之内，軌轍已窘；元美百篇之外，變幻未窮」，寃哉！

起句之難有二：壯偉者易粗豪，雅淡者易卑弱。名流哲匠，自古難之。惟弇州諸起句，鎔天然于百練，操獨得于千鈞，千秋絶技，殆難得而可學也。今略摘之左方，令初學法效之。其壯偉典麗者，「赤日浴滄海，青天横岱宗」「西來天地坼，無恙大行城」「洞庭八百里，春波正渺茫」「玉鏡中天挂，金波大地流」「十萬嫖姚騎，縱横大漠旁」。其雅淡韻度者，「豈必在丘壑，居然無俗塵」「洗卻俟家態，胡牀僅薜蘿」「莫問除書意，風塵彼一時」「不辭盃酒醉，山水盡君操。」

老杜多用天地、乾坤、日月、風雨等字，句句有法。于鱗、元美最長善學，變化入神。今時之人，漫用無法，便是傚顰，不堪其醜。

弇州兄弟最推明卿。余謂明卿沈著流暢，間入中唐。惟醇乎醇者，止濟南而已矣。

李獻吉七言絶句，擬少陵者甚多，質朴古拙，各自逼真，亦一種風調。宗轅文誚不成章〔一〕，不亦寃乎？

元美《國朝詩評》，鑒裁精徹，譬喻典麗，今姑舉其數家。曰：「何仲默如朝霞點水，芙蕖試風；又如西施毛嬙，無論才藝，卻扇一顧，粉黛無色。李獻吉如金鳷擘天，神龍戲海；又如韓信用兵，衆寡如意，排蕩莫測。李于鱗如峩眉積雪，閬風蒸霞，高華氣色，罕見其比。又如大商舶明珠異寶，貴堪敵國，下者木難火齊。」余謂王元美如屈注天潢，倒連滄海，變眩百怪，終歸雄渾。又如百寶流蘇，千絲鐵網，綺密環妍，奪人心目。

吾邦物茂卿先生曰：「于鱗於盛唐諸家外，别構高華一色，而終不離盛唐。細眂其集中，一篇一什亦皆粹然，不外斯色，所以爲不可及也。元美一身具四唐，隨年紀以相升降，可謂奇事矣。」余謂李、王二子，得物子賞音，吐氣泉下矣。

王敬美曰：「學于鱗不如學老杜，學老杜尚不如盛唐。何者？老杜結構自爲一家言，盛唐散漫無宗，人各以意象聲響得之。政如韓柳之文，何有不從《左》《史》來者？彼學成而爲柳爲韓，吾卻又從韓柳學，便落一塵矣！輕薄子弟遽笑韓柳非古，與夫一字一語必步趨二家者，皆非也。」余謂：旨哉，斯言也。近物子首唱明詩，海内嚮風。夫人誦法于鱗，而争事剽竊，神韻乃乖。「青山」

〔一〕宗：似當作「宋」。按明清之際宋徵輿（一六一八—一六六七）字轅文。

「萬里」，動輒盈篇，紛紛刻鶩，至使人厭。豈謂之善學邪？余常誨學者曰「善學于鱗者，不肖于鱗」，聽者莫不駭然，或疑或惑。而余自以爲知言，假使王敬美聽之，則必欣然莫逆耳。

右《詩評》若干條，亦唯爲蒙士啓一二爾，讀者勿笑其鹵莽云。

丹丘詩話跋

古今詩話何限也？其拙於自運，而口唯善言之者，嚴、高二家是已。其巧於自運，而口亦善言之者，王元美其人也。然彼善知者，口不能言，《詩》曰：「維其有之，是以似之。」故弇州《巵言》、《丹丘詩話》，猶善言其似者也，何言其不能言者哉？

寬延庚午冬十一月，友人林義卿撰。

日本詩史

江村北海

《日本詩史》五卷，江村北海（一七一三—一七七八）撰。據清田茂影印平安書林明和八年刻本《日本詩史》校。

按：江村北海（えむらほっかい EMURA HOKKAI），江户時代漢文詩人。京都（今屬京都府）人，名綬，字君錫，世稱「傳左衛門」，號北海。係福井藩（今屬福井縣福井市）儒者伊藤龍洲次子。其自九歲至十八歲成長於明石（今屬兵庫縣明石市），其間向明石藩藩儒梁田蛻巖學習三年。享保十九年（一七三四）二十二歲時，代父爲弟子們講授經史。其學奉朱子，善詩文，致力於鼓吹風雅，其詩社謂爲「賜杖堂詩社」。因其《日本詩史》（五卷）記述日本漢詩歷史而著名。享保十九年（一七三四）其父因丹後（京都府北部）宫津藩儒官江村毅庵生前曾向其拜托後事，便將其送予江村爲養子，遂改姓江村，並繼江村職仕於宫津藩青山侯。後辭離宫津藩，於京都室町建「對梢館」專心教授。當時有「大阪片山北海（孝秩）」、「江户入江北海（子實）」及「京都江村北海（綬）」，時人稱爲「三都三北海」。其兄弟三人，兄伊藤錦里以經史聞名，弟清田儋叟以文章聞名，時稱「伊藤三珠樹」。正德三年十月八日生，天明八年二月二日歿，享年七十六歲。

其著作有：《日本樂府類解》五卷、《七才子詩集譯説》二卷、《蟲諫》三卷、《北海詩抄》二卷、同二編三卷、同三編三卷、同四編、《北海文抄》三卷、同二編、授業編十卷、《唐詩訓解删注》、《日本文選》、《日本經學考》等。

日本詩史序

北海先生著《日本詩史》而成，將上之梓，則命予序之。予受而卒業。自中古而今世，數百千歲之邈焉。自王公而士庶，暨緇流紅粉之雜焉，殘篇賸語，膾炙人口而其名堙晦無聞者廣蒐博采，人傳其略。旁及噉名俗子、好事估客，苟其詩可觀者，竝録而無遺，蓋不以人廢才也。可謂詞家苦心，藝苑盛舉哉！然而斯史也，逮于近世，則詳乎布韋而略乎冠冕者，獨何也？先生博聞廣識，潛心於此者數年，豈其有遺漏哉？然則予之平日慨然於懷者，無乃其有徵乎？蓋吾邦先王之奉神道以設其教，亦迨乎聘舶相通也，則禮樂政刑，無一而不資諸漢唐以爲損益者，而其明經文章之選，亦惟無一而非金馬玉堂之則也。故公卿大夫翕然皆用心於詩賦論頌，而若和歌則其緒餘也耳。延喜中，敕編《古今和歌集》，而掌其選者未必閥閱之胄也，則可知以和歌名其家者，蓋當時縉紳名族之所未必屑也已。嗟夫！自皇綱解紐，學政不振，文事頹敗，殆幾泯没。於是乎和歌者流始擅藝柄，誇張相尚，卒乃世之所稱歌仙者，推尊之甚比之神聖，視其遺什猶典謨。古言或難曉，則附以神秘之訣，齋戒傳授，禮最崇重，輒曰「和歌之教之道，而王公之學之禮」，而穆穆宮禁，奉以爲盛典。吾儕小人，豈敢置一辭！雖然，三代聖人之道有何等秘訣，而吾邦中古亦未聞有此儀也。降此而曲藝末技之師，亦皆藉此機以干進，則種種衒飾靡所不屆，而王公大人或爲之甘心，至乃涓吉誓神，恭執弟子禮，傳秘探密，惟日不給，尚何暇屬辭苦心之業之爲？宜乎近世廊廟之上，文學寥寥，亡聞於世者。而惟衡門之寒，衲衣之陋，獨擅美于艸萊之下者，其可勝嘆乎？抑雖世變之使然乎，亦未必無任其責者也。予嘗持斯説，將以微諷之。而青雲之與泥塗，其相隔天壤不啻也。將質諸先覺，則自喪吾景山先生，而離群獨學，日就孤陋，故抑憤蓄疑，隱忍者久之。幸矣斯史之作也。予多年之所懷，今而足以徵者，不亦喜乎？北海先生奕世名儒，學識贍博，可以大有爲者。而作此區區文士之舉，蓋其意之所在豈徒哉。以故詩論所及，諸子百家無所不有，而非寓褒於貶，則視戒於寵，皮裏陽秋，不可測焉。不知先生托之以言其志者，如予所懷亦在其中乎？庶幾王公大人一閲斯史，或有所憤發，而小用心於文學乎？天廄之種，穀食之養，一日千里，豈敢凡骨駑材之所企及哉。時方昇平，地是土中。王室肅雝，公卿委蛇。有寧處之遑，而無鞅掌之勞。餘力學文，何求無成？况乃乘文明之運，而鳴泰平之美，豈翅鴻業潤飾，皇猷黼芾！可謂吾日出處之國光，赫赫乎足以輝萬邦哉。艸莽微臣如順，亦得被其末光者，其喜豈有窮已哉。然則《詩史》之作也，其關係亦大矣哉。因不自揣，敢書鄙見，以爲之序，并質諸先生云爾。

明和庚寅冬十月，平安醫員法眼武川幸順撰。

日本詩史序

余蚤歲從北海先生學，而得讀異邦之書，談異邦之詩，論異邦之世也。先生之言曰：「晋杜征南既建策平吳，又潛心訓詁《春秋傳》，其業可謂勤矣。而猶爲不足，刊其成業於碑，爲後世之名，其志可謂深矣。夫名，不可以已者也。而狥名爲利罔，君子弗論也。」余因竊謂，狥名爲利罔，異邦人士滔滔皆是。蓋異邦自古者，聖明之主莫不以舉能求賢爲先務。而周時取士教官掌之，漢以後設選舉法，至後世科目益廣，乃童子有科目，耆老有禮徵，是以巖穴下能屈王侯之尊，則終南爲仕進捷徑，亦何足怪哉。唐時以詩試士，一時躁競，唯詩是務。後人稱詩盛于唐，抑亦時政所使焉。吾邦自穹壤剖判，亘萬世一帝系統，政教概不與異邦同，况復昇平日久，海内仰無爲之化，封建之制上下分定，士民安業，靡有覬覦之心，靡有躁競之習。即有務爲名高者，要是不爲科第，則材學可稱、詩篇可傳者有焉。而後輩往往忽近，不必傳者不少，豈可不惜哉！吾先生常有感于此，近撰《日本詩史》，并考其世與其人以論其詩。嗚呼！先生之業可謂勤矣，先生之志可謂深矣。宜刊而傳之，則後世其有所徵焉。傳曰：「頌其詩，讀其書，不知其人可乎？是以論其世也，是尚友也。」先生斯舉其得之哉。

明和庚寅仲冬，柚木太玄謹撰。

日本詩史凡例

一、是編論詩以及人，非傳人以及詩。即巨儒宿學，苟無篇章存在者，亦不論載焉。此所以名以《詩史》之義。

一、是編本爲十卷。起稿丙戌之秋，戊子業就，乃命男悰秉校焉。但余罷仕八年於兹，囊橐既竭，剞劂殊艱，因擬割愛，先梓其半部。今兹庚寅二月，悰秉羅疾没。鍾情之極，閉户謝客。長夏無事，殆難銷日，乃修舊業，且以遣憂。會弟君錦自關東還，乃使其重校，以附剞劂。初爲十卷，尚未足稱詞壇陽秋，况删其半！直是藝園芻狗，即弊帚傳哂，抑亦婆心後輩云。

一、五卷中，初卷商搉中古近古。朝廷文學，簪纓辭藻，始自白鳳時，訖于慶長末。二卷者，初卷緒餘。其所論載爲武弁，爲醫，爲隱，爲釋氏，爲閨閣。年代同上。但閨閣不可多得，則近時亦附焉。第三卷，論述元和以後京師藝文，兼及他州。第四卷，東都兼及他州。第五卷，第三第四兩卷緒餘，論及諸州。

一、是編之作，全在揄揚元和以後藝文。而名以《詩史》，則不得不原其始也。是以溯洄古昔者不必廣蒐。蓋古昔詩可徵於今者，莫先乎《懷風藻》。《懷風藻》作者六十余人，詩凡百二十首。《經國集》雖殘缺，今存者二百餘首。《麗藻集》凡百首。《無題詩集》七百七十首。其餘中古近古諸集諸選尚多，若人人而評之，篇篇而論之，蕞爾一書非所能辨，故斷不言及。今初卷所録，以林學士所撰《一人一首》爲標準，略陳瑜瑕以成卷者，要之省筆減簡，不能不然。

一、《懷風藻》所載朝紳，始自大納言中臣朝臣大島，訖于中宫少輔葛井連廣成，人必具官銜者，於義當然。是編本擬亦據其例，至删爲五卷，都除官稱，單録姓名，亦唯省筆減簡，不能不然。

一、是編初卷所論列，並是朝紳，絶無韋布士，由古選所收然也。蓋一時藝文特在青雲上，而草莽士無染指者歟？不然，則《懷風》《凌雲》《經國》《無題》等諸選，率朝紳所纂輯，是以采擇不及民間歟？是編第三卷以下所論載，靡匪布素。元和以後，朝野文武靡然嚮學，青雲上定不乏佳撰。而余意竊謂，以草莽士叨評論尊貴著撰，不敬之甚，以故全不論次。

一、是編删爲五卷，闕略固所不論，而就其中言之，蓋亦非無差等。京師詳於東都，東都詳于諸州。此非有所私厚薄，余住京師者數十年，于京師文學頗得要領。東都隔遠，物色既難，况乎他州。余近覽本朝詩纂，私欽敬其盛舉。但其中録次京師近時作者，大爲憒憒，其薰蕕雜陳亡論耳，若載余伯氏，已録伯氏姓名，又别舉伯氏舊名舊表號，此以伯氏一人爲二人，餘可準知。噫！以宗藩之勢，何求不得？加之文學之職，賓客之盛，承順其美，贊成其業，無所不至，而猶且如此。况余一人心力管蠡海内，其謬誤奚啻千萬。

一、是編所論次近時作者，必蓋棺論定，而後敢論。若夫聲名顯著當今，下帷延徒，亡論余知與不知，并不舉瑜瑕。蓋譽之似黨，毁之似奪，不能不避嫌疑。但不以講説爲業，及湮晦遠名，或羽翼未成者不拘此例。

一、我邦多復姓，操觚之士或以爲不雅馴，於是往往減爲單姓，不翅代北九十九姓。其義得失姑置之，是編多完録姓氏，要使後人易檢索。而亦不盡然者有説也。余已載諸《授業編》，因不復贅。地名亦然。遠江州稱袁州，美濃州稱襄陽，金澤爲金陵，廣島爲廣陵之類，於義有害，是以一概不書。

一、古曰作詩之難，論詩更難。非論之難，論而得中正之難。夫詩體裁隨時，好尚從人，必欲使天下作者歸己所好，一非一是，矯枉過正，其極變温柔敦厚之教，開傾危争競之端。悲夫！孟子曰：「物之不齊，物之情也。」五色各色其色，未嘗失爲其明。夫玄之與黄，孰是取焉，孰非捨焉？余不好爲詭言異説以建門户，是編所論，中古即以中古，近時即以近時，京師即以京師，東都即以東都。人人各逐其體評論，冀無寸木岑樓之差。

一、是編所論載詩大率近體，絶不及古詩者，中古朝紳詠言，近體間有可録，至古詩殊失其旨。元和以後作者輩出，近體詩實欲追步中土作者，但五言古詩未得其面目。蘐園諸子文集，其首必多載樂府擬古諸篇。然以余論之，尚有可議者。其詳載諸《授業編》云。

明和庚寅冬十月，北海江邨綬題于賜杖堂。

日本詩史卷之一

按史，應神天皇十五年，百濟國博士阿直幾來朝，獻《周易》《論語》《孝經》等書。上悅，使阿直幾授經諸皇子，我邦經學蓋肇於此云。後阿直幾薦王仁，上乃詔百濟王徵王仁。王仁至，與阿直幾同侍講諸皇子。上崩，仁德天皇即位，遷都浪速，王仁獻《梅花頌》，所謂「三十一言和歌」者也。或曰：「異域之人何以作和歌？所獻或是詩章，當時史臣譯通其義耳。」或曰：「王仁歸化既久，熟我邦語言，學作和歌。」未知孰是也。要之距今千有四百年，載籍罕傳，共詳不可得而知也。自仁德升遐，歷世三十，經年四百五十，天智天皇登極。而後鸞鳳揚音，圭璧發彩，藝文始足商榷云。

史稱詩賦之興，自大津王始。紀淑望亦曰：「皇子大津始作詩賦。」而其實大友皇子爲始，河島王、大津王次之。大友詩五言四句：「道德承天訓，鹽梅寄真宰。羞無監撫術，安能臨四海？」典重渾朴，爲詞壇鼻祖而無愧者也。大友，天智太子。與太叔龍戰于關原，天命不遂，「安能臨四海」之語爲讖。河島王有五言八句詩，大津王兼作七言，才皆不及大友。

葛野王，大友長子。遊龍門山詩：「命駕遊山水，長忘冠冕情。」風骨蒼老，不減皇考。詳詩意，壬申亂後，潛晦形跡，縱情泉石歟？葛野王生河邊王，河邊王生淡海三船，世有才名。

至尊睿藻見於古選者，文武天皇爲始。《詠月》五言八句，見《懷風藻》。又《詠雪》曰：「林邊疑柳絮，梁上似歌塵。」齊梁佳句。

平城天皇有詠櫻花詩。

嵯峨天皇天資好文，睿才神敏，宸藻最稱富贍。其七言近體中，警聯殊多，但未免駢麗合掌，亦時風爾耳。如曰「家鄉杳杳多歸志，客路悠悠少故人」「雲氣濕衣知近嶽，泉聲驚枕覺鄰溪」，沖澹清曠。

弘仁御寓日，平城讓皇在西内，淳和以皇太弟在東宫。三宫融睦，孝友天至。花晨月夕，讌樂相接。宸章往復，幾靡虚日。不直右文美德，實是曠代盛事也。但平城、淳和二帝睿藻傳者不多。宇多天皇有《翫殘菊》七絶，醍醐天皇有《讀菅氏三代集》七律，二帝御製，止此而已。郫上天皇亦稱好文，所傳《宫鶯曉囀》七絶，自以爲警絶。史稱上親製詩題，召詞臣同賦以爲娱樂。而餘不概見，惜夫！

永延帝《披書見往事》七律，雖語重累，而足見睿思正大。

長曆、永承、延久三帝御製，散見諸書者，皆隻句斷章，無有完者。延久帝聰明善斷，大有爲之君，而在位僅五年而崩，宸章亦淪亡，殊可慨嘆。是時上距天智即位四百三十年。帝崩後，文教漸不振，世方尚和歌，陵夷迄乎保元、平治。朝廷多故，經學文藝並不復講者幾乎百年。尚幸有嘉應帝内宴御製一首見《著聞集》，當時應制作者十餘人，其詩無傳。嘉應帝崩後，歷十七帝百七十年，康永帝即位。元年春宴，以《山家春興》命題，御製詩曰：「桃花流水洞中天，不記煙霞多少年。滿目風光塵土外，等閒逢著是神仙。」意境閒雅，語亦圓暢。當時應制詞臣二十二人，詩今存者僅九首。其中如僧貞乘曰：「微風時送幽香至，似報前山花已開。」藤國俊曰：「遊絲百尺飄天上，不及山翁心緒閑。」雖韻格不高，頗見巧致。是時南北戰争，四郊多壘，而帝能以文雅帥臣僚，不亦偉乎？自康永至天正又二百年，其間無睿藻見史册者。至文禄改元之後，有天子賜源通勝御製詩，蓋否極而泰，元和文明之運已兆於此者歟？

皇子諸王之詩，大友、大津、葛野之外，大石王、山前王、仲雄王、犬上王、境部王、大伴王等令藻見古選者不過數首，獨長屋王則有數十首。要之魯衛之政。若論其才俊，無出兼明親王。次則具平、輔仁耳。兼明，醍醐皇子，二品中務卿，世稱前中書王是也。自幼好學，才識絶倫。帝愛重之，欲立爲太子。而執政憚其賢明，帝不得已，以承平帝爲東宫，兼明爲右大臣，賜姓源氏。復爲執政所忌，不能久居台司，退隱嵯峨，作《菟裘賦》以見其志。賦中有曰：「扶桑豈無影乎，浮雲掩而乍昏。叢蘭豈不芳乎，秋風吹而先敗。」抑鬱之懷可想也。嘗詠禁中竹「迸筍纔抽鳴鳳管，蟠根猶點卧龍文」，稱爲警拔。又《詠養生方》三言，《憶龜山》雜言，真情暢達。其餘詩賦見古選者，往往可吟哦。

具平親王，邨上皇子，二品中務卿，世稱後中書王。《題橘郎中遺稿》七律悲惋悽惻，一時傳稱。其結句曰：「未會茫茫天道理，滿朝朱紫彼何人。」蓋亦爲藤原氏發也。又《遥山暮煙》七律精詣，被賞一時。

輔仁親王，延久帝子。《詠賣炭婦》七律用意懇惻，語亦平整。以親王尊貴，注情於此，豈不賢乎？保平以降，帝子徽音寥乎無聞，唯有貞常、貞敦兩親王遺篇而已。貞常親王，貞和帝曾孫，《落葉》七絶見《康富日記》：「枯梢寂寂帶夕陽，滿砌飄塵擁蘚蒼。莫道晚風吹葉盡，老紅卻恐曉來霜。」雖語差晦，用意自工。貞敦親王，貞常曾孫，《江山春意》七絶：「江山雨過翠微平，樵唱漁歌弄春晴。風動水南酒旗影，杏邨既聽賣花聲。」興象宛然，意致亦婉。

公卿朝紳著稱詞林，世不乏其人。而蘭玉競芳，鳳毛紹美者，藤原氏、菅原氏、大江氏，次則紀氏、橘氏、源氏、三善氏、小野氏、巨勢氏、滋野氏等，不過十數家。

藤原氏以淡海文忠公史爲首。公盛德大業，位極人臣，宅暌餘暇，留意翰墨，辭藻亦冠絶一時。元日朝會詩五言十二句見《懷風藻》，華贍而典則。公生四子，并有才學。長子左大臣武智，繼位台鼎，其詩失傳。次子參議房前，七夕内宴詩「瓊筵振雅藻，金閣啓良遊。鳳駕飛雲路，龍車度漢流」，駸駸乎王楊盧駱。其次參議宇合，史稱宇合有文武才，常爲聘唐使，風采可想。四子兵部卿萬里，少長簪裾而不忘邱壑，常曰：「當今上有聖主，下有賢臣，我曹何爲？」放浪琴酒，自稱「聖代狂士」。《懷風藻》載暮春燕會詩曰：「城市元非好，山園賞有餘。」記其實也。

武智、房前二公子孫，南北分宗，世官宰輔，椒聊蕃衍，衣冠滿朝。而篇章傳世者，武智曾孫三成，有《漁家雜言》。房前曾孫左大臣冬嗣，有《奉和聖製宿舊宫》七律，左京大夫衛有《奉和聖製春日感懷》應制七絶，參議道雄有《詠雪》七絶，玄孫彈正少忠令緒，有《早春遊望》七律。其餘無多。

中納言葛野，亦房前曾孫。有辭才，延曆中爲聘唐使。惜著作無傳。葛野子刑部卿常嗣，博學强識，少知名。承和中爲聘唐使。父子妙選，世以爲榮。常嗣詩見古選，《秋日登叡山》五言近體中曰：「仙梵窗中曙，疎鐘枕上清。」清迥不凡。

左大臣時平，有《秋日會城南水石亭壽藏大師七十》詩。水石亭，公別業。藏大師，大外記大藏善行。公少受業善行，因有斯舉。公以陷菅公獲罪名教，其人固不足道，而崇師也重業也，輓近未得其比。當時右文好尚可想。史稱此會一時名士畢集，藤氏勢焰固當爾，而亦善行之榮幸也。詩今存者二十餘首，紀發昭、三善清行亦在其中。而清行七律得驪珠，其餘鱗甲無足把翫者。

參議菅根有才子譽，嘗被菅公薦引。後阿附左相而傾菅公，其人固卑。《惜秋翫殘菊》七律殊不雅馴。此寬平中内宴應制詩，同時作者二十餘人，今存十三首，而藤原氏七人。大納言定國亦有作詩，皆不足録。

藤原氏權勢，至太政大臣道長窮極滿盛，所謂男公女后，富逾帝室者。其侈麗豪華，震耀一時。而其人好詩善書，亦可嘉尚。公嘗創法成寺，世稱御堂公。又營別業於宇治，高閣層軒，擅流峙之勝。公數往遊，有詩云：「別業嘗傳宇治名，暮雲路僻隔華京。柴門月静眠霜色，茅店風寒宿浪聲。排户遥看漁艇去，捲簾斜望雁橋横。勝遊此地人難老，秋興將移潘令情。」意境蕭散，絶無權貴相。公姪内大臣伊周，中納言隆家，竝好文詞，而淫凶無取，詩亦不韻。

大納言公任，世稱其多才。大江匡衡嘗評一時詩人，以公任敵齊信。余索其遺篇，寥寥罕傳。

若夫《題山川晴景》七律，稚拙不成章。匡衡之言溢美耳。

參議有國，重陽陪宴七言長篇用事錯綜，足見才思。但章法句法未透，難入選耳。有國，參議真夏之後，其高祖創建大刹于洛南日野，自以爲大功德，繇是稱日野氏。其父輔道，對策高第。至有國，家聲益振，子孫世名于儒林。

五品爲時《題玉井别莊》七律：「玉井佳名世所稱，松楹半按碧岩稜。山雲繞屋應褰幔，澗月臨窻欲代燈。梅吐寒花朝見雪，水收幽響夜知冰。池邊何物相尋到，雁作來賓鶴作朋。」雖乏聲格，首尾匀稱，足稱合作。爲時女紫式部，以著《源語》稱于世。

木工頭輔尹賦「醉時心勝醒時心」，鄙俚可笑。而大江匡衡數稱其才，時論之不足憑，古今同憒憒。

大納言仲實賦《德配天地》，右京大夫公章迴文體，及正時賦《日月光華》，長賴賦《海水不揚波》，公明、敦隆俱賦走脚體，憲光、尹經俱賦《班萬玉》，皆試場詩，殊無佳者。正時以下六人未詳官銜。

三品實綱《賀新成太極殿》，右大辨有信《三月盡》，中納言實光《詠傀儡》，左大辨宗光尚齒會詩，少納言敦光《夏夜吟》，四品實範《遍照寺作》，五品季綱《東光寺作》，茂明《勸學院作》，知房《秋日即事》，竝七言律，見古選。其中不無半聯隻句佳者，而瑕纇相半，全佳者絶無。但知房「郊扉暮掩茶煙細，岫幌晴褰桂月幽」意匠間澹，全章亦不甚拙。

左衛門尉周光《冬日山家即事》雖有小疵，自是胸臆中語，故平澹中反覺有味。史稱周光宦仕不達，有北門嘆。雖居輦轂，常睠山林。余閱《無題詩集》載周光詩多至百首，大抵山居題詠，則史言誠是。

左大辨顯業《三月游長樂寺》七律：「寺比五臺形勝地，時當三月艷陽天。山樓鐘盡孤雲外，林户花飛落日前。」字句工麗，金石鏗鏘。但起結不諧，殊可惜也。余覽前古選集，騷人文士留題長樂寺者甚多，藤原氏則敦宗、季綱、實兼，竝有七律。據其詩，殿堂之美，林泉之勝，巍然一大刹。今則不然，桑滄之變，物外亦然。

東宮學士明衡《花下吟》雖造語不合，意義自全。明衡，宇合之裔，編《本朝文粹》，有功於藝苑不眇。其子刑部卿敦基夙有詩名，「風生林樾時疑雨，浪洗石稜夏見花」一時傳稱。

少納言通憲，文章博士實兼子，保元帝乳母夫也。博學多通，辨給而有才略。少時不遇，嘗作詩曰：「顧身深識榮枯理，在世偏慵遊宦心。」遂薙髮，更名信西。保元帝即位，登庸掌機密，恃才果用，志在革弊政。而苛刻少恩，終以此敗。《無題詩集》多載其詩。其子俊憲亦有詞才，官至參議。

大政大臣忠通，相國忠實長子。相國懸車，代爲宰輔。後相國溺愛少子左大臣賴長，謀廢公移政柄。而公奉承依依，恭順無虧，惟孝之德足頌，而加有好文之美，豈不偉乎？《無題詩集》載公詩九十首，間有諧合者。左相，公異母弟少時穎敏，好學能詩，往使相國教以義方，當爲棟梁偉材。而趨庭失訓，鬩墻畜姦，保元禍亂實階于此。如其著作，今猶傳世。

元久中内宴，題《水鄉春望》，應制作者今可徵者十九人，大政大臣良經、左大臣良輔以下，藤原氏十五人，中納言資實、中納言親經、式部大輔宗親、左大辨盛經、東宮學士賴範、文章博士宗業、大内記行長等。大率無足録者。

建保内宴，作者見古選者，藤原氏九人，詩殊無可覽者。蓋保平以降，朝綱解紐，文學衰廢，於是和歌特盛。内宴詠言，和歌爲主，詩存餼羊耳。其不精工，不亦宜乎？

中納言基俊、中納言定家，竝稱和歌巨匠，有詩傳世，固非其所長。

左大臣兼良有《避亂江州水口驛遇雨作》：「憶得三生石上緣，一菴風雨夜無眠。今日更下山前路，老樹雲深哭杜鵑。」按史，公才學該通和漢，著作殊多，《四書童子訓》其一也。當時天步艱難，公雖位宰輔，南北播越，憂虞度日，而講明聖經，操觚無廢，此足以有紀也。

文明十五年，足利相公第燕會詩，傳者十九首。大政大臣政家、左大臣實遠、内大臣實淳、内大臣通秀、左近衛大將冬良以下，藤原氏十人。文明上距建保二百六十年，其詩較諸建保反有可觀，蓋此時雖朝廷文教益廢替，五山禪林詩學盛興，朝紳或因其鼓蕩爾歟？

内大臣實隆號逍遥院，致仕後詩云：「三十年來朝市塵，扁舟歸去五湖春。平生慚愧無功業，合對白鷗終此身。」每誡子弟曰：「吾少年不努力，老來悲傷無及。汝曹宜勿效尤。」因課子弟謄寫六經及《史記》《漢書》等。世知公爲和歌巨擘，而不知有文學，故揭而出之。

右所録外，藤原氏見諸集者猶有數十人，以繁删之云。其餘一聯一句，古今傳稱而全章闕亡者，五品篤《詠砧》「擣處曉愁閨月冷，裁將秋寄塞雲深」，右馬頭季方《三月盡》：「林間縱有殘花在，留到明朝不是春」，右少辨雅材《晴景》「松江日落漁舟去，蘿洞雲開隱徑深」，左中辨維成《江上作》「客帆有月風千里，仙洞無人鶴一雙」，大納言齊信《詠妓》「秋月夜間聞按曲，金風吹落玉簫聲」等不可枚舉。齊信名價重於一時，而其詩不多見，使人嘆惋。

菅原氏本姓土師，聖武天皇天平元年，賜侍讀土師古人姓菅原。古人子清公夙有文名，延曆中爲聘唐使，有《汴州上源驛値雪》詩云：「雲霞未辭舊，梅柳忽逢春。不分瓊瑤屑，飛霑旅客巾。」歷官至左中辨。清公子是善，自幼聰敏，才名顯著，官至參議。

菅原善主、菅原清岡諸家系譜不載二人，官職失考。《江家次第》以善主爲清岡姪，春齋林子以爲清公子，未知孰是竝有《詠塵》應制五言排律。中良舟、中良楫、藤原關雄皆有此題詠，必一時作。較其優劣，二菅最超絶矣。二菅詩精工整密，力量相等，難爲兄弟。今竝録全首，以質具眼者。善主云：「大噫籠群物，惟塵最細微。遇霖時聚斂，承吹乍雰霏。洛浦生神襪，都城染客衣。朝隨行蓋起，暮逐去軒歸。動息常無定，徘徊何處非。冀持老聃旨，長守世間機。」清岡云：「微塵浮大道，靄靄隱垂楊。色暗龍媒埒，形飛鳳輦場。徘徊寧有定，動息固無常。逐舞生羅襪，驚歌繞畫梁。因風流細影，伴雪散輕光。無由逢漢主，空此轉康莊。」

右大臣道真，是善子。自古儒臣官室台司者，吉備公之後有公而已。公之德業非特東方人士欽戴之，至於遐方異域，聞其風者靡不景仰。元薩天錫、明宋濂輩歌詩歷歷可徵也。但世之口碑往往失實，羅山林子辨駁之，更作公傳。文集十三卷儼然具存，穆如之美可得而見也。又如重陽侍宴，同賦《菊散一叢金》應制云：「微臣採得籯中滿，豈若一經遺在家？」其雅尚豈徒尋常文士之儔哉？宜乎廟祀千載，威靈顯赫，子孫繩繩，文獻世家也。

文章博士淳茂，右相次子。文才秀發，無愧箕裘。賦《月影滿秋池》云：「碧浪金波三五初，秋風計會似空虛。自疑荷葉凝霜早，人道蘆花過雨餘。岸白還迷松上鶴，潭澄可數藻中魚。瑶池便是尋常號，此夜清明玉不如。」蓋其少時作，稍見工密。惜起句逗漏。

大學頭文時，右相孫，大學頭高規子，世所稱菅三品是也。辭才富逸，名價與大江朝綱相拮抗。《題山中仙室》云：「桃李不言春幾暮，煙霞無跡昔誰棲。」優柔平暢，元白遺響。又天曆中應制賦《宮鶯曉囀》云：「西樓月落花間曲，中殿燈殘竹裏音。」帝嘆嗟，以爲不可及。兄左少辯雅規，弟大學助庶幾，子大學頭輔昭、右衛門尉惟熙，從子右中辨資忠，皆有詩名，可謂一門蘭玉，追蹤謝家矣。

寬弘二年十一月，皇子始讀《孝經》。禮畢，帝詔詞臣獻詩。侍讀輔正、侍讀宣義竝有應制作。輔正，右相曾孫。宣義，文時孫。可見菅氏世能其業。

《朝野群載》載菅才子《沈春引》一首。菅才子失其名，或曰永久中人。詩無足觀者。

大學頭是綱、文章博士在良、大學頭時登，皆民部少輔定義子，爲右相七世孫。塤篪相和，才名並著。較其力量，亦相伯仲矣。就中是綱《長樂寺》頸聯「樓閣高低隨地勢，林泉奇絶任天然」，景象湊合，氣骨兼完。

文章博士爲長、大學頭在高，並有《水鄉春望》七絶，俱非佳境。

文章博士在躬、刑部少輔忠貞、大學允永頼、五品斯宗、五品義明，皆稱善詩。而遺篇寥寥，難論造詣。

大江氏出於平城天皇，至參議音人，始以藝業顯著，世稱江相公是也。音人遺篇散亡，《江談抄》僅載《花落》一絶，尤非佳作。而《談抄》反以爲得意詩，何耶？音人子式部大輔千古，千古子中納言維時，相紹能業。而維時最知名，世稱江納言。二人詞藻亦復散逸，無足録者。

參議朝綱，音人孫。天曆中聲名藉甚，世稱後相公，以別音人。其《詠王昭君》七律頷聯云「邊風吹斷秋心緒，隴水流添夜涙行」，寓巧思于平易。頸聯云「胡角一聲霜後夢，漢宮萬里月前腸」，寄悲壯於幽渺。誠爲佳聯。惜乎起句率易，已失冠冕之體；結句卑陋，又絶玉振之響。世傳朝綱夢與唐白樂天論詩，爾後才思益進。蓋當時言詩者莫不尸祝元白，猶近時輕俊之徒開口輒稱王元美、李于鱗也。朝綱名重藝苑，所以附會此説也。

文章博士以言，千古曾孫。夙有聲譽，嘗賦《晴後山川》，源爲憲擊節嘆賞。今誦之，有大不協者。又《暮煙》七律，不及具平親王。惟《閒中日月長》一律似勝他作，而頷聯牽强不成句。《江談鈔》曰「橘在列不如源順，順不如慶保胤，胤不如江以言」，豈其然乎？《談鈔》，江帥門人所編録，故當云爾。噫！虚名溢美，何代不有！

式部大輔匡衡，維時孫。博學强記，文辭宏富，世推大手筆。以侍讀兩朝，歷任清要。加之累世儒業，高自矜伐。作五言古詩一百韻，詳述遭遇，他章亦多稱官閥。文集三卷行於世，其作類失粗豪，且不免俗習。雖饒篇什，無疵瑕者無幾。

時棟、政時，二人譜第不詳，職位無考。詩各一首，見《朝野群載》。

掃部頭佐國，朝綱曾孫。性愛花卉，野史云佐國死後化蝶，亦可證有花癖也。《無題詩集》多收其詩，大抵憐芳惜香之作。其中云「六十餘春看不足，他生亦作愛花人」，温藉脱落，余最嘉之。又有《觀宋國商人獻鸚鵡》四韻云：「巧語能言同辨士，緑衣紅嘴異衆禽。可憐舶上經遼海，誰識籠中憶鄧林。」著實明暢，語有次第，當時詠物無出此右者，惜起結不稱耳。余論大江氏，朝綱上襄，佐國雁行，其他往往名浮其實。

中納言匡房，匡衡曾孫。博涉群籍，學通古今。最留意國家典章，以八葉儒家、三朝侍讀，名重朝野。嘗爲太宰帥，世稱江帥。其在宰府，詣菅公廟作二百韻詩，盛傳一時。其他大篇巨什，經見諸書。而造語淺率卑近，無足採者。但所著《江次第》至今行於世。要之才敏綜覈，而自運非其所長也。子式部大輔隆兼詩才出藍，不幸早世。

紀氏，武内之後。武内十三世孫大納言紀麻呂，有《春日》應制詩。麻呂子式部大輔古麻呂，有《詠雪》詩。俱載《懷風藻》。麻呂父子之詩，接武乎大津、葛野二王，而爲公卿先鞭。諸氏詠言，皆賈其餘勇。

太宰大貳男人《遊芳野》，越前守末茂《觀魚》，民部少輔末守《送别》，三詩古朴，體格未具，不可加以三尺也。

御依也，虎繼也，紀氏系譜不收，官職無考。御依有《應制賦落花》七言歌行，蓋弘仁帝幸河陽離宫，有《落花》御製，從幸詞臣應制奉和，而諸詩散逸，今存者除御依外，有阪田永河長篇一首已。永河之詩采縟可睹，御依不及遠甚。虎繼《省試賦荆璞》五言排律，中聯云「潛光深谷裏，韜彩古巖邊。價逐千金重，形將滿月圓。冰霜還謝潔，金石豈齊堅」，精工純至，可稱佳絶。

式部丞長江〔一〕，麻吕玄孫。有《紅梅》詩。

中納言發昭，字寬。寬平、延喜之際名聲藉甚，至時人與菅右相並稱。余閲其遺篇，殊不及所聞。諸選所收《貧女吟》，真兒童語耳。特《山家雜詠》八首稍有瀟灑致。其子參議叔光亦有詩名，延喜中藤左相水石亭賀宴，發昭父子並列其席。叔光之後，紀氏無顯者。至康永中，有紀行親者，《山家春興》云「不識黄鸝棲樹底，一聲啼破滿山霞」，稍有幽況。惜「霞」字未免俗。

紀在昌「岸竹枝低應鳥宿，潭荷葉動是魚游」，紀齊名「仙臼風生空簸雪，野爐火暖未揚煙」，二聯見《朗詠集》，並逸首尾。齊名有重名，江帥嘗評當時詩人曰「齊名之詩如雪朝上瑶臺彈玉箏」，惜遺稿不傳，瑶臺雪色無可髣髴。

橘氏，至常重始見藝林，而世次官銜並無所考。《經國集》載《秋虹》一律。

〔一〕丞：底本訛作「亟」，據《日本詩話叢書》本改。

橘在列詩名高世，亦闕系譜。源順嘗師事焉。在列後爲僧，更名尊敬。亡後，順爲輯遺稿，名《敬公集》。今存者，小作數篇已。

宮内少輔正通，或曰在列子。有俊才而官不達，居恒悒悒，有浮海之嘆。後挈家奔高麗，爲彼國大臣。其《贈藤在衡》云：「吏部侍郎職侍中，著緋初出紫微宮。銀魚腰底辭春浪，綾鶴衣間舞曉風。花月一窗交昔密，雲泥萬里眼今窮。省躬還耻相知久，君是當年竹馬童。」其欽羨在衡之超遷，悽惻自己之坎壈者，淋漓乎楮墨間。其棄組投遐，理或有之。

東宮學士直幹，才思拔群而遺藻泯闕，殊可惜也。其斷篇隻聯散見諸書者皆可稱賞，《贈鄰家》云「春煙遞讓簾前色，曉浪潛分枕上聲」，《宿山寺》云「觸石春雲生枕上，含峰曉月出窗中」，又《遊石山寺》云「蒼波路遠雲千里，白霧山深鳥一聲」。僧奝然在宋國，「雲」爲「霞」、「鳥」爲「蟲」，以爲己作示人。彼中人曰：「若作『雲』『鳥』乃佳。」

左大辨廣相，幼而能詩，九歲召見，屬春暮，應詔云「荒郊桃李猶可愛，何况瓊林華苑春」，又《題項羽》云「燈暗數行虞氏淚，夜深四面楚歌聲」，皆非全篇。又作《神護寺鐘序》，嘗是善銘，藤敏行書，世以爲三絶。

源氏，宗統非一。右大臣常、大納言弘、參議明，皆弘仁帝子賜源姓者。《經國集》載其詩，且録年紀。常十六，弘十五，明十三，其夙慧可知。而三首之外，無復隻字。《經國集》殘缺，十亡其七，無由考索耳。

大納言湛，弘仁帝孫。有詩，見《經國集》。

能登守順，弘仁帝玄孫。學該和漢，所著《和名鈔》行於世。詩篇傳者不多，而《詠白》七言律當時稱之。起句云「銀河澄朗素秋天，又見林園玉露圓」，誠佳。三四云「毛寶龜歸寒浪底，王弘使立晚花前」，已非佳境。五云「蘆洲月色隨潮滿」，大有精彩，而對以「葱嶺雲膚與雪連」〔一〕，癡重殊甚，不惟一聯偏枯，全章爲廢，可惜。

左近衛中將英明，系屬寬平帝，菅右相外孫也。《嘆二毛》五言古風，自叙履歷，讀之潸然，語亦不拙。

大納言俊賢、越前守則忠，皆延喜帝之後，篇什僅存。俊賢博洽有重望。著《西宮記》行於世。大納言經信，才藝多方，廟議廷論亦卓越一時。詩雖無警拔，音響頗平。伊賀守爲憲，近體數首散見諸書，其才不及經信。

孝道也，道濟也，時綱也，未詳其譜系官階，詩則並傳。就中時綱最名世，《賦宮中薔薇》云「薔薇一種當階發，不啻色濃氣亦薰。紅萼風輕摇錦傘，翠條露重嫋羅裙。飽看新艷嬌宫月，殊勝陳根託澗雲。石竹金錢雖信美，嘗論優劣更非群。」《薔薇澗》見白樂天詩，末句亦用樂天「石竹金錢何瑣細」之義。

〔一〕雪：底本訛作「雲」，據《日本詩話叢書》本改。

平氏，延暦以前已有之。《文華秀麗集》載平五月詩，五月孫有相亦有詩名。若夫保平之間，宗族滋蔓，貂蟬滿朝者，則皆桓武之裔也，而以文雅稱者無幾。後有參議經高、勘解由次官棟基等，詩皆不足採擇。

小野氏。弘仁中，參議岑守以文章司命自居，所選《凌雲集》多載己作，今閲之，合作絶無。小野永見有《田家》詩，小野年永有《新燕》詩。永見爲征夷副帥，開府陸奥，擁旄杖節，而眷戀桑麻，其意可嘉，詩亦不拙。年永不詳履歷。

參議篁，博學能文，名聲震世，至今閭閻兒女莫不知其名。《經國集》載其詩數首，如《隴頭秋月明》六韻，骨氣韻格直逼盛唐，而造語間失疎鹵，可惜。

春卿、滋陰，官職並無考。春卿省試《照膽鏡》長律上半頗能鋪陳，下半猥劣殊甚。然題已險艱，雖近時作家恐難遽措辭。滋陰《殘菊應制》「金葩留北闕，玉蕊少東籬」，親切題意。以下所録詩人，系譜官職多不可考者。姑記其姓名以附重考，不復一一識别。

大伴氏，出自道臣命。大納言旅人《春日應制》四韻見《懷風藻》，典實得體。旅人子中納言家持《上巳遊宴》詩見《萬葉集》。家持領節鉞於奥羽，文武並稱。

大伴池主有《上巳》詩，見《萬葉集》。大伴氏上有《觀渤海貢使入朝》七言律，見《凌雲集》。渤海朝貢始末，具見舊史。後遼太祖滅渤海，改爲東丹國，以長子倍爲東丹王。其地瀕北海，明時名哈密者。

都氏，本桑原氏，相傳後漢靈帝之後。宮造《伏枕吟》用賦體，語多悽惻。廣田《詠水中影》五言律雖頗工，語不雅馴。至腹赤更姓都氏，其子文章博士良香，詩名最著。如「氣霽風梳新柳髮，冰消波洗舊苔鬚」「三千世界眼中盡，十二因緣心裏空」等膾炙於世，皆非全章。集若干卷，今存文三卷。後來都在中《搗衣篇》稍可諷詠。

三善氏，或曰百濟國王之後也。參議清行，字耀，博學洽聞，器識高遠，文名烜爀乎一時。世對以紀發昭，又與大藏善行並稱，皆非篤論也。藤左相賀宴詩，今存者十九首，清行七律在其中，不但野鶴鷄群也。如「紫芝未變南山想，丹露猶凝北闕心」，直是錢劉堂奥。發昭、善行豈得望其影塵乎？延喜十四年，上封事論列十二條，又因星變，勸菅公致仕。公左遷後，禁錮諸菅及門生故吏，人知其冤，無敢言者。而清行上疏論救，其忠憤義烈，前後儒臣未睹其儔，豈徒文辭超絶時輩哉？特怪其子孫無聞於藝苑，果無其人歟？抑失其傳歟？後來有三善爲康，古風一篇，其中云「徑蓬滋兮蓁蓁，泉石清兮磷磷。勞丹心於虎館，曝紅鱗于龍津。驚衰鬢於霜雪，灑老淚於衣巾。」寓旨可悲，語亦淳雅。爲康著《朝野群載》行於世。

惟良氏，亦百濟王之後。弘仁中，有惟山人春道者，《山寺作》云「紗燈點點千岑夕，月磬寥寥五夜心」。又惟良高尚《宮中殘菊》云：「莫問孤叢留野外，唯知一種在宮闈。襲人香氣寧因火，學錦文章不用機。」

安倍氏《首名》詩見《懷風藻》，《廣庭》詩見《凌雲集》，《吉人》詩見《秀麗集》，皆不足採。唯文繼《晚秋》「朝煙有色看深淺，夕鳥無心闇往來」，可謂以澹調駕巧思矣。

大神高市、大神安麻呂、中臣大島、中臣人足詩，並見《懷風藻》。高市在持統朝以忠諫骨鯁見稱〔一〕。大島詩「葉落山逾静」有味。

阪上今繼《信濃道中》云：「奇石千重峻，畏途九折分。人迷邊地雪，馬躡半天雲。崖冷花難發，溪深景易曛。鄉關何處在，客思日紛紛。」整齊縝密，可謂合作。而當時無稱，何也？阪上今雄《送渤海使》云：「大海元難涉，孤舟未易迴。不如關塞雁，春去復秋來。」婉而有致。中科善雄「有月三更静，無人四壁幽」，大是佳境。

良岑安世，桓武皇子賜姓者。著作甚富，而大率碌碌。

慶滋保胤也，賀陽豐年也，朝野鹿取也，當時甚有聲譽，而遺詩皆不滿人意。菅野真道撰《續日本紀》，文才可想，而詩殊不諧。

善爲政《遊東光寺》，中原康富《寒山》，多治比清貞《衰柳》，錦部彦公《題僧院》，勇山文雄《宴遊》，高邱茅越《神泉苑應制》，上毛野潁人《田家》，田口達音《秋日》等，古選所載，稍足可觀。其他林婆娑《懷古》，淡海福良《田家》，王孝廉《侍宴》，宮部邨繼《過古關》，三原春上《梵釋寺》，朝原道永、揚春師、巧諸勝、大枝永野並詠雪，笠仲守《冬日》，高邨田使《梅花》，和氣廣世《落梅花》，布瑠

〔一〕鯁：底本訛作「鮫」，據《日本詩話叢書》本改。

高庭《小池》，常光守《歲除》，治文雄《建除體》等，雖入古選，皆不足録。

南淵永河、南淵弘貞《賦梁》，浄野夏嗣《詠屏》，石川廣主《詠鬼》，大枝直臣《詠燕》，路永名《賦三數》，清原真友《字訓》詩，伴成益《東平樹》，鳥高名《寶鷄祠》，春澄善繩《挑燈杖》，大枝礒麻呂《爨桐》等，皆弘仁中制題，惜時無良工，陶冶未盡，是以荆璞纔剖而碔砆盈箱，鐘鼓畢陳而簫韶遠響。諸臣詠物往往拙累，唯夏嗣、永河二詩能協題義，語亦清爽。

古昔詩人見諸書者，右所録外，有巨勢多益、美努浄麻呂、調老人、荆助仁、吉知音、刀利康嗣、田邊百枝、石川石足、道公首名、山田三方、息長臣足、黄文連備、越智廣江、春日藏老、背名行文、調古麻呂、刀利宣令、田中浄足、守部大隅、丹墀廣成、高向諸足、麻田陽春、葛井廣成、高階積善、文室尚相、大和宗雄、島田惟上、島田惟宗、伊與部馬養、采女比良夫、下毛野蟲麻呂、百濟和麻呂、箭集蟲麻呂、伊伎古麻呂、石上乙麻呂等，以繁不録。

日本詩史卷之二

考諸漢土，古者文武不甚相岐。列國卿大夫入理庶政，出帥三軍。秦漢以還〔一〕，文武始岐。所謂隋陸無武，絳灌無文。迄唐中葉，千斛弓一丁字，更相詬訾。於是橫槊賦詩，據鞍草檄，世稱無幾。况我東土，瓊茅探海，寶劍鎮邦，其建極也，素有不同。是以韜鈐詠言，無見古選。後來戰争之世，反得數人云。

武藏守細川頼之《海南偶作》云：「人生五十愧無功，花木春過夏已空。滿室蒼蠅掃不去，獨尋禪室揾清風。」頼之行事見《太平記》，足利義詮既薨，義滿嗣立，頼之執政，内輔幼主，外御猛將，上下倚頼，遠近偃服，功豈不偉然哉？後近臣忌其剛正，讒之義滿。義滿漸信焉，於是辭職退隱于海南，此詩必其時作也。

大膳大夫武田晴信，後更名信玄。初年頗參禪好詩，其將某諫曰：「主將參禪好詩，猶足利僧還俗。文弱不足有爲也。」是時足利學校廢而爲寺，僧徒多事詩偈，故云爾。信玄諸作，載在《甲陽軍鑑》，今不復録。信玄弟左馬頭信繁，嘗著家訓，其中云：「貪他一杯酒，失卻滿船魚。」斯知信繁

〔一〕還：底本作「遷」，據《日本詩話叢書》本改。

亦讀書作詩，惜世無傳。信繁孝友，其人可稱，而信玄忌之，所以國祚不長也。

彈正大弼上杉輝虎，後更名謙信。天正二年，征能登州，圍遊佐彈正於七尾城。會九月十三夜，海月清朗，軍中置酒燕會，謙信因賦詩云：「露下軍營秋氣清，數行過雁月三更。越山并同能州景，遮莫家鄉念遠征。」將士解作詩及和歌者各有詠言，極歡而罷。余謂世之談兵者必稱信玄、謙信二公，誠敵手也。但信玄智計絶人，其御軍也紀律森嚴，所謂量敵而後進，慮勝而後會。要之其爲人也精細，雖由此讀書善詩不異矣。謙信喑嗚叱吒，性如烈火。而讀書作詩，且軍中作此雅會，可謂真英雄真風流也。

大將軍足利義昭避亂江州，舟中詩云：「落魄江湖暗結愁，孤舟一夜思悠悠。天翁亦憎吾生否，月白蘆花淺水秋。」詩誠悽婉。公初爲僧，爲南都一乘院主，宜其能詩。噫！足利氏之盛，位亞帝王，富有海內，而季世瑣尾，扁舟江湖，去住無地，豈不憫乎哉？

少將豐臣勝俊，豐臣氏時受封若狹，後退隱京畿，更名長嘯，以和歌稱。所著有《舉白集》，其中載詩數首。

兵部大輔細川藤孝，號幽齋，後更名玄旨，爲今肥後侯祖。世知其武略及善和歌，而春齋林子所選《一人一首》載幽齋《鞍馬山看花》絶句，則知實於文藝注意者。

中納言伊達政宗，今仙臺侯祖。世稱其勇武，而《一人一首》又載其詩。余因謂賴之以下諸人生長於干戈擾冗時，南戰北争，羽檄旁午，何曾得有寧日？不知何暇讀書學詩，此尤不易。元和清平以來，諸藩無事，何爲不成？而或優遊恬嬉，宴安度日，不啻文學不講，武備亦將併廢者，何也？

隱者之詩罕傳。蓋非無隱者，無隱者而能詩者也。本朝《遯史》首載維喬親王。親王，文德帝長子，以藤原氏故不得立爲皇太子，居水無瀬宮，後遷居於京北小野山中。吟詩詠和歌以爲娱樂，亦唯遺其悒悒爾。其詩今無傳者，唯《聞琴》詩載《朗詠集》〔一〕，而非完篇也。

延喜中，有稱嵯峨隱君子者，失其姓名。或曰源姓，清名，博學有文。菅右相、橘參議與相友善，遇有疑事，即二公就而質問，其人可想也。或曰弘仁帝子，或曰延喜帝子，併其詩失傳。惜夫！

《懷風藻》載民黑人詩，稱曰隱士，亦失其氏族。或曰野見氏。其云「泉石行行異，風煙處處同。欲知山中樂，林下有清風。」清迥沖遠，大是隱者本色。

《遯史》載藤原萬里、高光、周光、爲時、橘正通、惟良春道等，余既前録。且右數人雖耽思煙霞，而纏身紳紱，或有所激，而遐棄爵禄者，非真隱者也。故不收録於此云。

余考古籍，醫之以詩稱者絶無。以今思之，似不可解。如他邦姑置之，今京城中業講説者無慮數十人，執謁其門，靡匪醫家子弟，除之無復生徒。而醫生爲學，亦唯不過習句讀，學作詩，以潤

〔一〕載：底本訛作「戴」，據《日本詩話叢書》本改。

飾自家術業。故雖間有才敏子弟，未至小成，既已弁髦其學。蓋儒術文藝不可立身糊口，而方伎往往興家殖財也。是以近時爲醫者無不作詩，而善詩者至罕矣。余謂古昔爲醫，非如近時衆且濫也。宜其不概見也。迄足利氏時，獨有阪士佛《伊勢紀行》詩云。

阪士佛名慧勇，號健叟，京師人。數世官醫，給仕足利相公。明德中，除民部卿法印，世稱上池院是也。相公嘗戲之曰：「卿祖名九佛，父名十佛，卿宜名十一佛。」遂以「十一佛」呼之。後修「十一」爲「士」，蓋俳優遇也。士佛善和歌及聯歌，有《勢州紀行》，以國字録之，其中有詩。其一曰：「渡口無舟憩樹陰，漁村煙暗日沈沈。寒潮歸去前程遠，又有松濤驚客心。」優柔平暢，頗足誦詠。

僧詩見古選者，釋智藏爲始。智藏奉天智帝敕赴唐國，蓋高宗武德年間矣〔一〕。其詩傳者數首，並無可采。劉禹錫有《贈日本僧智藏》詩，偶同名耳，與此不同。

僧辨正，姓秦氏，亦西遊唐國，玄宗眷遇甚篤，數召談論，時對圍棋云。然則或與盛唐諸子締交，被其潤色者。而今閲其詩，絶無佳者，可謂「空手自玉山還」。

僧蓮禪，詩名於當時。《無題集》載其詩數十首，鄙野殊甚。

〔一〕武德：當作「麟德」。按唐高祖武德末年日本天智帝甫出生，不能敕遣智藏赴唐。且唐高宗有麟德年號（六六四—六六五），其時天智帝以太子身份守喪監國。

僧玄惠，不詳氏族。或曰其初業儒，中爲僧，後復還俗。以著《太平記》故，世稱博文。若其詩，延元中内宴應制一首之外，絶不睹他篇。其餘古昔中世緇流詩偈，見諸選者不尠，若空海最稱傑出，而率贊佛喻法之言，非詩家本色，故不收録。

五山禪林之詩，固不易論也。蓋古昔文學，盛於弘仁天曆，陵夷於延久寬治，泯没于保元平治。於是世所謂五山禪林之文學代興，亦氣運盛衰之大限也。北條氏霸於關東也，其族崇尚禪學，創大刹於鎌倉，今建長寺之屬是也。流風所煽，延覃上國。京師五山相尋營構。足利氏盛時，竭海内膏血，窮極土木之工，宏廓輪奂之美所不必論，其僧徒大率玉牒之籍，朱門之胄，錦衣玉食，入則重裀，出則高輿，聲名崇重，儀衛森嚴，名是沙門而富貴過公侯。禁宴公會，優遊花月，把弄翰墨，一篇一章，紙價爲貴。於是凡海内談詩者，唯五山是仰，是其所以顯赫乎一時，震蕩乎四方也。

元和以來，文運日隆，近時學者昂昂乎蔑視前古，丱角之童尚能詆排五山之詩。即其徒亦或倒戈内攻，要非篤論也。余謂五山之詩佳篇不尠，中世稱叢林傑出者往往航海西遊，自宋季世至明中葉，相尋不絶。參學之暇，從事藝苑，師承各異，體裁亦岐。其詩今存者數百千首，夷考其中，不能不玉石相混也。若夫辭艱意滯，涉議論雜詼謔者，與藉詩以説禪演法者，皆余所不采也。其他平整流暢，清雅縝工者亦多，則不可概而擯之。

五山作者，其名可徵於今者不下百人，而絶海、義堂其選也，次則太白、仲芳、惟忠、謙岩、惟肖、鄴隱、西胤、玉畹、瑞岩、瑞溪、九鼎、九淵、東沼、南江、心田、村菴之徒，不堪枚舉。

絶海、義堂，世多並稱，以爲敵手。余嘗讀《蕉堅藁》，又讀《空華集》，審二禪壁壘，論學殖則義堂似勝絶海，如詩才則義堂非絶海敵也。絶海詩非但古昔中世無敵手也，雖近時諸名家，恐棄甲宵遁。何則？古昔朝紳詠言，非無佳句警聯，然疵病雜陳，全篇佳者甚稀。偶有佳作，亦唯我邦之詩耳，較之於華人之詩，殊隔徑蹊。雖近時諸名家，以余觀之，亦唯我邦之詩，往往難免俗習。如絶海則不然也。今録集中佳句若干，五言「流水寒山路，深雲古寺鐘」「夜宿中峰寺，朝尋三泖船」「青山回首處，白鳥去帆前」「山暮秋聲早，樓虚水氣深」「鳥下金繩雪，童燒石室香」「風物皇畿内，江山霸國餘」「千峰收宿雨，萬象弄春暉」「漁篝殘近渚，僧磬徹寒無」「寒煙人未爨，野樹鳥相呼」「寒雨黄沙暮，淒風白草秋」「孤館啼猿樹，四郊戎馬塵」；七言「古殿重尋芳草合，諸陵何在斷雲孤」「父老何心悲往事，英雄有怨滿平湖」「一徑松花山雨後，數聲溪鳥石堂前」「絶域林泉淹杖屨，大江風雨起魚龍」「百萬已收燕北馬，頻繁休督海南兵」「久雨南山荒紫豆，清秋北渚落紅蓮」「溪獺祭魚青篛裹，杉鷄引子白雲中」「霜後年年收芋栗，春前日日劚參苓」「聽經龍去雲歸洞，觀瀑僧回雪滿瓶」「瑶草似雲鋪滿地，琪花如雪照幽厓」「緑蘿窗外三竿日，黄鳥聲中一覺眠」「忠臣甘受屬鏤劍，諸將愁看姑蔑旗」等，有工絶者，有秀朗者，優柔静遠，瑰奇贍麗，靡所不有。義堂視絶海骨力有加，而才藻不及，且多禪語，又涉議論。温雅流麗者，集中無幾。如絶句則有佳者，《懷舊作》云：「紛紛世事亂如麻，舊恨新愁只自嗟。春夢醒來人不見，暮簷雨灑紫荆花。」《送人歸京》曰：「輦下招提西又東，因君歸去思重重。孤雲海國三年夢，落月長安幾夜鐘？」

二僧之外，太白《春水》曰：「春水纔深數尺强，煙波渺渺接天光。落花漲盡江南雨，一夜閑鷗夢也香。」仲芳《題范蠡》曰：「五湖煙水綠涵天，月照蘆花秋滿船。吴越興亡雙鬢雪，功名不敢至鷗邊。」南江《送僧遊廬山》曰：「廬山何處不勝情，蓮社人空芳草生。君去能聽虎溪水，潺湲尚有晋時聲。」大愚《題水竹佳處》曰：「野水浸門脩竹清，君居想合似佳名。山扉半濕斜陽雨，翡翠時來衣桁啼〔一〕。」村菴《雪夜留客》曰：「茅屋休辭一夕稽，君家歸路恐相迷。園林雪白黄昏後，難認梅花籬落西。」正宗《神泉苑應制》曰：「上林風物草連空，尚有龍池記古宮。何日宸遊留玉輦，神泉純浸五雲紅。」僉師法晚唐，深造巧妙。

宗山、同山，並有水邊楊柳詩。宗山曰：「漁橋不似官橋暮，不繫金絨只繫船。」同山曰：「染不成乾煙雨裏，半如鴨緑半鵝黄。」二詩體裁頗肖，並工縟矣。

曹學佺《明詩選》載日本僧天祥詩十一首，機先詩五首。二僧被賞乎中土，而湮晦乎我邦，甚可嘆惜。天祥《憶西湖》曰：「杭城一别已多年，夢裏湖山尚宛然。三竺樓臺晴似畫，六橋楊柳晚如煙。青雲鶴下梅邊暮，白髮僧談石上緣。午睡醒來倍惆悵，堪看身世老南滇。」又《榆城聽角》曰：「十年遊子在天涯，一夜秋風又憶家。恨殺黄榆城上角，曉來吹入小梅花。」聲格清亮，唐人典刑。其他我邦詠言，爲華人所稱者甚衆，春齋林子《一人一首》論載詳悉，今不復贅。

〔一〕啼：失韻，似當作「鳴」。

朝鮮徐剛中所著《東人詩話》，以「清磬月高知遠寺，長林雲盡辨遥山」爲日本僧梵嶺詩，余未考梵嶺何人。

余按，古昔宫娥閨媛揮彤管於國字，抽藻思於和歌，揚芳一時，播美千載者，比比有焉。如詩章無幾，而孝謙帝爲始。帝以坤德位九五，中冓之言，言之長也。帝酷崇釋氏，所傳帝詩亦唯讃佛偈耳。然曰「惠日照千界，慈雲覆萬生」，實俊語也。按史，先是吉備公爲聘唐使，遂留學于唐國。經二十年，至是歸朝，帝師之學詩學書云云。然則宸藻豈止於此耶？今無所考耳。

大伴氏，不詳其人。《文華秀麗集》載其《秋日述懷》七律一首，雖非佳作，亦不甚拙。

内親王有智子，弘仁帝第三女。幽貞之質，錦繡之才，古今罕儔。年十七爲賀茂齋院，帝嘗幸齋院，與群臣賦《春日山莊》詩，各探勒韻，公主亦與焉。公主得「塘光行蒼」，即賦曰：「寂寂幽莊深樹裹，仙輿一降一池塘。棲林孤鳥識春澤，隱澗寒花見日光。泉聲近報初雷響，山色高晴暮雨行。從此更知恩顧厚，生涯何以答穹蒼？」又嘗賦《巫山高》，其結句曰：「别有曉猿斷，寒聲古木間。」殊初唐遺響。其餘傳者數首。公主薨，年四十一。遺令薄葬，且辭護葬使。其賢明不特藻繪之美。

惟氏，蓋弘仁時宫女。《經國集》載《搗衣篇》一首，長短成章。其中云「芙蓉杵，錦石砧，出自華陰與鳳林。搗齊紈，搗楚練」等數語，最爲婉約。此知弘仁右文教化爲至也。諸皇子無不能詩，而皇女有如有智公主。外廷諸臣才華紛競，而内庭又有如惟氏，使千歲下嘆稱不已。

尼和氏，不詳氏族。或曰和氣清麻吕姊也。《經國集》載古風一篇，其中云：「棲隱多歸趣，從來重練耶。駕言尋此處，處處幾經過」等語，足證心地清淨。

十市采女，《和江侍郎》七言四句，截其半載《朗詠集》曰「寒閨獨夜無夫壻，不妨蕭郎枉馬蹄」，世以桑濮鄙焉。或曰：「和歌之設教也，亦本諸性情之正，固非誨淫具也。」中古風教陵夷，人人假之爲花鳥使，紅箋往復，半是芍藥贈言。前史所録，和歌選集所載，歷歷可證。有靦面目，而當時慣以爲常。采女特以詩代和歌耳。如懲其淫風，宜有任咎者，何必尤一女子？采女之後，悠悠幾百年，閨閤之詩寥乎無聞，元和文明之後，又得數人，因附録于左云。

曇華院宮默堂，蓋皇女歸釋者云。《八居題詠》附載其《冬日書懷》曰：「寒林蕭索帶風霜，幽竹窗前已夕陽。翫月秋宵猶恨短，尋花春日尚思長。榮枯過眼百年事，憂喜傷心一夢場。静對爐香禪坐久，細煙裊裊繞孤床。」理趣超凡，不啻脱紅粉之習，兼遠煙火之氣。

京師女子名留者，年十三，送人詩云：「蜀魄聲聲更斷腸，離筵今日淚成行。江山迢遞幾千里，不若愁人别恨長。」又有《春山尋花》七律，亦頗成章。二詩見《本朝千家詩》，不録女子氏族，今不可考。《千家詩》，元禄中京師書林編輯，距今已八十年。

讚州丸龜士人井上氏，女名通，從東都還丸龜，道中以國字紀行，名《歸家日記》。其中載詩十二首，《天龍河作》云：「天龍河上天龍遊，龍去河留二水流。二水中分爲大小，小斯厲揭大斯舟。」

筑後柳川，立花氏女。《題山居》云：「應是武陵洞，溪流送落花。杳然聞犬吠，何路向仙家。」《江樓賞月》云：「江天明月照登樓，十里金波浸檻流。黄鶴仙人誰得見，玉簫吹落桂花秋。」有詩集，名《中山詩稿》。

伊勢山田祠官某婦荒木田氏，好讀書，善和歌連歌。近學作詩，間有佳篇，婉順不失閨閣本色。《題畫》云：「楊柳青邊澗水流，春風倚棹木蘭舟。人家隔在峰巒裏，想像長伴麋鹿遊。」又《浪華客中作》云：「江湖一望緑連天，日出煙波帆影懸。歸雁幾聲春夢破，故園消息落花邊。」

日本詩史卷之二

古曰：「文學盛衰，有關乎世道汚隆。」信哉！徵之我前邦，夫誰曰不然。神武天皇東征，綏其士女，帝功於是爲盛。然時屬草昧，遐荒猶阻王化。應神天皇登極，而後三韓稽顙，蝦夷獻琛。巍巍桓桓，莫以尚焉。於是我邦始有六經云。仁德天皇爲皇子時，受經於百濟博士，講明唐虞之治，即位後施爲靡不由焉。是以海内乂安，衆庶仰之如日月，戴之如父母。仁慈恭儉之化，入民心者至深且固，歷千百世無有携貳，胡厥盛哉！自時厥後，列聖相承，文教日闡，餘波及翰墨者，汪洋於弘仁、天曆間，可謂帝業與文學偕盛也。延久已降，朝綱解紐，文事日廢。一壞於保元，再壞於承久，糜爛於元弘建武之後。迄乎足利氏失其鹿，邦國分裂，戰争無已，生民塗炭，到此而極。藝苑事業，無復孑遺矣。既而天厭喪亂，織田氏、豐臣氏迭興，中州稍削平，然並無學無術。馬上得之，欲馬上治之，是以天人不與，或業壞垂成，或祚止一世，要之撥亂反正，天必有待。而奎璧發彩於久暗之後，固非偶然也。若夫神祖，聖文神武，上翊戴帝室，下煦育億兆。干戈擾攘中尚訪耆老，以櫜鑰治道；廣募遺書，以潤色鴻業。又命惺窩先生講析經史之義，於是羅山先生應聘東都，夫然後猛將勇士稍知嚮學，而邦國泮宮尋興，士業日廣。至今百六十年，玉燭繼光，金甌無虧，風化之美，彝倫之正，亘古所無。而近時文華之欝，無讓漢土。今論列其一二，未遑縷舉云。

惺窩名肅，字斂夫，姓藤原氏。其出處言行並見《本朝儒宗傳》，今不復贅焉。初爲僧，名椿首座。是時五山詩學尚盛，其中有以才鋒稱者，而遇性窩則折北不支，以故名重釋氏。雖歸儒後，不畜妻妾，不御酒肉。人或詰之，則曰：「我歸儒也，崇其道耳。不我知者，謂爲食色。吾德不足服人，不能不避嫌耳。」先是京師有唱程朱説者，而猶未普四方。性窩一出麾之，海内靡然宗之。執弟子禮者無慮數百人，而羅山、活所、堀正意、松永昌三最有重名。惺窩已以斯文自任，人憚其端嚴，而亦能風雅，不廢文字之業。嘗花時遊大原，訪豐臣長嘯，席上賦云：「君是護花花護君，有花此地久留君。入門先問花無恙，莫道先花更後君。」一時遊戲之言，體格亡論已，然意致曲折，足證温藉。

活所名方，字道圓，姓那波氏，後更姓祐生，名觚，播州人。年十八遊京師，始謁惺窩。惺窩覽其《詠杜鵑》詩嘆稱焉，由是名價頓發。遂從惺窩聞濂洛心法，即得其旨歸。元和元年，大駕駐京，召見名儒。活所雖年少，亦在其列。後筮仕肥後。肥後國除，更事紀藩，又以方正端嚴繼惺窩，爲京師諸儒冠冕。其弟子號入室者最多，而我先大父爲首。正保戊子卒于京師，有《活所遺稿》十卷，詩凡五百首。其中有雅馴者，《遊東求堂》云：「寂寞將軍廟，無邊草木肥。苔深過客少，松卧古人非。流水幾時盡，行雲何處歸。長嗟山路暮，幽鳥傍吾飛。」長子木菴克紹其業，爲一時儒宗。

木菴名守之，字元成，嗣職爲紀藩文學。後以老病致仕，在家教授。自惺窩至木菴，文學相承。木菴最以穀直稱，而其詩多圓暢者。《遊金閣寺》云：「相國遺蹤在，荒蹊松竹幽。青山千古色，金閣幾人遊。山影浮寒水，林聲報素秋。遥憐應永日，臨眺令吾愁。」又《禪林寺看花》云：「過眼山花片片飛，如雲如雪映斜暉。共憑百尺樓臺上，自使遊人忘暮歸。」遺稿若干卷，名《老圃堂集》。我義祖全菴先生以同學故，唱和殊多。至今余家藏木菴詩數紙，筆力遒勁，字字飛動。木菴一子名元真，俗稱采女。多病不業，先木菴死。有二孫，余髫年從先考過其家，是時木菴配某氏猶無恙，令二孫出見先考曰：「吾家業詩書，世有顯名。吾兒不幸短折，今以二孫累先生。」於是二孫受業先考，亡何祖母氏卒，二孫後遂並爲醫。那波氏世住播州，家資鉅萬，迄活所事紀藩，歲禄五百石，家道益饒。是以極力典書，至數萬卷。余友師曾，與活所別家而同宗，才名夙著，至今緊苦讀書，其志不小。所謂廢於彼而興於此者歟？

堀敬夫名正意，號杏菴，惺窩門人。初仕張藩，安藝侯素聞其名，厚禮請之張藩。張藩命應其聘，於是更仕安藝侯。子孫嗣職，世爲藝州文學。其詩見《扶桑千家詩》暨《扶桑名勝詩集》。

松永昌三名遐年，惺窩門人，聲名籍甚于一時矣。承保中，敕以布衣召講《春秋經》，因名其居曰「春秋館」。館在西洞院。是時板倉侯爲京尹，好學，素重昌三。聞春秋館狹小，爲卜宅地於堀川，名曰「講習堂」。昌三二子，長昌易，次永三。昌三卒，昌易居春秋館，嗣絶。永三居講習堂，子孫能守其緒業云。昌三著述，余不多睹。《名勝詩集》載《市原山題詠》八首並小序。

三宅亡羊號寄齊，活所同時人，或曰亦惺窩弟子。講説爲業，其子子燕名道乙，始仕備前。《名勝詩集》載三宅可三《備前八景》詩，疑是其人若子孫也。

惺窩門人有菅原玄同，字得菴；有鵜飼信之，字子直。羅山門人有人見友元、永田道慶。活所門人奥田舒雲，昌三門人野間三竹等，當時並有聲譽。爾時詩論未透，雅音罕振。今閲諸人遺稿，雖各有低昂，大較魯衛之政。

山綺闇齋專講性理，如詩章非其本色。要之其所以不朽，在彼而不在此也。《名賢詩集》載闇齋詩百首，可謂傖父不知好惡也。中村惕齋、藤井蘭齋、米川操軒亦有詩，見《千家詩》。

寛文中稱詩豪者，無過於石川丈山、僧元政。丈山出處在世之口碑，已武且文，隱操亦卓然，年九十卒，可謂偉人也。至今京師東北一乘寺邑有詩仙堂，暨其遺留琴硯等，依然尚存。當時嘯咏其中，誓不入城市。諸名士每經過，談論唱和以爲娯樂。所著有《覆醬集》，韓人權侙者爲之序，稱曰「日東李杜」。余覽其集，句多拙累，往往不免俗習。權侙溢美，不俟辯論。然當時諸儒詠言，率出於性理之緒餘，乏温柔旨。而丈山獨夢寐山林，襟懷瀟灑，如「窗間殘月影，枕上遠鐘聲」「風柳起鶯懶，山花留馬蹄」「半壁殘燈影，孤牀落葉聲」等，意象閒雅，殊可諷詠。

僧元政修持《法華》，戒律堅固，而雅尚風雅，所著有《艸山文集》。嘗結茅於京南深草里，香火到今不斷。其詩雖韻格不高，意義平實。元政本江州士族，鄉有老母，後迎養菴側，孝敬純至。《客中》絶句曰：「逐月乘風出竹扉，故山有母涙沾衣。松間一路明如畫，遥識倚門望我歸。」記其實也。先是，明人陳元贇避亂投化，後以山人應張藩聘，時時來遊京師。會晤元政，心機契合，締方外盟。有《元元唱和集》。元政詩中有云：「人無世事交常淡，客慣方言譚每諧。」亦記其實也。或曰元政得《袁中郎集》悦之，以爲帳祕。余謂中郎詩祖述白香山，欲嬌七子套熟，勤去陳腐，而其弊失諸率易淺俗。元政贈元贇曰「公本大唐賓，七十六老人。吾少公卅六，才調况非倫。不知何夙世，合如車雙輪」等，正是公安委流。或説恐然。

明人避亂投化者，元贇之外有朱之瑜，又有林榮、何倩、顧卿、僧獨立輩。元贇字義都，號既白山人，崇禎進士下第者云。朱之瑜字楚璵，號舜水，嘗爲魯王賓客，明亡附商舶來長崎，無人知爲文儒，窮困備至。獨有筑後安藤省菴，執謁爲弟子。省菴世事柳川侯，歲禄二百石，於是分其半供舜水以助薪水。常藩聞之瑜名，聘召賜禄五百石，眷遇甚篤。年八十餘而終，私謚曰文恭。林、何、顧三人不詳其顛末。大高季明《芝山稿》中，稱三人明儒，推奬特至。意三人止於長崎而不入京歟？或後再西歸者歟？又《芝山稿》中説元贇、子瑜之事，與他説異矣。其言曰：「陳，杭州販夫。朱，南京漆工。並非知學者。」余未知其孰是也。若詩則元贇爲勝，元贇詩間有佳者，其氣韻蕭索者，亦唯邦亡家破，孤身航海，理固然矣。何、林、顧三人詩見《芝山吟稿》暨《名勝詩集》者，鄙俚最甚。僧獨立，名善書。詩亡論耳。之瑜詩余未見焉。或曰之瑜文集三十卷。

省菴之於之瑜，好學勇義，求諸古人不可多得。省菴名守約，少時遊京，從學昌三。名善屬文，詩亦多傳，間有佳句。

高季明，本姓大高阪氏，自修爲高。字清助，號芝山，土佐州人。其履歷詳於男義明所撰《高氏家譜》。少時遊學兩都之間，博覽而有大志。最研理義，又好著述。有所作，則必致之長崎，請正於林、何、顧三人，三人極口褒賞。其答季明書曰：「我輩來貴國，視數家文章，雖各有所長，然或未諳章法句法。唯足下所作盡合規矩。」又曰：「足下文章意深語簡，韓柳歐蘇無過。」又曰：「足下詩格調兼高，宜貴貴國紙。」孟浪諛言，固不足論，而季明信之，妄自誇毗，遂欠精細工夫。《芝山會稿》十二卷，篇章不爲不多，而可採者無幾。余酷愛季明慷慨有氣節，因深惜爲三人所誤也。

延寶中，吉田元俊纂《扶桑名勝詩集》，元和以來作者不下百人，涇渭混淆，其中雖有短長，概而論之，無足採録者。平岩仙桂、熊谷立閑、山本洞云詠題殊多，余未詳其人。唯有餘元徵《西岡八詠》，體裁頗整。元澄名澄，號東菴，有《竹雨齋詩集》。

宇都宮由的，名三近，號遁菴，周防人。昌三門人。講學於京師，有《遯菴詩集》，弟子恕方者輯録。其序云：「先生著述罹災，今所存特晚年作云云。」余閲其集，詩猶千餘首，七絶最多，至七百首。其中云：「海色茫茫山色長，孤舟風雨轉凄涼。天涯一夜愁人夢，半在京城半故鄉。」悽愴婉約，可稱佳作。其他則蕪陋淺俗可笑者不鮮，十删其九則可不朽矣。又五言「好花三月錦，啼鳥幾絃琴」「千竿遮畏日，一榻納微涼」，亦佳。

松原一清，字孫七，號鶴峰，安藝人。仕本藩，職爲行人。幼好讀書，九歲作詩，長而益勤。詩集二卷，名《出思稿》，語多胸臆，不喜踏襲。其《宿西條驛》云：「西風驅暑送新涼，不厭前程雲水長。行李更無官事累，悉收秋色滿詩囊。」意度悠遠，足可誦詠。

貝原益軒，名篤信，字子誠，筑前人，後隱居京師。元和以來稱饒著述者，東涯、徂徠之外，蓋無如益軒者。其所撰不爲名高，勤益後人，乃至家範鄉訓、樹藝製造，亹亹懇懇。余少年時不解事，意輕其學術。今而思之，殊爲懺悔。其詩亦樸實矣。益軒之姪損軒，名好古，志尚如同舅氏，著述數種，詩亦頗占地步。又有貝原存齊，余未詳其人。《千家詩》載其《三月盡作》云：「今年花事今宵盡，衰老難期來歲春。風光别我我何恨，留與後人千萬春。」可謂知道之言。

村上冬嶺，名友佺，字漫甫，活所門人。與余先大父同學相友善，余少年時聞先考數稱其人。蓋好學天性，其推奬先達，揄揚後學，不啻如自其口出，一以爲己任。當時諸儒會讀《二十一史》，會月數次，又結詩社，並輪會主，必有酒食。臨期會主或有他故，冬嶺必代爲主，以故社會綿綿二十有餘年。後進所作時有佳句，則擊節嘆稱，吟誦數回。一時藝苑賴之吐氣，其自運亦嬌嬌乎一時矣。今讀冬嶺詩，精深工整，超出前輩，元和以後七言律，到此始得其體。《梅花》云：「名園桃李競嬋娟，獨自清寒倚竹邊。東閣題詩人動興，西湖載酒鶴迎船。點苔欲效霏霏雪，傍柳偏含淡淡煙。何處金笳明月下，曉風咽斷更悽然。」《秋夜宴伏見某樓》云：「秋入水鄉嗚荻葦，壯遊不用賦悲哉。豐城劍氣衝星起，北海樽酒乘月開。萬頃鷗沙呑楚澤，千帆賈舶泝蓬萊。此翁矍鑠人争説，物色行看到釣臺。」又《小集席上作》云：「青樽歲晚思難禁，共見頭顱霜色深。忼慨堪收燈下淚，低垂姑任世間心。愁邊一笑比雙璧，老後分陰重寸金。薄宦身閒亦天幸，清時莫作獨醒吟。」又《田家》絶句云：「羈思官情兩不知，春耕夏耨鬢成絲。門前垂柳長拂地，不爲别離折一枝。」

伊藤仁齋首斥程朱，創一家學，其説是非，余有别論。東涯《盍簪録》曰：「先人教授生徒四十餘年，諸州之人無國不至，唯飛驒、佐渡、壹岐三州人不及門。」執謁之士以千數，要之亦豪傑之士也。概其爲人，宜不屑聲律也。而詩間有有旨趣者，殊可嘉稱。

東涯，仁齋長子，名長胤，字原藏。其如經義文章，姑舍是，詩亦一時鉅匠。近人動輒曰：「東涯詩冗而無法，率而無格。」噫！談何容易。東涯篇章最饒，余閱其集，有潤麗者，有素樸者，有精嚴工整者，有平易淺近者，體段難齊。余雖生後時，猶及識東涯。其人温厚謙抑，口訥訥似於不能言者。與今時學者自託龍門，倨傲養名，懶惰失禮者不同也。人有乞詩，則無論貴賤長少，黽勉應之。大名之下，乞者日衆，所謂卷軸之積如東筍者，是以其所作有歷鍛煉，有出率意，畢竟無害爲大家。東涯兄弟五人，其季即今蘭嵎是也。

北村可昌，字伊平，號篤所，江州人，仁齋門人。在京師教授生徒，負笈者四方雲集，朝紳爲之弟子者亦衆。元禄中，上皇聞其篤學，老而不倦，特宣賜古硯。享保三年卒，壽七十二。碑銘及書，並成貴介手。《名賢詩集》載其詩四十餘首。《和州道中作》云：「飛雪寒風天漠漠，長途短晷意怱怱。閒雲本是無情物，底事營營西復東？」余近閱《熙朝文苑》，有可昌《謝賜硯表》，其大意深欽慶，爲其傳家之寶云。然可昌一男一女，男不肖且廢疾。可昌没後，不知賜硯流落何處。

小川成章，字伯達，號立所，仁齋門人。按東涯《盍簪録》曰：「先人教授生徒殆以千數，小川成章、北村可昌相從最久，衆推爲上足。」又曰：「小川吉亨，京師人。壯歲不事家産，晚年卜居北野，稼圃爲樂，閒暇手自謄寫異書。有二子曰成章、成材，共從先人受學。成章長而有學行，後仕常藩云云。」據此，則成章亦一時翹楚。其詩見《名賢詩集》及《千家詩》。

松下見櫟，字子節，京師人。受學先大父，篤志博綜，尤好著述。余家藏其詩若干，氣骨沈雄，翹翹一時，書法亦蒼勁而潤美。其《詠鷹》云：「齊野玄霜楚澤冰，十分猛氣正騰騰。目中今已無凡鳥，天外常思制大鵬。利爪幾經紅血戰，奇毛深入白雲層。誰言一飽即颺去，左指右呼憐爾能。」又《題秀野亭》五律十五首，甚有曲致，語繁不録。

緒方維文，字宗哲，亦受業先大父，學成仕土佐侯。男某不業，家遂絶矣。《熙朝文苑》載其詩，而詩非所長也。又曰：「《千家詩》載緒方元真詩。」余不詳其人，疑是宗哲族也。其有《馬道中作》云：「木棉花發稻青青，處處水田龍骨鳴。百里長堤日將午，籃輿且傍樹陰行。」

大町敦素，名質，稱正淳，京師人。受學先大父，詩見《熙朝文苑》。當時梁蜕巖和徐文長《詠雪》七言八十韻，尖新而精巧，膾炙遠近。敦素有和作傚其體，余少年時一再睹之，今不復記。可惜。

笠原雲溪，名龍鱗，稱玄蕃，京師人。詩名顯著一時，到今遐陬僻境之士尚嘖嘖稱焉。蓋自惺窩先生講學於京師，百有餘年於兹，其間雖有以詩賦文章稱者，風俗未漓，學必本經史，以翰墨爲緒餘。而雲溪獨以詩行。是時仁齋門人中島正佐者，專業講説，而所講不出《四書》，終始循環，一日數席，諸州生徒輻湊其門。雲溪居止接近正佐，乃以詩授人，生徒以爲便。於是雲溪詩名傳播四方，亦京師學風一變之機會也。雲溪没，門人竹溪者鈔其遺稿，梓而行之，名《桐葉編》。「其詩嫵媚，足自喜，而氣骨纖弱。如律詩全篇佳者無幾，絶句則間有堪録者。五言『雷驅殘雲去，雨隨返照收。逐涼多少客，立盡柳塘頭』，七言『白屋寒深古敝裘，朔風徹曉未全休。家童預識雪將至，行汲前溪一曲流』。」又曰：「雲溪詩瑕纇最多，《梅花》七律有『疎影上窗月亦香』句，足稱佳句，而對太不協。又《失鶴》七律，當時喧傳以爲絶唱，其頷聯曰『松巢影動猶疑在，蕙帳眠驚誤欲呼』，誠佳矣，頸聯殊不協焉。雲溪又有絶句曰：『樓蘭介子劍，南越終軍纓。清世成何事，壯心誤此生。』人傳雲溪卓犖，兼好武術，其或然也。」右《桐葉編》卷末附載竹溪詩數十首，跋亦竹溪作，而無序，以朝紳和歌一首代之。竹溪，余未詳其人，以先師遺稿爲翫弄具，且爲售己名奇貨，輕薄亦甚。

柳川順剛，字用中，號震澤，又號霅溪，京師人。《千家詩》載《元日》七律一首，其中云「乾坤於我知鶏肋，邱壑何心負鶡冠」，頗錚錚矣。

柳川滄洲，名三省，字魯甫，本姓向井氏，出繼順剛後，冒姓柳川。從木下順菴學，學成不仕，授徒講學。或曰：「元和以來從事翰墨者，雖師承去取不一，大抵於唐祖杜少陵、韓昌黎，於宋宗蘇黄、二陳、陸務觀等。至雲溪始右唐左宋，而猶未及初盛中晚之目。滄洲出，而後始以盛唐爲正鵠。」余謂是之時，物徂徠唱古文辭於關東，稱揚明李于鱗、王元美，輕俊子弟靡然争從，然京師未有爲其説者。而今誦滄洲詩，駸駸乎明人聲口，蓋氣運所鼓，作者亦莫知其然而然也。滄州《送人之美濃》曰：「西風萬里動關河，揺落何堪送玉珂。遲暮誰憐平子賦，清時猶唱伯鸞歌。路連山嶽秋雲合，天入江湖旅雁多。聞道濃陽秋水闊，莫將蓑笠老煙波。」又《詠曉鶯》七絶曰：「香霧冥冥夜色深，黄鶯啼處月初沈。無端喚起梅花夢，能使春心滿上林。」又五絶《關山月》曰：「青海孤雲盡，天山片月寒。高樓人不寐，半夜望長安。」滄洲教授有方，其門人多成材，其最顯者石川伯卿、上柳公通，及長野方義、渡邊士乾、大橋叔輔之徒。滄洲卒後，皆能守舊學，文會無渝。伯卿、方義已没，公通、士乾、叔輔今無恙云。

石川伯卿，名正恒，號麟洲，京師人，滄州門人。學成仕小倉侯，爲人謹恪而藻思亦蔚然矣。嘗著《辯道解蔽》駁徂徠説。嗣子今嗣職，爲小倉文學。

長野方義，字之宜。往余於友人壁上睹其詩數首，今偶記一首《秋閨怨》云：「摇落寒砧秋晩催，黄花成客幾時回。傷心最是南歸雁，萬里飛從君處來。」

松岡玄達，名成章，號恕菴，又稱怡顔齋，京師人。博學强記，無不該通，最研確《本草》家學。諸國生徒上其席者每以百數，少時頗事操觚，後以講學，遂廢吟哦，故所傳詩篇至罕。余家藏其少作數紙，亦自平實。

堀景山，名正超，字君燕，南湖之從弟，與南湖同爲杏菴玄孫。蓋杏菴之後分爲二家，並爲藝藩文學。景山篤學精通而和厚近人，循循奬掖後學，是以從遊之士多嚮彬雅。其詩結構整齊，亦一時作家。某年卒於京師，藝侯親製碑文，賜之嗣子云。

堀南湖，名正修，字身之，別號習齋。其學廣捜博採，强記絶人，最精《易》理，嘗演蘇氏《易》説，著書數萬言。與景山同爲藝藩文學，而其在京師時，准三宮豫樂藤公，數召對清問，禮遇甚優。

其卒也，藤公賜親製碑銘。南湖夙好吟哦，暇日多遊五山諸刹，與僧徒相唱酬。當是之時，海内方宗唐及明詩，而南湖獨祖宋，最尚子瞻。故譽之者曰「一時無二」，毀之者曰「詩無所解」。要之南湖才識出群，如曰「一徑年年蘚，四時日日花」「梅每枝枝好，雪教樹樹妍」「曲渚舟横草，深山鐘度花」，雖非大雅，中正之音乎？天造奇逸，自有妙處。且古曰「寧爲鷄口，莫爲牛後」，如其言，則南湖亦藝苑夜郎王矣哉。長子名某，長於余數歲。少時有才子稱，已没。今嗣職者爲南湖之孫。

僧百拙，卓錫泉溪，爲寶藏寺開士。能詩善書，與南湖詩盟法契，往來唱和。余嘗論元和以後釋門之詩，以百拙對萬菴，人無信者。蓋其無信者，以詩體玄黄相判也。如其資才，二僧斤兩大抵相稱，無有輕重。但其志尚相反，軌轍異途耳。蓋萬菴欲莫以禪害詩，百拙欲莫以詩害禪。故萬菴詩，詩必詩人之語；百拙詩，詩必道人之語。是以萬菴詩高華雄麗，百拙詩深艱枯勁。並是假相有意，非其本相也。有時出於其無意者，萬菴未必無道人之語，百拙間有詩人之語。百拙嘗作《春雨書懷》七絶七首，其一曰：「梅花落盡李花開，禊事將來細雨來。半幅疎簾人寂寞，前村野水洗蒼苔。」又《湖上採蓮歌》曰：「西湖十里玻璃緑，隔岸仄聞採蓮曲。蕙帶茜裙風自香，荷花如錦人如玉。荷柄斷時須斷腸，藕絲纖纖知難續。畫橈歸去歌聲遥，夕陽波上湖山緑。」

僧西巖，住持南禪天授菴。博覽宏識，禪餘好詩，其名重於叢林，亦能與一時文士往來唱酬。温粹近人，而僧規亦肅，世人欽其學德。

享保中，坊間所刻《八居題詠集》中，有伊藤祐之、服部寬齋、梅園正珉、五井純禎、今西春芳和作。祐之，字順卿，號莘野，稱齋宮。寬齊，稱藤九郎，失其名字。正珉，字某，號文石。純禎，字惠迪，號蘭洲。春芳，字陽甫，號白野，稱正立。又有橘洲先生、桃溪先生，余不詳其人。其詩雖不能無少妍媸，要亦娣姒耳。

入江兼通，字子徹，號若水，攝州富田邑人。釀酒爲業，家累千金。爲人不羈，少時好遊狹邪，資産蕩盡。於是憤激讀書學詩，後著山人服，携詩囊遊放諸州。到處聞有聞人，則必以詩爲質，造詣會晤，是以「江山人」詩名顯著四方，最後結廬京師西山，稱櫟谷山人，日與天龍寺僧徒往來唱和。其詩輯爲二卷，名《西山樵唱》，序者四人：徂徠、服子遷、富春叟、韓人申維翰。並論其詩爲晚唐。以余觀之，其詩頗肖宋陸放翁，但剪裁欠工，容易下筆，故動失諸粗率，可惜已。然詩詩自肺腑出，句句流動，較諸近時諸人藉口盛唐，勦竊嘉靖七子糟粕，飣餖陳腐者，反有可觀。五言《題水竹園》曰：「幽居宜懶性，水竹伴閑吟。洗硯釣魚瀨，題詩棲鳳林。清流聲漱玉，明月影篩金。唯見七賢侶，過橋日訪尋。」又《春日訪詩仙堂》曰：「草堂依嶽麓，花竹足風煙。梁引雙雙燕，壁描六六仙。書殘多蝕字，琴古自無絃。欲弔徵君墓，捫蘿陟翠巔。」七言《西山卜居》曰：「城西十里避塵緣，卜築溪邊茅數椽。門外誰曾栽翠柳，竹間本自引清泉。群峰競秀連崖寺，一水中分入野田。日日行吟詩是業，煙霞痼疾未全痊。」

瀨尾維賢，字俊夫，號用拙齊。京師書林。少時從仁齋學，後與若水歡，遂以詩稱。其詩追步若水，而更淺率矣。《訪江山人》云：「一路斷橋外，孤村杳靄中。柳垂前夜雨，花落暮春風。白屋經年漏，青山與昔同。浮生須痛飲，淺水月朦朧。」先是林義端，字九成者，頗事翰墨，其詩見《千家詩》及《八居題詠》附録，亦京師書林稱文會堂者。

鳥山碩夫，名輔賢，號芝軒，亦攝人，或云伏見人。余少年時已聞江若水詩名，以爲攝之巨擘，未知有碩夫也。迄爲邸職，以吏事數往來浪華。一日訪葛子琴，見架上有《芝軒吟稿》，迺知碩夫之遺稿，携歸逆旅，讀之一宵，始嘆其作家。其才大率與若水頡頏，細論之步驟不及若水，而韻度勝之，咀嚼覺有餘味。《上巳》七絶云：「不向江邊泛羽觴，雨中閉户興偏長。松煤細研桃花露，臨得蘭亭字幾行。」又《歸田》詩云：「諳得農耕鬢著華，桑田數畝即生涯。荷鋤未減初年力，擬向東菑更藝麻。」

鳥山輔門，字某，碩夫子也。《名賢詩集》載少時作數首。《淀河舟中》云：「舟行三五里，帆影受風斜。緑漲鴨頭浪，白分燕尾沙。山光籠野色，蓼葉雜蘆花。落日孤城外，炊煙和暮霞。」體裁明媚，可稱合作。如論其才局，似勝乃翁。特怪爾後寥乎無聞，苗而不秀歟？韞櫝而不出歟？今浪華有鳥山雛岳者，蓋別家云。

大井守静，字篤甫，號蟻亭，亦攝人。家世業賈，篤甫少志學，博綜群籍，最好藏書。凡奇書珍篇，必捐重貲典之，殆致數千卷。後來京師講説，所著有《蟻亭摭言》。詩集手所選定，名《覆窠編》。不襲時風，自爲一家。《送春》絶句云：「煙林布緑葛原東，遲日芳菲不負公。春去春神呼不返，烏紗巾上落花風。」蕭散有趣。但集中數用奇字僻語，如「柳巷晝彈渾不似，杏村夕酌醉如泥」，又有以「護花時」對「共惜春」，殊遠風雅。蓋「渾不似」樂器名，「醉如泥」杯名，「護花時」「共惜春」，並禽名。

富春叟，或曰桐江山人，享保中住攝之池田邑。爾時海内方嚮物氏之學，而徂徠及門人褒稱春叟，詩筒往復，歲時不斷。是以「富山人」詩名，震乎京攝之間，邑中子弟爭從春叟遊，好事之徒每歲首輯春叟及社中詩爲小册子，名《吴江水韻》，刊行四方。邑人檜垣宗澤者，嘗受學義兄青郊先生，以故年年寄示。其詩似學陳去非者。或曰，春叟奥州人，嘗以儒業仕柳澤侯，徂徠集中稱「田省吾」者。

森億，字昌齡。弱齡翺翔藝苑，大篇巨什信手揮成，世人往往以才子稱之。是時京師有郭西翁者，以相術稱。昌齡善病，乃從西翁相。翁曰：「君實奇才，惜乎無壽。」昌齡自是縱意遊蕩，操觚亦廢，不數年果死。余謂昌齡檢束修業，尚或保無他。即不幸短折，名聲益馨。余今録之，以戒少年才者云。

安田超，字文達，本姓鳥井小路。醫安田立睦撫而爲子。年甫十歲，受學義兄青郊先生，才敏研學。爲人白皙，眉目如畫。以詩挑諸文士，詞鋒穎甚。後以奔走於刀圭，故學業遂廢，才亦落矣。

僧惠實，號雪鼎，又號玉幹。住圓德寺，寺在宣風坊，隸於本願寺。與余相識最熟。雪鼎天資清雅，好學能詩，兼學繪事。多畜古今載籍，又愛古畫、古法帖及文房古銅器，竭資典之。又性好山水，聞有流峙之奇，雖險遠靡弗造焉。嘗以本願寺主命，如土佐州檢校寺務。迄歸，齎一木箱甚重，封緘亦密，人疑以爲寶貨。後開箱，則海濱沙石耳。又嘗赴美濃，遊養老瀑布，傍多紫青石。意謂作硯則佳，馱數片而歸，頗費錢鏹，既而石質過堅，不適硯材，乃置之庭際，愛翫竟日。其雅尚大率此類也。惜壽不得五十。詩亦清雅，類其人云。

宇士新，名鼎，京師人。家世爲子錢家，以貰貸寵於衆諸侯。士新耿介，不喜商賈業，與弟士朗辟族别處。不畜妻妾，日夜閉户勤學。先是，物徂徠唱古文辭於東都，士新説其説，而多病不能東遊，乃遣弟士朗從學焉。京師講徂徠之學自士新始。後來意見漸異，事事反戈徂徠。士新著作頗饒，其文集名《明霞遺稿》。其詩紀律精詳，一字不苟下，遂能以此建旗鼓於一方，蓋亦詞壇雄。加之緊苦力學，志節凛凛，聞其風者庶可小興起。惜乎資性褊窄，規模甚隘，其詩亦得之苦思力索，是以規度合而變化不足，聲調匀而神氣離。弟士朗，名鑒，爲人和厚，爲衆所愛慕。先士新而没，詩集行於世。《蘐園録稿》載《送北子彝侍醫膳所》詩，頗合作矣。

陶山冕，字廷美，稱尚善，土佐州人，東涯門人。其學兼該稗官小説，又通夏音。爲醫爲儒，竝以不遇終。遺文亦散亡，詩素非本色。

岡千里，名白駒，播磨人。初在攝之西宫邑，以醫爲業。一旦投刀圭而來於京師，專以儒行。是時京師已有悦傳奇小説者，千里兼唱其説，都下群然傳之，其名躁於一時。千里於是不復作詩，人或乞詩，則辭以不能。於是人人謂千里文而不詩，其實非也。余覽千里在播攝時作，亦自當行，所以云爾者有説也。千里急於名，又好勝人。是時東都有服子遷，赤石有梁景鸞，南紀有祇伯玉，詩名聞於海内。千里自量難與此數子竝驅，而世方勤復古業，《左》《國》《史》《漢》，人人誦之，託其訓詁，亦足不朽。故廢詩，專意作諸鐫，以網羅其名。既而恐後人以文士覩己，則傳注《詩》《書》《論》《孟》以崇其名。然已急於名，又好勝人，故其所論説引證不精，且以臆見勇斷疑義，或勦襲他人説以爲其著作。雖取快於一時，難免識者指摘。余爲千里深惜之云。

篠士明，名亮，後更姓武，名欽繇，字聖謨，稱梅龍道人。與余相識最舊。初執謁東涯，又從遊士新，後以王門賓客給仕於妙法院。爲人俊爽而有氣節，博覽强志，又能談論，瀰日徹夜不倦。性多病，數至危篤，然未嘗廢業。明和丙戌年遂卒。其詩尚縱横，累篇叠章，磈砢滿紙，要其才長于校閲，而著述非當行也。

樋口卜齋，與余親厚，仕今河越侯，爲京邸留守，方正廉謹，近時罕儔。明和乙酉年病卒。其在邸職三十五年，對人唯曰「未學」。雖有著作，未嘗眎人。嘗《題楊太真》曰：「當時君寵超三千，驚破霓裳花落天。飄渺仙山何處是，人間空自見金鈿。」殊有婉致。卜齊少時學詩鈴木堯弼，字俊良，嘗仕某藩，後辭禄放浪京畿。卜齋爲余誦其詩若干首，頗有巧思，而世絶不知。由是思之，遺珠棄璧何啻千百哉？

僧翠巖，住三秀院。院在天龍寺中西南之隅，嵐山近俯軒窻，最爲勝境。翠巖以詩以書，其餘雅尚韻事。都下膏粱子弟嘖嘖稱之。余嘗一過其房，翠巖出生平詩稿示余，小楷端正，籤帙華整。

明和戊子某月日，厨下遺火，房舍悉燬。爾時倉皇，庫藏不閉，圖書諸器翫都歸刧灰，翠巖亦尋歸寂。由是觀之，詩文存亡亦自有數，不必深罪長吉故人也。

服伯和，名天游，號嘯翁，又稱蘇門居士，京師人。家業織造，伯和以多病故不服其業，以講説授徒。其爲學也專務博洽，兼窺佛典，性好論駁，撰著頗多。年垂半百，以疾之故，褊急日甚，遂以此没焉。門人永俊平携其遺稿，就余請檢校。其詩雖欠精細工夫，氣格竝合。五言《登愛宕山》云：「平安西北鎮，石磴幾千盤。峰插層霄起，雨分衆壑看。鶴歸華表古，僧住白云寒。時有仙軿度，依稀聽玉鑾。」七言《宿山寺》云：「微吟曳杖此相尋，纔到上方落照深。倚檻寒雲歸洞口，繞階暗水咽苔陰。山房寧有人間夢，溪月偏閒物外心。只爲社中容酒客，淵明一夜在東林。」

日本詩史卷之四

關東古稱用武之地，猛將勇士史不絶書，而文雅之士不少概見。迄於神祖營建東都，置弘文院，設學士職，文教與武德竝隆，終成人文淵藪。羅山林先生際會風雲，首唱斯文於東土。芝蘭奕葉，長爲海内儒宗，無俟曹邱生也。

木下錦里，名貞幹，字直夫，又稱順菴，京師人，昌三門人。學成出仕加賀侯，爲其文學。憲廟聞其名，徵爲侍講。於是從學之士日盛，才俊多出其門。卒，私謚靖恭。《名賢詩集》載靖恭詩三十餘首，其中《題楠子墓》云：「一心存北闕，三世護南朝。」又《詠百日紅》云：「老樹千年緑，名花百日紅。」二聯可謂巧警也。嗣子寅亮，名汝弼，號菊潭。寅亮子寅道、寅考，詩竝見《熙朝文苑》。

室滄浪，名直清，字師禮，一字汝玉，别號鳩巢，東都人。幼而穎悟，西學京師，師事木靖恭，衆推爲木門高弟。初仕賀藩，文廟時徵擢爲東都學職，嘗著《大學新疏》《義人録》《駿臺雜話》等書，莫非提起經義、維持名教者也。余嘗謂經儒不習文藝，文士或遺經業，能兼二者，唯東涯、滄浪二儒而已，其訓詁異同不必論也。滄浪詩五言古體學陶，而未得其自然；七言古風、五言近體師法少陵，尚隔垣墻；七言近體祖襲盛唐諸家，而往往出明人徑蹊；若夫五言排律，學力與才氣相駕，豪健騰踔，最爲當行。今摘七言雄拔者數聯：「關中豪傑推王猛，江左風流起謝安」「天上雙懸新日月，人間相看舊衣冠」「天連滄海長雲絶，月滿大江灝氣浮」「輦下衣冠尊五品，日邊花萼共三春」「蘭省春傳紅葉賦，鳳池波動紫霞袍」「薦賦何人逢狗監，求才幾處出龍媒」。

新井白石，名君美，字在中，東都人，亦木門高弟也。文廟潛邸時，眷注已渥。繼統之後，遂以遷喬，賜爵五品，號筑後守。白石才兼經濟，數參大議，其著撰往往國家典刑云。若夫詩章，則有《白石詩草》《白石餘稿》。余按白石天受敏妙，獨步藝苑，所謂錦心繡腸、咳唾成珠、囈語諧韻者，索諸異邦古詩人中，未可多得者。而今人貴耳賤目，不甚信余言。雨芳洲所著《橘窗茶話》曰：「韓人索《白石詩草》者陸續不已。」可見異邦人猶且玉之。白石嘗和清人魏惟度《八居》七律八首，以「溪西鷄齊啼」爲韻者，請滄浪嗣響，遂傳播京師，京師文士傚而和者數十人，坊間梓而行焉。白石覽之，前作有與諸人和詩相類者，因再作八首，語無牽强，押韻益穩。又冬日過某家，主人請詩。白石求題，主人書「容奇」二字示之。白石解其意，輒作七律一首。蓋「容奇」者，「雪」之訓讀，主人書之以試白石。白石已解其意，故句句徵我邦雪，一座服其敏警。詩云：「曾下瓊鉾初試雪，紛紛五節舞容閑。一痕明月茅渟里，幾片落花滋賀山。提劍膳臣尋虎跡，捲簾清氏對龍顔。盆梅剪盡能留客，濟得隆冬無限艱。」此一時遊戲，雖不足論全豹，亦可窺其天受之一斑。或問余曰：「子極稱白石，詩至白石蔑以加乎？」曰：「非也。如天受，誠蔑以加矣。若夫揣摩鍛錬，尚有可論者。」要之天受之富，吐言成章，往往不遑思繹，是以疵瑕亦復不鮮。白石《送人之長安》絶句云：「紅亭緑酒畫橋西，柳色青青送馬蹄。君到長安花自老，春山一路杜鵑啼。」四句中二句全用唐詩，夫剽竊詩律所戒，而鍊丹成金，猶可言也；以鉛刀代鏌鋣，將之何謂？「草色青青送馬蹄」，本臨岐妙語。草色送馬蹄，言春草承馬蹄，以柳代草，蹄字無著落，殊爲減價。此其一耳，餘可準知。

祇園伯玉，名正卿，後更名瑜，號南海。仕紀藩，任職文學。伯玉髫年受業木門，有夙慧之稱。一日宴集，人或唱曰「鳶飛魚躍活潑潑」，令坐客爲對。伯玉以童子在席末，應聲曰：「光風霽月常惺惺。」衆嘆其穎敏。元禄壬申，伯玉年十七，會春分日，自試其才。自午至子，賦得五言律詩一百首，人或疑其宿構。是歲秋分大會賓客，午漏初下，進請諸賓各命詩題。對坐談笑，信筆揮霍，夜未半百首完成，通計前後凡二百首。藻繪爛漫，而無一句雷同者，滿座驚愕嘆服焉，於是其名播揚遠邇。伯玉初在木門，與松楨卿同甲子，衆稱「木門二妙」。後來伯玉名價益重，世匹之梁蜕岩。余按《停雲集》載伯玉詩三十首，詞采富麗，蓋少時作。晚歲漸刷鉛華，而神氣融和，殊可傳者。而伯玉墓木已拱，遺稿未出，余未審何故。近時學風輕薄，僅學作詩，則已災梓，所謂「黄鐘毀棄，瓦釜雷鳴」，亦憒憒爾。伯玉嗣子師援，余嘗一再應酬。詩也，書也，竝似乃翁。

雨森芳洲，名東，字伯陽，京師人。其幼時習句讀之師爲靖恭門人，以故芳洲年十七八，遂東執謁靖恭，靖恭甚稱其才。是時對馬侯將聘一書記，聞木門多才髦，就而求焉。靖恭因薦芳洲，遂爲對馬學職。余按徂徠嘗唱復古，傲睨一時人士，特於芳洲稱揚嘖嘖，殆不可解。何則？芳洲説經，崇信程朱，至老無變；而徂徠勤排程朱。芳洲文宗韓歐，徂徠必曰東漢以上。芳洲不好明詩，《橘窗茶話》曰：「吾案上所置詩集，以陶淵明爲首，李杜爲第二，韓白東坡爲三。」與徂徠論詩誠冰炭矣。余久疑之，近得其説，已有别論。《橘窗茶話》又曰：「京師風俗，各土地神祠祭之日，遠親故舊互相延請。吾少年時揚言曰：『殊覺其煩也。』柳滄洲在坐，正色曰：『一年一次，團欒叙闊，人情於是乎萃矣。何謂煩乎？』吾爲之面赬。」余謂滄洲誠長者之言，而芳洲稱之且自戒失言，亦長者矣哉。近時學風輕薄，藝苑絶無此等人。可嘆耳。芳洲長於文而不長於詩，晚年常對人曰：「吾無詩才，生平所作無慮數百千首，而可眎人者不過數十首也。」長子乾蚤没，孫連以謹嚴稱，亦已没。次子贊治出繼松浦氏，其子小字文平，弱齡來遊京攝，數過余家，殊見才穎，今亦爲學職云。

松浦禎卿，名儀，號霞沼。《停雲集》曰：「禎卿，播州人。年甫十三，對馬侯見以爲奇才，請靖恭授業。學成，爲對州書記。」《橘窗茶話》曰：「禎卿十四歲時，置詩草於案上。南草壽取而覽之，吟誦不已，既而聞其自作，大驚曰：『吾謂抄寫唐詩。』對馬侯聞之，乃使其受業木門。」併考二書，殊有可疑。十三四童子，何以自播州踰海，遠抵對州？被侯之眷稱，或從父兄在東都出入朱邸者，然而草壽長崎人，則亦胡以就其案上覽詩草？此必有其説，要之夙慧可知也。惜乎《停雲集》載其詩僅四首，餘絶無睹。禎卿没而無子，以芳洲次子爲嗣云。

留健甫，名順泰，對州人。本姓阿比留氏，後更姓西山。爲本藩學職，亦木門弟子。勤苦讀書，才思敏贍。元禄戊辰，年二十九，病將死，悉焚詩稿曰：「吾輩詩文，何用遺爲？」靖恭哀惜，爲製碑銘云。其詩如「竹外無家群鳥下，松陰有寺一僧還」殊佳。《橘窗茶話》曰：「對州平田茂在朝鮮有詩曰：『江風送人語，隔岸有歸舟。』金泰敬者終身吟賞。」平田茂他無所考，因附載於此。

南部思聰，名景衡，號南山，長崎人。本姓小野氏，少孤，爲南部草壽所子畜，因冒其姓。草壽，不詳名字，草壽蓋其稱號。後來京師講説，自稱陸沈先生。天和中爲富山侯文學，元禄戊辰年卒。思聰嗣職。思聰初在長崎，學詩於閩人黄公溥、杭人謝叔且。後從義父在越中，遂遊學東都，受業木門。《停雲集》曰：「子聰爲人温恭篤謹，精通經史，文才富贍。身既多病，自選詩文若干首，名曰《喚起漫草》。正德壬辰，卒於越中，年五十五。」又《橘窗茶話》曰：「韓人吴南老嘗覽子聰《懷環翠園》詩『雁歸塞北長爲客，梅發江南暗憶人』句，極口稱贊云云。」按環翠園在越之富山，即子聰所居。子聰在東都懷之，作七律十首，其中佳句實多，「窗容西嶺多看雪，圃學東陵半種瓜」「生前不負十千酒，死後何須八百桑」「細雨紅桃應委徑，輕煙緑竹定過墻」「銜花鳥近書窗語，煮茗泉環竹塢過」「欲見春山常洗竹，因憐夜雨亦栽蕉」。思聰三子，長即國華。

南部國華，名景春，稱權藏，思聰長子。聰慧絶倫，年甫十三，從父赴東都。遊東叡山，作五言古風一百韻，爲世所稱。年十八喪父，哀毁過禮，奉母至孝，友愛二弟，行己以道。其爲學博通經史，又慨然有大志。亡何喪母氏，次弟亦亡。國華不堪悲感，遂以享保丁酉四月二十一日病卒，年僅二十三。季弟亦夭，南氏絶祀。《停雲集》載國華《除夜呈白石》排律一百韻，氣象軒昂，珠璣璀璨。又《妙見山寄題》七律八首，亦復雋拔。使其天假之以年紀，與蜕岩、南海馳逐於藝苑，未知鹿死誰手也。天之忌才，其將謂何。且德者未必有才，而才子往往無行。國華有絶世才，而孝悌恭謹，可謂全人。二弟雖童髦，亦已稱難弟。乃翁又篤恭著稱，不啻著撰。何以死喪相尋，遂至祀絶？古曰「天與善人」，噫！

原希翊、田信威，二人竝靖恭門人，靖恭薦諸紀藩。希翊本姓下山，有故冒外父姓榊原氏，名玄輔，號篁洲，在紀藩著《大明律譯解》。信威名文，其先朝鮮人。壬辰亂，年尚幼，我邦兵士岡田某者得之，遂冒姓岡田，信威則其孫云。《停雲集》載二人詩數首。

山順之、岳仲通、田子彝、石貫卿，亦竝靖恭門人，其才藻大抵相若，其鄉貫履歷詳見《停雲集》。其稱順之曰：「年二十餘始學於木門。刻苦讀書，行義甚修，家貧并日而食，晏如也。」然則其人最可稱。《九月十三夜對月》排律亦自不俗。

深見子新，名玄岱，號天漪，長崎人。以文學善書稱。初以醫術，食糈於薩國。文廟初聞其有文，録用。其詳見《停雲集》。余謂天漪以文學榮達，今閲其詩無甚佳者，何也？天漪二子松年、龜齡，竝有材學云。

三宅用晦，名緝明，號觀瀾，京師人。以文章聞，常藩聘置其史局。文廟時取補東都學職。《停雲集》所載《寄京師人》詩中聯曰：「三更燈火波心市，十里絃歌岸上樓。杜父魚肥杯可舉，牛王廟古葉將秋。」以其排偶易入世耳，膾炙一時。余謂三四爲攝之安治川作則佳矣。鴨水涓涓，曾不容刀，「波心」二字殊爲無謂。第六句徒事對偶，粘景不切。牛廟六月，羅縠相摩，香風撲鼻，何曾有此淒涼？觀瀾又有《詠倭刀》詩，亦見《停雲集》。我邦人詠我邦刀，題曰《詠刀》可也，詎用曰「倭」？宋明多此等詩，傚而作之，則曰《擬詠日本刀》猶可也。觀瀾有重名，而有此破綻，何也？

或曰，觀瀾亦木門之人。

服部寛齋，前卷已録其人。今閲《停雲集》，寛齋名保庸，字紹卿，東都人。强記力學，且以孝友聞。文廟在藩之日，徵爲侍讀云云。《停雲集》載其詩三首，頗清暢矣。寛齋弟維恭，名願，號橘洲，同伯氏録用。《停雲集》載《九月十三夜作》，首尾匀稱可録。

土肥允仲，名元成，號霞洲，東都人。生而聰悟，及其能言，授書即成誦。六歲作詩，文廟潛邸之日召見，試講《論語》《中庸》，論辯甚明。且命書其所賦詩，書法亦可觀。於時元禄癸未秋八月，允仲年十一云。《停雲集》記允仲事如兹，所謂神童不啻也。余覽《停雲集》所載詩亦當行，其中《贈京師故人》小絶曰：「一别音書斷，相思秦地秋。欲將雙淚寄，墨水不西流。」最存古意。

真子明、都孟明，二人始末併其詩見《停雲集》。子明，名璋，殊有才思云。所載詩一首頗佳。

田伯鄰，姓益田，名助，號鶴樓，東都賈人，世業賣藥。伯鄰少志學，師事白石，遂以詩聞。又以喜客，其名益著。余閲其詩，無甚佳者。要緣諸名士不朽耳。梁景鸞有《贈鶴樓書》及《鶴樓集跋》，服子遷有《鶴樓傳》。今併考之，其人則實可傳者。京攝雅多大賈，而無一人可比擬。近時攝有木世肅，或曰可當鶴樓。余悉世肅爲人，不同鶴樓。鶴樓以豪，世肅以雅。鶴樓用率，世肅勤博。鶴樓一飲數斗，世肅勺飲不勸。鶴樓唯好作詩，世肅稍多岐矣。鶴樓喜客，無客不樂。最重文學之士，客必得文士，不得則雜賓俗客隨至而歡。世肅亦喜客，無客亦樂。非不重文學之士，而兼喜諸好事之徒。

僧法霖，號蘭谷，本小野氏。東都賈人，性恬世利，唯詩之耽。有兒尚幼，出妻獨處，後遂爲僧。《停雲集》多載其詩，結構精密，佳篇不尠。一聯隻句，殊多響亮。今録其數聯。「舟中夢破湖天白，馬上望迷驛樹青」「一水人遥梅耐折，三更夢斷月相親」「鸞鳳長想高人嘯，鷃鵲徒憐處士狂」「花裏書窗三月雨，松間禪榻五更風」「只今天下劍無氣，依舊世間錢有神」。

僧若霖，字桃溪，相州人。數往來京攝。東涯《盍簪録》曰：「霖善詩，兼能書畫。海内文儒之家，參謁殆遍云云。」今覽其詩，實出於法霖之下。如《題某池亭》詩後聯曰：「釣罷孤舟蘋渚繫，魚稀隻鷺蓼汀眠。」前句已係魚事，亦唯一意，餘可以推矣。

梁景鸞，名邦美，號蜕岩，總州人。少遊學東都，天才巧妙，前無古人，後無繼者。少時負才，不閑小節，故筮仕數跌，屢遇困阨，家徒四壁而意氣不少撓。嘗以《不能買書》爲題，其末句曰：「惠車鄴架滿天地，誰信空拳猶突圍？」不知者以爲妄且傲，而其《詠雪詩序》中亦曰：「余頻年窮甚，書籠中除四子外有《詩韻》一册，《徐文長集》半部。」夫空拳突圍，果非虚語也。余謂爾時東都雖人才如林，除白石、南海外，諸子長鎗大戟，恐難敵景鸞空拳。景鸞後仕加納侯。加納侯，今松本侯即是也。亡何亦辭去，最後爲赤石儒學。赤石有海嶽之勝，加之鄰於攝，近於京師，其業漸以廣被，遂有終焉意。於是湖海之氣日銷，温潤之德月進。余弱齡在赤石始謁其人，既已皤皤然矣，而薰然和煦，毫不修邊幅。且天性愛才，循循誘奬，不以所長加人。長子小字萬虎，才氣似乎乃翁，以疾廢焉。次子即今嗣職者。余按蜕岩詩體屢變，爲唐、爲宋元、爲初明、爲七子、爲徐文長、爲袁中郎、爲鍾譚，贈余弟詩有「我初御風翔，晚而履平地」之句，而亦唯畢竟爲一蜕翁之詩云。余謂凡作者，患在才者不勤敲推，勤者未必有才也。蜕岩有天縱才，而極力鍛煉。何以知其然也？蜕岩與余兄弟交，稱忘年，贈答殊多，是皆蜕岩赤石稅駕之後，考其年紀蓋六十以後矣。厥後《蜕岩集》出，就而閲之，則往往改二三字，而改者更有理致。乃知八十老翁，孜孜兀兀，潛思字句，宜其能造詣精微。今讀其集，譬猶上崑崙之邱，步步是玉；入栴檀之林，枝枝是香。詩至於此，宜無遺論。而猶有未盡善者，何也？蜕岩用才太過耳。張茂先謂陸士衡曰：「人常恨才少，而子更患其多。」余於蜕翁復云。

桂山彩岩，名義樹，字君華，東都秘書監云。余在赤石，梁景鸞數稱彩岩詩律精工，因知其作家。後來信州湖玄岱亦盛稱彩岩，乃益知其作家。於是歷閲諸選，《玉壺詩稿》載《八島懷古》七律二首，《崑玉集》載《擬金陵懷古》七律一首，《熙朝文苑》載《贈人》七絶二首。通諸選所載僅五首，其他無見。京攝年少往往不知桂秘監爲何人，蓋數十年來，東都藝文播傳於京攝者，特蘐園諸子。其他雖鸞鳳吐音，寥乎無聞。亦可見一時風氣之偏，而彩岩重厚不近名者，亦可徵耳。

物徂徠以傑出才駕宏博學，不能守舊業，遂以復古創立門户。其初一二輕俊從而鼓吹之，終能海内翕然風靡雲集，我邦藝文爲之一新。而才俊亦多出其門，至今講説之徒藉口徂徠、坐皐比而驕生徒者，比比不尠。若夫經義文章，余有别論。徂徠嘗著《唐後詩》《絶句解》，海内由是宗嘉靖七子。喜之者以徂徠爲藝苑之功人，非之者或以爲長輕薄，要未之深考耳。余謂明詩之行於近時，氣運使之也，請詳論之。夫詩，漢土聲音也。我邦人不學詩則已，苟學之也，不能不承順漢土也。而詩體每隨氣運遞遷，所謂《三百篇》漢魏六朝唐宋元明，自今觀之，秩然相别。而當時作者，則不知其然而然者，氣運使之者非耶？我邦與漢土相距萬里，劃以大海，是以氣運每衰於彼而後盛於此者，亦勢所不免，其後於彼大抵二百年。胡知其然？《懷風》《凌雲》二集所收五言四韻，世以爲律詩，非也。其詩對偶雖備，聲律未諧，是古詩漸變爲近體，齊梁陳隋漸多其作。我邦承其氣運者，稽其年代，文武天皇大寶元年爲唐中宗嗣聖十四年，上距梁武帝天監元年凡二百年。弘仁、天長髣髴初唐，天曆、應和崇尚元白，竝黽勉乎百年之後。五山詩學之盛當明中世，在彼則李何、王李唱復古於前後，在此則南宋北元專傳播於一時，其距宋元之際亦二百年矣。我元禄距明嘉靖亦復二百年，則七子詩當行於我邦，氣運已符，故有先於徂徠已稱揚七子者。《活所備忘録》曰：「李滄溟著《唐詩選》，甚契余意。學詩者舍之何適？」又曰：「謝茂秦《洞庭湖》、徐子與、吴明卿《岳陽樓》作氣象雄壯，與絶景相敵，殆可追步少陵、浩然二氏。」永田善齋《膾餘雜録》亦論及七子，而爾時氣運未熟，故唱之而無和者。迄徂徠時，其機已熟，白石、滄浪、蜕岩、南海，大抵與徂徠同時，竝非買蘐園之餘勇者，而其詩雖曰宗唐，亦唯明詩聲格，故云氣運使之也。繇是論之，則其或繼今者，雖數百年可知也。或謂余曰：「子之論既往似矣，其繼今者何如？」曰：「余聞明詩四變：李何一變，王李二變，二袁三變，鍾譚四變。逾變而逾卑焉，最後有陳卧子出，著《明詩選》，吹王李餘燼，而氣運既替，不能復振。清人議論不一：櫟下《書影》訶斥王李爲小兒語；歸愚《别裁》紹述卧子，少別機軸；又有專宗晚唐。雖參趨異途，以余觀之，清人篇詠大抵諸家相似，其縝整雅柔，頗似於元季明初作家，較諸近時所謂明詩者，無剽竊雷同之病，而其氣格則稍淡弱矣。當今京攝才髦所作，往往出於此途，亦氣運所鼓，不得不然。而遐州遠境，至今猶尸祝七子者。氣運推移有本末，有遲速，猶我邦之於漢土也。」或曰：「嚮微徂徠，則明詩之行可以漸也。徂徠才大氣豪，言多過激，故其行也驟，而其弊亦速。」余按徂徠詩有二體。初年作瘦勁雄深，後來影響李王，勤作高華之言，要之詩非其所長也。

徂徠門下稱多才俊，其顯者春臺、南郭之外猶數十人，可謂盛也。然細考之，則其中大有軒輊。蓋大名之下易成名耳，况赫赫東都，非他邦比。或攀龍附鳳，欵託禁臠；或曳裾授簡，長沾侯鯖。假虎威者，附驥尾者，青雲非難致也。加之邦國士人各從其君往來，結交同盟，遍滿諸藩。褒同伐異，鼓蕩扇揚，靡遐僻不届，是其所以顯赫一時也。退察其私，則羊質而虎文，名過其實者亦不鮮。簸之淘之，後世自有公論耳。

滕東壁，名煥圖。先於諸子執謁徂徠，所著有《東野遺稿》，其詩在蘐園諸子中雖華藻不競，而渾樸可稱。

縣次公，名孝孺，號周南，周防人。師事徂徠。初，次公父良齋爲長藩文學，次公嗣其職。長門泮宫曰明倫館，次公司其館事，至今長門多才學之士云。余謂近時文士得行志莫若次公，其著作有《周南文集》。

太宰德夫，名純，號春臺，信州人。初同東壁從學中野撝謙。撝謙，名繼善，字完翁，長崎人。嘗仕關宿侯云。後東壁從遊徂徠，數書招德夫，遂歸於物門。其學業行事，詳見於服子遷所撰墓碑，松君修所録行狀。唯斯褊心，往往爲人訶斥。而以余論之，則春臺雖褊窄，自信甚確，是以議論透徹，多痛快語，自有過人者。其人以名教自任，而詩亦可觀。嘗著《文論》《詩論》，余初讀之，殊嘆其持論平正。後讀春臺文集，與二論牴牾者之有，所謂當局者惑歟？不然，則初年作耳。纂輯其集者不删，何也？其詳余有别論。

服子遷，名元喬，號南郭。所著《南郭文集》，自初編至四編，竝行於世。蓋徂徠没後，物門之學分而爲二：經義推春臺，詩文推南郭。余按我邦詩，元和以前唯有僧絶海，元和以後漸有其人，而白石、蜕岩、南海其選也。今以南郭較夫三子，南郭天授不及白石，工警不及蜕岩，富麗不及南海，而竟難爲三子之下者，何哉？操觚年少悟入此關，始可與言詩耳。蓋白石天授超凡，辭藻絶塵，誠不可及。若就其全集論之，清雅秀婉，絢彩溢目，而悲壯沈鬱渾雄蒼老者集中無幾。南海唯是一味綺麗，後勤超脱，卻屑屑乎纖巧矣。蜕岩天縱之才，奇正互用，變幻百出，神工鬼警，孤高獨立於古今之間，惜乎用才太過，如前論者，蓋用才太過，有傷風雅。譬之士庶陪侯家讌席，有時笑謔歌唱亦無害也，太過則有類俳優。南郭能守地步，不求勝於一句一章，而全功於一卷一集。今閱其集，初編瑕纇頗多，二編十存二三，三編四編最粹然矣。乃知此老剪裁，老益精到。因謂作者無才則已，有小才而欲大用之，醜態畢露，最可戒也。大才大用，誠爲快絶，而僅欲快絶，易侵三尺。十分之才，每用六七分，正是詩家極至工夫。南郭能解此義，百尺竿頭不肯進步，反是難至地位。南郭次子名恭，字願卿，幼稱才穎。年僅十九而没，有遺稿名《鍾情集》。其中《聞莊子謙登芙蓉以寄》詩中聯曰：「不啻登臨堪小魯，更知呼吸近逼天。人間長仰三峰雪，海上回看九點煙。」可謂翩翩有逸氣。又《送客》絶句曰：「秋風颯颯雨紛紛，匹馬孤舟兩岸分。萬里江山如黛色，相望能不嘆離群？」亦佳。南郭晚年撫西仲英爲子，亦已没矣。其著作余未覽之。

平子和，名玄中，號金華。嘗有詩贈服子遷曰：「白髮如絲混弟兄，中原二子奈虚名。」子和之不自量誠亡論耳，世人亦多與子遷竝稱，可謂子和之幸。子和詩有太佳者，有太不佳者。太佳者體格雄華，金石鏗鏘；太不佳者淺陋支離，剽竊陳腐：如出二手。亦唯負才不能精思耳。

高子式，名維馨，號蘭亭。年十七喪明，專志詩詞，生平所作殆萬首。貴介公子争延講詩，名聲藉甚於一時。其詩剪裁整密，音韻清暢，雖不及白石、蜺岩、南郭等大家名家，在小家數則可稱上首者。

島錦江，名鳳卿，字歸德，東都秘書監。越雲夢，名正珪，字君瑞，竝名重於物門。《蘐園録稿》載其詩。錦江《吴宮詞》《遊獵歌》竝合調矣。

菅麟嶼，本姓山田，名弘嗣，字大佐。幼有神童之稱，年十三德廟召見，尋爲博士。童時遊京師，參謁諸儒。爾時余尚幼，侍先人膝下一見之，今不甚記。《録稿》載其詩二首。

石叔潭，名之清，東都侍衛臣云。亦物門之人。

土伯曄，名昌英；守秀緯，名焕明。二人亦有重名，竝業醫。伯曄仕小倉侯，秀緯仕大垣侯。《録稿》所載秀緯「窗對芙蓉含雪色，檻當滄海抱潮聲。萬家榆柳傳新火，千里鶯花背舊程」太佳，《吴宫怨》小絶亦佳。

芙蓉萬菴、魯寮大潮二僧，殊與物門諸子相歡，詩名高於一世。我邦釋門詩，元和以前推絶海、義堂，元和以後推萬菴、大潮。余讀《江陵集》，又讀《松浦集》，二僧工力大抵相當，而如才華則萬菴似進一籌。

源京國，名義治，號華岳。物門諸子數稱其人，謂當作家。而諸選所載，余未睹其佳者。若夫板美仲，名價不高，而《録稿》所選「卧閣青山遠，彈琴白日長」「山對柴門静，海連曠野平」「故園春欲盡，絶域草初肥」「殘夜傳刁斗，頻年卧鐵衣」「風裁同卓魯，治行擬龔黄」，又「湖海論交添涕淚，蓬蒿卧病易蹉跎」，卻是諧合。

莊子謙，姓村田，名允益，豐後臼杵人。仕本藩，袛役東都，受業南郭。負才好奇，嘗登富嶽作《芙蓉記》。凡民庶上嶽者必齋戒喫素，而後敢上，且相戒不許語山中事迹。子謙作《記》，始漏造化之秘。亡何，子謙暴卒。俗輩以爲得罪嶽神。余殊愛子謙《秋懷》二聯曰「青山入夢松蘿月，秋雨關心水竹居。」卻恨西都題柱過，且思南畝帶經鋤」，深婉情至，恨不見他篇。

石子游，姓石島，初名正猗，字仲緑，後更名藝，字子游，自稱筑波山人，尾張人，遷住東都，亦南郭門人。放蕩好酒，不能爲家，而以詩才雄豪稱於一時。嘗遊京師作詩曰：「敝裘仗劍入西京，自比能文陸士衡。誰見篇章焚筆硯，豈將詩賦讓簪纓。一時羊酪無人問，千里蓴羹動客情。洛下書生誇博物，寥寥未聞茂先名。」其狂誕大率類此。《玉壺詩稿》録子游詩殊多，往往神氣軒翥，筆端活動，若濟以精細，則可爲詞壇旌門。惜乎其人輕躁，下筆亦復疎率耳。

《蘐園録稿》所載五絶，松子錦《春意》「臘雪二三尺，門前不可掃。纔被春風吹，江上盡青草。」又《古別離》：「送君黄河湄，黄河幾千里。我思長於河，思人終不已。」七絶，平子彬《登長興山》云：「長興山色秀清秋，日抱摩尼寶塔浮。湘水如環歸大海，連天帆影不曾流。」僧了玄《春日遊墨水》云：「風花處處送江春，古渡蕭條芳草新。爲是王孫昔遊地，縱無白鳥亦愁人。」江子園《秋宮怨》云：「琪樹西風白雁過，夜寒如水渺天河。自將紈扇憐秋色，不問昭陽月影多。」竝是警絶，自可不朽。其餘作者，當重考補遺，因不具録云。